新俄罗斯文学中
"现代知识分子"思想谱系
研究

A Research on
the Pedigree of Modern Intelligentsia's Ideology in
New Russian Literature

姜 磊◎著

社会科学文献出版社
SOCIAL SCIENCES ACADEMIC PRESS (CHINA)

序

　　为自己的学生作序，是一件很欣慰的事情。博士毕业后，姜磊去到著名的浙江大学工作，继续从事他喜欢的俄罗斯文学教学和研究工作，在许多 CSSCI 和北大核心期刊上发表论文，让我这个当导师的感到很骄傲。此专著是姜磊在博士论文基础上修改完成的。2016 年他博士答辩时，我在莫斯科大学访学，很遗憾未能参加，但据同事和外校专家反映，他的博士论文主题鲜明、立意高远、思想深刻，对俄罗斯知识分子在新俄罗斯文学中的形象问题以及对书写此类身份的审美造型有独到见解，故论文获得了 90 分以上的好成绩，其科学研究能力亦得到专家们的一致认可。

　　距离姜磊博士答辩已过去 4 年时间，再次阅读这部即将以著作形式出版的书稿，还是心生许多感慨。

　　首先是选题。《新俄罗斯文学中"现代知识分子"思想谱系研究》这个书名就把研究领域限定在解体之后的俄罗斯文学的范围内，解体后的俄罗斯文学毕竟与未解体前的苏联文学、苏联之前的苏俄文学以及更早的俄国文学存在巨大的不同，这也是"现代知识分子"话语成立的前提。知识分子历来是俄罗斯这个民族的良心，他们常常将自身的命运和国家的未来联系在一起，但是，苏联解体后，随着后现代主义思潮的兴起，人们的价值观发生了巨大的变化。俄罗斯文学批评家娜塔莉亚·伊万诺娃把当代俄罗斯文学（主要是指 20 世纪 80 年代之后）称为黑铁时代的俄罗斯文学，以凸显黄金时代、白银时代、青铜时代之后的俄罗斯文学所具有的鲜明特征。本书没有采用这种命名方式，窃以为，此立"新"非为弃"旧"，也只有从源头入手，才能发现"新"一定是在"旧"的根基上生发出来的，本书强调的是解体后俄罗斯文化迎来了新的价值体系。"非新无以为进，非旧无以为守"，文化的基因不会因时代的变化而发生巨大变异，总有一些核心的东西存活下来，又有一些新的元素融入其中。新的价值观之所以能够迅速膨胀，在很大程度上是因为在俄罗斯知识分子的灵魂深处始终存在反乌托邦冲动，只是没有遇到爆发的条件。如专著所言，反乌托邦情结的在场与俄罗斯民族心智中内在的矛盾性密不可分，"矛盾性是俄罗斯民族性格最为典型的特征之一，这种矛盾性在民族精英——知识分子身上尤为明显"。在建构乌托邦大厦的同时，"他们又不断对抗、否定乌托邦。以文学为例，反乌托邦思想一直蕴含在文学之中，与各种乌托邦不断角力，形成了动态平衡之势"。

对俄罗斯"现代知识分子"谱系的阐释也是本书的亮点。这是因为，按照传统的对现代性的理解，这是一个与时代捆绑在一起的观念，是持续进步的、合目的性的、不可逆转的，因此也可以将现代性理解为时间观念。在西方哲学话语中，现代性是欧洲启蒙运动在当下的回声，但俄罗斯是否经历过欧洲意义上的启蒙思想之洗礼还值得探讨。本书对俄罗斯知识分子的思想谱系进行了精细的梳理，但并未对西方现代性与西方知识分子的影响、俄罗斯知识分子在多大程度上和西方文化视域中的知识分子与俄罗斯思想中的知识分子存在联系进行长篇大论的说明，我个人赞同这种写法，因为如果展开，则有离题的嫌疑，姑且认为这是自明性的话语。俄罗斯文学中的知识分子是国家的精英人物，但他们多以"多余人""新人"等形象出现，尽管这不是俄罗斯知识分子的全部品格，但的确也是新俄罗斯文学常常青睐的书写对象。故此，专著从上述人物过渡到解体后"新俄罗斯文学"中那些"存在的难民""无望的漂泊者"，并以此为契机来说明俄罗斯"现代知识分子"存在的合法性。

文学对俄罗斯民族而言，是文化的载体，是知识分子表达自己意志的工具，从这个意义上看，作家创作的"现代知识分子"也可能是"现代知识分子"灵魂的折射，而这些"现代知识分子"不仅仅是小说中鲜活的个体生命，也可能代表作家本人的精神和思想诉求，这和俄罗斯历史上对作家地位的认知是一脉相承的。所以，佩列文、托尔斯泰娅、马卡宁、维克多·叶罗菲耶夫等人的创作无一不体现了他们的责任意识和对俄罗斯未来的焦虑。对宏大叙事的解构与其说是玩世不恭的语言游戏，不如说是通过解构来实现"现代知识分子"对"新俄罗斯思想"的重构。因此本书认为，"知识分子传统在俄罗斯文化中消失殆尽是不可想象的，也是不符合现实和历史发展规律的"。新俄罗斯文学中现代知识分子突出特征是"后现代的现代性"，这是俄罗斯文学（包括"新俄罗斯文学"）与西方文学的巨大不同，也是本书认为《野猫精》中"尼基塔"的人设是"守望者或薪火相传的使者"的原因，尼基塔存在的意义就是"为了纪念荣耀的过去，是寄希望于未来"。

本书充满了哲学思辨，能在文学中发现思想的元素，对文学作品作深度的哲学思考和文化阐释。对文本的细读和对其中深藏的关于知识分子面对现代社会种种痼疾的态度的分析体现了年轻学者的使命担当以及思想的深邃，这一点令人敬佩。本书的语言不以华丽和轻盈取胜，而是在平凡的诠释中揭示新俄罗斯文学中"现代知识分子"独有的身段，是否对其"只能信仰"，本书并未给予终极判断，因为无论是后现代主义文学，还是后现实主义文学、新现实主义文学，彼此都是相互渗透的，这些文学思想或者流派，只能提供一种关于新价值体系发展的轮廓，"新多余人"、"变异的知识分子"、"地下人"和"薪火的守望者"还有转换身份的可能。在文明存在冲突、经济面临转型、社会持续动荡、文化潜藏危机、价值观不断被刷新等多种危机之下，新俄罗斯文学对人物，尤其是对现代知识分子新姿态的塑造，呈现多元化的特征。本书给我们的启示是，新俄罗斯文学中的"现代知识分子"依然处在不断刷新自己价值观的过程中。

作为导师，我欣喜地看到姜磊在科学研究领域的巨大潜力，作为"前浪"，我为有这样出色的弟子和"后浪"感到自豪和骄傲，也祝愿他在俄罗斯文学研究领域取得更大成就。

郑永旺

2020 年 1 月于黑龙江大学

内容提要

　　知识分子是俄罗斯独特的文化现象和核心文化概念。俄罗斯知识分子固有一种弥赛亚思想，以及独立批判、斗争的精神和浓厚的宗教性。苏联解体，社会剧变，在新的文化生态中，"现代知识分子"的精神和思想发生了显著变化，形成了新的形象图谱和思想谱系。

　　经历了政治、文化、信仰的转型阵痛，"现代知识分子"陷入迷失自我的泥潭，在彷徨恍惚中走向虚空，又在妥协无奈下回归真实，困苦坚守后终获新生。在以《地下人，或当代英雄》《"百事"一代》《无望的逃离》《野猫精》等为代表的新俄罗斯文学中形成了由"新多余人"、沉沦者、"地下人"和守望者构成的"现代知识分子"成长图谱。

　　信仰异变。苏联解体导致高加索问题凸显。在文明冲突激化的宏观语境中，"现代知识分子"的末世论思想深化为一种湮灭世界的洪流，弥赛亚思想被无情消解，他们没有拯救家邦的客观条件，也丧失了扛起振兴民族重任的信念和力量。

　　反乌托邦思想，即解构"神圣罗斯"思想，消疲"拯救世界"意识。"现代知识分子"以高涨的解构冲动消解了"神圣罗斯"和"俄罗斯帝国"的传统言说；被资讯"围困"又使他们萌发了对消费时代的预判；"苦难拯救世界"和"美拯救世界"的宗教乌托邦的迷梦也最终破碎。

　　过度否定历史、戏谑传统文化和诘问存在意义的虚无意识。文化语境的急剧颠覆使"现代知识分子"产生了否定历史的历史虚无主义倾向；这种否定历史的情绪进一步蔓延至传统文化领域，对文化名人和经典名著的讽刺、戏谑，尽显其文化虚无主义意识；在新文化生态中，"现代知识分子"形而上地思考"我是谁？""我在哪？"等问题，彰显其对自身存在的彷徨、疑惑，体现出一种从虚无到虚无的存在虚无主义。

　　后现代思维。文化断裂引发"现代知识分子"后现代思想高涨。他们的语言包含着"反逻各斯中心主义"的解构思想；他们的行为映射出一种游戏性，以游戏、荒诞来对抗权威和经典，不妥协地表达自身诉求；在无望逃离的"生活迷宫"中，他们不得不以恶毒之恨来表达炽热之爱，以杀子之名来保全爱子之命。

目　录

新俄罗斯文学中"现代知识分子"研究概述

在俄罗斯文学①中，知识分子的形象占有极其重要而特殊的地位。在特定的历史时期，知识分子与俄罗斯文学一道扮演社会良心的角色，以公理与正义代言人的身份为民众发出呐喊。从这个意义上说，一部俄罗斯文学史就是以作家为代表的俄罗斯知识分子的心路历程的隐性表达。许多著名的俄罗斯文学家从本质上说是思想家和哲学家，他们通过文学作品来构建自己的思想体系，阐释重大的哲学命题。从普希金（А. С. Пушкин）、果戈理（Н. В. Гоголь）、屠格涅夫（И. С. Тургенев）到托尔斯泰（Л. Н. Толстой）、陀思妥耶夫斯基（Ф. М. Достоевский），直至帕斯捷尔纳克（Б. Л. Пастернак）、普拉东诺夫（А. П. Платонов）、特里丰诺夫（Ю. В. Трифонов）、索尔仁尼琴（А. И. Солженицын），以及当代作家马卡宁（В. С. Маканин）、佩列文（В. О. Пелевин）、托尔斯泰娅（Т. Н. Толстая）、彼得鲁舍芙斯卡娅（Л. С. Петрушевская）、波利亚科夫（Ю. М. Поляков）、瓦尔拉莫夫（А. Н. Варламов）等，几乎所有俄罗斯作家的创作都涉及知识分子题材。知识分子与俄罗斯之间似乎存在某种"联想信息"。因此，国内外学界对俄罗斯文学中的知识分子形象也给予了持续的高度关注。

苏联解体是20世纪最为重大的地缘政治事件，也是影响深远的文化事件。它不仅使国家的政治制度发生了颠覆性变化，也改变了原有的文化发展路径。社会主义现实主义文化范式走下历史舞台，后现代主义、新现实主义等文化潮流逐渐兴起。苏联解体后的文学在创作范式、审美旨趣、精神诉求等方面与苏联文学存在显性的区别，呈现多元化、开放性、后现代

---

① "俄罗斯"是苏联解体之后的称谓，从文化视角而言也是泛称、总的称谓，一般来说"俄罗斯文学史""俄罗斯历史"，指的就是整个的文学史、整个的历史，如"俄罗斯文学家"这一称谓可囊括全部时期的作家。本书中"俄国文学""俄罗斯文学"某种程度上可以通用。

性、先锋实验性等诸多特性。俄罗斯文学的发展从一种相对封闭的状态重新融入当代世界文学的谱系。从这个意义上来说，苏联解体之后出现的文学可称为新俄罗斯文学。新俄罗斯文学是俄罗斯文学最活跃、最具生活气息的组成部分，它客观上继承了十月革命之前的俄国文学，尤其是"白银时代"文学的诸多特质，又以苏联文学为自身发展的养料。知识分子问题作为俄罗斯文学的核心主题之一，它在新俄罗斯文学中的阐释具有研究的必要性和独特的价值。

第一节　俄罗斯学界研究概况

一　俄罗斯学界对现实中的知识分子研究概况

由别尔嘉耶夫（Н. А. Бердяев）、С. 布尔加科夫（С. А. Булгаков）、格尔申宗（М. О. Гершензон）、弗兰克（С. Л. Франк）等哲学家共同撰写的《路标》（Вехи，1909）文集是俄罗斯知识分子研究的集大成之作，也是知识分子发出的时代宣言。此后，这些哲学家又合作完成了续篇《来自深处》（Из глубины，1918）。十月革命后，侨居国外的思想家们再次发表了《路标转换》（Смена вех，1921）文集。苏联时期，《苏联知识分子：形成和发展史》［Советская интеллигенция：история формирования и роста（1917 – 1965 гг.），1968］、《知识分子与革命》（Интеллигенция и революция，1985）、《苏联知识分子简史》［Советская интеллигенция：краткий очерк истории（1917 – 1978 гг.），1977］等一系列关于知识分子研究的成果陆续问世。当代著名学者，如利哈乔夫（Д. С. Лихачев）、古德科夫（Л. Д. Гудков）、达维多夫（Ю. Н. Давыдов）、加斯帕罗夫（М. Л. Гаспаров）、索科洛夫（А. В. Соколов）等都将知识分子问题视为研究焦点，且都对该问题展开深入的论述。同时，研究知识分子问题的博士论文的数量也十分可观。此外，近年来，伊万诺夫国立大学、乌拉尔联邦大学和涅克拉索夫国立师范大学分别成立了知识分子问题研究中心。"知识分子学"（Интеллигентоведение）作为专门研究知识分子问题的学科近年来在俄罗斯也诞生了。知识分子对俄罗斯文化的重要性不言而喻，俄罗斯学界对该问题的研究不论就深度还是广度而言，显然是其他国家无法比拟的。

二 俄罗斯学界对文学中知识分子研究概况

(一) 俄罗斯学界对传统文学中知识分子的研究概况

俄罗斯学界对文学中的知识分子形象的剖析也具有一脉相承、历久弥新的特点。皮萨列夫（Д. И. Писарев）在《巴扎罗夫》（Базаров，1862）、《现实主义者》（Реалисты，1864）和《思考的无产阶级》（Мыслящий пролетариат，1865）三篇文章中对屠格涅夫的《父与子》（Отцы и дети，1862）和车尔尼雪夫斯基的《怎么办？》（Что делать?，1867）做出了高度评价。他分析了《父与子》中的巴扎罗夫和《怎么办？》中的拉赫梅托夫这两个人物形象。他认为，巴扎罗夫是旧社会秩序的挑战者，是比贵族更加接近人民的平民知识分子的代表，以巴扎罗夫为代表的时代"新人"是可以大有作为的。在皮萨列夫看来，拉赫梅托夫是一个真正的职业革命家，是革命知识分子，也是俄国社会的希望。皮萨列夫的这几篇文章开启了对文学中知识分子形象研究的先河，为以后研究文学中知识分子问题打下了基础。

赫尔岑（А. И. Герцен）在评论普希金的诗体小说《叶甫盖尼·奥涅金》（Евгений Онегин，1833）时，将奥涅金称为"多余人"（лишний человек），这个术语一时成为热词。在赫尔岑看来，所谓的"多余人"就是当时俄国社会中一部分接受过欧化教育，却没能施展自己的抱负，进而郁郁寡欢的上流社会贵族青年。"多余人"显然是俄罗斯文学中最著名的知识分子肖像之一。赫尔岑认为，我们只要不愿做官或地主，就多少有点奥涅金的成分。奥涅金是个无所事事的人，因为他从来什么事也不做，他在他所处的那个环境中是个多余的人，而又没有足够的性格力量从这个环境中挣脱出来。换言之，所谓的"多余人"并不多余，他们恰恰是社会中拥有最先进思想的精英，他们并非不能入仕，而是不愿同陈腐的社会旧习妥协，他们以此作为一种另类的反抗。普希金之后的屠格涅夫、冈察洛夫等将"多余人"的主题继承下来，并将其发展到极致。"多余人"的形象也在不同的历史文化语境中不断嬗变，在传承中实现了突破。

杜勃罗留波夫（Н. А. Добролюбов）在《真正的白天什么时候到来？》（Когда же придет настоящий день?，1961）一文中详尽地阐释了屠格涅夫的长篇小说《前夜》（Накануне），他将英萨罗夫和叶莲娜称作"新人"

（новый человек）。他认为屠格涅夫的创作与俄国"社会发展道路相适应，正在同一个方向上前进"，他所塑造的人物是不断进步、不断成长的，"巴辛柯夫代替了多余的人，罗亭就代替了巴辛柯夫，拉夫列茨基代替了罗亭。这些人物中的每一个都比前面的人更果敢、更完整"①。杜氏认为屠格涅夫之所以会塑造出英萨罗夫和叶莲娜，源于其创作内在延续性的必然要求，更是当时俄国特定社会语境的要求。他认为，叶莲娜"身上表现出一种为了一件什么事而引起的朦胧的忧郁，一种几乎是不自觉的、但却是新的生活和新人们的不可阻挡的要求，这种要求现在几乎笼罩着整个俄国社会"②。也就是说，杜氏认为，"新人"明显区别于有追求自由的意愿、反抗意识萌芽，却自我放逐、没有真正行动的"多余人"。从"多余人"过渡到理性实践者"新人"是历史前进的必然和俄国社会的内在要求。

奥夫相尼克 - 库利科夫斯基（Д. Н. Овсянико - Куликовский）的《俄国知识分子史》（История русской интеллигенции，1908）是研究 19 世纪俄国文学中知识分子形象的集大成之作。他从心理学和历史文化学层面来阐释《聪明误》（Горе от ума，1824）、《叶甫盖尼·奥涅金》、《当代英雄》（Герой нашего времени，1840）、《罗亭》（Рудин，1855）、《贵族之家》（Дворянское гнездо，1858）和《奥勃洛莫夫》（Обломов，1859），萨尔蒂科夫 - 谢德林的《一个城市的历史》（История одного города，1870），以及屠格涅夫中后期作品、乌斯宾斯基和陀思妥耶夫斯基的创作，勾勒出由恰茨基、奥涅金、毕巧林、罗亭、拉夫列茨基、奥勃洛莫夫、小官吏知识分子、别里托夫、巴扎罗夫、陀氏笔下的"活着的伟大罪人"③等构成的俄国文学知识分子群像。奥夫相尼克 - 库利科夫斯基不仅细致地剖析了上述人物的心理，而且试图厘清作为各个时期知识分子代表的作家们的创作心理和动机。

1911 年出版的伊万诺夫 - 拉祖姆尼克（Иванов - Разумник）的两卷本《俄国社会思想史》（История русской общественной мысли，1911）是

---

① 〔俄〕尼·亚·杜勃罗留波夫：《杜勃罗留波夫文学论文选》，辛未艾译，上海译文出版社，1984，第 261 页。

② 〔俄〕尼·亚·杜勃罗留波夫：《杜勃罗留波夫文学论文选》，辛未艾译，上海译文出版社，1984，第 287 页。

③ Д. Н. Овсянико - Куликовский，История русской интеллигенции. Итоги русской художественной литературы 19 века，М.：Издательство Саблина，1908，с. 692.

另一部阐释俄罗斯文学中知识分子形象的重要著作。他认为，"文学是生活投射出的光亮的聚焦"，"俄国文学是其知识分子的圣经（福音书）"①。换言之，绕开俄国文学研究知识分子的做法显然是不可取的。他强调，小市民是知识分子群体产生的背景，俄国知识分子的历史就是其与小市民习性不懈斗争和为了个性独立顽强奋斗的历史。书中详细分析了从拉基舍夫、茹科夫斯基、普希金、莱蒙托夫到车尔尼雪夫斯基、杜勃罗留波夫、陀思妥耶夫斯基、托尔斯泰，再到契诃夫、高尔基等作家的思想和创作，将现实中的知识分子与文学中的知识分子肖像进行深入对比分析，突出 19 世纪及 20 世纪初俄国社会思想的基本主题，即知识分子对抗小市民习性和追求个性独立与解放。

（二）俄罗斯学界对新俄罗斯文学作品中 "现代知识分子" 研究概况

相比于对经典文学中的知识分子问题研究的状况，俄罗斯学界对新俄罗斯文学中 "现代知识分子" 形象的解析显得不是特别充分。

斯科罗帕诺娃（И. С. Скоропанова）编写的《俄罗斯后现代主义文学教程》（Русская постмодернистская литература: Учеб. Пособие, 2001）对维克多·叶罗菲耶夫、佩列文等作家进行了概括论述。她认为，维克多·叶罗菲耶夫在自己的作品中意欲解构 "缘起于启蒙时期的 '人的观念'"，并且构建新的 "完整的人（包括意识、无意识和超意识）"②。对人存在的意义的探索是贯穿维克多·叶罗菲耶夫创作的重要主题。

评论家列伊杰尔曼（Н. Л. Лейдерман）和利波维茨基（М. Н. Липовецкий）在《当代俄罗斯文学——1950 - 1990》（Современная русская литература: 1950 - 1990 - е годы, 2003）一书中将维克多·叶罗菲耶夫（Виктор Ерофеев）、佩列文、托尔斯泰娅和索罗金（В. Г. Сорокин）、波波夫（Е. А. Попов）等视为后现代主义的代表作家，对他们的创作进行了论述。

列伊杰尔曼和利波维茨基认为，佩列文是一位极其特殊的当代作家，他的著作销量可媲美阿库宁（Б. Акунин）的侦探小说。佩列文与托尔斯

---

① Иванов - Разумник, История русской общественной мысли - индивидуализм и мещанство в русской литературе и жизни 19 в., С - Петербург. Изд., Дополненное, 1911, с. 3.

② И. С. Скоропанова, Русская постмодернистская литература: Учеб. пособие. 3 - е изд., изд., и доп., М.: Флинта: Наука, 2001, с. 243.

泰娅等严肃作家正在"弥补大众文学与严肃（高雅）文学之间的鸿沟"①。他们对佩列文的代表作品《夏伯阳与虚空》（Чапаев и Пустота，1996）和《"百事"一代》（Generation "П"，1999）中的人物进行了阐释，认为夏伯阳和瓦维连·塔塔尔斯基是完全对立的人物类型。前者是创作者、诗人，后者是"文字处理器"，他的名字由 Василий Аксёнов 和 Владимир Ильич Ленин 组合而成，"他是一种自己（所写）广告宣传的物体，或者商品，名字就是他的'商标'"②。

列伊杰尔曼和利波维茨基将 20 世纪 80 年代后期马卡宁、彼得鲁舍芙斯卡娅创作的小说和约瑟夫·布罗茨基（И. А. Бродский）的诗歌看作对后现代主义的进一步探索，认为这些作家的创作代表了这一时期"后现代主义新艺术体系的形成"。他们认为，马卡宁是新俄罗斯文学的领军人物，认为"个性"与"群居性"之间无法调和的矛盾是贯穿该作家创作过程的主题。在列伊杰尔曼和利波维茨基看来，《地下人，或当代英雄》（Андеграунд，или Герой нашего времени，1998）的主人公是"当代英雄"，是一个在"群居性"社会中依然捍卫"自我"的自由人。

他们认为，托尔斯泰娅是年轻一代作家中的一个耀眼的新星，她的早期作品因"童话般的意境"而备受瞩目。评论家将《野猫精》（Кысь，2001）视为托尔斯泰娅创作的"转折点"，盛赞该作品使人想起"俄国生活的百科全书"（Энциклопедия русской жизни）③ 这一著名论断，因为评论家鲍里斯·帕拉莫诺夫（Борис Парамонов）直言在该作品中"托尔斯泰娅书写了（构建了）真正的俄罗斯历史和文化的模型（модель русской истории и культуры）"。安德烈·涅姆泽尔（Андрей Немзер）和斯捷潘尼扬（К. А. Степанян）却对《野猫精》提出了最为严苛的批评，认为这仅仅是"对列米佐夫和扎米亚金的高明的模仿"而已。在列伊杰尔曼和利波维茨基看来，产生这种两极分化评论的诱因是"它解构了俄罗斯传统文化中的核心神话——对生命的崇高的救赎意义来自书本（从广义上说是

---

① Н. Л. Лейдерман，Липовецкий М. Н.，*Современная русская литература*：1950 – 1990 – е годы В 2 т.，М.：Издательский центр "Академия"，2003，с.508.

② Н. Л. Лейдерман，Липовецкий М. Н.，*Современная русская литература*：1950 – 1990 – е годы В 2 т.，М.：Издательский центр "Академия"，2003，с.508.

③ Н. Л. Лейдерман，Липовецкий М. Н.，*Современная русская литература*：1950 – 1990 – е годы В 2 т.，М.：Издательский центр "Академия"，2003，с 472.

文化)"①。该书对托尔斯泰娅《野猫精》的概述奠定了其作为新俄罗斯文学经典著作的地位。事实证明，随着时间的流逝，《野猫精》这部作品确实没有被淡忘，它依然是评论界公认的俄罗斯当代文学最有代表性的作品之一。

马卡宁、佩列文、托尔斯泰娅、彼得鲁舍芙斯卡娅、波利亚科夫等作家被俄罗斯学界公认为新俄罗斯文学的翘楚，而他们的代表作《地下人，或当代英雄》、《"百事"一代》、《夏伯阳与虚空》、《野猫精》、《深夜时分》（*Время ночь*，1992）、《无望的逃离》（*Замыслил я побег …*，2002）等的问世之于俄罗斯文坛都是重大 "事件"。俄罗斯学界针对这些作品的论战也不可谓不激烈，对作品的人物形象也有较多的关注。

俄罗斯学界对马卡宁创作中的人物研究：玛丽娜·阿巴舍娃（М. П. Абашева）在论文《二十世纪末的小说：作者同一性的形成》（*Русская проза в конце XX в.*：*Становление авторской идентичности*，2001）中对马卡宁创作中的 "自我认知创作范式" 进行了深入解读。希林娜（К. О. Шилина）在副博士论文《马卡宁的〈地下人，或当代英雄〉诗学：主人公问题》（*Поэтика романа В. Маканина "Андеграунд, или Герой нашего времени"*：*Проблема героя*，2005）中认为："《地下人，或当代英雄》是一部关于艺术家的长篇小说，其主人公是 '地下人' 的代表。"② 在该文中，她梳理了马卡宁创作中人物形象的嬗变，着重分析了《地下人，或当代英雄》中主人公立场与作家立场之间的关系，解析了 "地下人" 的生存空间，并阐释了该作品中的 "互文诗学"。叶夫根尼娅·克拉夫琴科娃（Е. А. Кравченкова）在论文《马卡宁的艺术世界：观念与诠释》（*Художественный мир В. С. Маканина*：*Концепции и интерпретации*，2006）中对马卡宁创作的独特主题、作家的立场、创作题材、作品结构等进行了解析，文中专章分析了马卡宁创作的主人公从 "中年人" 到 "地下人" 的演变历程。

俄罗斯学界对佩列文创作中的人物研究：伊希姆巴耶娃（Г. Г. Ишимбаева）在《夏伯阳与虚空：维克多·佩列文的后现代主义游戏》（*"Чапаев и пустота"*：*постмодернистские игры Виктора Пелевина*，2001）

---

① Н. Л. Лейдерман，М. Н. Липовецкий，*Современная русская литература*：1950 – 1990 – *е годы В 2 т.*，М.：Издательский центр "Академия"，2003，с. 473.

② К. О. Шилина，*Поэтика романа В. Маканина "Андеграунд, или Герой нашего времени"*：*Проблема героя*，Тюменский государственный университет，Тюмень，2005.

中指出:"应该关注作品中三个主要人物姓和名的首字母重叠现象: Петр Пустота – ПП, Владимир Володин – ВВ, Семен Сердюк – СС, 这种重叠具有象征意义,主要人物不仅仅是'诗人'、'企业家'和'酒鬼——旧知识分子',而且是'艺术家'、'俄国式的商人'和在房间里喝得不省人事的'旧式俄国佬'。所有这些他们携带的特质和所有表现出的本质特征都不是租借的,而是属于自身特有的。这些特质受限于历史因素、环境和传统精神。"[①] 达里娅·扎鲁宾娜(Д. Н. Зарубина)在论文《佩列文长篇小说创作中的"共相"》(Универсалии в романном творчестве В. О. Пелевина, 2007)中较为详尽地阐释了《奥蒙·拉》(Омон Ра, 1992)、《昆虫的生活》、《夏伯阳与虚空》、《"百事"一代》等作品的主题,认为《"百事"一代》是对俄罗斯社会西方化所带来后果的真实呈现。她还专门在"文化与文明选择夹缝中的'有文化天赋的'主人公"一节中对佩列文代表作品中的主人公进行了比较分析。在她看来,夏伯阳是一个走在寻找真正自由道路上的知识分子或人物;瓦维连·塔塔尔斯基则是一个内心幡然醒悟的"佩氏文化人"。基里尔·库兹涅佐夫(К. В. Кузнецов)在《当代俄罗斯文学中代沟问题母题:以库普朗〈未知一代〉真实语境中的佩列文〈"百事"一代〉为例》(Доминанты поколенческой проблематики современной русской литературы: на материале романа "Generation 'П'" В. Пелевина в актуальном контексте "Generation Икс" Д. Коупленда, 2008.)一文中,将佩列文的《"百事"一代》与加拿大作家的《未知一代》(*Generation X*)进行了对比分析。他认为,这两部作品的主人公都不是个人,而是一代人,是一个集合概念。库兹涅佐夫对这两个"群体"进行了身份定位和较为深入的心理探索。

俄罗斯学界对托尔斯泰娅创作中的人物研究: 托尔斯泰娅的《野猫精》引起了俄罗斯学界的极大兴趣。克雷然诺夫斯卡娅(О. Е. Крыжановская)的《托尔斯泰娅〈野猫精〉中诗意化虚构的反乌托邦的世界图景》(Антиутопическая мифопоэтическая картина мира в романе Татьяны Толстой "Кысь", 2005)中阐释了该作品的反乌托邦主题;维索钦娜(Ю. Л. Высочина)的《托尔斯泰娅小说的互文性:以〈野

[①] Г. Г. Ишимбаева, "Чапаев и пустота": постмодернистские игры Виктора Пелевина, *Вопрос литературы*, №6. 2001.

猫精〉为例》（Интертекстуальность прозы Татьяны Толстой：на материале романа "Кысь"，2007）研究了该作品与经典文学的关系；波诺马廖娃（О. А. Пономарева）的《托尔斯泰娅〈野猫精〉的对话性：民间口头创作、文化与历史文化三个方面》（"Диалогизм" романа "Кысь" Т. Толстой：фольклорный，литературный и историко－культурный аспекты，2008）分析了以《野猫精》为代表的创作与民间文学之间的关系。佩列佩利岑娜（Н. В. Перепелицына）的《20 世纪与 21 世纪之交俄罗斯小说中的艺术假定性的类型》（Типы художественной условности в русской прозе рубежа XX－XXI вв.，2010）则分析了《野猫精》中的神话诗学，认为托尔斯泰娅借助作品完成了新的历史模型的构建。潘成龙（Пань Чэнлун）的《当代批评中的托尔斯泰娅的创作》（Творчество Т. Толстой в современной критике，2007）一文分析了主人公与作者之间的相互关系，阐释了作家创作中的隐喻、互文、神话等风格特征。他进一步指出，《野猫精》中的荒诞神话是人物内心世界的主要表现形式。此外，他还略微提及了知识分子与文化的关系。

俄罗斯学界对彼得鲁舍芙斯卡娅创作中的人物研究：普鲁萨科娃（И. Прусакова）认为，彼得鲁舍芙斯卡娅作品中主人公的命运有某种确定性，厄运时时刻刻威胁着他们："契诃夫作品中的主人公们坐在桌边闲谈时，他们在舞台之外的命运已经被决定了，而彼得鲁舍芙斯卡娅作品中主人公的命运在剧目开始前就已经被决定了，无论他们在舞台上怎样令人厌烦地晃来晃去都是徒然的。"[1] 在斯拉夫尼科娃（О. Славникова）看来，彼得鲁舍芙斯卡娅以如此残酷和灰暗的视角来看待人和人的活动，以至于在她的小说中女主人公已经完全不是人了，更确切地说，像"芭比娃娃"，"如此慷慨地用黑夜和土地调制出的浓稠的混合颜料来展现调色板上额外的黑色色差"[2]。雷科娃（Д. В. Рыкова）在《彼得鲁舍芙斯卡娅的创作：宗教文化传统语境中作家理想问题》（Творчество Людмилы Петрушевской. Проблема авторского идеала в контексте христианской культурной традиции，2007）中认为，主人公是彼氏表达自我理想的一种手段。她梳理了作家创作中的受难者、圣愚、道德高尚之人和处于生存与

---

[1] И. Прусакова，Погружение во тьму，*Нева*，№ 8，1995.

[2] О. Славникова，Людмила Петрушевская играет в куклы，*Урал*，№5－6，1996.

死亡边界的人等各类主人公形象。

俄罗斯学界对波利亚科夫的创作研究：拉利萨·扎西多娃（Л. С. Захидова）的《波利亚科夫的个人风格特征》（Специфика идиостиля Ю. Полякова，2009）、格卢霍娃（О. П. Глухова）的《波利亚科夫文本空间中的主观情态性表达方式和手段》（Средства и способы выражения субъективной модальности в текстовом пространстве Ю. Полякова，2010）、娜塔莉娅·亚楚克（Н. Д. Яцук）的《波利亚科夫的小说和政论作品中的词汇创新》（Лексические новообразования в прозе и публицистике Ю. М. Полякова，2011）等都分析了作家创作中的词汇和语用现象。虽然这些论文并未直接分析人物形象，但对于我们深入理解作品的内涵和人物的性格有一定的意义。

综上所述，俄罗斯学界对知识分子问题的研究可谓家学渊源深厚，且论述深入、翔实，能够形成完善的体系，乃至"知识分子学"最终成为一门独立的学科。同时，我们看到，对传统文学中的各类知识分子形象，俄罗斯学界有着较为深刻且细致的阐述，且已有对某一时期文学中知识分子研究的专门论述。诚然，对当代著名作家的代表作中的人物形象的孤立（单独）研究已经具有一定规模，但同时，我们尚未发现俄罗斯学界对当代文学中的"现代知识分子"群体形象的系统性专门研究，对当代文学中"现代知识分子"的谱系化研究和对其所承载思想的深入论述依然缺乏。

第二节 西方学界研究概况

一 西方学界对现实中知识分子问题研究概况

知识分子问题一直是西方学界研究的热点，几乎所有著名哲学家、思想家都有关于该论题的阐述。其中，古尔德纳（A. W. Gouldner）的《新阶级与知识分子的未来》（*The Future of Intellectuals and the Rise of the New Class*，1979）、约翰·凯里（John Carey）的《知识分子与大众》（*The intellectuals and the mass*，2010）、保罗·约翰逊（Paul Johnson）的《知识分子》（*Intellectuals*，1999）、阿隆（R. Aron）的《知识分子的鸦片》（*L'Opium des Intellectuels*，2005）、兰德（Ayn Rand）的《致新知识分子》（*For the New Intellectual*，2005）、弗兰克·富里迪（Frank Furedi）的《知

识分子都到哪儿去了?》(*Where Have All the Intellectuals Gone*, 2005), 以及葛兰西 (A. Gramsci) 的《狱中札记》(*The Prison Notebooks*, 2000)、福柯 (Foucault) 的《真理与权力》(*Truth and Power*, 1980) 等著作都从各个层面对知识分子展开了十分详尽的论述。与此类似的著作我们还可以列举出许许多多, 可见, 西方学界对知识分子问题是极其关注的。

鉴于本书研究的是新俄罗斯文学中的"现代知识分子"问题, 因而我们不准备展开说明西方学界对知识分子的阐释, 而是更加关注其对俄罗斯文学中的知识分子的论述, 尤其是针对当代著名作家代表作中的知识分子问题的阐释。

二 西方学界对俄罗斯文学中知识分子问题研究概况

(一) 西方学界对传统俄罗斯文学中知识分子问题研究概况

奥尔金 (Moissaye J. Olgin) 博士的《俄罗斯文学导读》[*A Guide to Russian Literature* (*1820 – 1917*), 1920] 和凯特丽奥娜·凯利 (Catriona Kelly) 的《俄国文学导论》(*Russian Literature-a Very Short Introduction*, 2001) 都对俄国文学做了总体概括, 对各个时期的著名作家做了简略分析和概述。约瑟夫·弗兰克 (Joseph Frank) 的《在宗教与理性之间——论俄罗斯文学与文化》(*Between Religion and Rationality-essays in Russian Literature and Culture*, 2010) 分析了《穷人》《死屋手记》《白痴》《群魔》等作品, 将陀思妥耶夫斯基的创作置于 19 世纪俄国文学的视域下进行了较为翔实的分析, 并将其与托尔斯泰的《战争与和平》和冈察洛夫的《奥勃洛莫夫》等进行对比分析, 着重突出了陀氏创作中的宗教性与俄罗斯文化和民族性格的关系, 对陀氏作品中的人物形象也略有涉及。这部作品对于我们理解陀氏经典作品中的知识分子形象有一定的参考价值。

著名英国思想家以赛亚·柏林 (Isaiah Berlin) 的《俄国思想家》(*Russian Thinkers*, 2001) 无疑是一部研究俄国知识分子的重要著作。他将赫尔岑、托尔斯泰、陀思妥耶夫斯基等大作家视为俄国知识分子的代表人物, 通过对这些作家创作的剖析来阐释作家的思想, 进而综论俄国"知识阶层"的特性。诚然, 该书并非专门针对文学中的知识分子形象展开研究, 却也不失为从新的视角理解俄罗斯文学作品中知识分子形象与作为知识分子的作家之间关系的参考资料。

（二）西方学界对新俄罗斯文学中"现代知识分子"研究概况

西方学界对新俄罗斯文学也比较关注，对后现代主义文学、后现实主义文学等流派，以及俄罗斯文学的未来走向等问题也予以了高度重视。

萨利·莱尔德（Sally Laird）的《来自俄罗斯文学的声音——十位当代俄罗斯作家访谈》（*Voices of Russian Literature*：*Interviews with Ten Contemporary Writers*，1999）将彼得鲁舍芙斯卡娅、马卡宁、佩列文、托尔斯泰娅与波波夫、索罗金一道视为新俄罗斯文学的领军人物，与他们进行了访谈。显然，该书对上述作家的选择证明了这些作家的创作已具有一定的世界声誉，也为我们选择他们的代表作品作为本书的研究材料提供了一定的依据。

利波维茨基（Lipovetsky）的《俄罗斯后现代主义小说：与混乱对话》（*Russian Postmodernist Fiction*：*Dialogue with Chaos*，1999）[1]、妮娜·科尔斯尼考芙（Nina Kolesnikoff）的《俄罗斯后现代主义小说的叙事策略》（Narrative Strategies of Russian Postmodern Prose，2003）和《俄罗斯后现代主义小说的虚构性格的构建本质》（The Constructed Nature of Fictional Characters in Russian Postmodernist Prose，2010）[2]、戈卢布科夫（Mikhail Goloubkov）的《21世纪初的俄罗斯文学和文化密码》（Literature and Russian Cultural Code at the Beginning of the 21st Century，2013）[3] 等研究成果都对俄罗斯后现代主义文学进行了总体概述，并对代表作家的代表作品中体现的创作风格和写作策略进行了论述。

西方学界不仅关注俄罗斯当代文学发展态势，对一些知名作家的代表作品也进行了分析和阐释。

西方学界对马卡宁创作中的人物研究：马卡宁的《高加索俘虏》（*The Prisoner of the Caucasus*，1994）、《出入口》（*Escape Hatch*，1996）、《路漫

---

① 利波维茨基的这部著作以英语在美国纽约阿蒙克由 M. E. Sharpe 出版社出版发行，鉴于著作的英文形式，故将该作品视为欧美学界的成果。

② "Narrative Strategies of Russian Postmodern Prose" 一文于 2003 年 5 月以英语形式发表在《俄罗斯文学》（*Russian Literature*）杂志上；"The Constructed Nature of Fictional Characters in Russian Postmodernist Prose" 一文以英语形式于 2010 年 2 月发表在《俄罗斯文学》杂志上。

③ 米哈伊尔·戈卢布科夫为莫斯科大学教授，"Literature and Russian Cultural Code at the Beginning of the 21st Century" 一文以英语形式于 2013 年 1 月发表在《欧亚学刊》（*Journal of Eurasian Studies*）上，因而算作欧美文学界的研究成果。

漫》(The Long Road Ahead，1996）等作品早已被翻译成英语、法语等多国语言版本。因此，西方学界对马卡宁创作的研究已经初具规模。克里斯蒂安娜（Schuchart Christiane）的《弗拉基米尔·马卡宁的〈地下人，或当代英雄〉中的互文性》（Intertextualität in Vladimir Makanins "Andegraund，ili Geroj našego vremeni"，2004）一文重点分析了《地下人，或当代英雄》中的互文现象。比利时根特大学的蒂姆·万德斯汀（Tim Vandersteen）在《弗拉基米尔·马卡宁长篇小说〈地下人，或当代英雄〉主题研究》（Het them van de nivellering in de roman "Andergraude，ili geroj nasšego vermeni" van Vladimir Makanin，2006–2007）一文中对马卡宁做了介绍，对其创作进行了梳理，对《地下人，或当代英雄》的主题进行了分析。英国埃克赛特大学学者萨利·道尔顿-布朗（Sally Dalton-Brown）在《无效的思想、暴力的后果：弗拉基米尔·马卡宁的知识分子肖像》（Ineffectual Ideas，Violent Consequences：Vladimir Makanin's Portrait of the Intelligentsia，1994）一文中对马卡宁20世纪90年代中期以前的作品中的知识分子形象进行了分析。颇为遗憾的是，该作品发表时《地下人，或当代英雄》尚未出版，然而我们认为该文章仍然具有一定的借鉴意义。牛津大学史密斯（G. S. Smith）教授的《在白纸和白雪上：弗拉基米尔·马卡宁的〈地下人，或当代英雄〉》（On the Page and on the Snow：Vladimir Makanin's Andergraund，ili geroi nashego vremeni，2001）一文对该作品的结构、时空特征进行了分析，对《地下人，或当代英雄》中的对话、酗酒、性行为和身体暴力等内容进行了解析，并解析了主人公的性格特征。

西方学界对佩列文创作中的人物研究：佩列文的《夏伯阳与虚空》《"百事"一代》等作品在西方各国也都有了翻译版本。西方学界对佩列文的创作给予了密切关注，其作品一经面世便有相应的评论发表。美国得克萨斯大学奥斯汀分校基斯·里弗斯（Keith Livers）的《昆虫的王国：在维克多·佩列文〈昆虫的生活〉中寻找自我》（Bugs the Body Politic：The Search for Self in Viktor Pelevin's The life of Insects，2002）分析了佩氏早期作品《昆虫的生活》，称其堪比卡夫卡的《变形记》；萨利·道尔顿-布朗的《寻找造物主：佩列文和〈T〉中的无能作家，以及文集〈给美丽女士的菠萝汁〉》[Looking for the creator：Pelevin and the Impotent Writer in T（2009）and Ananasnaia voda dlia prekrasnoi gamy（2011），2014]分析了佩列文2009年和2010年出版的两部新作《T》和文集《美女菠萝汁》

（Ананасная вода для прекрасной дамы）。虽然这些文章并未直接涉及我们要研究的作品，但是它们有助于我们厘清佩列文的创作历程，从而能更全面、深入地理解佩氏的创作。

鲍里斯·诺登博斯（Boris Noordenbos）的《进入新时代？从文化 - 符号角度对维克多·佩列文的解读》（Breaking Into a New Era? A Cultural-semiotic Reading of Viktor Pelevin，2008）一文选取了佩氏两部重要作品《"百事"一代》（Generation "П"）和《号码》（Числа）为研究材料，从文化视角对后苏联时代西方和俄罗斯的思想意识、文化和社会体制之间的冲突进行了解读。妮娜·科尔斯尼考芙娜的《俄罗斯后现代主义文学中的梅尼普讽刺风格》（Menippean Satire in Russian Postmodern Prose，2008）一文以《夏伯阳与虚空》等三部当代著名作品为对象，对后现代主义与梅尼普讽刺体之间的关系展开了较为翔实的论述。汉斯·巩特尔（Hans Günther）的《后苏联的虚空（弗拉基米尔·马卡宁和维克多·佩列文）》[Post-Soviet Emptiness（Vladimir Makanin and Viktor Pelevin），2013]一文从社会学角度对《地下人，或当代英雄》、《"百事"一代》和《夏伯阳与虚空》三部作品进行分析，认为这些作品反映了 20 世纪 90 年代苏联解体后，在整体体制转轨、经济一落千丈的情况下，虚无的思想笼罩着整个社会，社会现实与幻想之间的界限也变得极其模糊。

西方学界对彼得鲁舍芙斯卡娅创作中的人物研究：彼得鲁舍芙斯卡娅被誉为"域内开花，域外香"的作家，她的作品虽然在国内经历了先抑后扬的命运，在国外却一亮相就被高度评价。欧美文艺评论界对彼得鲁舍芙斯卡娅创作中的女性形象研究具备一定的基础。美国学者约瑟芬·沃尔（Josephine Woll）在《迷宫中的弥诺陶洛斯①：彼得鲁舍芙斯卡娅创作评论》（The Minotaur in the Maze：Remarks on Lyudmila Petrushevskaya，1993）中阐释了彼氏笔下的人物及其创作基调，论述了读者阅读其作品的感受；著名美国评论家康纳·多克（Connor Doak）的专著《奶奶追忆往昔：彼得鲁舍芙斯卡娅〈深夜时分〉中的外祖母们和外孙们》（Babushka Writes Back：Grandmothers and Grandchildren in Lyudmila Petrushevskaya's Time：Night，2011）论述了彼氏独具一格的后现代创作手法，解析了《深夜时

---

① 弥诺陶洛斯生活在克里特岛上，是一种人身牛头怪物。

分》（Время ночь，1992）① 中以安娜为代表的老年女性在生存空间被挤占殆尽的困境中自怨自艾的讲述，控诉女性 - 知识分子在新的文化生态中走投无路的惨状。

西方学界对托尔斯泰娅创作中的人物研究：托尔斯泰娅是一位为西方学界所熟知的当代俄罗斯作家。她曾在美国工作过一段时间，精通英语。她的作品大部分都被翻译成英文、法文、德文等。匹兹堡大学的海伦娜·戈西罗（Helena Goscilo）在《表面文本的托尔斯泰娅之爱》（Tolstajan Love As Surface Text，1990）一文中对《索尼娅》《彼得斯》等早期作品中的爱情主题进行了较为细致的阐释。另外，戈西罗教授在专著《达吉雅娜·托尔斯泰娅的爆炸性世界》（*The Explosive World of Tatyana N. Tolstaya's Fiction*，1996）中系统地分析了《在金色的台阶上》（На золотом крыльце сидели，1987）等作品。琳妮·纽鲁斯（Knowles Lynne）在论文《俄罗斯后现代主义小说的语言、文化和翻译研究：以托尔斯泰娅的〈野猫精〉为例》（Linguistic and Cultural Aspects of the Russian Postmodern Novel and its Translation：Кысь by Tatyana Tolstaya，2007）中对托尔斯泰娅《野猫精》的英语译本与法语译本以及俄语文本进行了对比，并从语言学和文化角度分析了该作品，对其中的主题展开了阐释。

综上所述，西方学界对知识分子问题的研究具有持续且深入的特点，而对俄罗斯文学中的知识分子问题研究相对较为薄弱，针对新俄罗斯文学中的"现代知识分子"形象的研究也依然处在以个案研究为主的状态。到目前为止，我们尚未发现对该问题的系统化研究成果。

第三节 中国学界研究概况

一 中国学界对现实中俄罗斯知识分子问题研究概况

我国学界研究知识分子问题的著作数量相对可观。北京师范大学张建华在《俄国知识分子思想史导论》一书中分别从宏观与微观两个维度阐释了 18～20 世纪初期的俄国知识分子思想全景图。作者论述了知识分子个体

---

① 彼得鲁舍芙斯卡娅的这部著作的英语译名为 *The Time：Night*，汉语中目前有《午夜时分》《深夜时分》《时间是夜晚》三种较为常见的译名。从文本的内容看，主人公在家人都入睡之时，才有时间伏案疾书。鉴于此，我们认为《深夜时分》是最为契合的译法。

的初现，知识分子作为社会特殊群体的形成以及知识分子与政治的关系。在该书中，作者特别阐述了"忏悔的贵族"和"多余人"等俄国经典文学中出现的贵族知识分子形象。李小桃在专著《俄罗斯知识分子问题研究》中系统地分析了知识分子阶层的诞生及自我意识的萌发，论述了19世纪俄国知识分子阶层的特性与社会实践，阐释了19世纪末20世纪初俄国知识分子的自省与反思，概述了苏联知识分子的发展历程、自我审视及改革时期的苏联知识分子等内容。该书对特定时期的俄罗斯知识分子阶层做了深入全面的解析。此外，还有李必莹的《改革中苏联知识分子的命运》，张建华的《苏联知识分子群体转型研究（1917－1936）》，倪稼民的《从建构到失语——文化传统背景下的俄罗斯革命知识分子与斯大林模式》，朱达秋、周力的《俄罗斯文化论》，等等，对知识分子展开了专门论述。此类著作数量颇丰，此外关于知识分子问题的各类论文数量也相当可观。可见，我国学界对俄罗斯知识分子的研究相当重视，且具有一定的延续性。

这些论著或从历史的维度对俄罗斯知识分子的演变轨迹进行了梳理，或从文化哲学的视角对俄罗斯知识分子阶层的特性进行了深入解析，或对特定历史时期俄罗斯知识分子生存状况和命运进行阐述。诚然，以上成果对文学中的知识分子形象的剖析少有涉及，然而它们对俄罗斯知识分子的细致论述对我们研究新俄罗斯文学中的"现代知识分子"问题依然有着不可替代的作用。

二　中国学界对俄罗斯文学中知识分子问题研究概况

（一）中国学界对传统俄罗斯文学中知识分子问题研究概况

如果说对现实中的俄罗斯知识分子问题的研究进行得相对深入且系统，那么对文学中的俄罗斯知识分子的研究则相对薄弱，该课题只是在一些成果中有所涉及，专门针对该问题的系统研究相对不足。

谢周的《从"多余"到"虚空"——俄罗斯文学中知识分子形象流变略述》一文分析并简要阐释了俄罗斯文学中几个主要的知识分子群像，梳理出一条从"多余"到"虚空"的知识分子形象流变线索。张晓东的《苦闷的园丁——"现代性"体验与俄罗斯文学中的知识分子形象》一书从知识分子与俄国现代化进程的角度对19世纪30～40年代到20世纪初的俄国文学中的知识分子形象进行剖析。他将知识分子视为俄国这个"大花园"的辛勤园丁，将文学作品中的知识分子形象与该形象在俄国社会中的原型进行有机的对比与综合论述，充分展现了俄国社会现代化进程中知识分子的精神历程，肯定了现实中的和文学中的知识分子所发挥的独特作用。傅星寰、刘丹在《俄罗斯文学知识分子题材形象集群及诗学范式初探》一文中，在广阔的文化历史语境中对俄罗斯文学知识分子题材进行整体观照，通过对几种形象集群的分类梳理，以及对各种形象集群在主题层次、情节结构、形象模式等文本诗学范式方面加以提炼，从而把握住俄罗斯文学知识分子题材的伦理价值和美学特质。庄宇在《反乌托邦文学：俄国知识分子的思想路标——〈我们〉和〈野猫精〉的历史比较研究》一文中通过对《我们》和《野猫精》这两部创作体裁相同、作品内容各异，但反映的历史问题和社会现象却极其相似的作品的比较研究，阐释了俄罗斯的历史宿命，使我们更加深入地了解俄罗斯知识分子这一特殊群体面对社会重大变革所肩负的责任。

（二）中国学界对新俄罗斯文学中"现代知识分子"形象研究概况

新俄罗斯文学同样是中国学界研究的热点之一，对马卡宁、佩列文、彼得鲁舍芙斯卡娅、托尔斯泰娅、波利亚科夫等作家创作的研究也具有一定的基础。

中国学界对马卡宁创作中的人物研究：马卡宁的《地下人，或当代英雄》、《出入孔》（或者译作《豁口》、《洞口》）、《高加索俘虏》等作品已经有了中文译本。针对这些作品的研究也初具规模，其中不乏高水平的学术论文和学位论文。其中，侯玮红的《论马卡宁小说创作的艺术风格》和《自由时代的"自由人"——评马卡宁的长篇新作〈地下人，或当代英雄〉》两篇文章是国内对马卡宁的创作加以解读的重要成果。前者将马卡宁的创作分三个阶段分别进行了宏观概论，对作家创作艺术手法的演变进行了梳理；后者对《地下人，或当代英雄》这部著作的主要内容作了介绍，粗略解析了其主人公的性格特征。王丽丹的《弗·马卡宁的"元小说"叙事策略——评〈地下人，或当代英雄〉》一文将《地下人，或当代英雄》认定为"元小说"的代表作品，分别从作家的自省意识、叙事的镜像性、反讽的戏仿、魔幻的隐喻、任意时空等几个角度对该作品的叙事策略展开较为充分的论述。田大畏在《地下人，或当代英雄》中文版"前言"中认为，马卡宁意在展示苏维埃时代"受迫害的有才华作家"在苏联解体后沦为看守的彼得洛维奇的种种遭遇。《地下人,或当代英雄》反映的是一个时代的混乱,着重记录的是一个处于迷惘状态的知识分子的思想和行为表现。这部作品的内容复杂、多面,甚至不乏矛盾之处,因而比较晦涩难懂,但其无疑是一部当代的经典作品。

侯玮红的学位论文《论马卡宁的创作》梳理了马卡宁各个时期的创作,描述了《地下人,或当代英雄》的主人公彼得洛维奇,认为他是一个不想失去尊严,又不能面对现实的人,最终只能沉默不语。

中国学界对佩列文创作中的人物研究:佩列文是最为中国学界所熟知的当代俄罗斯作家之一,其代表作《"百事"一代》和《夏伯阳与虚空》(也译作《恰巴耶夫与普斯托塔》)也已经有中文译本。学界对佩氏创作的剖析近年来可谓成效显著。刘文飞在《"百事"一代》的中文版序言《别样的风景》中认为主人公瓦维连·塔塔尔斯基是一名新时期的知识分子,作品展示的是以其为代表的当代知识分子在商业文化中迷失自我、走向异化的图景。该文对本研究具有较大的参考价值。

郑永旺的《游戏·禅宗·后现代:佩列文后现代主义诗学研究》是国内佩列文创作研究的开山之作。该书详尽阐释了俄罗斯后现代主义文学和后现代语境中的佩列文现象,论证了《夏伯阳与虚空》作为后现代经典的理论合法性,深入、细致地论述了《夏伯阳与虚空》所蕴含的禅宗思想,解析了文本的互文性和游戏性写作策略。李君在《对维克多·佩列文〈"百事"一代〉的后现代主义解读》中对该作品的内容、创作背景等作了介绍,对作品中现实异象和虚幻图景进行了初步分析,同时阐述了互文、语言游戏等创作手法。祖艳在《佩列文的后现代主义创作研究》一文中关注佩列文创作中的"异化"主题与互文写作策略,并将《昆虫的生活》与卡夫卡的《变形记》进行对比研究。应当指出的是,祖艳分析了佩氏创作中的"人的异化""知识分子的异化",乃至"现实的异化"的现象。她将《"百事"一代》和《夏伯阳与虚空》的主人公视为知识分子的代表,对他们的精神异变进行了简略的阐释。刘辉辉在《从艾特玛托夫到佩列文——神话诗学视角下的俄罗斯当代文学》中对佩列文进行了专章论述。他通过对佩氏代表作品中人物形象神话原型的嬗变、人物的异化和作品的神话时空观的阐释来解析佩列文的神话诗学。

中国学界对托尔斯泰娅创作中的人物研究:塔·托尔斯泰娅是为数不多的俄罗斯当代著名的女性作家之一,她与柳·彼得鲁舍芙斯卡娅、柳·

乌利茨卡娅一道被称为"俄国女性文学的三套马车"。她的《野猫精》已被译成中文,且在中国学界引起不小的轰动,是学界研究的焦点之一。

周湘鲁的《过去,未来,还是现在?——评塔吉扬娜·托尔斯泰娅长篇新作〈克澌〉》一文简要介绍了该作品,并对其进行了诗学分析。她认为《克澌》是一部以另类方式解读俄罗斯历史的寓言式作品。她将主人公贝内迪克特视为"民众"的代表,尼基塔·伊凡内奇则是知识分子代表,认为作品的主题之一是"知识分子与民众关系"。颇为遗憾的是,文中没有对该主题进行更深入细致的阐释,但不可否认,这是对《野猫精》较早的相对全面的论述,具有较大的参考价值。谢春艳的《后现代语境下的人性裂变——评达吉雅娜·托尔斯泰娅的小说〈野猫精〉中的女性形象》一文从物种的退化、兽性的衍生和精神缺失三个角度解读《野猫精》中的女性形象。陈训明在《野猫精》的译序《哈哈镜中的俄罗斯知识分子》一文中认为,主人公贝内迪克特是当时文化生态中的一名普通知识分子,尼基塔·伊凡内奇则更像完美的知识分子。贝内迪克特的言行彰显的是俄罗斯知识分子群体固有的缺陷:好读书却不求甚解,耽于幻想却又不能脱离现实,自命不凡、骄傲清高而又盲目屈从,往往难以抵挡权力和金钱的引诱,乃至堕落到与掌权者、阴谋家狼狈为奸的地步。

田璐在硕士学位论文《塔·托尔斯泰娅小说诗学特征探析》中从传承视角对作品表现出的俄罗斯知识分子所特有的人道主义情怀给予了高度评价。许丽莎在《塔·托尔斯泰娅长篇小说〈野猫精〉诗学特征探析》一文中对该作品的人物形象进行了梳理,对作品中人的异化主题进行了简要解析,对作品蕴含的"知识分子与下层民众关系"等文化内涵进行了概论,并对文本的叙事策略进行了阐释。徐子燕在《托尔斯泰娅作品中的后现代思维模式和结构模式》一文中将《野猫精》中的知识分子形象分为"知识分子精神代表"、"俄罗斯知识分子庸俗代表"和"徘徊于两者之间的知识分子"三类,并简单说明了三类"知识分子"的代表人物的特性。

中国学界对彼得鲁舍芙斯卡娅创作中的人物研究:国内学界对彼得鲁舍芙斯卡娅创作中的人物形象的阐释已经有了一定的基础。段丽君的专著《反抗与屈从》和论文《女性"当代英雄"的群像》是关于彼氏创作研究较为重要的成果。专著和论文分别对彼氏作品中的主题和女性形象进行了梳理,且解析了彼氏代表作的艺术手法。王卓的学位论文《论彼得鲁舍芙斯卡娅作品的悖论艺术手法》将"悖论"作为彼氏创作的核心要素,分别从人物形象及其生存语境、作品情节设置等角度阐释了彼氏创作悖论性，并简要分析了这种悖论性所取得的艺术效果。

中国学界对波利亚科夫创作中的人物研究：波利亚科夫被俄罗斯文坛前辈谢尔盖·米哈尔科夫称作"最年轻的经典作家"。他的代表作《羊奶煮羊羔》《无望的逃离》风靡全球，它们也都有了中文译本。然而，我们认为，虽然学界针对波利亚科夫的研究已经初现规模，但还远没有达到与其地位相匹配的程度。张建华在《俄罗斯知识分子心态变化的裂变的云图——评长篇小说〈无望的逃离〉》一文中对尤里·波利亚科夫的《无望的逃离》进行了深入解析，通过对玩世不恭、放浪形骸的巴士马科夫、斯拉宾逊、盖尔克、尤纳克、阿瓦尔采夫等一系列沉沦与堕落知识分子形象的分析，展示了俄罗斯"现代知识分子"在新的历史文化语境下在探求个体存在意义和生命本体内涵时心理和生理的双重分裂，也即独特的"艾斯克帕尔"文化现象。秦晓鹰的《酒醉酒醒时　情爱情深处——评介俄罗斯当代长篇小说〈无望的逃离〉》和牧野的《生活在别处——小议〈无望的逃离〉中的"逃离"》对该作品做了简单的介绍。张文娟的《一幅令人玩味的风情画卷——评〈无望的逃离〉的语言特色》重点关注的是该文本体现的作家创作的词汇风格。

邓玉在硕士学位论文《自由时代的一声叹息——俄罗斯当代小说〈无望的逃离〉使命感浅论》中分析了巴士马科夫、斯拉宾逊等人物，他们在缺乏人文关怀的文化语境中阴暗负面的人性弱点无限膨胀，精神世界逐渐崩塌，沦为废墟；简述了人物性格的扭曲和异变现象。

综上所述，我们认为中国学界对俄罗斯知识分子问题的研究主要集中在对现实中俄罗斯知识分子的论述。各类著作多从史学角度对俄罗斯知识分子的群体属性进行了深入而透彻的解析，并对该群体形成的文化语境进行了系统阐释。同时，我们注意到学界对文学中的知识分子问题的研究相对薄弱。有部分文章对新俄罗斯文学中知识分子形象有所涉及，而对该问题的系统论述几乎未曾见到。然而，不可否认的是，所有上述文献对本课题的研究有着极其重要的参考和借鉴价值。

第四节　选题依据

知识分子是民族进步的重要推动力，是民族意识觉醒和兴盛的引导者。俄罗斯知识分子在宣扬民族意识方面发挥着极其特殊的作用。俄罗斯哲学界、思想界、文学界都有关注、研究知识分子问题的传统。在俄罗斯,"文学不但深刻地表达了俄罗斯思想的诉求,同时也向外界展示了俄罗斯精神和俄罗斯民族心智"①,俄罗斯作家们善于将自己的哲学观念融入文学作品中,他们从某种意义上担负起了哲学家本该解决的问题。或者说,文学中的知识分子群体的形象演变历史及其命运走势是俄罗斯文学发展的显著线索。知识分子形象的演变历史在很大程度上映射了现实中以作家、思想家、社会活动家为代表的知识分子承受的伤痛和释然、踟蹰和坚守、疑惑和虔诚等纠结艰难的思想演变路径。俄罗斯知识分子怀有经世济国的理想抱负,不乏静思己过的内省作风,而这些群体特性往往通过文学文本直观地体现在俄罗斯文学中的知识分子形象身上。换句话说,深入研究新俄罗斯文学中"现代知识分子"问题是审视俄罗斯历史进程的重要视阈和必要路径,对理解俄罗斯文学本身同样有着重大意义。

本书准备论述的"现代知识分子",指苏联解体后当代俄罗斯文学作品中的知识分子群体。鉴于此,我们选择了马卡宁、佩列文、托尔斯泰娅、彼得鲁舍芙斯卡娅、波利亚科夫等当代俄罗斯文学领军人物的代表作品作为研究资源。

上述这些作家都被收入了"俄罗斯大百科出版社"发行的《20世纪俄罗斯作家传记词典》(Русские писатели 20 века: биографический словарь, 2000),被视为当代俄罗斯文学的重要代表。苏联解体后出版的关于新时期俄罗斯文学史方面的重要著作《当代俄罗斯文学:1950~1990年》《20世纪的俄罗斯文学:风格、流派、方法、创作》也有专门章节对上述作家进行论述。因此,从这个意义上来说,这些作家的创作具有较强的代表性意义。或者说,他们是一种现象级的文化标志,且有可能在未来成为文学经典。

这些作家并不直接参与政治,也并不热衷于政治,但他们对社会现状、思想潮流动态往往密切关注。如佩列文声称:"我对政治完全不感兴趣。"他在接受"镜铁在线"(Шпигель онлайн)采访时被问道:"虽然您的书(《'百事'一代》——引注)中讲述的是后苏联时期的俄罗斯,里面的许多话题让人想起西方小说。比如:大众传媒——现实、广告等

---

① 郑永旺:《论俄罗斯文学的思想维度与文化使命》,《东北亚外语研究》2015年第1期。

等。……在您的这部作品中，俄罗斯得以很真实地呈现：城市的描绘、悲观情绪、犯罪团伙。"佩列文表示自己完全不认同这种看法，"但是，严肃地说，我（佩列文——引注）特别满意的是，自己所写的许多东西确实已经发生了。"① 事实上，佩列文曾经一度被认为是作家 - 神秘主义者（писатель - мистик），这种评断主要依据其前期的一系列作品，尤其是代表作品《夏伯阳与虚空》，而《"百事"一代》被视为作家"从神秘主义到社会学"（Пелевин：от мистики к социологии）转折的标志。"1999 年前后《'百事'一代》的出版被视为佩列文创作第二阶段的开端。起初，谁也没有发现任何端倪，然而随着其后每一部作品的出版，神秘主义作家的创作向社会学（社会问题）的转向愈加明显。"② 而马卡宁在谈到自己的创作时说："我感受到生活中即将发生某些改变，我开始观察、摸索，创作关于各种各样改变的短篇和中篇。"③ 可以说，社会现实问题依然是作家们关注的焦点，社会文化生态的变革是其创作的动力和激发点。

就创作风格而言，国内外学界一般将佩列文和托尔斯泰娅视为后现代主义的代表；将马卡宁和彼得鲁舍芙斯卡娅看作"后现实主义"（新现实主义或超现实主义）的典型；而将波利亚科夫列为现实主义作家。后现代主义文学、后现实主义文学和传统现实主义文学是苏联解体后俄罗斯文坛最有影响力的流派。我们选取各个流派的重要作家作为研究对象，以期尽量增强样本的代表性，提升其普遍性和可靠性，从而保证论题阐释的合理性。

从文本的叙事看，上述作品除了《地下人，或当代英雄》直接以彼得洛维奇作为叙事者，即采取第一人称叙事模式，其他都以第三人称叙述展开。一般认为，文学文本是"一系列属于某人（叙述者、抒情主人公、人物）的话语表述，文学正是借助于这些话语表述，来直接揭示人们的思维过程和人们的情致思绪，来广泛地刻画人们的精神性（包括智性）交流，这种交流可能是'词语之外的'其他艺术门类所无法表现出来的。文学作品中常会出现主人公对哲学、社会、道德、宗教、历史等问题的思考"④。

---

① Пелевин В. ，Желания - они как крысы，http：//pelevinlive. ru/19.
② Константин Фрумкин，Пелевин：от мистики к социологии，*Свободная мысль*，№ 9，2009.
③ Тимофеева О. ，В предчувствии я сильнее других，*Новая газета*，декабрь，2008.
④ 〔俄〕瓦·叶·哈利泽夫：《文学学导论》，周启超等译，北京大学出版社，2006，第128 页。

换句话说,叙事文本主要由叙述者话语和人物话语构成,这种话语承载思想之方式是文学有别于其他艺术范式的独特之处。上述文本有一个共同的特点,即文本中从不出现真实作家(言语生产者)的形象和话语,叙述者的话语(虽然是戴着面具的作家,但并不等同于作家)和人物的话语拥有无可置疑的自由和独立性,可以认为他们并不为真实作家的意志所左右。因此,《地下人,或当代英雄》中彼得洛维奇是一个独立的个体,整部作品以他的意识流动为文本和情节的推动力,映射的完全是他的思想和情绪。其余作品虽以第三人称叙事,但人物话语的比例占据了绝对优势,是文本的主导叙事形态。换言之,这是一种"假第三人称叙事"。根据热拉尔·热奈特《叙事话语·新叙事话语》中提出的"聚焦"理论,上述文本都是"内聚焦",且为"固定式内聚焦"[①]。简而言之,文本的整个叙述视角完全立足于主要人物("现代知识分子"),我们的阅读始终不离开主人公的视点,他们所看到、感受到、听到、想到的一切构成了"世界"。"世界"是他们"有限视野"下的世界。马卡宁曾说,当作家用这种"第三人称写作的时候,就不应该预先定好结局"[②]。换句话说,在这种情形下,人物本身具有较强的独立性,有独特的思想意识,有其自为自主的发展路径。一个有趣的事实是,电影版的《"百事"一代》和电视剧版的《无望的逃离》直接摈弃了原文本的叙事者角色,完全采用主人公塔塔尔斯基和巴士马科夫的叙事话语,也即让他们直接成为叙事者。基于上述事实,可以认为,文本中所彰显的世界图景就是知识分子眼中的世界,因而能较为完整地传递知识分子身上所栖居和映射的种种思想和情绪。

《无望的逃离》《野猫精》《"百事"一代》《地下人,或当代英雄》《夏伯阳与虚空》《深夜时分》等著作不仅是上述作家的代表作,也是俄罗斯权威文学奖——布克奖——的入围作品和其他奖项的获奖作品。就各个文本的主题而言,它们都是对苏联时代的批判性反思,对当下俄罗斯社会生活的反映和未来的展望。它们都以变革历程中"现代知识分子"的人生经历、思想动态为核心内容,是"现代知识分子"所承载的种种文化思潮的极致文学体现。从这个意义上说,这些文学作品和当代俄罗斯哲学、社会学、经济学等拥有几乎一致的论题:"俄罗斯将走向何方?"

---

① 〔法〕热拉尔·热奈特:《叙事话语·新叙事话语》,王文融译,中国社会科学出版社,1990,第129~130页。

② 侯玮红:《当代俄罗斯小说研究》,中国社会科学出版社,2013,第215页。

"'俄罗斯——飞奔的三套马车'将走向何方?"这个命题不可能不引起作家们的思考。波利亚科夫的《无望的逃离》中,对急剧变革时期的重大历史事件如戈尔巴乔夫全面改革、"八·一九"事件、全面私有化、"十月事件"等都有一定的反映,这是知识分子群体生存状态和思想动态的宏观语境和背景。有评论家认为,这类作品不仅清晰地和不过分夸大地叙述当下的困难时期,且深刻地思考和解释"为何我们和我们的国家(俄罗斯)会发生这种事情?""出路何在?""谜底何在?"的问题。① 托尔斯泰娅在接受采访时被问道:"如果我们现在不回到苏联的老路上(в совок),走向另一边,我们该走什么样的路?"她毫不犹豫地回答:"当苏联崩溃的时候,准确地说,我们感觉到,似乎什么东西已经倒塌,人与人之间开始形成另一种关系,突然出现了各种问题。我们天真地认为,一切获得了自由,变得更好。然而更好并没有到来,很多人已经预料到在改革前的俄罗斯发生的一些事情,并记录在那时的文艺作品中。总体来说是正确的——没有'黄金时代'……"② 她认为,改革后期的思想十分活跃,人们开始理解托尔斯泰、果戈理在 19 世纪写的东西,对契诃夫的平淡日常琐碎更是理解得透彻入理。"总之,有一些暴露出来了,我们由此变得十分忧郁、沮丧,因为这些东西不是那种很多人期待的清透、进步之物。……我们没有挣脱! 应该找到另外的方法。至少使人能够在自身周围创造一个洁净的活动范围(чистый круг),存在'洁净的一斑'(чистое пятно):不要在自己周围捣乱,不要以人们厌恶的态度来对待之,整顿好自己和家人的生活。将社会拖向那种阳光灿烂、喜气洋洋的顶峰是没有必要的,因为这是不可能做到的。应该走另外的道路,一条平静祥和之路,一条开明之路。"③ 这种思考或许融入了作家们的作品,形成了俄罗斯评论界所谓的"佩列文方案"和"托尔斯泰娅模式",但是,必须客观地认识到,文学中的"现代知识分子"们已经无力承载、践行这种种"宏大的"模式,虽然他们的生活经历事实上反映的是对某方案的一种探索,但这种生活经历本身偏向个性化自由叙事。这显然与知识分子在社会中所处的地位相关,他

---

① Рябинин Ю. В. , Русская трагедия, *Литературная Россия*, №37. 15 – го сентября 2000.

② Толстая Т. , С моей родословной начинать писать было стремно, https://snob. ru/selected/entry/94953? v = 1452685141.

③ Толстая Т. , С моей родословной начинать писать было стремно, https://snob. ru/selected/entry/94953? v = 1452685141.

们不再是也不可能是当下俄罗斯社会的核心力量。对此，马卡宁认为，“现在，我或许可以这样说，知识分子认清了自己的位置（找准了自己的定位）。知识分子仍然存在，他们靠着思想的残渣取暖保温，但到底还是找准了自己的位置。现在，知识分子被中产阶级排挤、践踏，中产阶级形成、成长得极其迅速。知识分子没有被珍惜，确切地说，他们只是被容忍了。他们虽被考虑、顾及到，但是他们身上已经没有了那种热忱、激情（пафос），那种精神、勇气（дух），那种高高在上的气势、姿态（высокий полет）。”① 换言之，上述文本中“现代知识分子”与传统知识分子之间的形象差异是一种必然的存在。

上述作品的主人公巴士马科夫、贝内迪克特、尼基塔、塔塔尔斯基、彼得洛维奇、维涅季克特、彼得·虚空和安娜·安德里昂诺芙娜都有相对较高的文化素养，是各自所处文化语境中当之无愧的知识分子。在恶化的文化生态中，巴士马科夫、彼得洛维奇、安娜·安德里昂诺芙娜等或是失却了抗争的勇气，或虽坚守文人风骨而无力扭转乾坤，却未曾丧失对现实的清醒认识；而塔塔尔斯基、贝内迪克特则发生了异变、沉沦，在受到外界刺激后又开始觉醒、独立思考，走上浪子回头之路。这些人物之间本身组成了一个成长序列，构成新俄罗斯文学中“现代知识分子”的成长图谱。

第五节　主要研究方法、理论和学术价值

一　主要研究方法和理论支撑

本书立足于文本，对新俄罗斯文学中“现代知识分子”进行谱系化研究，并详细阐述其类型和成长历程，且从社会文化视角阐释文学中的“现代知识分子”思想变化、他们的精神诉求和能提供的未来图景。

具体研究方法和理论如下。

其一，运用文本解读法，以文学文本为研究基础，对新俄罗斯文学中“现代知识分子”群体进行类型化研究，并阐述其所承载的思想。

其二，运用比较研究法，将新俄罗斯文学中“现代知识分子”群体与

---

① Новоселова Е. , Зеркало для антигероя, *Российская газета*, октябрь, 2011.

经典文学中的知识分子进行纵向对比。

其三，运用文化批评理论，对"现代知识分子"与俄罗斯文化的关系进行系统阐述。

其四，运用宗教哲学理论阐述"现代知识分子"的思想变化。

二 研究意义与学术价值

知识分子是俄罗斯社会的一种现象，而且是一种独一无二的文化现象。知识分子在俄罗斯社会发展历程中发挥着不可替代的作用。国内学界对传统文学中的知识分子问题的研究具有一定的基础，但是对新俄罗斯文学中的俄罗斯"现代知识分子"问题关注相对不足。通过对当代著名作家代表作中的知识分子群体的研究，我们将尝试建立俄罗斯"现代知识分子"的谱系。

俄罗斯文学是思想文化的载体。通过对当代著名作家代表作中的知识分子群体的研究，我们将追踪俄罗斯文化生态的变化，了解苏联解体后国家意识形态的骤变、西方文化入侵等状况对以"现代知识分子"为代表的俄罗斯人的精神世界产生的影响。

在国内外学术界对新俄罗斯文学中"现代知识分子"问题的研究和论述并不十分充分的前提下，本论题具备较强的研究价值和意义。对当代文学中的"现代知识分子"问题的研究，有助于研究者对新俄罗斯文学的深入探析；有助于研究者准确地把握当代俄罗斯"现代知识分子"的精神气质、文化品格；有助于研究者透过这一问题了解当代俄罗斯社会的文化状况和思想潮流，及时把握当代俄罗斯人的思想动态。一方面，该研究能够为后来研究者提供一定的学理依据和研究资料；另一方面，该研究能够为中俄两国间的官方和民间的深入广泛交流提供一定的参考。

第一章　俄罗斯知识分子群体的
缘起和演变

20 世纪 60 年代末，哲学家福柯（Michel Foucault）在《权力与真理》（*Truth and Power*，1980）中感叹"知识分子"已经历史性地销声匿迹了，只剩下在各个专业忙忙碌碌的"专家们"；美国著名社会学家古尔纳德（A. W. Gouldner）却在《知识分子的未来和新阶级的兴起》（*The future of intellectuals and the rise of the new class*，1979）中欢欣鼓舞地认为，"新知识分子"作为一个拥有资本和技术的新阶层正在形成。显然，这种说法并没有得到全部学者的赞同，拉塞尔·雅各比（Russell Jacoby）抛出了"最后的知识分子"（The Last Intellectuals）这一极其火爆的论断。当代著名哲学家弗兰克·富里迪（Frank Furedi）同样感叹知识分子陷入了迷茫，迷失了自我，发出了"知识分子都到哪儿去了？"（Where have all the intellectuals gone?）的诘问。在西方学界看来，信息爆炸、知识普及乃至"贬值"迫使知识分子不得不做出妥协、让步，以此适应新的文化生态。

无独有偶，20 世纪 90 年代苏联解体，俄罗斯社会陷入了重重危机之中。关于知识分子的讨论在学界兴起，文化社会学家古德科夫（Л. Гудков）预言"知识分子将退出历史舞台"[①]，社会学家波克洛夫斯基（Н. Покровский）则声称："因为历史偶然，我们见证了知识分子群体的消亡陨落，从历史的舞台销声匿迹"[②]。诚然，这些预言未能成为事实，关于知识分子及其作用的讨论其后也逐渐走向理性和客观，大多数俄罗斯学者认为俄罗斯知识分子有其特殊的历史贡献，作为具有优良传统的知识分子群体依然存在，他们依然守望着自己的精神诉求。我们不禁要追问，何为知识分子？

[①]　Гудков Л. и Дубин Б. ， *Интеллигенция. Заметки о литературно - политических иллюзиях* ， Издательство：Изд - во Ивана Лимбаха，2009，c. 3.

[②]　Покровский Н. ， Прощай，интеллигенция！，*Независимая газета*，10 апр. 1997. 1 п. л.

第一节　俄罗斯知识分子溯源

何为知识分子？知识分子从来就是一个似是而非，既为人所熟知，又模糊不清的复杂概念。目前，学界关于知识分子的定义众说纷纭，一般认为，"知识分子"这一术语有三个主要源头：法语、英语和俄语。

法语中的"intellectuel"被认为是知识分子概念的源头之一。法国社会活动家乔治·克里蒙梭（Georges Clemenceau）在其发表于 1898 年 1 月 23 日针对著名的"德雷福斯事件"（Affaire Dreyfus）的评论文章中首次明确提出"intellectuel"这一概念，此后该概念逐渐开始流行。"德雷福斯事件"表明在当时的法国存在以爱弥儿·左拉（Emile Zola）、克里蒙梭为代表的自由知识分子。他们强烈关注社会热点问题，具有较高的文化和道德修养，代表了整个社会的"良心"。因此，在该文化语境下，"intellectuel"一词被频繁使用，间接获得了"批判、自由"等语义。然而，在法国，"知识分子"这一术语特别指涉"那些受过教育但又与传统和秩序相悖的人，他们有很强的政治抱负，试图要么直接成为国家领导者，要么间接地影响政策制定"[①]。法国作为近现代革命的摇篮，其知识分子概念也呈现出别样的社会政治属性，凸显出知识分子的社会性意义。

英语中的"知识分子"，有 intellect、intellectual 和 intelligentsia 三种表述形式，它们都含有"智力高的人""智者""知识分子"这样的语义。Intellect 的基本语义为"智力（尤其指高等的），思维逻辑能力"，也含有"智力高的人，才智超群的人"之意，侧重并强调人的智力和天赋。Intellect 由古法语 intellecte 变化而来，词源为拉丁语 intellectus。[②] Intellect 衍生出 intellectual，意指"知识分子"，该词是英语中"知识分子"概念的一般指称，是最常用的表述。Intelligentsia 源于俄语 интеллигенция，一般翻译为"知识分子、知识界或知识阶层"。

Intellectual 和 intelligentsia 都指"知识分子"，但它们之间有着较为明显的区别。在英语语言图景中，intellectual 是一个带有独特感情色彩的词，除了"知识分子"这一中性语义外，它还表示"属于知识分子精英或上层

---

① 张晓东：《苦闷的园丁——"现代性"体验与俄罗斯文学中的知识分子形象》，人民文学出版社，2009，第 3 页。

② William Morris ed. , *The American Heritage Dictionary*, Houghton Mifflin, 1982, p. 3774.

知识界的人，致力于空洞的理论研究或思考，并经常不恰当地在解决实际问题"①。1934 年版的《韦氏词典全本》中，intellectual 意指："通信息，有知识的人的群体；受过教育，有专门技能的团体、阶级或党派——这些人的言行通常是幼稚可笑的。"② 换言之，intellectual（知识分子）是一个令人厌恶的、丑陋的词（an ugly word），甚至含有极其势利的意思。Intellectual 也被认为是"什么也不懂的人，只懂得 2 美元的词"。显然，intellectual 在西方是一个带有贬义感情色彩的词。以至于毕业于牛津大学，从事编辑与创作的著名学者保罗·约翰逊（Paul Johnson）写出 intellectual（知识分子）一书，对数位学界名流进行嘲讽和批判，将他们的所谓劣迹都归入知识分子的作为之中。在当代，intellectual 的消极感情色彩依然被保留了下来。Intellectual 是指："知识分子，脑力劳动者，炫耀知识而不能解决实际问题的人，空谈家。"③ Intelligentsia 是一个集合性概念，强调"知识分子"的群体精神，由于这是一个俄罗斯特有的概念，它一般特指俄罗斯知识分子。

在俄语中，知识分子这个术语也有三种表述：интеллигент、интеллигенция、интеллектуал。Интеллигент 和 интеллектуал 与英语的 intellectual 构成对位关系，它们都意为"知识分子"，侧重主体的职业特性和教育背景。其中，интеллигент 为一般用语，不带感情色彩，而 интеллектуал 完全承袭了 intellectual 的消极感情色彩，指"智力高度发达的人"，往往含有讥讽意蕴。学界一般认为，根据词的内部形式判断，俄语中的интеллигенция 来自拉丁语 intellegentia，即"高超的理解力"和"自觉性"。拉丁语中的 intellegentia 来自希腊语中的 νοησις（也即 noesis 或ноэсис，意为高度的理解力、自我认知），它又包含两个下位的概念διανοια（dianoia，思考者、冥想者）和 επισημη（episteme，科学知识）。④ 古罗马作家、社会活动家西赛罗（Cicero，或 Цицеро）在翻译亚里士多德的著作时，将该词引入拉丁语。古罗马宗教哲学家波伊提乌

---

① 王同忆：《英汉辞海》，国防工业出版社，1987，第 2707 页。
② 李小桃：《俄罗斯知识分子问题研究》，黑龙江人民出版社，2009，第 3 页。
③ 陆谷孙主编《英汉大词典》（第二版），上海译文出版社，2007，第 986 页。
④ Степанов Ю. С.，*Константы：Словарь русской культуры*，Москва：Академический проект，2004，c. 689. 也可详见：H. G. Liddell，R. Scott and H. S. Jones，*A Greek-English Lexicon*，Oxford：Clarendon press，9-th ed.，1985，p. 1178。

（M. Boetius，或 М. Боэций）对 intellegentia 做出了较为精确的阐释，他将 intellegentia 视为"人类最高层次的认知能力，是超越其他想象、理智等的高超理解力"。经过中世纪的发展和文艺复兴，intellegentia 在保留基本语义的基础上，增加了新的语义，获得了新的内涵。在德国古典哲学中，intellegentia 成为一个核心概念。在谢林（F. W. Schelling，或 Ф. В. Шеллинг）看来，intellegentia 既指主体的创造能力，又指主体被认知能力。黑格尔（G. W. Hegel，或 Г. Ф. Гегель）则认为它是表示能达到自我认识的"理论精神"状态。18 世纪初，intellegentia 作为一个重要的哲学概念由哲学家特列季雅科夫（И. А. Третьяков）正式引入俄国，此时它意为"理性、明智"。到了 19 世纪初，德国古典哲学对于俄国思想界的影响可谓独树一帜，西欧派和斯拉夫派都从中汲取所需的养料，用以支撑自己的观点。普希金恩师贾里奇（А. А. Галич）在著作《哲学词典汇编》（*Лексикон философских предметов*，1845）中将谢林哲学思想中 intellegentia – интеллигенция 一词译为"理性、高级意识"①。由此，интеллигенция 伴随德国哲学思想进入俄国，在俄国独特的文化语境中，интеллигенция 一词的含义也逐步发生嬗变，成为一个拥有饱满、丰富意蕴的概念。

Интеллигенция 逐渐从指"抽象的理智、理性、理解力"嬗变为指"拥有这种理性、理解力和其他品质的特定的人集合"。在俄罗斯，对于在"智人的集合"这一语义层面上使用 интеллигенция 的第一人，学界存在多种说法。其一，俄罗斯学界曾经普遍认为，интеллигенция 是由小说家、评论家博博雷金（П. Д. Боборыкин）在 1866 年引入俄国日常生活中，逐渐成为一个积极词语。博博雷金本人也在《俄国知识分子》（Русская интеллигенция，1904）一文中声称自己是俄国使用"интеллигенция"的第一人。他认为："知识分子是最有知识、有教养、先进的社会阶层。"② 其二，有学者认为，"知识分子"一词最早由文学评论家别林斯基于 1846 年首次使用，而其直接来源是波兰语中的 intelligencja（指受过良好教育的社会精英）。其三，俄罗斯科学院院士施密特（С. О. Шмидт）认为，在集合意义上运用知识分子概念的第一人是浪漫主义诗人茹科夫斯基（В. А. Жуковский），他曾在日记中写道："优秀的彼得堡贵族代表了全俄

---

① Кондаков И. В.，*Культурология. История культуры России*，М.：ИКФ Омега – ЛЖ. 2003，с. 247 – 248.

② Боборыкин П.，Д. Подгнившие «Вехи»，*В защиту интеллигенции*，М.，1909，с. 128.

罗斯欧式的知识分子。"① 综合上述说法，我们认为，从时间上看，知识分子作为一个群体性集合概念诞生于茹科夫斯基之手是较为可信的说法。

"Интеллигенция" 与 "интеллигент、интеллектуал" 之间的一个明显区别是，前者强调群体性，后两者是可数名词，不突出群体性特征。鉴于 интеллигент 和 интеллектуал 侧重于人的智力因素，且为了便于区分，我们将其暂且译为"知识人、脑力劳动者"。本文指涉的"现代知识分子"是指 интеллигенция，强调对作为特殊群体的知识分子进行深入剖析。然而，一个不可否认的事实是，随着时代文化语境的骤变，"интеллигенция" 与 "интеллигент、интеллектуал" 之间的界限存在变得模糊的倾向。或者说，интеллигенция 这个群体内部发生了较为显著的分化，其群体特性呈现出更为多元化的趋向。

第二节　俄罗斯知识分子文化意蕴和群体特征

不同文化视域下的知识分子概念存在差异，我们无意对知识分子的种种定义作出一一陈述。知识分子是一个开放的文化观念，伴随历史文化语境的不断嬗变，它呈现出了极其丰富的文化意蕴，可谓历久弥新。Концепт（文化观念、文化概念、心智概念）是一个颇为流行的文化学（культурология）术语，它源于数理逻辑学，在哲学和逻辑学中盛行后，被引用到文化学中，成了文化学的核心术语。Концепт "是人心智世界中最基本的文化储存单元"（основная ячейка культуры），"是人认知思维和意识中的文化凝结体"（сгусток культуры），"文化正是以这种凝结体的形式进入人的心智世界，人（一般人、普通人，并非文化珍品的创造者）则反过来借助一系列文化观念得以进入文化之中，从而在某些情况下对文化产生影响作用"②。在俄罗斯文化中，存在一系列文化观念：弥赛亚意识（мессианизм）、聚义性（соборность）、大一统（всеединство）、自由（свобода）等，它们是叩开俄罗斯文化的钥匙。知识分子（интеллигенция）无疑也是一个文化概念，其与上述术语一样蕴含丰富的文化意蕴，但也存

---

① Шмидт С. О., *Русское подвижничество*, Сост. Т. Б. Князевская, М.: Наука, 1996, с. 217 – 218.

② Степанов Ю. С., *Константы: Словарь русской культуры*, Москва: Академический проект, 2004, с. 43.

在显著的差异：知识分子并非完全抽象的概念，现实中存在与其对应的特殊群体，是一个较为特殊的文化观念。鉴于此，我们从历史和文艺两个维度对俄罗斯文化视域下的知识分子独特的发展脉络、嬗变路径及其蕴含的文化内涵、群体特性进行简略梳理。

在俄罗斯文化视域下，知识分子是一个集合性概念，强调的是拥有许多共性的个体所构成的独特社会群体。费多托夫（Г. П. Федотов）和利哈乔夫（Д. Лихачев）都认为，俄罗斯知识分子的起源可以追溯到罗斯受洗时代。早在罗斯受洗时期，得益于基督教的传入及与拜占庭的文化交流，社会上已经出现一批传教士、僧侣和修士。当时的圣徒传和"编年史大都是由神职人员、主教、普通僧侣和教士编撰的"[①]，而这些书的出现无疑使原本相对落后的古罗斯社会得到了快速发展。当时的僧侣、修士和大公们已经初步拥有知识，也是当时社会的典范。他们是沟通罗斯与希腊拜占庭的桥梁，是文化的传播者与载体。因此，他们可谓现代意义上的真正知识分子的雏形，也正是当代著名学者梅捷托夫（В. С. Мететов）提出的"前知识分子"（прединтеллигенция）[②]。所谓"前知识分子"是指：处于萌芽状态的、具有一定文化修养的知识人。从历史时期角度加以限定的话，应该是 18 世纪以前的知识分子。

茹科夫斯基于 1836 年首次使用"интеллигенция"，他将上流社会一小部分接受过欧化教育，具有良好修养的贵族精英视为当时的俄国"知识分子"。此时，"интеллигенция"在保留"拥有丰富知识的人"这一基本语义的基础上，增加了道德的联想意义。接受欧化教育的贵族一般被认为是有良好教养、有较高的道德水准的精英分子。以普希金、莱蒙托夫以及十二月党人为代表的知识分子群体已然诞生了。或者说，知识分子开始作为一个显性的文化现象登上历史舞台。在文学中，作为"时代英雄"的"多余人"登场了，他们具有突出的教育背景和良好的文化修养，怀有救世济国的理想与抱负，虽没有付诸实践的能力，却无疑属于知识分子。综观普

---

① 〔俄〕瓦·奥·克柳切夫斯基：《俄国史教程》，刘祖熙、李建等译，商务印书馆，2009，第 68 页。

② Мететов В. С. , О проблеме дефиниций: от понятия «интеллигенция» к «прединтеллигенции» (Постановка вопроса) Интеллигенция, провинция, отечество: проблемы истории, культуры, политики, *Тезисы докладов межгосударственной научно - теоретической конференции*, Иваново, 24 – 25 сентября, 1996, c. 6.

希金和莱蒙托夫的创作，不难感受到作品中"多余人－知识分子"因理想与现实之间难以填补的沟壑而萌发的"俄罗斯忧郁症"，以及作家强烈的社会责任感和为国为民殚精竭虑的爱国情操。此后，十二月党人更是以自身的行动来践行这种独特的爱国精神。这种爱国激情和忧思情怀携带了浓厚的弥赛亚情绪。历经近千年的发展，随东正教进入俄国的弥赛亚思想已然成为一种民族记忆。俄罗斯文化学者扎比亚科（Забиянко В. С.）认为，"弥赛亚意识是俄罗斯人精神气质中起着决定性作用的特征"①。事实上，陀思妥耶夫斯基、托尔斯泰、普拉东诺夫等作家笔下的知识分子无不传承了弥赛亚思想。因此，可以说，弥赛亚思想是俄罗斯传统知识分子群体独特的文化标记。

著名作家、评论家、科学院院士博博雷金在 1866 年使用"интеллигенция"这一用语，他认为："知识分子是最有知识、有教养、先进的社会阶层。"②换言之，这个概念在茹科夫斯基对知识分子定义的基础上，强调了知识分子作为一个集合概念的社会学含义，他承认知识分子并非抽象的"理性""知识"，而是一部分具有社会职责的精英，是一个全新的社会阶层。因此，斯捷潘诺夫（Ю. С. Степанов）认为："19 世纪 60 年代起，知识分子正式成为俄罗斯社会中承担民族自我意识的表现者和民族使命的背负者。"③ 俄罗斯知识分子群体在 19 世纪 30～40 年代登上历史舞台，④ 真正发育成熟，成为不可忽视的社会力量并演变为俄罗斯文化中独特的文化观念则是在 19 世纪 60 年代初。知识分子传统在俄罗斯文化中扎根并得以积极传承下去。

别尔嘉耶夫进一步拓展了知识分子的内涵，从历史视角对其进行界定，"知识分子在我们这里是一个由不同社会阶级构成的意识形态、而不是职业的和经济的集团，起初这个集团主要由贵族阶层中比较有文化的一部分人构成，后来由神甫和助祭儿子、小官吏和小市民构成。农奴解放后——由农民构成。这就是平民知识分子阶层，它完全是由思想，同时是

---

① 转引自张建华《俄国知识分子思想史导论》，商务印书馆，2008，第 24 页。
② Степанов Ю. С., *Константы：Словарь русской культуры*，Москва：Академический проект，2004，с. 696.
③ Степанов Ю. С., *Константы：Словарь русской культуры*，Москва：Академический проект，2004，с. 696.
④ 俄罗斯当代文化学者孔达科夫、榭缅尼科娃、斯基潘诺夫，我国学者朱达秋、张建华、李小桃等都认为，俄罗斯知识分子形成于 19 世纪 30～40 年代。

具有社会性质的一些思想联合起来的。"① 别氏凸显的是知识分子的精神诉求，他将之作为界定知识分子的核心要素，而将职业、知识、文化修养等置于次要地位。他认为，别林斯基是俄罗斯知识分子之父。以别林斯基为代表的平民知识分子所体现出的最大特点是对自由的无限渴望，对真理的执着探求和对专制的勇敢、坚决反抗。正是这种强烈的自由渴望、迫切的精神探索和无畏的斗争精神成了俄罗斯知识分子独特的精神诉求。也就是说，知识分子与政权总是处于对立的立场，他们以一种大无畏的斗争精神对政权提出批判。换言之，独立的批判精神使知识分子拥有戳穿官方所宣传、营造的乌托邦迷梦的内在冲动，反极权的乌托邦式统治是他们始终坚守的战斗阵地。然而，他们也怀揣着用另一种"完美的"制度取代现行制度的幻想，在反乌托邦的同时又在编织另一个如"水晶宫"一般的乌托邦。乌托邦与反乌托邦在他们身上体现为一种二律背反和两相角力中的动态平衡。

平民知识分子的另一个特点是决绝地否定传统，这使他们成了虚无主义者。《父与子》中的巴扎罗夫是平民知识分子的文学肖像。他是一名出色的外科医生，这一职业本身有着显性的寓意：平民知识分子们将手握锋利的手术刀，切除社会的弊端和陈规陋习。因此，他们设想的革命是"高超的外科手术，一下子就巧妙地割掉发臭多年的溃疡，直截了当地对习惯于让人们顶礼膜拜的几百年来的非正义做了判决"②。然而，这种手术并非如他们所预想的那般精准，而有时呈现出"将脏水和孩子一起泼了出去"的效果。在否定陋习的同时，也否认有益的文化传统，因为对他们来说，"现在最有益的事情是否定……否定一切"③。知识分子思想的矛盾之处在于，即使平民知识分子的这种虚无主义也是一种带有"积极"意义的虚无主义，其本质是否定固有的陈规，从而开辟全新的发展道路。虚无地否定只是一种手段或策略，探索和提出新的发展方案才是其目的。

从十二月党人到民粹派运动，俄国知识分子的独立批判和精神斗争性尽显无遗。俄罗斯宗教哲学家弗兰克认为，民粹派知识分子将革命斗争视

---

① 任光宣：《俄罗斯文化十五讲》，北京大学出版社，2007，第348页。

② 〔苏〕鲍·列·帕斯捷尔纳克：《日瓦戈医生》，蓝英年、张秉衡译，人民文学出版社，2006，第189页。

③ 〔俄〕伊·谢·屠格涅夫：《屠格涅夫全集（3）》，磊然译，河北教育出版社，2000，第236页。

为实现道德——社会理想的基本的和内在的必然方式。革命斗争信念是他们的信仰的重要内容。显然，这种革命斗争性并非民粹派知识分子所独有，它是俄罗斯知识分子的共同特征之一。十二月党人革命走向失败，民粹派运动同样没有取得成功。在思想上，他们视人民为自己的后盾和基础，以为人民谋取最大利益为己任；在行动中，他们始终不能真正了解人民，不信任人民乃至对其持有偏见。俄罗斯知识分子被认为是社会的"良心"，他们的力量"表现在心灵和良心上，他们的心灵和良心总是在正确的道路上，而理性上却总是找不到方向"①。思想愿景与理性实践之间总是存在难以克服的"豁口"和"落差"。导致这种"落差"的最主要原因是知识分子群体在社会地位、经济基础、生活环境等方面与社会底层民众之间存在显著的差异。知识分子从来没有完全了解底层民众，而民众对其所作所为也未能真正理解。这从一定意义上体现了俄罗斯知识分子的"无根性"和"漂泊性"。从贵族知识分子到平民知识分子，再到民粹派以及其后不同时期的知识分子，思想上与底层人民存在巨大隔阂是他们的共性。在俄罗斯社会中，知识分子常常处于一种"无根的浮萍"状态。

19～20世纪之交，知识分子的活动迎来了第一次爆发，布尔加科夫、格尔申宗、弗兰克、别尔嘉耶夫等哲学家在痛苦与惶恐不安中写出了著名的《路标》。《路标》不仅是知识分子对未来道路的探索和方向盘，也是知识分子深刻的反省、诚实的自我评价和反思，尽显其独特的批判精神。当代俄罗斯哲学家霍鲁日（С. С. Хоружий）认为，《路标》显示了知识分子"对自我的极端、无情、彻底的批判姿态，这种姿态的纯洁性是永不褪色的"②。因此，《路标》是一份时代危机的诊断书，是俄罗斯文化中独特的里程碑，也是白银时代文化的纪念碑。在文艺领域，不管是现实主义，还是现代主义，高尔基、安德列耶夫、勃洛克、梅列日科夫斯基、库普林等作家都在尝试找寻人摆脱危机与困惑的方法，探求国家未来之路。

浓厚的宗教性是俄罗斯文化的显性特征。在俄罗斯，拥有深刻复杂思想体系的哲学家、文化学家，及享誉世界的著名作家，往往又是确定无疑的神学家与宗教哲学家。正是他们促进了俄罗斯所特有的宗教哲学思想的

---

① 张建华：《俄国知识分子思想史导论》，商务印书馆，2008，第26页。
② Хоружий С. С. , Век после "Вех" или две - три России спустя, *Литературная газета*, март - апрель，2009.

发展。宗教性是俄罗斯的民族特性之一，也是知识分子必然的本质属性。著名思想家、神学家赫克写道："果戈理、陀思妥耶夫斯基、托尔斯泰、索洛维约夫、梅列日科夫斯基、别尔嘉耶夫、罗扎诺夫、勃洛克等人，他们都笃信宗教。他们的文学作品讲述关于他们的精神斗争、他们几乎不顾一切去寻找上帝，以及生活的目的和意义的故事。他们被称为'上帝的搏斗者和追求上帝的人'。几乎他们所有人都'通过基督听命于上帝'，他们把基督称颂为世界唯一的希望……"① 这些文化名人正是各个时代俄罗斯知识分子的杰出代表，他们对于宗教的信仰尽显了这一群体固有的宗教性。事实上，"东正教精神影响着俄罗斯文学的形成和发展，对文学主题、样态以及作家的思维方式和精神探索起着重要作用"②。俄罗斯作家偏爱借助文学文本探究重大的宗教哲学命题，大多经典作品中的人物本身也是典型的"时代知识分子"。

十月革命爆发后，马克思主义成为精神生活的绝对主题，知识分子显然不可能公开信教。赫克认为，革命前后的"俄国知识分子宗教史是一个悲剧"，"教会不能接受知识分子，不能和他们团结，因为这意味着背叛它永恒的传统，意味着崇敬世间的王侯。"③ 即使如此，革命前后的知识分子依然无法彻底断绝宗教性，"寻神"热潮时有兴起，更有大批知识分子为了信仰甘愿背井离乡、流落天涯。"俄罗斯民族，就其类型和精神结构而言是一个信仰宗教的民族。即使不信教的人也仍然有着宗教的忧虑。"④ 宗教信仰之于俄罗斯知识分子来说是宿命，也是不可或缺的精神支柱。

简而言之，在传统文化视域下，知识分子这一群体固有为国家探求发展道路，为人民谋求福祉的强烈弥赛亚意识；固有批判政权、针砭时弊的独立批判和斗争精神；蕴含浓厚的宗教思想。文化生态骤然变化，知识分子群体演变为具有时代印记的"现代知识分子"，而其群体特性也体现为对传统知识分子的继承和异变。

---

① 〔苏〕赫克：《俄国革命前后的宗教》，高骅、杨缤译，学林出版社，1999，第146页。
② 刘锟：《东正教精神与俄罗斯文学》，人民文学出版社，2009。关于俄罗斯文学与东正教精神的论述可谓汗牛充栋，俄罗斯较为有代表性的是 Дунаев М. М., *Православие и русская литература в 6 - ти частях*, М.：Христианская литература, 2004；我国学者金亚娜、任光宣、张百春、陈树林、刘锟等对此展开了深入论述。
③ 〔苏〕赫克：《俄国革命前后的宗教》，高骅、杨缤译，学林出版社，1999，第139~141页。
④ 〔俄〕尼·亚·别尔嘉耶夫：《别尔嘉耶夫集》，汪建钊编选，上海远东出版社，1999，第245~246页。

第三节　俄罗斯 "现代知识分子"

一　关于现代性与后现代性的论说

进入 20 世纪 90 年代，随着苏联解体，俄罗斯文化范式发生颠覆性革新。或者说，俄罗斯文化不得不面临艰难而又无奈的转型。此时，恰逢 20 世纪与 21 世纪之交，两种重大的 "时代震荡" 高度重合，这又使新俄罗斯文化生态呈现出前所未有的复杂图景。事实上，"世纪之交" 本来就是俄罗斯社会的独特文化现象，公元 988 年东正教进入俄国，并成为国教，开启了一种新的文化模式；17 ~ 18 世纪之交，俄罗斯正处于 "彼得大帝改革时期"，社会现代化起步并稳健发展；19 ~ 20 世纪之交，文化发展空前繁荣，迎来了 "白银时代"。在 20 ~ 21 世纪之交和国家政治、经济剧变的新文化生态中，俄罗斯知识分子发生了显著的变化。在一系列具有代表性意义的当代文本中出现了俄罗斯 "现代知识分子" 的群体形象，构筑起独特的思想谱系。

国内外学界一般将彼得大帝改革视为俄罗斯社会现代性转向的起点，俄罗斯由此走上了现代之路。在文艺领域，俄罗斯现代主义则发轫于 19 ~ 20 世纪之交的 "白银时代"，而在 20 ~ 21 世纪之交，俄罗斯文化呈现出一种不可逆转的后现代性趋势。那么，这就涉及一个问题，后现代是不是一个历史分期概念？"所有的历史分期概念（文艺复兴时期、现代早期、浪漫主义时期等）无疑都没有明确的界限，但 '后现代' 也许更难界定、更特殊，令许多人对其感到懊恼。"[①] 事实上，划分时代不应该是同时代人的任务，而应该由其后几代人和未来的历史学家来完成，审视、反思和评价在客观上都需要足够的 "时间距离"。因此，这个问题与文化史论相关，即后现代文化与现代文化的关系如何？

学界历来存在两种关于文化发展的研究观点："文化断裂论" 和 "文化延续论"。前者认为两种相异文化的更迭是建立在文化内在发展逻辑和发展路径的断崖式裂变的基础之上的。或者说，一种新的文化模式必然指向新的历史时期；后者强调文化发展具有其自身的规律和传承性，即使文

---

① 〔英〕安德鲁·本尼特、尼古拉·罗伊尔：《关键词：文学、批评与理论导论》，汪正龙、李永新译，广西师范大学出版社，2007，第 242 页。

化更迭，不同文化之间存在巨大的显性差异，它们依然能够串联起一条内部发展脉络。后现代文化已然波及当代社会的诸多领域，其与现代文化之间的关系是彻底颠覆，还是传承发展？对此，著名英国学者史蒂夫·贾尔思（Steve Giles）等人总结了4种后现代与现代之间的关系的论述：

> 1. 后现代主义倾向于流行性的审美思维，与极盛现代主义彻底分野了，完全摒绝极盛现代主义；
> 2. 后现代主义可视为现代主义之终结；现代主义已然走到了尽头；
> 3. 后现代主义发轫、滋生于诸如达达主义、先锋派等激进先锋现代主义流派，然而其与现代主义也不尽相同；
> 4. 后现代主义深化发展了现代主义的某些思想理念，它仍然在现代主义的框架内继续发展。①

据贾尔思总结，1和2可视为"文化断裂论"，后两者可认为是"文化延续论"。随着对现代性研究的进一步深入，"文化延续论"，即强调后现代与现代之间的传承与延续的观点得到更为充分和有力的论证。

英国社会学家、哲学家齐格蒙特·鲍曼（Zygmunt Bauman）认为，"后现代性可以理解为充分发展的现代性；理解为承认了在其自身历史进程中所导致的后果的现代性，而这种始料未及的后果、副产品常常被认为是废料一样，毫无益处，其产生是偶然的、不经意间的，而非有意为之；可以理解为意识到自身特性的现代性——自为的现代性。后现代性是'从错误意识中解放出来的现代性'，是对现代时期被确信为追求不幸后果的特性的制度化"②。鲍曼明确了后现代与现代之间绝非一种断裂，后现代是现代的一部分，或者说是现代的一个新阶段。后现代是对现代性后果的反思，以期调整、拨正现代性的发展方向。"后现代性并不必然意味着现代性的终结，或现代性遭到拒绝的怀疑……后现代性就是正在来临的时代的现代性……后现代性就是与其不可能性达成妥协的现代性"③ 显然，在哲

---

① Steve Giles ed., *Theorizing Modernism*, London: Routldge, 1993, p. 176.
② 〔美〕维克多·泰勒、温奎斯特编《后现代主义百科全书》，章艳、李自修等译，吉林人民出版社，2007，第377页。
③ Zygmunt Bauman, *Modernity and Ambivalence*, Cambridge: Polity, 1991, p. 272.

学家看来，断言现代性的终结似乎为时过早，也过于武断，后现代对现代的"背叛"是一种内省式的清淤。现在，也即当代和即将到来的未来的现代性就是后现代性，更确切地说，是"后现代的现代性"。

在界定"何为后现代主义"这一辩难时，后现代理论奠基人之一、法国哲学家利奥塔将后现代主义看作现代性的前置，从而确定并鉴别现代性演变为后现代性的资格和可能。在他看来，"要想成为现代作品，必须具有后现代性。后现代主义并不是现代主义的末期，而是现代主义的初始状态，而这种状态是川流不息的"①。"后现代主义是现代主义初期"这一言说充满了悖论意蕴。利奥塔"将后现代主义看作是极盛现代主义的一种，只是它是出于对极盛现代主义风格不满而分裂出来的产物。"② 利奥塔甚至明确提出，"后现代是属于现代的一个组成部分"③。更明确地说，"后现代总是蕴含在现代之中，因为现代性，现代的时间性本身就含有一种进入超越自身状态的冲动。……现代性本来就不断地孕育着它的后现代性"④。

现代性涵盖了后现代性，后现代主义是现代主义初期，这种言说有一个基本的预设前提，即现代性并非统一的整体，后现代性才可能作为现代性的一个分支蕴含其中。也就是说，至少存在两种现代性。卡林奈斯库（M. Calinescu）、魏尔默（A. Wellmer）等人提出启蒙现代性和文化审美现代性。两种现代性就意味着两种现代主义。哲学家比格尔认为，存在两种现代主义是毋庸置疑的事实。其一是传统意义上的现代主义，它以象征主义和唯美主义著称。这种现代主义在历史进程中逐渐被制度化，成为一种僵硬的范式，丧失了批判现代性的能力。其二是先锋派，它并不承认所谓的艺术自律性，而倾向于将艺术与社会实践相调和，从而源源不断地书写不同语境中新的现代性。换言之，后现代主义与先锋派存在"血缘"关系。以俄罗斯文学为例，其后现代主义与现代主义之间的传承关系已然被许多学者所认可。利波维茨基（М. Н. Липовецкий）等人认为，后现代主

---

① 〔法〕让 - 弗朗索瓦·利奥塔：《后现代状况：关于知识的报告》，岛子译，湖南美术出版社，1996，第 207 页。
② 王岳川、尚水编《后现代主义与文化美学》，北京大学出版社，1992，第 100 页。
③ 〔法〕让 - 弗朗索瓦·利奥塔：《后现代状况：关于知识的报告》，岛子译，湖南美术出版社，1996，第 207 页。
④ Jean-Francois Lyotard, *The Inhuman*, Stanford University Press, 1991, p. 25.

义文学与现代主义文学并非对立，前者是对后者的延续与继承。① 他提出，"俄罗斯后现代主义是现代主义艺术与一些后现代主义元素的组合。"② 俄罗斯学者列伊杰尔曼（Н. Л. Лейдерман）特别强调俄罗斯现代主义诗歌传统对 80 年代文学创作的巨大影响，并将俄罗斯后现代主义文学归结为现代主义文学传统的再现。俄罗斯学者叶罗菲耶夫（В. Ерофеев）认为，"俄罗斯后现代主义文学的哲学基础是 20 世纪初'白银时代'哲学、存在主义哲学以及与苏联社会隔绝的 20 世纪新的哲学发现"③。学者吴泽霖认为："19 世纪的批判现实主义文学、白银时代文学和苏联社会主义现实主义文学共同构成的扬弃相沿的俄国文学传统，是俄国后现代主义文学赖以形成的文学基础。"④

　　事实上，后现代（Postmodern）这一言说本身就是一个奇异的悖论。任何人企图理解或解读后现代，都必须"根据未来（以后）（Post）的现在（modo）的这一悖论，方可进入其隐奥空间"⑤。或者说，后现代"自相矛盾地提出当代（现代）之后（后）是什么的问题。当代之后的事情会怎样？就此而言，它们正是当代文学研究所面临的重要悖论"。而"后现代的时间悖论也表明，严格说来后现代不能被看作是一个历史分期概念；后现代对我们关于时间的思考提出质疑，对我们以过去思考现在、以现在思考未来、以'非时间性'（no-time）观点思考现在的思维方式提出质疑"⑥。显然，将后现代与原始时期、现代时期等量齐观有待商榷，而当代毫无疑问依然属于现代的时间范畴。综合上述论说，本书将苏联解体后的新俄罗斯文学中的知识分子称为俄罗斯"现代知识分子"。准确地说，从时间维度看应该是现代后期的知识分子，以区别于现代早期、现代中期的知识分子；另外，毕竟后现代是一种难以逆转的社会文化现象，

---

① Липовецкий М. , *Русский постмодернизм: Очерки исторической поэтики*, Екатеринбург: Урал. гос. пед. ун‐т, 1997, с. 314.

② Лейтерман Н. , Липовецкий М. , *Современная русская литература*, Екатеринбург: УРСС, 2001, с. 225.

③ Ерофеев В. , Поминки по советской литературе, *Литературная газета*, 4 июля, 1990 г. , с. 4.

④ 吴泽霖：《俄罗斯后现代主义文学与俄罗斯文化传统》，《外国文学评论》2003 年第 4 期。

⑤ 〔法〕让‐弗朗索瓦·利奥塔：《后现代状况：关于知识的报告》，岛子译，湖南美术出版社，1996，第 210 页。

⑥ 〔英〕安德鲁·本尼特、尼古拉·罗伊尔：《关键词：文学、批评与理论导论》，汪正龙、李永新译，广西师范大学出版社，2007，第 242 页。

浸淫其间的知识分子必然带有后现代因子，从而彰显出一种"后现代的现代性"。

二　"后现代的现代性"：异变与传承

知识分子传统在俄罗斯文化中消失殆尽是不可想象的，也是不符合现实和历史发展规律的。新俄罗斯文学中"现代知识分子"突出特征是"后现代的现代性"（Postmoderne moderne）（沃尔夫冈·韦尔施语）。所谓"后现代的现代性"，"后现代的"是一个形容词，作为修饰语来限定名词"现代性"。也就是说，在社会文化后现代倾向不可逆转地发展的语境下，"现代知识分子"身上栖居和彰显的文化品格、精神面貌和思想维度与"现代早期"（启蒙时期）、"现代中期"（极盛时期）知识分子存在差异。

科学技术是支撑社会现代化的关键，它不仅生产了丰裕的商品，也改变了社会的沟通交流模式，信息与资讯成了人活动的必要保障。然而，现代性存在明显的后果：模块化、流水线生产模式不只带来了商品的充裕，也导致了环境污染，生态破坏，资源日益枯竭。同时，人也面临核污染、核摧毁的终极威胁。人时刻处于被摧毁的忧虑之中，人之毁灭的可能性与精神腐蚀的速度都显著提升。马克思提出的资本对人的异化作用得到了进一步拓展，不仅人的精神被异化，人的身体同样面临"基因突变"的威胁。或者说，人这一种群和人这一文化观念（концепт человека）面临前所未有的挑战。俄罗斯作家托尔斯泰娅在《野猫精》中展示的正是一个全面异化的未来世界，塑造的是人类社会的一种可能的、另类的发展模型。

当代社会结构的核心原则是经济化。"人和物被贬黜为一种机能角色（经济动物），只要新的生产力能满足不断增长的物欲，带来当下利益，其他人文价值取向则被抛弃，快乐原则同化了现实原则，因而也就掏空了人文精神中的批判内容，人的主体（实现自我）也就变成虚假需求的牺牲品。"[①] 商业文明所倡导的经济化指向一种功利主义，它与俄罗斯传统知识分子传承的弥赛亚意识形成了原则性冲突，弥赛亚意识的核心原则是一种自我牺牲、一种奉献。换言之，在新文化生态中，俄罗斯"现代知识分

① 〔法〕让-弗朗索瓦·利奥塔：《后现代状况：关于知识的报告》，岛子译，湖南美术出版社，1996，第222页。

子"的弥赛亚意识注定被商业大潮所冲散、降解，直至化为乌有。同时，这种"快乐原则"也即"娱乐精神"成了时代的主宰。在以消费为主导的文化语境中，知识分子被目不暇接的媒体资讯所裹挟，在编码一系列机器语言的同时，也成了被以电视、电脑为代表的机器所编码的对象。人沦落为一个"娱乐至死"的种族，异变为佩列文所谓的"饕餮"，降格为一种低贱、初级的特殊存在。

苏联解体与世纪之交两大文化事件交汇，一种走向终结的世界末日情绪成了"现代知识分子"的普遍心境。世纪之交是独特的俄罗斯文化现象，它本来就与末世思想有着深刻的渊源。世纪之交是一个世纪的终结，俄罗斯人往往会产生一种启示录心境。20～21世纪之交却真实上演了这种末世现象，许多俄罗斯人体验到，一觉醒来，昔日的强大祖国（苏联）已不复存在，自己没有移动一步，突然成了"侨民"，卢布几乎瞬间贬为废纸。所有这些体验是被强制性"休克治疗"的俄罗斯人，尤其是知识分子，萌发怀疑一切与否定一切的依据，这种怀疑与否定是知识分子末日情绪的"滋生土壤"。这种末世情绪具有湮灭世界的倾向，击穿了任何事物存在的意义，指向一种对历史、文化，乃至人之存在的虚无态度。虽然以巴扎罗夫为代表的平民知识分子也曾发出"否定一切"的呐喊，但平民知识分子在否定之后终究难以抵制"水晶宫"（现代性图景）的诱惑，并非如其所宣称得那般彻底否定，而是以极大的激情憧憬未来。

作为一种审视世界和周围事物的认知思维，后现代主义的强势介入使知识分子"感染"了消解亘古不变规律、传统、原则的思想"病毒"。后现代这一言说本身展现了自身的不确定性、相对性和去中心倾向。"Post－"（后）这一前缀似乎表明，后现代性在竭力撇清与现代性的关系，凸显出其作为一种新理论话语的姿态；然而，"post－"这一前缀也呈现出后现代性对现代性难以摆脱的依赖，或者说是一种"无奈的"的继承和延续。"这种依赖和连续关系使得某些批评者认为后现代只是一种进一步强化了的现代性，是一种超现代性（hypermodernity）（Merquior 1986；During 1987），现代性的一副面孔（Calinescu 1987），或是现代性之内的后现代发展（Welsch 1988）。"① 如果按照比格尔的论说，后现代主义是对业已丧失

---

① 〔美〕道格拉斯·凯尔纳、斯蒂文·贝斯特：《后现代理论：批判性的质疑》，张志斌译，中央编译出版社，2011，第38页。

活力、成为僵化范式的现代主义"支流"的反叛与颠覆，也是对先锋派的批判激情、叛逆冲动的极限发展。新俄罗斯文学中的现代知识分子身上栖居了这种不乏矛盾的"后现代的现代性"，他们以高涨的解构冲动摧毁国家乌托邦、宗教乌托邦的迷梦，将虚无主义思想推向极致，消解了存在的意义，将末世思绪升级为湮灭世界的洪流，以游戏、荒诞来对抗权威和经典，向任何统一的整体开战，不妥协地发表各种歧异差见。

本章小结

　　本章第一节对知识分子这一文化观念进行溯源和考辨，分别分析了法语、英语和俄语中"知识分子"一词的起源和各种表述。法语中的"intellectuel"有较强的政治意蕴，与社会运动紧密联系，彰显出别样的社会政治属性，尽显知识分子的社会性意义。英语中知识分子有 intellect、intellectual 和 intelligentsia 三种表述形式。Intellect 侧重并强调人的智力和天赋；intellectual 是最常用的表述，但带有明显的消极感情色彩；intelligentsia 是一个集合性概念，强调"知识分子"的群体精神，它一般特指俄罗斯知识分子。俄语中知识分子有 интеллигенция、интеллигент 和 интеллектуал 三种形式，前者强调群体性，后两者是可数名词，不突出群体性特征。本书指涉的"现代知识分子"采用的是 интеллигенция，而其作为一个群体性集合概念诞生于茹科夫斯基之手。

　　本章第二节阐释了俄罗斯知识分子的文化意蕴。俄罗斯知识分子固有一种弥赛亚思想、独立批判和斗争精神，且具有浓厚的宗教属性。

　　本章第三节对"现代性"和"后现代性"进行比较论述，得出结论：后现代不能作为历史分期概念，它是现代性的组成部分。俄罗斯"现代知识分子"的核心特征就是"后现代的现代性"：其传承了传统知识分子的某些思想，在后现代文化语境中又做了些发展。具体体现为：他们在商业文明和消费思潮的裹挟下失去了扛起拯救民族大旗的信念和力量，弥赛亚思想成了幻影，他们以高涨的解构冲动摧毁了国家乌托邦、宗教乌托邦的迷梦，将虚无主义思想推向极致，消解了历史、文化、存在的意义，将末世思绪上升为湮灭世界的洪流，以游戏、荒诞来对抗权威和经典，向任何统一的整体开战，不妥协地发表各种歧异差见。

第二章 新俄罗斯文学中"现代知识分子"形象谱系

苏联解体的直观后果就是俄罗斯成为一个独立国家。然而，苏联解体不仅是一场政治地震，也是一次"文化革命"，是社会的"精神转型"。苏联解体作为一个意外事件嵌入历史之中，犹如一条鸿沟，割裂了传统的绵延和发展。它迫使俄罗斯社会形成了新的文化生态。在新的文化生态中充斥着空前巨大的不可逆转的变革、危机和困惑。这种变革逻辑、困顿与危机感逼迫社会再次向"科学精神、民主政治和艺术自由"① 转型。与 17～18 世纪之交的社会现代化转型和 19～20 世纪之交的文艺现代化转型不同，20～21 世纪之交的转型集社会政经领域和人文艺术、思想领域于一体，充盈着浓厚的颠覆情绪和消解冲动。

就文学而言，社会主义现实主义作为文坛一尊已然式微，文学出现了新的形态和流派，也即国内外学界所谓的"新俄罗斯文学"（новая русская литература）。著名俄罗斯评论家丘普里宁（С. Чупринин）提出了"异样文学"（Другая проза）② 的概念，评论家"伊万诺娃（Н. Иванова）把这类与主流意识所追寻的价值取向迥异的文学作品称为'新浪潮文学'（проза новой волны），利波维茨基把那种无论从风格还是内容上都与传统文学不同的文学称为'表演性文学'（артистическая проза），但不同的名称并不能掩盖此类文学作品共同的特征，即对传统的颠覆性言说和对主流价值观的冲击、内容的繁杂和多样及形式上的创新性"③。究其实质，这

---

① 赵一凡：《现代性》，《外国文学》2003 年第 2 期。
② Чупринин С. , Другая проза, *Литературная газета*, 8 февраля 1989.
③ 转引自郑永旺《作为巨大未思之物的俄罗斯后现代主义文学》，《求是学刊》2013 年第 6 期。原文详见 Липовецкий М. , Свободы черная работа: об артистической прозе нового поколения, *Вопросы литературы*, No 7, 1989；Иванова Н. , Намеренные несчастливцы? ——о прозе новой волны, *Дружба народов*, No 7, 1989。

些概念正是与社会主义现实主义文学大相径庭的"新俄罗斯文学"的个性化表述。我国学者周启超把 1991 年作为"新俄罗斯文学"勃发的关键节点，并在时间维度上做适当的延伸，以突出文学对现实生活加以表现的"超前性"。对这种"超前性"，佩列文在《"百事"一代》致中国读者的序言中有过精彩的评述，即"在俄罗斯，作家所写的不是小说，而是脚本。"① 从空间维度看，"新俄罗斯文学"应当囊括所有在新文化语境下以俄语写作、出版的文学作品。因此，简略地说，"'新俄罗斯文学'是指苏联解体以降苏联解构文化语境之中新生成的俄罗斯文学"②。

知识分子作为俄罗斯文学最显著的群体肖像，其在新文化生态中的犹豫彷徨、堕落迷茫，或是坚持守望，必然成为新俄罗斯文学的重要内容。换言之，在新文学中形成"现代知识分子"的肖像谱系成为一种必然的趋向。新俄罗斯文学中的"现代知识分子"最重要的特性是身体和思想的双重异变。在新俄罗斯文学中，"现代知识分子"伴随社会形态的分野和裂变，生存策略呈现出从逃避现实，到陷入种种欲望致命诱惑的异变堕落，以及妥协中坚守的"地下存在"，再到坚定"守望传统"的演变。《无望的逃离》《野猫精》《"百事"一代》《地下人，或当代英雄》中各群体形象之间形成了从新时代"多余人"，到"堕落蜕化者"，"地下人，当代英雄"，再到"传统守望者"的成长谱系。

第一节 "无望逃离"中的新时代"多余人"

20 世纪 90 年代，俄罗斯社会的急速转型导致了难以避免的动荡和乱象。在转型时期的俄罗斯，部分当代知识分子虽有批判社会弊端与荒谬的意识，却丧失了化解生活中种种矛盾与危机的实践能力，而选择逃避作为其生存哲学。当代俄罗斯作家波利亚科夫的《无望的逃离》展示的正是后苏联时期"知识分子的精神裂变云图"③。作品讲述了巴士马科夫二十余年纵欲生活中三次图谋与情人私奔、逃离家庭束缚、逃避现实的荒诞生活历程，彰显出转型时期俄罗斯光怪陆离的社会生活图景。

---

① 〔俄〕维·佩列文：《"百事"一代》，刘文飞译，人民文学出版社，2001，第 3 页。
② 周启超：《"新俄罗斯文学"的基本表征初探——从中篇小说艺术谈起》，《黄河科技大学学报》2002 年第 1 期。
③ 〔俄〕尤·波利亚科夫：《无望的逃离》，张建华译，人民文学出版社，2002，"前言"。

奥列格·特鲁多维奇·巴士马科夫是生活于社会骤变历史时期的一名典型的俄罗斯"现代知识分子"。他就职于科研单位，顺利地攻取了工学博士学位，朋友与同事们将其视为"苏联学界又增添的一位前途无量的学者。"① 在苏联解体前夕，工程技术领域的知识分子成了社会发展的中流砥柱和革命的动力。"工人不是被收买了，就是在酗酒。农民缺乏道德而且遗传基因差……"剩下的就是工程技术领域的知识分子。良好的教育背景、突出的科研素养无不说明巴士马科夫本应是这个时代的佼佼者，在历史变迁的动荡文化语境中哲思国家、个体的未来之路，以及不懈探求精神进一步印证了其知识分子的身份。在准备逃离私奔的过程中，巴士马科夫始终在"逃"与"留"之际犹豫徘徊，在求"变"和维"稳"之间彷徨，他始终处于寻找自我人生定位与身份认同的"过程中"。"奥列格当时也没有打算让这个家庭解体。就是在收拾东西的时候，他也没有认为这个家就如此彻底地分崩离析了，甚至人还没走就开始舍不得卡佳和达士卡了。但同时，他却也在做着甜甜的梦，憧憬着一种自由的，充满了男人美好遐想的新生活。"② 家庭、婚姻的稳定与温馨使巴士马科夫难以割舍，婚外情的新鲜刺激又促使他铤而走险。作为一名极具代表性的苏联-后苏联知识分子，矛盾与分裂是其最为显著的人格特性。

奥列格·特鲁多维奇（Олег Трудович）是名字与父称的奇妙组合，Олег③ 是一个拥有深厚历史与人文韵味的名字，是俄罗斯人最为经典的名字之一。不仅普通民众，甚至沙皇、作家、社会运动领袖都可能以奥列格命名。Трудович 这一父称则折射出浓厚的苏维埃时代文化气息，"奥列格之所以起了这么个奇怪的父称自然是因为他的父亲叫特鲁特·瓦连京诺维奇。他的父亲出生于在日常生活中惟先进是瞻的狂热时期，那时候给孩子起的名字都是类似马克思呀，社会主义呀，引水改道呀……"④ 奥列格·特鲁多维奇的称呼映射出人物的性格分裂。一方面，名字带有历史的回归感与厚重感；另一方面，父称又带有难以磨灭的苏维埃文化印记；同时，

---

① 〔俄〕尤·波利亚科夫：《无望的逃离》，张建华译，人民文学出版社，2002，第137页。
② 〔俄〕尤·波利亚科夫：《无望的逃离》，张建华译，人民文学出版社，2002，第73页。
③ Олег 这一名字早期借用自古斯堪的纳维亚语"Helgia"，历史上以 Олег 命名的最著名的人物是 Олег Романович Брянский，他既是公，也是圣修士，1274年修建了彼得罗巴甫洛夫斯基修道院，并在其中修行。
④ 〔俄〕尤·波利亚科夫：《无望的逃离》，张建华译，人民文学出版社，2002，第24页。

巴士马科夫这一姓氏与果戈理《外套》中的巴士马奇金形成了互文的意蕴和悠远的呼应。换言之，《无望的逃离》是一个纯正的俄罗斯"现代知识分子"在新的文化生态中演绎的"似曾相识的"新故事。

巴士马科夫自称"艾斯克帕尔"，该词源自英语中的动词"escape"，原指"（从监禁或管制中）逃跑，逃走，逃出；（从不愉快或危险的处境中）逃脱、摆脱"①。"искейпер"和"эскейпер"都来自"escape"，经过变异，形成了新的俄语词语。事实上，在英语中，"逃跑者"表述为"runaway"，而并不存在"escaper"这一用语。"艾斯克帕尔"这一用语源于英语，却又衍生出与英语相异的文化伴随意义（культурная коннотация）。俄罗斯知识分子在苏联解体后主动或被迫向西方靠拢，主动或被迫接受西方的价值观念，然而结果却与预期大相径庭，甚至南辕北辙，从而不得不在俄式文化中完成对西方价值观的重构和改造。显然，巴士马科夫作为一个典型的社会个体，其经历是整个俄罗斯社会的缩影。解体后的俄罗斯正是急切地走上了西化之路，却没有达到西方式的繁荣，而是陷入了漫长而艰苦的困局与危机之中。对这种现象，佩列文在《夏伯阳与虚空》中将其形象地命名为"俄罗斯与西方炼金术式的联姻"。"艾斯克帕尔"是俄罗斯历史文化语境中衍生出的全新的社会现象，它根植于本土文化，是俄罗斯"现代知识分子"所特有的群体性格之一。所谓"艾斯克帕尔"正是一种逃跑者气质，一种因无力解决种种矛盾、无力摆脱困境而逃避现实，逃避自我的个性，它与俄罗斯文学中的"多余人"气质具有高度的契合性，可以说它正是"多余人"性格在当代文化生态中的嬗变和再演绎。"多余人：19世纪上半叶俄国作家创作出的一种社会心理性格类型，多余人最显著的特征是脱离主流社会，远离贵族文化圈，相比贵族社会，其智力发达且拥有较高的道德准则，同时内心疲惫、麻木，怀有深重的疑虑，言行不一。"② 多余人是俄罗斯文学中的重要主题，也是俄罗斯知识分子群像的侧面之一。作为俄罗斯文学著名的人物范式，"多余人"从奥涅金、毕巧林，到罗亭、拉夫列茨基，再到奥勃洛莫夫，完成了不同文化语境下的显著嬗变。"多余人"逃避一切，无力解决种种社会问题和精神问

① Hornby A. S. , *Oxford Advanced Learners Dictionary*（*seventh edition*）, Trans. Wang Yuzhang and Zhao Cuilian, Beijing：The Commercial Press, 2005.

② Николюкин А. Н. , *Литературная энциклопедия：терминов и понятий*, Москва：НПК «Интелвак», 2001, с. 485.

题的性格气质却得以延续和传承。从本质上看，"多余人"是一群精神流浪汉，精神的流浪性和无根性是最为显著的群体特性。"多余人"绝非多余的人，他们本应是社会的中流砥柱和时代的弄潮儿，由于受顽固而强大的社会陈规所阻，无法施展自我抱负，成了"不合时宜的人"。现实与理想之间难以逾越的鸿沟造成了"多余人"的"俄罗斯忧郁症"。从内因看，"多余人"的出现很大程度上是由知识分子的无根性，也即脱离社会实际、脱离群众的特性引起的，这种无根性逐渐引发了"俄罗斯忧郁症"，为了排解内心的苦闷，身体与心灵的流浪和漫游成了必然选择。

相比于前世"多余人"，巴士马科夫的独特之处在于，他清醒地认识到自己处于风云际会的特殊时期，准确地预见到俄罗斯变化的必然性。在他看来，"飞奔的三套马车想要开进欧洲注定是要换车轮的"①，或者说，他认识到变革必然有巨大的成本，要付出代价。事实上，"巴士马科夫并非无所事事——只不过是不想做事罢了，不想做事是出于思想上的一种抵触……目前的这种社会体制根本无权继续存在下去，也不可能长久地维持下去。它必定会崩溃，在它的废墟上会出现一个光明的和公正的世界……只是需要一种奥勃洛莫夫式的坚忍不拔，无需忙乱，不必安顿好自己并迎合这种不公，毋庸寻找自己在其中的位置……"② 巴士马科夫与前世"多余人"命运的殊途同归之处在于，他深刻认识到社会变化的必然性，却不愿意采取任何行动，积极应对即将到来的巨变，而采取消极等待，任由变革的洪流蹂躏摔打，乃至沉浸在自我构建的乌托邦之中难以自拔。从主观思想上说，巴士马科夫们仍旧像自己的前辈那样缺乏行动的决心和信念，而客观的社会实际并未赋予他们抗衡即将到来的聚变的空间和条件。"时间在流逝，巴士马科夫继续无所事事地躺在那里，而新的社会体制仍然没有崩溃。"③ 被动的等待使巴士马科夫向奥勃洛莫夫无限趋近，而固有的体制依然存在，以至于"后来巴士马科夫被牵涉进了一个很糟糕的事件中。他甚至一度成了真正意义上的被抛弃者"④。被主流社会摒弃，成为社会的抛出者是"多余人"的嬗变趋向。奥涅金与毕巧林作为时代的主人公，是彼时社会"先进思想"的承载者，他们选择的是身体与心理的自我放

① 〔俄〕尤·波利亚科夫：《无望的逃离》，张建华译，人民文学出版社，2002，第273页。
② 〔俄〕尤·波利亚科夫：《无望的逃离》，张建华译，人民文学出版社，2002，第230页。
③ 〔俄〕尤·波利亚科夫：《无望的逃离》，张建华译，人民文学出版社，2002，第234页。
④ 〔俄〕尤·波利亚科夫：《无望的逃离》，张建华译，人民文学出版社，2002，第128页。

逐之路。他们在俄罗斯大地永不停歇地漫游，追逐冒险与刺激；他们的精神游离于贵族生活之外，厌弃贵族社会程式化的生活，拒绝僵化腐朽的主流思想，因而，从客观上说，他们是当时社会的"边缘人"。奥勃洛莫夫则构建了防御一切外界思想与信息的堡垒，将自己彻底与世界隔绝，成为社会的"精神孤岛"。巴士马科夫作为新文化生态中的"新多余人"，其与前辈的不同之处还在于，他丧失了选择的权利，被迫成为时代的"被摒弃者"。

巴士马科夫从一名年轻有为的科技知识分子沦落为替人洗车和看守停车场大门的劳工折射出知识的飞速贬值和知识分子无法逃避的悲剧命运。职业的变换反衬出人物心理的异变和对新文化生态的适应。他"使劲晃动着整个息事宁人的身子，想早点儿洗完，随后从土匪似的年轻人手中悉悉嗦嗦地接过钞票，感激涕零地微笑着，突然腰部一阵发软，身躯会不由自主地弯下来，小丑似地行上一个讨好的答谢礼。但事后，当洗得锃亮的轿车驶离停车场的时候，奥列格·特鲁多维奇感到了一阵羞愧，甚至会无地自容"①。刚刚成为洗车人时，巴士马科夫感到屈辱和无奈，进而以精神胜利法来适应和克服这种低贱的感受。"他仿佛觉着自己是一个没有公开的贵族，不得不在这个由胜利了的无赖掌权的城市里隐藏自己的身世……他的阿谀奉承会给他带来极度的兴奋，因为如今这已经不能算是屈辱了，而是一种需要智慧、技巧和钢铁般意志的内在素质。"② 职业的变化引发了巴士马科夫强烈的内心波动，如果说从科技知识分子沦落到为他人效犬马之劳以博取施舍的可怜虫使其感到羞耻与屈辱，那么生存的压力迫使他试图学会"适应"这种生活，乃至从自我作践、取悦他人的行动中获得精神上的快感和满足。

艾斯克帕尔终究没有实现自己的计划，成了心思细腻缜密的"行动矮子"。他的密友卡拉科津被妻子抛弃之后，积极投身各种抗议集会，看似竭力找寻摆脱困境的出路，然而他想要的未来已经成了回不去的过去。他是一个真正被时代无情抛出的流浪者，最终成了闹剧般上演的"白宫枪战"的牺牲品，而这种结局无疑让人联想到屠格涅夫笔下那个巴黎巷战中"身材高大，穿一件旧衣服，腰间束一条红围巾，灰白蓬乱的头上戴一顶

---

① 〔俄〕尤·波利亚科夫：《无望的逃离》，张建华译，人民文学出版社，2002，第337页。
② 〔俄〕尤·波利亚科夫：《无望的逃离》，张建华译，人民文学出版社，2002，第337页。

草帽的男子"①——德米特里·罗亭。

《普希金之家》中的廖瓦·奥多耶夫采夫、《命运线，或米洛舍维奇的小箱子》中的利扎文、"骑士捷达——卡拉科津"和艾斯克帕尔等一道构成了新时代"多余人"的群像，他们无力抵挡历史车轮的滚滚前行和无情碾压，成为社会的"精神难民"，而托尔斯泰娅笔下的贝内迪克特、佩列文笔下的塔塔尔斯基则在欲望中迷失了自我，蜕变成了兽性的存在。

第二节 "'百事'一代"，或欲望俘虏

如果说"艾斯克帕尔"的逃避是对社会剧变的应急反应，那么长期浸淫其中的当代知识分子必然要"进化"出新的生存技能，即以自身的异变来适应社会的剧变。托尔斯泰娅的《野猫精》是一部充满隐喻的作品，童话般的艺术世界中闪现着当代俄罗斯的影子。"很明显，（作品）讲述的是知识分子的问题，关于俄罗斯社会各阶层爆炸式分裂（развыв）……给人以确定无疑的感受，托尔斯泰娅写的是当下现实，而非未来。"②《野猫精》中的情节发生在"大爆炸"后两百年的莫斯科（此时已改名为库兹米奇斯克），主人公贝内迪克特是抄录"大穆尔扎"（Набольшая Мурза）③作品和命令的录事，是处于"新石器时代"社会中为数不多的"文化人"。

从文本的内容层面看，"大爆炸"是规模庞大的致命核爆。"大爆炸"之后出生的人都带有各种各样的后遗症，有的手上像抹了一层绿粉，有的长有鱼鳃，有的满身尽是鸡冠，个体的体态发生了不可逆转的异变。从文本的思想内涵分析，"大爆炸"更像是一场精神领域的"爆炸"，是历史文化的骤然断裂，社会的急剧彻底崩塌和严重倒退，似乎是对苏联解体引发震荡的"公开的隐喻"。经历"爆炸"之后的社会步入了"新石器时代"，原有的社会秩序被完全颠覆，建构了崭新的社会文化生态。老鼠成为维持社会运转的基石和硬通货，铁锈变成办公和休闲娱乐的"万金油"。"爆

---

① 〔俄〕伊·谢·屠格涅夫：《屠格涅夫全集（2）》，徐振亚译，河北教育出版社，2000，第143页。

② Пронина А. В., Наслество цивилизации. О романе Т. Толстой «Кысь», *Русская словесность*, №6. 31, 2002.

③ Мурза，中文版译者将其译为"王"，该词来自鞑靼语和波斯语。穆尔扎是15世纪各鞑靼国家封建贵族的称号。正是由于托尔斯泰娅使用 Мурза 一词，有研究者指出，《野猫精》中的世界也暗指"鞑靼统治时期"的俄国。

炸"不仅完全摧毁了社会文明，也抹杀了个体的文化记忆。一切关于历史、文化、传统的知识也被炸为碎片而不复存在。换言之，人类被强行褪去了文明的外衣，降格为原始和自然的存在。对"爆炸"之后的人类而言，"疾病不是在书里，而是在脑袋里"①。也就是种族文化记忆的被迫格式化和归零。

贝内迪克特的母亲是"往昔的人"，曾经接受过高等教育，依然保留着关于文明社会的种种记忆。"一个有三代知习（识）分几（子）的家庭，不允许破坏传通（统）。"② 在母亲的教育下，贝内迪克特自然地继承了家族的传统，成了一名知识分子。从职业属性而言，贝内迪克特从事录事工作，是王国中唯一与文化相关的岗位。这是一份不错的工作，拥有一定的社会地位，却终究不是社会的上层，"他平常只顾急匆匆地行走，胆战心惊地东张西望；是否有什么长官？若是有雪橇驶过，就会跳到路边，取下帽子，鞠躬致敬。脸上出现阿谀奉承的谄笑。眼睛也眯成一条缝，装出高兴的样子……"③ 从个人爱好看，贝内迪克特嗜书如命，认为书是"难以言喻的珍宝"④，是"纯洁而又光辉的宝贝，是会唱歌的黄金，是诺言和理想，是远方的呼唤……"⑤ 或者说，书本不仅是他的心爱之物，乃至成为他的精神寄托和麻醉心灵的"良药"，他"可以忘却一切，钻进书里去"⑥。

书本代表知识，是推动文明前进的原动力。书本也是文化的象征，是文明的标志。贝内迪克特爱护书本，却无法理解书真正的价值所在。他曾说，"书嘛，酷爱至极，可是它们有什么用呢？如果需要，我随时可以再去弄。……若是发生火灾，它们首先会燃烧起来。化为灰烬！什么也不剩。这无非是些废物、树皮、无用的材料。"⑦ 贝内迪克特不能明白伊万内奇所谓的书"上面的话却比铜与永恒的金字塔还要坚实！"的言说。在全新的文化生态中，作为历史的忠实承载者，文化、艺术，乃至文明载体的

---

① 〔俄〕塔·托尔斯泰娅：《野猫精》，陈训明译，上海译文出版社，2005，第185页。
② 〔俄〕塔·托尔斯泰娅：《野猫精》，陈训明译，上海译文出版社，2005，第17页。在"大爆炸"之后的文化生态中，语言发生异变，对这种现象，本书第六章将会进行分析。
③ 〔俄〕塔·托尔斯泰娅：《野猫精》，陈训明译，上海译文出版社，2005，第90页。
④ 〔俄〕塔·托尔斯泰娅：《野猫精》，陈训明译，上海译文出版社，2005，第216页。
⑤ 〔俄〕塔·托尔斯泰娅：《野猫精》，陈训明译，上海译文出版社，2005，第221页。
⑥ 〔俄〕塔·托尔斯泰娅：《野猫精》，陈训明译，上海译文出版社，2005，第181页。
⑦ 〔俄〕塔·托尔斯泰娅：《野猫精》，陈训明译，上海译文出版社，2005，第140页。

书本并没有得到知识分子的认可，沦为可悲的"赏玩物件"。因而，尼基塔认为，对贝内迪克特而言，"……就算有一千本书，也说明不了什么。其实你还不会读书。对你而言，书没有什么益处，只不过是一些无谓的簌簌声，是一堆字母。而极其重要、生命攸关的字母表（азбука），你还没有掌握！"① 在俄语语言图景中，"азбука"不仅有"字母表"的意思，还有"初步知识，入门"的语义，指"起码的道理，常识"②。换言之，遭遇文化断裂的"大爆炸"之后的知识分子缺乏对事物的基本认知能力，能识字，却不会读书，往往好读书，却不得其解。

大爆炸直接导致"一切都颠倒了"③。在大爆炸之后的新文化生态中，一切事物都获得了与之相应的重新阐释。"往昔的人"与大爆炸之后出生的"乖孩子"分别代表两种截然不同的文化，也即客观上形成了"文明的冲突和对撞"。对以尼基塔为代表的"往昔的人"来说，"人是两个同样无底又无边的深渊的交汇点，而这两个深渊是指外部世界和内心世界……普希金是我们的一切：既是星空，也是胸中法则"④。然而对"大爆炸"之后出生的乖孩子而言，人是依靠老鼠和蛆生活的两足动物。自由歌者普希金的雕像则是民众牵绳子、晾衣服、贴内衣和枕套的绝佳选择。换言之，普希金作为文明社会中文化、艺术的符码在大爆炸后遭到了彻底的解构。对知识分子而言，异化成了显性特征，而这种异化是新文化生态下的生存选择和进化策略。

贝内迪克特身体的异化是一种外显的现象，具体表现为长出了尾巴，出现了返祖现象；其精神上的异化则是阴谋与堕落的结果。一方面，岳父——总卫生员——抓住并利用了贝内迪克特好读书却不得其解的弱点，用"古版书"引诱他走向残忍与暴戾的杀戮之路，逐渐扼杀其人性而不断培养、催生其兽性。另一方面，贝内迪克特对书的无法抑制的渴望成为其堕落、异化的内因。"他只不过想去取书，因为社会实在太落后，民众愚昧而又迷信，把书放在床底下，要是塞进潮湿的土坑里，书会因此而损

---

① 〔俄〕塔·托尔斯泰娅：《野猫精》，陈训明译，上海译文出版社，2005，第267页。
② Кузнецов С. А.，*Большой толковый словарь русского языка*，С. - Петербург：Норинт，2000，с.30.
③ 〔俄〕塔·托尔斯泰娅：《野猫精》，陈训明译，上海译文出版社，2005，第231页。
④ 〔俄〕塔·托尔斯泰娅：《野猫精》，陈训明译，上海译文出版社，2005，第161页。

毁、腐烂、散落，长出绿霉，被虫蛀得满是窟窿……"① 贝内迪克特是精神上的尼安德特人、意志消沉的克罗马农人，尼基塔看到他身上尚有人性的火花。对书本的欲望使贝内迪克特步入了令人唏嘘的可怕领域，沦为彻头彻尾的野兽，而尼基塔的圣火最终涤荡了所有的罪恶，引导其走向新生与未来。从这个意义上而言，作家认为贝内迪克特是一个"金不换的回头浪子"。浪子回头是俄罗斯文化、俄罗斯文学的传统主题。从《彼得与费弗罗尼娅的故事》（*Повесть о Петре и Февронии Муромских*，16 世纪中叶）中的彼得②，到普希金笔下的叶甫盖尼·奥涅金，陀思妥耶夫斯基笔下的德米特里·卡拉马佐夫，托尔斯泰笔下的聂赫留朵夫和玛斯洛娃，俄罗斯文学形成了对浪子回头的独特书写范式。"浪子回头，金不换。"经历过罪恶洗礼的个体，往往能够更为虔诚地忠于信仰，更为从容地行善。这种浪子回头的前文本乃是《圣经》中耶稣对"行淫女"的宽恕。

　　相比于"大爆炸"使贝内迪克特的身体与精神异变"返祖"，资本与资讯的"浸泡"对知识分子的堕落腐蚀也令人唏嘘不已。《"百事"一代》讲述了以瓦维连·塔塔尔斯基为代表的 70 年代出生，端着"百事"长大的俄罗斯年轻一代知识分子在社会裂变后所展示的社会生活图景。塔塔尔斯基为躲避兵役考入技术学院，却对偶然中接触到的帕斯捷尔纳克的诗作痴迷不已，开始创作诗歌，而在解体前后的苏联社会，"这是件典型的事情，结局也很典型——塔塔尔斯基考进了文学院"。文学之于"百事"一代而言是最为流行、能使其趋之若鹜的事物。如果说翻译苏联民族语言成了"塔塔尔斯基们"的工作，那么文学创作则是他们所追求的事业，他们将其视作"为永恒而付出的劳作"。从这个意义上说，以塔塔尔斯基为代表的"百事"一代出道伊始仍然怀揣着继承"文学骑士"遗风的梦想。

　　社会的重大变迁导致思想和价值体系全面突变，"他不再写诗了；随着苏联政权的消亡，诗歌失去了意义和价值"。文学创作已经不足以成为"饭碗"。对没有任何背景的年轻人而言，塔塔尔斯基顾不上对社会变迁做出评价，他所关注的核心问题是生存。沉重的生存压力将他推向社会的边缘，成为车臣人杂货铺的伙计。偶然间踏入广告业为他打开了通向未来之

---

① 〔俄〕塔·托尔斯泰娅：《野猫精》，陈训明译，上海译文出版社，2005，第 216 页。

② 《彼得与费弗罗尼娅的故事》讲述彼得违背自己许下的诺言，任性妄为，受到严重的惩戒之后，回归正途的故事。从广义上说，我们可以将之视为一种犯错之后的悔改，一种宽泛意义上的"浪子回头"。

门。对金钱的渴求覆盖了其他的思想，他成为金钱骑士。佩列文曾说，《"百事"一代》"所描写的不是社会的转型，而是智慧的转型，这智慧忙于解决现实生活急速变化条件下的生存问题"。智慧在某种程度上是知识分子的核心特征之一。事实上，塔塔尔斯基的确是一位拥有出色天赋的年轻人。正是外部文化生态的恶化使他不得不被动地适应，为了生计疲于奔命，最终导致他发生了显著的"异化"。也就是佩列文所谓的"为了去适应新的社会，人不得不努力获得诸多猴子的特征"。换言之，作为文明先锋的"现代知识分子"被种种文化流毒所侵害，发生了精神上的"基因突变"。这种"基因突变"具体表现为，放弃对社会现实的批评，对道德堕落和社会价值体系的崩溃不仅听之任之，甚至不无兴致地参与其中。社会巨变伊始，"塔塔尔斯基就意识到，自己同样不再为时代所需要了，但是他还来得及适应这种意识，甚至在其中找到了某种苦涩的甜蜜"[1]。他为车臣人工作，从他们那里学会了"厚颜无耻，这无耻无边无际，就像自奥斯坦基诺电视塔上所看到的风景一样"[2]。塔塔尔斯基完全摒弃了知识分子的抗争和坚守，而是根据形势的发展，快速调整自我定位，逐步培养出与社会形态相适应的兽性品质。

政治体制的骤变导致了经济形态的转向，俄罗斯从计划经济转向市场经济导致社会分配方式剧变，向消费社会蜕变。"什么是俄罗斯经济的主要特色？俄罗斯经济奇迹的主要特色就是，经济越来越糟糕，与此同时，商业却在发展，在加强，并步入了国际舞台。"[3] 俄罗斯经济的突出特征是"完全非物质的买卖。在买卖播出时间和广告空间，——在报纸上或是大街上"[4]。由于现代传媒的介入，商品作为实体的使用价值被急速消解，作为抽象概念的交换价值和符号价值得以极大地凸显。换言之，正是得益于无孔不入的广告，商品更倾向于成为个体社会身份和属性差异的标签。"在人们的消费行为中，消费的性质日益与人的本性、文化和社会建构之间产生密切关系。"[5] 作为消费主体的人在消费社会中逐渐丧失主体地位，而广告和商品却具有了本体化的倾向。或者说，媒介（广告）不仅改变了

---

① 〔俄〕维·佩列文：《"百事"一代》，刘文飞译，人民文学出版社，2001，第7页。
② 〔俄〕维·佩列文：《"百事"一代》，刘文飞译，人民文学出版社，2001，第11页。
③ 〔俄〕维·佩列文：《"百事"一代》，刘文飞译，人民文学出版社，2001，第122页。
④ 〔俄〕维·佩列文：《"百事"一代》，刘文飞译，人民文学出版社，2001，第123页。
⑤ 蒋道超：《消费社会》，《外国文学》2005年第4期。

个体的行为方式和社会结构方式，也改变了个体的感知模式。人沦落为广告和商品的附属品。佩列文笔下的塔塔尔斯基闯入了这一"过于黑暗、过于危险"的领域，他完全迷失了自我。塔塔尔斯基初入广告行业，以自身的出众智慧换取金钱。换言之，他以精神上的被操控换取物质上的短暂满足。在得到格瓦拉灵魂的指点并成为女神在人间的丈夫后，塔塔尔斯基反过来企图控制别人的智慧，将其窃为己有，并借此大肆敛财。

广告行业的核心在于资本和创意。与众不同的创意来自天才的灵感，其将带来巨额的经济回报。正是资本将时间与空间联结起来，成为可以相互置换的元素。"也就是说，钱就是第四维。"① 灵感则需要不断的外来刺激，因而塔塔尔斯基陷入了毒品的漩涡。毒品与广告还有另一个共同点，那就是它们给人带来的特殊满足感。不仅毒品使塔塔尔斯基上瘾，广告创意同样是其所不能戒除的"毒瘾"。塔塔尔斯基过上了令人艳羡的"双重生活"，也成了双重欲望的俘虏。

社会文化生态不可逆的"污染"使得浸淫其中的知识分子发生了令人瞠目结舌的异变，不仅生成了《"百事"一代》中的塔塔尔斯基和《野猫精》中的贝内迪克特等"异变知识分子"，培育出《无望的逃离》中经受美国消费文化洗礼、以感官刺激和享受为人生信条的时代畸形儿——"新纨绔子弟"斯拉宾逊，还"繁殖出"《无望的逃离》中玩弄权术、偷奸耍滑的俄罗斯新贵——混世群魔"驼鹿银行"行长尤那科夫、科研机构"金牛星座"党委书记盖尔科。他们共同构成了"基因突变知识分子"的图谱。然而，马卡宁笔下的"地下人"却钻进了"地下"，构建起自我防御的战线，在妥协中坚持抗争着来自社会"强势文化"的压力。

第三节　融入人群的"地下人"，或当代英雄

俄罗斯当代知识分子被改革的大潮所裹挟，他们或逃避，或适应，而仍然存在不愿逃避，不愿与世界"同流合污"，却无力正面对抗剧变的知识分子，他们主动或被动地成了"地下人"，钻进"地下"，构建起自我防御的战线，在妥协中坚持抗争着来自社会"强势文化"的压力。

"地下"与"地上"构成对位，是一组寓意丰富的概念。表示空间方

① 〔俄〕维·佩列文：《"百事"一代》，刘文飞译，人民文学出版社，2001，第122页。

位的"上"和"下"是这一组词的差异所在。在俄语语言图景中，"上""下"所含有的语义能够映射到个体（组织）的社会地位中，如"上层 высшие начальники / 下层 низовые организация，上士 старший сержант / 下士 младший сержант"①。因为个体（组织）在社会中所处的地位和其在现实空间中的物理位置具有极大的相似性，"地上"与"地下"这一组概念除了绝对地理上的意义之外，必然蕴含文化的寓意。换言之，"地上"与"地下"携带有个体在社会空间中的地位差异。从广义上说，"地下"也就意味着与社会主流不符，受到排斥，不能得到承认，"地下人"也即被主流社会边缘化，有才华、有能力而没有得到认可的个体。"地下"作为俄罗斯社会的一种特殊文化现象有着复杂而深远的历史文化渊源。俄罗斯社会总是存在与主流社会格格不入的"本来就不寂寞、扰乱安宁的人物：一浪接一浪。隐修僧是内部的流亡者。隐修僧的浪潮刚刚完，恰好就开始了出国流亡的浪潮。接替出国流亡的是持不同政见者。当持不同政见者渐渐烟消云散的时候，地下人就出来接班了。俄国的离经叛道足以让人做出任何一种口味的解读（诠释）"②。不管是隐修僧，侨民潮，持不同政见者，还是"地下人"，他们的共同显著特征是对主流强势文化的批评和抗争。这些群体拥有一个为人所熟知的名字——俄罗斯知识分子。

《地下人，或当代英雄》中的彼得洛维奇无疑处于社会的底层，是一个难以见光的"地下人"。"地下人"不是马卡宁的首创，陀思妥耶夫斯基早在一个世纪之前就已经写出了《地下室手记》。陀氏的那位四十岁的彼得堡知识分子智力发达，善于思考各种哲学问题，犹如一只穴居独醒的"耗子"，是类似"俄国哈姆雷特"（русский Гамлет）③ 的异样英雄和混乱世界的觉醒者。然而《地下室手记》中的"我"毕竟不同于彼得洛维奇，"地下"这一用语也从陀氏的"подполье"④ 变为马卡宁的"андеграунд"⑤。陀思妥耶夫斯基的"подполье"有具体空间指向性，与

---

① 徐英平：《俄汉语"上、下"空间隐喻对称性考证》，《外语研究》2006 年第 1 期。

② 〔俄〕弗·马卡宁：《地下人，或当代英雄》，田大畏译，外国文学出版社，2002，第 239 页。

③ 〔俄〕费·陀思妥耶夫斯基：《双重人格·地下室手记》，臧仲伦译，译林出版社，2004，译序。

④ Достоевский Ф. М., *Полное собрание сочинений в тридцати томах*, Ленинград: издательство «наука» ленинградское отделение, 1973, с. 99.

⑤ Маканин В., *Андеграунд, или герой нашего времени*, Москва：Вагриус, 1999, с. 1.

之相应的联想信息是彼得堡式的阴冷潮湿，投射出腐败不堪的旧时代气息，马卡宁的"андеграунд"却因与"underground"之间的同源关系而散发出时代的气息，暗指西方文化正在俄罗斯大行其道。Андеграунд 是英语词 underground 的俄文译法。在英语中，underground 有"地下室""地下的"的语义，同时还含有"秘密的，地下的（尤其指反政府的）"① 语义，凸显与官方、与社会主流相悖的意蕴。换言之，"андеграунд"更加强调的是对强权文化的对抗，彰显对个性独立的诉求。

从地理空间层面看，彼得洛维奇是走出了地下室的"地下人"。如果说陀思妥耶夫斯基笔下的"我"确确实实蜗居在潮湿阴暗的彼得堡地下室，那么马卡宁笔下的彼得洛维奇虽自称"阿地"，却并非住在地下室，而是在苏联时期建造的筒子楼的各层之间来回折腾、不断挪窝。"阿地"成了一种抗争精神、时代典型，成了一个去地理化的文化隐喻和文化符号。

从社会属性层面看，彼得洛维奇是一位几十年来笔耕不辍的作家，是典型的俄国知识分子。生存在时代更迭间隙中的彼得洛维奇拥有俄国知识分子的独特坎坷命运。他的人生悲剧是现实中大批俄罗斯作家的真实写照，苏联解体前后的俄罗斯文坛不仅有所谓的"回归文学"，也从来不缺少未曾发表过只言片语的所谓"天才作家"。这一论断在另一位当红作家佩列文的作品中则体现为"所有深知'集体无意识'为何物的人，早就去地铁站边卖香烟了"②。彼得洛维奇身无分文，无家无业，所有的财产就是一架老式打字机和一床被子。从"地下人"的视角看，物质上的赤贫并非耻辱，而是一种荣耀，是其存在价值的体现和其"另类"的标志。在他看来，"另类——一个哲学字眼，还不太流行，但不久前都知道了，刚刚渗透进我国知识界。另类这个词儿用到作者身上是荣誉的褒奖——像是一枚勋章，尽管是不大的。但已非奖章可比了"③。"另类"本身就是一个具有相对性的概念，是一种不符合标准和常规的存在。"另类"的价值就在于它的相异性，其核心是个性化。彼得洛维奇将"另

---

① Hornby A. S., *Oxford Advanced Learners Dictionary (seventh edition)*, Trans. Wang Yuzhang and Zhao Cuilian. Beijing: The Commercial Press, 2005, c. 2194.
② 〔俄〕维·佩列文:《"百事"一代》，刘诗飞译，人民文学出版社，2001，第 187 页。
③ 〔俄〕弗·马卡宁:《地下人，或当代英雄》，田大畏译，外国文学出版社，2002，第 520 页。

类"看作一种褒奖和荣誉，体现了他对个性的追求和珍视。同时，作为"阿地除了荣誉一无所有"①。这种荣誉来自强烈的自我肯定，来自对物质的鄙弃。因此当偶然得到 100 美金"巨款"时，他才会慷慨地送给在地铁中遇见的可怜姑娘 20 美金。在住房私有化的过程中，他作为不被承认的作家，至少有两次近在咫尺的能获得住房的机会，然而他最终都轻易地选择了放弃。在他看来，对"阿地"而言，荣誉远远比金钱、物质重要。

彼得洛维奇一生创作无数，而所有的收获是 121 封退稿信和"地下人""地下作家"的称谓。他认为，"在这个时期并在这个俄罗斯，之所以生活着我这类与承认及名声无缘但有创作文本能力的人们，是为某些特殊目的和某种至上意图之实现所必须。……我把自己的不被承认不看作失败，甚至不作平局——而看作胜利。看作我的'我'超越了文本的事实"②。如果说一开始，彼得洛维奇、济科夫等许多搞创作的艺术家进入"地下"是为了存活，那么经历了种种风波和震荡，做一个真正的"地下人"，放弃话语（创作）成为彼得洛维奇的生活态度和生存哲学。他认为，敢于在失语的境遇下坦然生活下去是一种勇气，他自视为当代俄罗斯社会"地下人"的先行者。

彼得洛维奇的"我"是他最为珍贵的东西，是他誓死捍卫的荣誉。彼得洛维奇的"我"显然区别于他人眼中的"我"，这是其存在价值的体现，是个体的核心要素，也就是个性与自由。"地下人"与"精神病人"等文化现象在俄罗斯社会成为一种显性的存在并不仅仅是诸如文中"精神病专家"伊万等无良医生的过错，更"是时间、时代、意识形态的过错，而所有他们这些人仅仅是拿注射器的，仅仅是在打针。人还是一般的人。心还是单纯的……"③时代和社会体制迫使人们走上早已安排好的道路。个性成了社会群体难以容忍的"异端"，以至于被视为一种精神疾病。换言之，个性与体制的冲突在"地下人"身上体现到极致。

---

① 〔俄〕弗·马卡宁：《地下人，或当代英雄》，田大畏译，外国文学出版社，2002，第 323 页。
② 〔俄〕弗·马卡宁：《地下人，或当代英雄》，田大畏译，外国文学出版社，2002，第 525 页。
③ 〔俄〕弗·马卡宁：《地下人，或当代英雄》，田大畏译，外国文学出版社，2002，第 465 页。

彼得洛维奇坦然地接受了没有名和姓，只剩父称的称呼。俄罗斯人的姓名包括名字、父称和姓氏。其中姓氏强调的是一种家族的传承和归属感。名字是一种私人化的象征，父称则是延续了父亲的某种元素。因此，俄罗斯人总是以名字和父称来称呼一个人，对其表示尊敬。主人公只剩下彼得洛维奇这一父称，失去了具有身份标记的名字和姓氏，那么也就意味着他是一个没有得到认可的人，没有合理的社会身份地位，却又得到人们的尊敬。彼得洛维奇作为一个极为常见且极具俄国特色的父称折射出这位"地下人"是俄罗斯的儿子，而且这样的人显然不止一个。换言之，这是一个具有俄罗斯特色的文化现象。马卡宁在卷首引用了《当代英雄》的话语："当代英雄确实是一幅肖像画，但不是某一个人的肖像：这是一幅由我们这整整一代人身上充分滋生开来的种种毛病所构成的肖像。"显然，彼得洛维奇也是整整一代人的显影，是区别于其后的"政客和生意人的一代"而存在的。事实上，"герой"一词在俄语语言图景中有4层意思：（1）英雄，建立功勋，表现出个人勇气，具有牺牲精神，时刻准备做出自我牺牲；（2）焦点人物，能引起他人关注、兴趣、欣赏的人物；（3）彰显自己所处时代、环境的典型性格特征的人物；（4）某一作品的主人公。① 显然，汉语中的英雄与俄语中герой的第一个义位对应，而并不包含其他义位。正如《当代英雄》中的毕巧林是一个冷漠、罹患时代忧郁症，又对自己灵魂进行深刻拷问的时代典型。所谓英雄是"献身于高尚的事业，往往具有高贵的血统、强烈的感情、坚定的意志、执着的追求、非凡的能力等优秀的品质"② 。英雄与勇气、正义等精神品格具有天然的联想关系。英雄"是人类信心、力量和道德化身，集中体现了人类的共同理想"。彼得洛维奇难以与英雄的称呼相匹配，而更像是那个时代最有代表性的人物，是苏联解体后俄罗斯"现代知识分子"命运的缩影。作为一个作家，彼得洛维奇是体制下的失败者，他没有发表过任何作品，而主人公自己却对此颇感自豪，引以为傲，因为作为一个个体，他没有屈服于外部的环境与种种压力，耗尽毕生与体制缠斗，他仍是一个完整的人，是当代人中的佼佼者，是名副其实的"当代英雄"。

---

① Кузнецов С. А., *Большой толковый словарь русского языка*, С. – Петербург：Норинт，2000，с. 201.

② 王岚：《反英雄》，《外国文学》2005 年第 4 期。

如果说勃列日涅夫时代的彼得洛维奇是被迫成为地下作家，那么在叶利钦时代，他主动选择成为地下人。"在世纪末仍生活在地下，停留在地下……我着实为此欣喜。但无论是欣喜还是愤怒，我对任何人都不打宽恕主义的折扣。"① 社会的裂变、文化的急剧转向并没有改变"地下人"的境遇。彼得洛维奇依然生活在"地下"，并以此为荣。从被迫成为"地下人"向自主选择"地下"生活的转变说明了主人公由被迫承受向主动反抗的转变。"地下人"不仅是一种生活态度，更是一种思维方式和行为准则。选择"地下"意味着与主流划清界限，体现一种坚守和抗争的勇气。

马卡宁使主人公生活在"微缩版的俄罗斯"，使他成为一名看守。作为一名看守，住户们的生活发生在住宅中，他的生活则在走廊里。"他们劳动，而我不。他们的生活是在住宅里，而我是在走廊里。且不说是更好吧，但他们是牢靠的多地砌入和切入了周围的他们所说的那个世界。"② 看守是一个微妙的职业，对守候的对象没有所属权，只有临时的使用权。正是所有权的缺位使得他与看守对象之间保持一定的距离，无法与其真正融为一体。换言之，彼得洛维奇作为看守的职业特点决定了他必然以超脱和俯视的眼光审视周围的世界。自我放逐和主动边缘化是俄罗斯知识分子的传统。从多余人，到新人，再到"地下人"，他们的共同气质是一种"精神流浪性"。主动或被动成为社会的抛出者、边缘者是俄国知识分子的传统。如果说"多余人"主动选择远离僵化的贵族社会生活，以自由浪迹的方式来医治罹患"时代忧郁症"的心灵，那么"新人"则欲以自己的力量推翻现有的社会规则，打破墨守成规的保守作风，然而他们难以为主流社会所接受，且往往以失败而告终。相比于自己的前辈，陀氏笔下的时代知识分子典型——"地下人"——不再是上层社会的成员，穴居在地下室中建构自我的"异类哲学"，成为被社会抛弃的角色。马卡宁的彼得洛维奇虽栖居筒子楼，融入了人群，却是精神上的孤独者。

彼得洛维奇扮演着"牧师"的角色，倾听筒子楼住户们的种种故事，帮助他们排解并消化那些负面的情绪。"他们说着成百个轶闻故事：把他们积累的一层层生活垃圾在我这里倾倒……我之被需要，恰恰是因为我是

① 〔俄〕弗·马卡宁：《地下人，或当代英雄》，田大畏译，外国文学出版社，2002，第320页。
② 〔俄〕弗·马卡宁：《地下人，或当代英雄》，田大畏译，外国文学出版社，2002，第17页。

一个失败者，一个冒牌作家。"① 彼得洛维奇不再如陀氏笔下的地下人那般囿于自我的思想之中，缺乏与外界的沟通交流，他的特长正是和他人交流沟通。换言之，他以积极的姿态与社会群体保持良好的互动，在群体强势的夹缝中追求自身的独立，他是融于人群的"地下人"。

在苏联解体后崛起的民主派眼中，"地下人"必然以受害者的形象示人，"想得到自己的一块蜜糖饼干和一杯牛奶"②。他们声称，"地下人，即便不是社会学而是生物学的，我们一样要把它变为现实的。他们或迟或早终归要走上地面。走向人群……"③ 走上地面是"地下人"理所当然的出路，似乎多年的"地下"生活就是为了换取今日走上地面。事实上，"戈尔巴乔夫的大变动以后，地下人便在各处往地面上蹿，刚醒过来就开始捞取、攫取、获取昼光下的名声（并且成了名声的奴隶，成了历史的残废），我却依然如故。我不需要给自己找补些什么。一本接一本地出书，担任职位，领导刊物，对这类事情的热衷，起先成为诱惑，后来成为俗恶。我的不写作的'我'获得了自身的生命"④。"地下人"并不是一个成分单一的社会群体，虽然他们有着相似的生存境况，却有着完全不同的成因，因而他们对走出"地下"、回归主流有着截然不同的态度。那些由于政治原因被迫长期潜伏在"地下"的个体在政治语境逆转之后成为社会的焦点和新制度下的"重要人物"。彼得洛维奇却依然故我，彻底摒弃了金钱名利的诱惑，拒绝成为文学的附属品。退稿与不被承认成了一种无上荣耀，正因此他得以不用屈就于种种规则，不用为此改变自己，依然保有最完整和纯粹的人格和文化品格。当彼得洛维奇拒绝了发表作品的机会，且"直截了当地说我没什么怪脾气，我对他说的是老实话，真心话——我不想发表作品时"，他使世人感到震惊。这个老阿地认为，"已经不需要了，已经晚了。现在我已经不想当一个文学的附属品了"⑤。从被迫成为"不被接受作家"到放弃发表作品的机会的转向使彼得洛维奇与"伪地下人"彻底割裂，彰显出他对自由和人格完整的追求。

在彼得洛维奇的视域下，为了世俗的利益而放弃"地下"生活是一

---

① 〔俄〕弗·马卡宁：《地下人，或当代英雄》，田大畏译，外国文学出版社，2002，第16页。
② 〔俄〕弗·马卡宁：《地下人，或当代英雄》，田大畏译，外国文学出版社，2002，第81页。
③ 〔俄〕弗·马卡宁：《地下人，或当代英雄》，田大畏译，外国文学出版社，2002，第81页。
④ 〔俄〕弗·马卡宁：《地下人，或当代英雄》，田大畏译，外国文学出版社，2002，第525页。
⑤ 〔俄〕弗·马卡宁：《地下人，或当代英雄》，田大畏译，外国文学出版社，2002，第80页。

种背叛和变节，他将坚守地下作为一种不容置疑的成功。变节者们走上地面所创作的文学使他感到痛心与愤怒。"我是出于恼恨，但不是仇恨。毋宁说是气愤和痛心，不是为自己——是为他们！为被粘痰吐脏了的文学，我愿意爱它。"① 他爱真正的文学，珍惜真正的文学，而被利益所左右的文学使其感到难以接受，因此，他保持了创作的沉默，坚守了对文学的挚爱。

《地下人，或当代英雄》的主人公彼得洛维奇显然不是一个单向度的人物。他是各类知识分子群体形象"过渡者"，是独特的人物范式。退，可成为"逃避者"，或是陷入住房（物质）和名利的漩涡的俘虏，成为走出"地下"的"地下人"，也即"沉沦者"；进，能抗争到底，使精神病院成为人生的归宿，或者选择妥协与抗争并存，也就是成为融入人群的"地下人"。他展现出复杂的性格和社会人文属性。正如作品标题所示，彼得洛维奇既是一个地下人，也是时代的典型。他既是荒淫无度的恶棍、杀人犯、看门狗，又是竭力避免被庸俗的"曾经的受害者群体"所同化、追求个性独立和自由、与种种外力缠斗不懈的勇士和守护文人风骨的卫士。

第四节　守望者，或薪火相传的使者

在新的文化生态下，知识分子们或是逃避遁世，或是曲意逢迎，或是随境遇而异变，或是在坚守与堕落之间犹豫徘徊。知识分子们不得不适应骤变，重构生存哲学。然而，知识分子传统在文学中遭到完全解构是不可想象的。"在俄国，知识分子、艺术家、思想家在社会生活中占有特殊地位，他们固有一种高度的社会责任感，要以人民的身份为人民讲话。"② 因而在新俄罗斯文学中依然存在坚守自我精神诉求，抗争来自强势文化的压迫，守望并传承文化薪火的守望者——知识分子群像。

《地下人，或当代英雄》中的彼得洛维奇是迷茫犹豫的看守，其"同貌人"正是被医治为"精神病人"的弟弟维涅季克特。他是俄罗斯式的天才，也拥有俄罗斯知识分子特有的坎坷人生，被祖国"像羊屎蛋一样抛撒

① 〔俄〕弗·马卡宁：《地下人，或当代英雄》，田大畏译，外国文学出版社，2002，第321页。
② 〔俄〕谢·弗兰克：《俄国知识人与精神偶像》，徐凤林译，学林出版社，1999，"前言"。

在自己和别人的道路上"①。正是由于他不愿屈服于现实，不愿做任何妥协，因而进了精神病医院。对彼得洛维奇来说，"弟弟本身也是一个事件，现在我没有能力回过头去和整个一种文化（那些岁月积淀的文化）搏斗，既无能废除它，也无能勾销它"②。换言之，"被精神病人"是俄罗斯的一种另类文化现象，其历史原型之一正是被誉为"俄罗斯首位民族哲学家"的"疯子"恰达耶夫事件。"恰达耶夫在《哲学书简》（Философические письма，1836）中提出的'俄国'概念是民族意识在国家社会思想史上首次以文本呈现。"③ 恰达耶夫的《哲学书简》如"黑暗里的一声枪响"（赫尔岑语），他却"被公开宣布是一个疯子"④。"俄国有思想的人都进了精神病院"是一个贯穿俄罗斯文化的公共命题。"疯子"与正常人的核心区别正是思想的相异性，这种不能与社会庸俗苟同的思想与知识分子独立批判精神有着内在联系。因此，精神病院历来是俄罗斯统治者管制和封杀异己的"不合时宜思想"的最佳场所。

事实上，精神病院在俄国文化视域下具有特殊的内涵，这种内涵不仅由历史维度的"疯子"恰达耶夫们所构建，也来源于加尔洵（В. М. Гаршин）的《红花》（Красный цветок，1883）和契诃夫的《第六病室》（Палата №6，1892）。精神病院是具有浓厚意蕴的隐喻。在《第六病室》中，病房是医院的院子里的一所小屋，"小屋的正面对着医院，背面朝着田野，中间由一道安着钉子的灰色院墙隔开。这些尖端朝上的钉子、院墙、小屋本身都带着阴郁的、罪孽深重的特殊模样，那是只有我们的医院和监狱的房屋才会有的"⑤。换言之，契诃夫笔下的第六病室就是一所监狱，禁锢了俄国的"新生思想"。在马卡宁的笔下，"精神病院就是一小块国家"⑥，作家将转型时期的俄罗斯与扼杀天才的"疯人院"画上了等号。显然，马卡宁对"疯人院"的认知不仅来源于

① 〔俄〕弗·马卡宁：《地下人，或当代英雄》，田大畏译，外国文学出版社，2002，第320页。
② 〔俄〕弗·马卡宁：《地下人，或当代英雄》，田大畏译，外国文学出版社，2002，第115页。
③ Чаадаев П. Я., *Полное Собрание Сочинений и Избранные Письма Т. 2.*，М.：Наука，1991，c. 21.
④ Зеньковский В.，*История русской философии*，М.：Академический Проект，Раритет，2001，c. 154.
⑤ 〔俄〕安·契诃夫：《契诃夫小说全集》第8卷，汝龙译，上海译文出版社，2000，第293页。
⑥ 〔俄〕弗·马卡宁：《地下人，或当代英雄》，田大畏译，外国文学出版社，2002，第410 ~ 411页。

契诃夫，更是与索尔仁尼琴的"古拉格＝俄罗斯"言说具有传承关系。时代变迁，体制更迭，思潮易帜，对自由思想的压制却成了不变的主题。

"韦尼亚－精神病人们"是"第一病室"的主体，是个体与体制抗衡的必然"产物"。"疯子们"彰显的正是从未妥协的抗争精神，诠释了守望内心诗意灵魂的生存哲学。尽管"他被摧残，被屈辱，一身粪便"，"他是骄傲的……是俄国的天才"①。他不需要别人的怜悯与同情，不仅不需要别人"推"，且坚定地申明："我会走到，我自己走。"

《野猫精》中的尼基塔是往昔人中颇有话语权的人物，是他们的精神领袖。他不仅拥有无可替代的"生火"的绝技，而且将复兴传统、回归文明视为己任。他声称，"尼基塔门……是为了纪念荣耀的过去！是寄希望于未来！我们要复兴一切的一切，从小事做起"②。口吐圣火，将面目全非的世界淹没在这圣洁的烈火之下，以圣火涤尽了世间的所有肮脏和罪恶，创造了新的开端，开启了历史新纪元。《无望的逃离》中巴士马科夫的"年轻的妻子十分自尊、自重"③，瓦尔拉莫夫《诞生》中的年轻知识分子夫妇在等待新生命的到来，也完成了精神上的重生。这些俄罗斯知识分子构成了传统文化守望者的群像，他们历经时代的考验，终将涅槃重生。

本章小结

本章具体分析了《无望的逃离》《野猫精》《"百事"一代》《地下人，或当代英雄》等作品中的"现代知识分子"形象。俄罗斯民族经历了政治、文化、信仰的转型阵痛，作为民族精英的知识分子陷入迷失自我的泥潭，在彷徨恍惚中走向虚空，又在妥协无奈下回归真实，而困苦挣扎后终获新生。迷失、堕落、妥协、坚守成为知识分子心路历程的关键词。在新俄罗斯文学中形成了由逃避者（新多余人）、沉沦者、"新地下人"和守望者构成的"现代知识分子"成长谱系（见图 2－1）。

---

① 〔俄〕弗·马卡宁：《地下人，或当代英雄》，田大畏译，外国文学出版社，2002，第669页。
② 〔俄〕塔·托尔斯泰娅：《野猫精》，陈训明译，上海译文出版社，2005，第271页。
③ 〔俄〕尤·波利亚科夫：《无望的逃离》，张建华译，人民文学出版社，2002，第48页。

```
                          ┌──────────┐
                          │ 现代知识  │
                          │  分子    │
                          └─────┬────┘
        ┌──────────────┬────────┴────────┬──────────────────┐
   ┌────┴────┐    ┌────┴────┐      ┌────┴───┐         ┌───┴────┐
   │ 新时代  │    │"百事"一代│      │ 地下人  │         │ 守望者  │
   │"多余人" │    │(异变知识 │      └────┬───┘         └───┬────┘
   └────┬────┘    │  分子)  │
        │         └────┬────┘
```

| 巴士马科夫、卡拉科津《无望的逃离》 | 廖瓦·奥多耶夫采夫《普希金之家》 | 利扎文《命运线,或米洛舍维奇的箱子》 | 塔塔尔斯基《"百事"一代》 | 贝内迪克特《野猫精》 | 彼得洛维奇、米哈伊尔、济科夫《地下人,或当代英雄》 | 安娜·安德里昂诺芙娜《深夜时分》 | 维涅季克特《地下人,或当代英雄》 | 尼基塔《野猫精》 | 彼得·虚空《夏伯阳与虚空》 | 娜佳《无望的逃离》 |

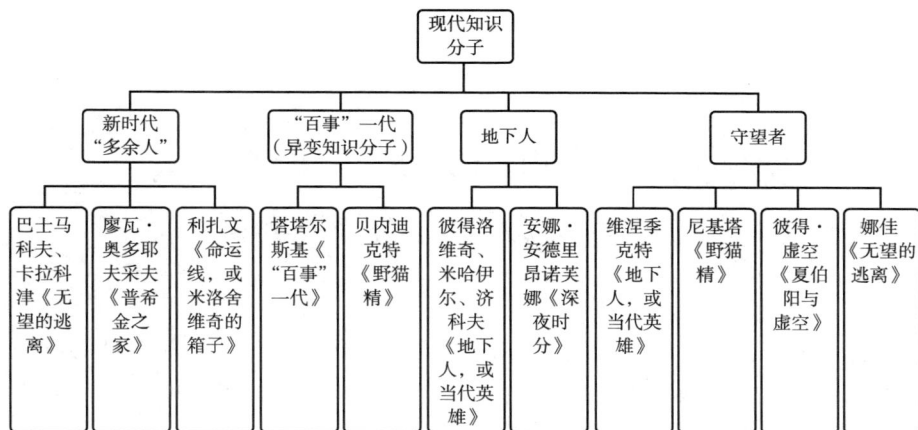

图 2−1 "现代知识分子"形象谱系

第三章　文明冲突下"现代知识分子"信仰异变

　　人类的历史就是文明起源、进化和发展的历史。文明或者文明化是一个相对的概念，其参照系就是原始的、蛮荒的形态。文明的理论经历了从单一文明论到多元文明论的嬗变，多元文明的理论得到了广泛的认可和有效的论证。西方文明、伊斯兰文明、中华文明、印度文明等文明的分类是基于不同文化实体之间的信仰差异进行的，或者说，信仰是区分文明的主要特征。"人类几千年的历史证明，信仰不是一个'小差异'，而可能是人与人之间存在的最根本的差异。"① 因信仰差异而引发的冲突极有可能会导致热战，这种战争往往带有宗教讨伐性质，它的激烈度和残暴性会因战争双方信仰不同的神而呈几何倍数增强。

　　从"十字军东征"开始，基督教文明与伊斯兰文明的冲突与对抗就成了一种显性现象，且不曾再中断。两种文明冲突在 20 世纪后半叶明显升温。对西方而言，以"9·11 事件"为代表的恐怖袭击是文明的冲突由"冷"转"热"的直观表现；对俄罗斯而言，这种对抗的触发点正是高加索问题再次井喷式爆发，也即持续近 10 年的两次车臣战争、别斯兰人质事件、莫斯科剧院人质劫持事件等系列恐怖主义活动。

　　在俄语语言图景中，кавказ 一词是从法语中引进的，它在法语（Caucase）和德语（Kaukasus）中意指高加索群山，"它们的词源是古希腊语 Καυχασις 和 Καυχασος，与日欧曼部族中的哥特人相关"② 。横亘在黑海和里海之间的高加索山脉是一座延绵 1000 多公里的著名神山，它是拥有不同宗教信仰和语言习俗的民族生存、融合之所。在古希腊神话中，高加

---

① 〔美〕塞·亨廷顿：《文明的冲突与世界秩序的重建》，周琪等译，新华出版社，2010，第 285 页。

② Фасмер М., *Этимологический словарь русского языка. В 4т. Т. 2（E－Муж）*，Пер. с нем. и доп. О. Н. Трубачева，изд.，стер. М.：Прогресс，1986，с.153.

索是普罗米修斯为人类受难的圣地，是苦难和信仰的标记，因而它具有了无法替代的神圣意蕴。高加索这一空间"被描述为对拜占庭人而言的独特边界：它位于欧亚传统分界线，这一分界线被认为是泰纳伊斯—顿河，或者高加索大门"①。高加索自古以来就是一个独特的文化空间与文明交汇地带，文明之间的差异导致相邻文明不可能无缝对接，"文明的断层线"或者缓冲带是一种必然的存在。

"文明之间的冲突和对撞是无法回避，难以解决的问题"②，也是历史发展过程中的永恒主题。这种冲突的爆发区域往往位于两个文明的断层线上。断层线"暴力冲突在一个时期内可能完全停止，但很少永久终结。断层线战争的特征是：不断地休战、停火和停战，而不是达成解决主要政治问题的全面和平条约。它们之所以具有时起时伏的性质，是因为断层线战争是深深基于涉及不同文明集团间持久对立的断层线冲突，这些冲突又源于地理上的相邻、不同的宗教和文化、彼此各异的社会结构和双方社会的历史记忆"③。宗教、文化、社会形态（人口和经济）、历史记忆是文明冲突的关键词。文明的冲突使"高加索蜕变为湮灭肉体与灵魂的战场和'高加索俘虏'们难以摆脱的永恒牢笼，却依然是在东西方文化的夹缝中寻求生机的'文化浪子'"④。

高加索人信奉伊斯兰教，俄罗斯人则多为东正教徒。高加索问题并非简单的文化冲突问题，而是由宗教信仰根本分歧而引发的不同文明板块之间的碰撞。换言之，俄罗斯与高加索的冲突是基督教文明（这是广义上的基督教，包含俄罗斯的东正教）和伊斯兰文明对撞的缩影。高加索问题是文明的碰撞，核心是宗教信仰的激烈交锋。这种对撞和交锋是新俄罗斯文学无法绕过的重要内容，也是"现代知识分子"宗教思想异变的宏观时代语境。

第一节　文明的碰撞，信仰的交锋

高加索处于文明交汇的缓冲地，具有独特的人文历史风貌，是一个独

---

① Бибиков М. В., *Византийские источники по истории древней Руси и Кавказа* (*Византийская библиотека*), СПБ.：Алетейя，2001，с. 273.
② 郑永旺：《文明的对撞：俄罗斯文学中的高加索主题》，《俄罗斯文艺》2014年第4期。
③ 〔美〕塞·亨延顿：《文明的冲突与世界秩序的重建》，周琪等译，新华出版社，2010，第344页。
④ 姜磊：《高加索的俘虏》，《俄罗斯文艺》2014年第4期。

立的文化空间和特殊的"地理形象"（Географический образ）。"任何一种文化都需要通过一系列不同的形象（或者形象——原型）来自我确认，自我认同。在这一系列形象中，地理形象是最为重要的。借助于地理形象，文化使具有相同社会认同的成员栖居在一起，使他们形成对周围世界的认知，这种认知不仅是从物理层面，而且是从存在主义和现象学层面改造地理面貌。建构和重塑地理形象是文化现象学的重要内容，地理本身也是重要的文化现象。基于此，在不同的文化中显然可能存在不同的地理，这些地理在认识论上相互交汇，从而使文明起源相异的各种地理形象之间产生文明间的相互影响和干扰。"① 换言之，在当代俄罗斯文化学者扎米亚金（Д. Н. Замятин，又译"扎米亚京"）看来，地理形象是文化地理的现象学范畴阐述。地理形象是文化和社会现实的一个理想截面。高加索无疑是一个独特的地理形象，其形象构建主要从历史和文化两个维度得以实现，正是深刻沉重的民族历史记忆和迥异对立的宗教文化观念使高加索成为文明撞击的前沿阵地和旷日持久的战场。

从历史维度看，沙皇俄国的势力从 16 世纪就已将触角伸向高加索。1556 年，沙皇把位于北高加索地区的卡巴尔达王公和位于伏尔加河下游以东的大诺夫盖帐汗国置于其保护之下。同时，那些居住在库班河以南地区的切尔克斯人也成了俄国的附庸。沙俄帝国对高加索的征讨并非一蹴而就，其过程充满曲折，弥漫着血腥的杀戮和暴力。1774 年，奥斯曼帝国（也即现土耳其）就把卡巴尔达地区完全割让给俄国，但直至 1791 年，沙皇俄国才开始大规模地侵入该地区，并初步控制该地区。尽管当地不少群体怀有亲俄情绪，甚至暗中推进沙俄的入侵进程，而卡巴尔达地区真正成为沙俄帝国一部分已是 1825 年前后的事情了。因为在征讨高加索的进程中，沙俄也遇到了当地民众的激烈抵抗，其中不乏曼苏尔教长、沙米尔②等至今为穆斯林所称道的"解放运动"领导人。

高加索作为一个无可替代的战略要地，历来是各帝国垂涎三尺、意欲染指的对象。历史上，波斯帝国曾企图延缓并阻止沙俄侵入其势力范围，

---

① Замятин Д. Н. , *Культура и пространство*：*Моделирование географических образов*，М. ：Знак，2006，с. 16.

② 沙米尔（1797 ~ 1871）：高加索穆斯林领袖，达吉斯坦第三代伊玛目。在其领导下，高加索穆斯林团结一致抵抗沙俄入侵，使沙俄对高加索的全面统治延缓了几十年。沙米尔不仅在高加索地区是家喻户晓的传奇人物，在西欧也享有盛誉。

并与沙俄爆发了数次战争。然而 1804～1814 年，以及 1826～1828 年的两次俄波战争都以沙俄的胜利告终，双方签订了《土库曼查伊合约》，沙俄获得了亚美尼亚东面的埃里温汗国和纳西契凡汗国。① 在 1877～1878 年，沙俄与土耳其也因争夺高加索而爆发了大规模战争。直到 1878 年，俄国才完全征服了这几个介于黑海和里海之间的地区。高加索和外高加索，绝大部分是在 1783～1878 年大约一百年中陆续被征服的。

名义上被纳入沙俄帝国的高加索地区并非从此风平浪静。事实上，从地缘政治角度看，高加索地区是历史上从来没有被帝国完全控制的地域。在该地区不计其数的种族群落一直在反抗沙俄帝国的统治，即使是旷日持久、野蛮残忍的战争和大规模的人口迁移，也没有改变这一现实。② 众所周知，残酷而激烈的战争于 1994 年、1999 年在俄罗斯人和车臣人之间爆发，而印古什人和奥塞梯人（东正教徒）之间也烽烟再起。

断层线战争有悠久的历史根源。相异的"文明集团间过去发生的断断续续的断层线暴力冲突，仍然存在于人的记忆之中，这些记忆反过来又引起了双方的恐惧和不安"③。区域历史充斥着文明之间的撞击和摩擦，战争和暴力成了冲突双方的民族历史记忆。这种不堪的历史记忆会促使冲突双方积极地投身战争之中，而战争的残酷性和激烈性也会因这种民族的仇恨累积效应而成倍增强。

从文化的维度看，高加索之所以成为俄罗斯的梦魇和难以摆脱的"麻烦"，是因为高加索与俄罗斯之间存在一条"文化分界线"④。臣服于俄罗斯统治的高加索已然被划入其版图，成为其西南边陲的门户，然而俄罗斯的西南边界从未实现真正的和平，而是长期处于"冷和平"状态。因为文化上巨大且难以调和的差异造成了横亘于俄罗斯和高加索之间的不可见，却又真真切切的"文化分界线"，"冷和平"只是区域力量达成的短暂均势，是为下一波冲突和热战积蓄能量。在亨廷顿看来，高加索正处于"文

---

① 〔美〕爱伦·丘：《俄罗斯历史地图解说——一千一百年俄国疆界的变动》，郭圣铭译，商务印书馆，1995，第 79 页。

② 〔英〕扬·孔茨尔：《〈自由的幽灵——高加索地区的历史〉一书评介》，郑曙村、禤明亮译，《国外社会科学》2011 年第 4 期。

③ 〔美〕塞·亨廷顿：《文明的冲突与世界秩序的重建》，周琪等译，新华出版社，2010，第 292 页。

④ "文化分界线"存在于两种不同的文化实体相互交叉的地带，不同文化实体之间不可能实现无缝对接，必然存在断裂带和分界线。

明的断层线"上，因而爆发"断层线上的战争"是必然趋向。"断层线冲突是属于不同文明的国家或集团间的社会群体的冲突"①。在某些特殊的地缘政治空间，隶属于不同文明的邻国之间、属于不同文明起源的文化实体之间极有可能引发断层线冲突。

"文明断层线"形成的核心因素是两种文化之间的信仰差异。尖锐对立的宗教信仰是俄罗斯与高加索之间冲突不断的根本原因，其主要表现在伊斯兰教与东正教的神学基础和信仰实质方面。这种差异导致两教教徒在行为准则和生存范式方面存在极大差异。在伊斯兰教神学视域下，宇宙中有且只有一个至高无上的主宰——"安拉"，除安拉外万物无神灵。东正教信仰上帝，崇信圣父、圣子、圣灵的"三位一体"。两教信仰不同的神，这种本质差异使他们的信仰产生了排他性。从宗教起源层面看，伊斯兰教和基督教都是亚伯拉罕系，它们的历史均可追溯到亚伯拉罕时期。两教都承认《旧约》的神圣与准确。伊斯兰教同样认可《古兰经》之前安拉所降示的经书。伊斯兰教认为，《旧约》具有不容置疑的合法性，而《古兰经》却优于任何其他的宗教经典，是一种神性的权威，是安拉启示的天经，伊斯兰教徒必须信仰和尊奉它，绝不允许诋毁和篡改。伊斯兰教肯定《圣经》的神圣性，但认为《圣经》的内容在历史演化过程中已被人为修改或者误解失真。换言之，伊斯兰教不承认《新约》的合法性，各种宗教经典对某一问题的阐释有分歧时，必须以上帝最后赐予穆罕默德的《古兰经》为标准。信仰的本质性差异具有无法调和的特性，而由此引发的民族和文明冲突也具有不可调和性。

而冲突也恰恰产生于两种宗教信仰的相似性，即能指层面的一致性。伊斯兰教作为穆斯林的生活方式模糊了宗教和政治的边界，而东正教倡导、秉持并践行政教合一理念。伊斯兰教和东正教都信奉唯一的真神，是一神教，它们不可能像多神教一样接受其他的神。一神信仰催生的是非此即彼的二元对立思维范式。两者又都具有普世情怀和追求，自认是全人类唯一的、正宗的信仰。两教都包含强烈的使命意识，把说服非教徒皈依唯一的、真正的信仰视为神圣义务。"自创始起，伊斯兰就依靠征服进行扩张，只要有机会，基督教也是如此行事。'圣战'和'十字军东征'这两

---

① 〔美〕塞·亨廷顿：《文明的冲突与世界秩序的重建》，周琪等译，新华出版社，2010，第283页。

个类似的概念不仅令它们彼此相像，而且将这两种信仰与世界其他主要宗教区别开来。"① 东正教作为基督教的一个重要分支，其继承并发扬了基督教的精神，形成了"神圣罗斯"和"莫斯科 – 第三罗马"的弥赛亚思想。俄罗斯将宣扬正教视为义务。因此，俄罗斯的对外扩张往往被视为具有宗教合法性的行为，战争则被视为宗教讨伐，也即俄罗斯的"圣战"。宗教文化的核心要素对立，而组织形态、思想构架的相似性使得东正教文明和伊斯兰文明构成了真正的竞争关系，两种文明之间的冲突往往是你死我活的态势。

第二节 "高加索痕迹"：
信仰异变风向标

高加索独特而丰富的内涵历来为以作家们为代表的知识分子所关注，在俄罗斯文学中形成了独特的高加索主题系列文本。在俄国传统精英阶层的视域中，高加索是遥远的东方，是与主流文化相异的竞争者和他者（the other）。然而，"东方几乎是被欧洲人凭空创造出来的地方，自古以来就代表着罗曼司、异国情调、美丽的风景、难忘的回忆、非凡的经历"②。普希金的《高加索的俘虏》被视为俄罗斯文学高加索主题具有里程碑意义的作品。正是"在普希金的生花妙笔下，高加索不仅以其辽阔和自由的生活，而且以其无穷尽的诗意成了俄国人心神向往的国度，成了豪迈的生活和大胆的梦想的国度"③。莱蒙托夫的《当代英雄》、托尔斯泰的《高加索的俘虏》（Кавказский пленник，1872）等一系列作品将高加索塑造成不仅是充满自由、孕育纯美爱情、拥有奇异风光的胜地，也是战事不断、愚昧不开化的野蛮之地。自由、爱情、战争、俘虏等元素成了高加索的标记，它们共同构成了高加索的文学肖像。高加索主题也真正成了俄罗斯文学中不可忽略的内容之一。不论是普希金笔下的俘虏和莱蒙托夫笔下的毕巧林、托尔斯泰笔下的俘虏，还是作家们本身，都无意识地将高加索（东方）视为比俄国更为低劣的文明，俄国主流社会无疑对其拥有优势。俄国主流社会

---

① 〔美〕塞·亨廷顿：《文明的冲突与世界秩序的重建》，周琪等译，新华出版社，2010，第233 页。
② 〔美〕爱德华·萨义德：《东方学》，王宇根译，生活·读书·新知三联书店，1999，第 1 页。
③ 〔俄〕亚·普希金：《高加索的俘虏》，查良铮译，新文艺出版社，1958，第 80 页。

与高加索之间存在一种人为设定的权力关系、支配关系和霸权关系。换言之，在传统知识精英的意识中，高加索是被"东方化"（orientalized，萨义德语）了的东方，是被"以那些人们耳熟能详的方式下意识地认定为'东方的'，而且因为它可以被制作——也就是说，被驯化为——'东方的'"①。然而，俄罗斯"现代知识分子"的高加索意识随着社会文化生态的剧烈变动而发生了转折性的重构。

以马卡宁为代表的当代作家依然沿袭文学中的高加索主题传统，发表了《高加索俘虏》（*Кавказский пленный*，1994）、《亚山②》（*Асан*，2008）等脍炙人口的作品。马卡宁直言："之所以关注高加索问题，甚至选择《高加索俘虏》这个题目是为了强调高加索与俄罗斯之间冲突的延续性。高加索战争很难终结。"③ 然而，他认为最重要的原因是，"俄罗斯已经是高加索的俘虏（Россия – пленница Кавказа）"。"当石油成为战争的血液（Нефть – это кровь войны）"④，血腥的战争将更加绵长和残暴。显然，随着社会文化语境的演变，高加索在知识分子的思维空间中已经由从爱情与自由胜地走向真实与平凡，蜕变为湮灭肉体与灵魂的战场和俘虏们无法逃逸的牢笼，是各方文化角力夹缝中生存的，相对俄罗斯主流社会而言的"文化浪子"。

"高加索的痕迹"成了新俄罗斯文学的一种特殊现象和存在，是文明冲突加剧在文学中的直观体现，其折射出"现代知识分子"面对愈演愈烈的文明碰撞、主流社会文化不断"溃败"而萌发的忧虑和无奈，这是其信仰艰难转型异变的风向标。《地下人，或当代英雄》中出现了以"高加索的痕迹"（Кавказский след）为标题的章节，内容是彼得洛维奇在寄居的筒子楼下遭到一个高加索人的抢劫，最终将抢劫者捅死。"高加索的痕迹"在解体后的俄罗斯处处可见，成为一种显性的存在。高加索人把控了几乎所有的零售小售货摊，他们不仅经营食品、鲜花、蔬菜等日用品，还霸占停车场、洗车等服务行业，常常雇佣陷入困境的俄罗斯"现代知识分子"

---

① 〔美〕爱德华·萨义德：《东方学》，王宇根译，生活·读书·新知三联书店，1999，第8页。

② 根据马卡宁的作品内容，*Асан* 在文本中指亚历山大大帝在高加索地区各民族语言中的音译，也暗指文本中的三位"亚历山大"。鉴于此，我们认为翻译成《亚山》更为合适。

③ Нефть – это кровь войны. Интервью с Владимиром Маканиным, 30 – го. Октября, 2011，http：//inosmi. ru/history/20111101/176906479. html.

④ Нефть – это кровь войны. Интервью с Владимиром Маканиным, 30 – го. Октября, 2011，http：//inosmi. ru/history/20111101/176906479. html.

为其打工。《无望的逃离》中的巴士马科夫沦落到给高加索人经营的洗车场看门，而《地下人，或当代英雄》中的彼得洛维奇和《"百事"一代》中的塔塔尔斯基则一度是高加索人售货摊的服务员。对"现代知识分子"们来说，高加索"移民"大量进入俄罗斯是一种事实上的"文化入侵"。这种"文化入侵"完全不同于军队和坦克的入侵，而是其他语言、其他信仰和其他思维方式的强势介入。大量带有不同宗教信仰的"异教徒"的"入侵"必然会引起种种冲突与纷争。最直观的表现是，"地下人"彼得洛维奇用刀捅死高加索人，"百事"一代塔塔尔斯基亲身经历合伙人与高加索人激烈枪战。"前军官阿库洛夫站在一圈人当中，他在咒骂车臣人以致所有高加索人。"①

高加索因素成为转型期俄罗斯文化的重要元素。俄罗斯社会正因为高加索势力的介入而面临分裂的风险。"高加索人几乎不喝酒，他们在热情豪放（十足装饰性的）的帷幕下，稍有点儿什么就提高了警惕……"② 显然，社会处于冲突的边缘，时时刻刻笼罩着令人不安的紧张气氛。无论是《地下人，或当代英雄》中的彼得洛维奇、《无望的逃离》中的巴士马科夫，还是"百事"一代们，他们对高加索的认知已然完全不同于普希金、莱蒙托夫、托尔斯泰笔下的"高加索俘虏"。激烈的冲突进一步加剧了双方之间的仇恨，这种仇恨又反过来导向更激烈的冲突。于是，在"现代知识分子"的意识中，高加索即是罪恶战争的源头，是社会分裂的潜在威胁，是暴力与恐惧的代言。

《"百事"一代》中同样出现以"伊斯兰元素"（Исламский фактор）为题的章节。塔塔尔斯基的雇主小沃夫切克正是被高加索人的猛烈火力压倒，失去了生命。小沃夫切克和车臣人在塔塔尔斯基家附近展开了激烈的"战争"。虽然小沃夫切克"开了两辆车去，带了兵去，全副武装。可那些人早有防备。可那些混蛋连夜在对面的坡地上挖了一个掩体。等他的车一靠近，他们就用两支'雄蜂'火焰喷射器开了火"③。即使小沃夫切克的汽车都带有装甲，能抵御一般的袭击，却难以招架"雄蜂"的上千度高温。以塔塔尔斯基为代表的"百事"一代对高加索人充满了恐惧，将其视为恶魔，即使在服用毒品和"蛤蟆菇"之后依然无法摆脱这个梦魇。面对以强

---

① 〔俄〕弗·马卡宁：《地下人，或当代英雄》，田大畏译，外国文学出版社，2002，第148页。
② 〔俄〕弗·马卡宁：《地下人，或当代英雄》，田大畏译，外国文学出版社，2002，第152页。
③ 〔俄〕维·佩列文：《"百事"一代》，刘文飞译，人民文学出版社，2001，第176页。

硬的姿态据守自己的地盘，在当地社会拥有举足轻重话语权的高加索人，"百事"一代们不得不屈服，不得不躲避。

"高加索俘虏"这一经典情节发生了带有时代印记的重构。如果在普希金和托尔斯泰的作品中，俄国青年远征沙场，最终在高加索沦为的俘虏，借助异族女郎的帮助逃离敌营。作品张扬的是一种对纯美爱情和异族文化的向往和冲动，也充盈着对征服的渴望和国家强盛的自豪。《"百事"一代》中塔塔尔斯基眼中的景象却是，嘴角堆满笑容，一对油亮眼睛却毫无表情的高加索人侯赛因用手铐将一个蓬头垢面的俄罗斯汉子囚禁在房间里。俘虏仍然是纯正的俄罗斯人，只不过他在祖国的首都被高加索人捆绑，成为其俘虏。这个眼睛没有表情的侯赛因无疑让人想起《当代英雄》中有着相似眼睛的毕巧林，他们身上都透着冷酷的气息，有一种恶魔的气质。侯赛因们所经营公司的业务之一正是这种"有偿杀戮"，因为电视中正无限循环播放着改编自电影《高加索俘虏》的高加索人处决俄罗斯族军官的广告画面。俘虏身份和被俘地点的戏剧性变化折射出俄罗斯社会的高加索力量已然对俄罗斯主流社会构成了挑战，杀戮甚至成了高加索人的一项业务，无限循环播放的广告宣传片则进一步强化这种趋向，是高加索民族认同爆发的标记和外显形式。

"部族、部落、种族集团、宗教群体和国家之间的战争之所以盛行于各个时代和各文明，是因为它们根植于人民的认同。"[1] 持续大量的高加索"移民"组成"高加索同乡会"（кавказское землячество）[2]，成为新崛起的势力，使俄罗斯社会分裂为东正教和伊斯兰教两个具有对抗性的文化群体。"穆斯林与西方人之间的接触和混居日益扩大，激发了他们各自的新的认同感，并认识到他们的认同有所不同，对各自的民族特性以及不同于他人之处有了新的认识。两者的相互作用和混居还加剧了在这一问题上的分歧，即：一个文明的成员在由另一个文明成员所控制的国家中的权利问题。"[3] 换言之，高加索人在俄罗斯的频繁活动和势力壮大使其有信心挑战主流文化，寻求自身文化的身份认同和重新定位。作为伊斯兰文明代表的

---

[1] 〔美〕塞·亨廷顿：《文明的冲突与世界秩序的重建》，周琪等译，新华出版社，2010，第282页。

[2] Виктор Пелевин，*Generation "П"*，Москва：Вагриус，2004，с. 203.

[3] 〔美〕塞·亨廷顿：《文明的冲突与世界秩序的重建》，周琪等译，新华出版社，2010，第234页。

高加索人坚信自我文化的优越性，也忧虑伊斯兰力量在俄处于劣势地位。俄罗斯人则确信自身文化的优势和普遍性，尽管他们认识到在局部区域这种优势正逐渐消失，但这一优势仍然使他们怀有把东正教文化扩展到异教地区，乃至全世界的理想。这种截然不同的文化认同感是高加索和俄罗斯冲突的原因。《地下人，或当代英雄》中，彼得洛维奇参加了筒子楼与高加索人的和解宴会，他们"从一楼一下子叫来了五六个七八个高加索人。他们带来了大量酒类。三盆冒烟的羊肉串"。彼得洛维奇领悟到了，"任何一种和平毕竟也是和平。但还是怀着戒备的，脆弱的"①。文明之间的和解只是暂时的，相互之间仍然怀揣着高度的戒备，这是一种介于战争与和平之间的"冷和平"。

《地下人，或当代英雄》中的"当代阿卡基·巴士马奇金"，被彼得洛维奇视为"知识分子型看守"的捷捷林因从高加索人的货摊上买了一条不称心的裤子，想要退货而不可得，进而与高加索人发生冲突，最终心肌梗死，一命呜呼。捷捷林的葬礼成为俄罗斯阿地、筒子楼居民与高加索人和解的契机。阿地们甚至认为捷捷林是"给人看房子的，化外之民，在某种意义上，捷捷林也是一个地下人"②。所有前来哀悼的宾客不只是将葬礼视为一场狂欢和酒宴，也感到了真切的悲哀。被人遗忘的葬礼的主人公完全可能是他们中的其他任何人。或者说，这葬礼是全体知识分子的，是其在冲突加剧文化生态中可能面临的人生结局之一。

彼得洛维奇与高加索人之间的冲突，乃至最终将高加索人诱杀是文明冲突在新俄罗斯文学中的微观表现和显影，也彰显出社会的分化趋向，知识分子的思想异变。彼得洛维奇不在乎钱财，他甚至主动将身上的财物交给高加索劫徒。高加索人伤害了地下人脆弱的自尊心，挑战了俄罗斯知识分子仅剩的生存尊严。"练摊儿的高加索人在该站在谁一边的事儿上伶俐着呢——他们尊敬阿库洛夫这类人，把我们这类灰不溜丢的知识分子看得狗屁不如。……而工程师这个可笑的字眼儿让他们觉得特好玩。跟叫花子的意思差不多。"③"知识分子＝狗屁不如""工程师＝叫花子"是文学中"现代知识分子"人生困境的真实写照。面对已经成燎原之势的"高加索痕迹"，以及这些与俄罗斯人拥有不同信仰的"异教徒"的强势介入，"现

① 〔俄〕弗·马卡宁：《地下人，或当代英雄》，田大畏译，外国文学出版社，2002，第151页。
② 〔俄〕弗·马卡宁：《地下人，或当代英雄》，田大畏译，外国文学出版社，2002，第153页。
③ 〔俄〕弗·马卡宁：《地下人，或当代英雄》，田大畏译，外国文学出版社，2002，第152页。

代知识分子"或者委曲求全，在外族的淫威下苟延残喘，或者无谓反抗而身死命陨。这种没有出路的困境压迫，没有希望的死亡威胁催生了"现代知识分子"走向尽头的末日体验。

第三节 "现代知识分子"信仰异变

处于种族文化冲突边缘的社会状态是俄罗斯"现代知识分子"的宗教思想异变的文化语境。主流文化遭到强力挑战和个体生存现状难以为继是"现代知识分子"所面临的双重桎梏。"没有出路""没有尽头"是知识分子由心而生的末世感受。他们不得不面对严酷的现实，却又无法摆脱知识分子实践能力不足的特质，无法改变现实，更不能拯救世界；他们在精神上仍无法被民众理解，难以摆脱脱离民众的"无根性"。随着社会急剧、完全地"向西"倾斜，市场经济制度的引入，经济性逐渐成了社会的核心原则，利益至上的思想成了个体行为的指南和准绳，一种庸俗的功利主义迅速蔓延。这种功利主义与弥赛亚意识是全然背道而驰的。在复杂而残酷的新文化生态中，"现代知识分子"将所有的智慧用于怎样活下去，他们根本无暇他顾。

一 "现代知识分子"湮灭世界的末世思想

末日论（эсхатология）是基督教（广义上的基督教，包含东正教）的重要思想，指的是世界走向终点，是具有终极性的宗教概念。末世论与《圣经》中关于末世和最后审判的故事密切相关。《新约》之《启示录》最为详细地记载了世界末日到来的可怕场景：敌基督出现，地上的树被烧死，海中流淌鲜血，众水变苦，饥荒盛行，日月星辰黯淡无光，蝗灾泛滥，人被其叮咬之后要求死，却不得死；愿意死，死却远避他们。所有一切存在都将接受上帝的最后审判，义人受印进入"新天新地"，撒旦及其追随者被打入火湖的永火灼烧，封印在无底深坑，经受千年惩罚。基督二次降临，战胜敌基督，死人复活，众生迎来千禧年，步入"新王国"。然而，千年过后，撒旦必须被暂时释放。因此，每当千禧年即将来临之时，末世的文化思潮总是如期泛起。

在俄语中，"最后的审判"表述为"страшный суд"，字面意思为"可怕的审判"。因此，它是对教众的威慑，是信仰的底线。自"罗斯受洗"（крещение Руси）以来，末世思想逐渐成了俄罗斯文化的传承"旋律"之一，末世思想的爆发点往往是两个世纪的接点，也即俄罗斯文化中独特的"世纪之交"（рубеж）文化现象。末世思想是俄罗斯文学的重要母题，文本内外的知识分子是这种末世思想的天然携带者和传承者。

（一）末世论与知识分子的启示录心境

"俄罗斯人是启示录者或虚无主义者（апокалиптики или нигилисты）"[①]，别尔嘉耶夫的这一著名论断直观而又鲜明地表达了《新约》之《启示录》在俄罗斯文化中的地位。甚至可以说，俄罗斯人的精神结构受到了《启示录》的强烈影响，其世界观中蕴含着末日的意识。"就自身的形而上学思维本性和在世界上承载的使命而言，俄罗斯民族是一个终极民族。"[②] 面向终极、探寻绝对真理是该民族的显著特征。"在俄罗斯哲学思想中，宗教的、道德的、社会的动因总是占据主导地位。存在两种常见的神话，它们能够动态地存在于各民族的生活中，也即关于起源的神话和关于终结的神话。在俄罗斯人（的意识中）占优势的是第二种神话，即关于终结（末世）的神话"[③]。换言之，俄罗斯人非但不回避或恐惧末世，乃至对它怀有某种期待。事实上，基督教神学本身就包含了对末世的期待和希望。《启示录》中固然展现了万物遭受惩罚的可怕图景，然而也明确了末日之后，基督弥赛亚再次降临，人类必将步入"新天新地"，新的耶路撒冷从天而降，且沐浴神的荣耀光照，更加富丽堂皇和神圣威严。末日不仅意味着罪恶的旧世界之终结，也预示着圣洁的"永恒天国"之到来。"基督教的启示是末日论的启示，是关于这个世界终点的启示，关于上帝天国（Царство Божие）的启示。初始基督教完全是末世论的，它期待基督复临和上帝天国的到来。"[④] 相对于西方的天主教徒们而言，俄罗斯人的启示录情绪更加浓厚且带有积极色彩，是一种"创造的末世论"。这与该民族的选民意识相关。《启示录》中，十四万四千以色列人受印，他们是义人和神的忠实仆人，因而免遭伤害。俄罗斯人自认为是最后靠近并接受上帝的民族，理应与最先信仰上帝的民族一样神圣。根据神的权威话语：我是阿

① Бердяев Н., *Русская идея*, Санкт - Петербург：АЗБУКА，2015，с. 224.
② Бердяев Н., *Русская идея*, Санкт - Петербург：АЗБУКА，2015，с. 224.
③ Бердяев Н., *Русская идея*, Санкт - Петербург：АЗБУКА，2015，с. 40.
④ Бердяев Н., *Русская идея*, Санкт - Петербург：АЗБУКА，2015，с. 226.

拉法（α，希腊字母首字），我是俄梅戛（σ，希腊字母末字）；我是首先的，我是末后的；我是初，我是终。换言之，俄罗斯是一个特殊的、圣洁的民族，必将肩负启示未来的使命。

在俄罗斯的普通民众那里，在知识分子阶层中，尤其是作为人文知识分子代表的作家、哲学家和艺术家的思维中，末世论都占据极其重要的位置。著名的"莫斯科－第三罗马"理论蕴含着深刻的末世论情绪。作为"第二罗马"的拜占庭帝国覆灭产生的思想震荡无异于"巴比伦塔倒塌"，《启示录》中的世界末日的预言成为现实，莫斯科因而被赋予"新耶路撒冷"也即最后的"人间王国"的地位。第三罗马学说"包括两个方面：小调（忧郁）和大调（乐观）——末日论和千禧年说。按俄国人的理解，首要的和根本的恰恰是末世论的情绪"①。末世论情绪是知识分子最为重要的思想传承之一。俄罗斯平民知识分子宣扬"否定一切"，他们对传统文化否定之坚决使其最终成了虚无主义者。然而，这种虚无地对待传统文化的态度与立场本身指向一种末世情绪。伟大哲学家 Вл. 索洛维约夫的思想在晚年发生巨大的变化，他认定历史的终结即将到来，衍生出一种忧郁、悲观的启示录情绪。对历史道路的失望使哲学家产生世界末日的情绪，萌发出对反基督王国的渴望。他与 К. 列昂季耶夫一起代表了 19 世纪末俄国社会的悲观主义启示录情绪，然而却不能代表俄罗斯启示录的精髓和独特性。作为宗教新浪漫主义的代表，别尔嘉耶夫感兴趣的不是研究世界是怎样的，而是世界的命运和个体的命运，是事物的终结。从思想的倾向性而言，别氏的学说充盈着深沉的内省意识和对终极不懈追求的末世论体验。或者说，他的宗教哲学是末日论的宗教哲学。别尔嘉耶夫对末世论的阐释也是积极的、创造性的，而非消极的。他赞同 Вл. 索洛维约夫关于"历史之终结、世界之末日是神人之终结，它取决于人，取决于人之积极性"②的论述。此外，Н. 费奥多罗夫、弗兰克等哲学家也持相似的积极末日观。俄罗斯的末世论思想从本质看是一种区别于西方的积极学说。

事实上，"就自身的精神特性而言，俄罗斯文化最具创造性的代表者都是朝圣者（странник），果戈理、陀思妥耶夫斯基、托尔斯泰、Вл. 索洛

---

① 〔俄〕帕·弗洛罗夫斯基：《俄罗斯宗教哲学之路》，吴安迪译，上海人民出版社，2006，第 21 页。

② Бердяев Н. , *Русская идея*, Санкт－Петербург：АЗБУКА, 2015, с. 240.

维约夫和所有革命知识分子都是朝圣者"①。朝圣是对终极的思索和绝对的虔诚追求，是对救赎的内在渴望。在俄罗斯文化视域下，"拯救与恩典不是来自外部，而是在人的生命之中对上帝的内在把握，是对生命的精神改造。甚至天堂与地狱、天使和魔鬼，都只存在于人的心里，是人的精神生命之不同状况的表现"②。俄哲学家将人视为"精神－灵魂－肉体的三维有机体"。人的内心世界被划分为精神和灵魂两个不同的范畴，"精神（Дух）与灵魂（Душа）的区别：灵魂是与肉体相对而言的，是人的自然方面的属性和机能，而精神则是超自然的，是人的超越性，是人的最高本质的表现"③。也就是说，"精神"获得了一种本体化的倾向。在精神范畴内，人远远大于世界，世界也仅是人的组成部分。世界末日的体验是个体感受外部客观世界的变化，在其精神世界中产生一种别样的世界图景。

　　"最深刻最重要的思想在俄国不是在系统的学术著作中表达出来的，而是在完全另外的形式——在文学作品中表达出来的。"④ 正如研究俄罗斯宗教哲学却将其与历史、文化哲学、社会割裂开来是难以想象的，而绕开俄罗斯文学同样令人难以接受。末世论和启示录情绪是俄罗斯文学的浓重色彩。莱蒙托夫在《预言》中呈现了世人"用死亡和鲜血充饥"⑤、大地上遍布"腐臭的尸体引来瘟神"的未来人间炼狱画面。遭受过流放和政治压迫的陀思妥耶夫斯基信仰俄国的正教，"宁愿和基督而不是与真理在一起"，却"自觉或不自觉地终身为上帝的存在问题为苦恼"⑥。陀氏信仰基督，却是矛盾的怀疑论者和寻神者，他耗尽毕生精力试图寻找并靠近上帝。陀氏在《群魔》（Бесы，1871－1872）、《罪与罚》等一系列作品中将人性最阴暗的一面，连同人意欲成为"人神"和超人而陷入虚无主义，进而引发的末日图景一并呈现出来。这种末日的语境是作家浓厚而强烈的弥赛亚意识的必然要求，在陀氏看来，俄罗斯是体现上帝意旨的民族。梅列日科夫斯基在他一系列历史－思想小说中激烈地反对所谓的历史基督教

---

① Бердяев Н., *Русская идея*, Санкт－Петербург：АЗБУКА，2015，с.228.

② 〔俄〕谢·弗兰克：《俄国知识人与精神偶像》，徐凤林译，学林出版社，1999，第10页。

③ 〔俄〕谢·弗兰克：《俄国知识人与精神偶像》，徐凤林译，学林出版社，1999，第7页。

④ 〔俄〕谢·弗兰克：《俄国知识人与精神偶像》，徐凤林译，学林出版社，1999，第4页。

⑤ 〔俄〕莱蒙托夫：《莱蒙托夫全集》（第一卷　抒情诗），顾蕴璞译，河北教育出版社，1996，第206页。

⑥ 陈燊主编《费·陀思妥耶夫斯基全集》（第21卷　书信集）（上），郑文樾、朱逸森译，河北教育出版社，2010，第145页。

（Историческое христианство）①，企图"中和"多神教与基督教之间的矛盾，以期建立超越世俗教会，超然于政治纷争，以人道为基础的教会。普拉东诺夫则塑造了一系列"继承了所有旧约启示录中神启的最光明、和平的方案：拯救各民族，永远消除死亡……"② 的主人公。阿斯塔菲耶夫（В. Астафьев）、艾特玛托夫（Ч. Айтматов）、拉斯普京（В. Распутин）等"生态作家"绘制出人类屠戮生灵的自然主义色彩浓厚的喋血画面，勾勒出人抛弃传统、击穿道德底线的社会生态和自然生态双重危机的"末日图景"。

（二）社会转型与末世论再次泛起

苏联解体使承载拯救世界之弥赛亚意识的践行"方案"——第三国际——彻底破灭，而新"千禧年"又不期而至。经济自由落体式下跌，社会处于动荡崩溃边缘，末日气息笼罩俄罗斯。这种末世的世界感受成了新时期俄罗斯文学的主流基调。老作家列昂诺夫（Леонид Максимович Леонов）的《金字塔》（Пирамида，1994）中各色人物之间就地球的现状和未来、人类的生存状况和命运进行探讨，达成了世界末日即将来临的共识。书中魔鬼战胜了天使，预示灾祸横行的场面屡见不鲜，弥漫着浓浓的末世气息。现实主义巨匠邦达列夫（Юрий Бондарев）在《百慕大三角》（Бермудский треугольник，1999）中"虽然没有在文字表述中涉及东正教术语，但以'百慕大三角'来形容苏联解体后俄罗斯被一批野蛮政治家引向了一条不归路，这种构思是末世论的翻版——俄罗斯被魔鬼所控制，末日即将降临"③；当代俄罗斯文坛"怪杰"科兹洛夫（Юрий Вильямович Козлов）在《夜猎》（Ночная охота，1995）中编织了一个恐怖的未来死亡世界迷梦，"死亡成了一种未来的符号，也是一种不存在悲观涵义的生存模式"④。阿纳托利·金（Анатолий Ким）在《昂利里亚》（Анлирия，1995）中将"上帝与魔鬼的游戏"作为文本情节展开的原生点，对《圣

---

① Зеньковский В., *История русской философии*, М.：Академический Проект，Раритет，2001，с. 714.

② Варшавский В.，«Чевенгур» и «Новый Град»，*Новый Журнал*，1976，№122.

③ 林精华：《末世论与复活——后苏联文学与东正教》，《南开大学学报（哲学社会科学版）》2011 年第 1 期。

④ 〔俄〕尤·科兹洛夫：《夜猎》，郑永旺译，昆仑出版社，1998，第 8 页。

经》中的末日审判做了个性化的另类阐释，彰显了一幅骇人的世界末日全
景图。

作为新俄罗斯文学的典型人物群像，"现代知识分子"的言行及其眼
中的当代世界末日图景显尽了其湮灭世界的末世心境。对他们而言，一种
没有出路、没有尽头感将其紧紧包裹，正如塔塔尔斯基汽车收音机中的广
播台词：

> 无论是圣象是别尔嘉耶夫
> 还是"第三只眼"节目，
> 都要受到那些把持着
> 石油和天然气的恶棍的摆布！

这个"带有的那种地狱般快乐"① 的声音无意间揭开了当代俄罗斯社
会的"一副面孔"：商人利益至上的原则是整个消费社会的金科玉律，因
为不管是信仰，还是金钱和物质，一切都已经被把持着石油和天然气的恶
棍所掌控。这些寡头又饶有兴趣地参与政治，企图主导国家的未来和走
向，也就是《"百事"一代》中高加索武装头目萨尔曼·拉杜耶夫和别列
佐夫斯基之间的密谈和交易。当代俄罗斯社会的"另一副面孔"则是散落
在作家文本中的"高加索痕迹"和"伊斯兰因素"。或者说，高加索势力
与寡头的媾和，以及呈燎原之势的"高加索痕迹"所带来的将是文化冲突
加剧的可能性，这种冲突激化无疑会使"现代知识分子"的末世情绪得到
极大凸显。

（三）生与死的悖论：末世的世界感受

死亡无疑是末世图景中最为关键的元素。甚至有学者将文学中的末世
思想研究与死亡主题阐释等量齐观。从存在主义视域观照，死亡是一种特
殊的"美"，有其深刻的意义。作为生的对立面，死亡能够凸显生之价值。
"死亡无疑是一种深刻的悲剧；却是使生者的良心发出光芒，受到触动的
手段；是他们意识到生存价值的基本途径；是灵魂救赎与净化的钥匙。对
于死亡意义的哲理探索与人类文明的发展几乎同步，不同文化中对于死亡

---

① 〔俄〕维·佩列文：《"百事"一代》，刘文飞译，人民文学出版社，2001，第219页。

意识与死亡观念的阐释与艺术表现迥然不同，但是死亡始终是作为一种另类的'有益'现象存在。"① 简言之，死亡迫使生者沉思，提供了反省人之一生的原生点，这正是死亡的哲学意蕴。之于俄罗斯文学而言，在果戈理（Н. Гоголь）、托尔斯泰（Л. Толстой）、陀思妥耶夫斯基（Ф. Достоевский）、肖洛霍夫（М. Шолохов），乃至普拉东诺夫（А. Платонов）、索尔仁尼琴（А. Солженицын）的笔下，死亡总是有其积极的意义。死亡是个体能够释放的最后"绝招"，往往能够产生以此为中心的、向外扩散的心理和情感"冲击波"。《驿站长》（Станционный смотритель，1831）中的维林之死、《外套》（Шинель，1842）中的巴士马奇金之死和《木木》（Муму，1852）中盖拉新亲手处决小狗等情节高潮将制度吃人的本质暴露无遗；《罪与罚》（Преступление и наказание，1866）中的放高利贷的老太婆之死、马尔美拉多夫之死和斯维里加伊洛夫之死逼迫拉斯科尔尼科夫进行灵魂拷问，留给他走向新生的机会；《白痴》（Идиот，1868）中的纳斯塔西娅以自身之死，以"美"的陨落为代价，企图惊醒、拯救世界。② 在传统文化视域下，死亡意味着救赎的力量，也预示着新生。

在新俄罗斯文学中，死亡成为司空见惯的现象，是艰辛生活的底色。死亡的意义正源于其偶发性和震撼性，因为它引起生者由彼及此的思考，从而顿悟生之意义。当死亡成为一种新常态，它的启发功能必然会被消解，会引发世界走到尽头的悲观主义情绪。《地下人，或当代英雄》中的彼得洛维奇在窗台下面的货摊旁，"看见一小截原木（在黎明的昏暗中，我以为是一根截短了的原木横在那儿，被人忘了，滚出来的）。原来是一具尸体"③。陈尸街头的事件并没有引起人们的兴趣，生者平淡冷漠地对待之，警察按部就班地匆匆结案。死亡简化为一出枯燥无味的情景剧，作为看客的知识分子们对此习以为常，坦然接受。彼得洛维奇的挚友、地下作家维克奇在街上被车撞死，"尸体一整夜都躺在那儿，午夜被趁火打劫的人们扒去了衣裳……提包被拿走了，手稿自然被扔了。一件外衣都不剩，

---

① 姜磊：《高加索的俘虏》，《俄罗斯文艺》2014 年第 4 期。
② 郑永旺：《从"美拯救世界"看陀思妥耶夫斯基的苦难美学》，《哲学动态》2013 年第 9 期。
③ 〔俄〕弗·马卡宁：《地下人，或当代英雄》，田大畏译，外国文学出版社，2002，第 42 页。

身上的全被脱掉，脚上的也被扒了"①。死亡与精神震撼、心理触动之间的通道被隔断了，死者身上的遗物对他者来说更有价值和意义。贫穷并不是罪过，但是赤贫无疑是罪过。赤贫的生存困境模糊了生存与死亡的界限，消解了死亡这一悲剧事件中蕴含的意义，形成了一种"生存着的死亡"的独特生活模式。或者说，生存与死亡成了难以解开、没有答案的悖论。他们在死亡，他们也在生活。

维克奇、奥博尔金、科斯佳·罗戈夫、瓦西里·扎鲁布金、弟弟韦尼亚、离开"地下"的济科夫和彼得洛维奇一起构成了地下人这一群体的"集体大合照"，他们的生活历程展现了"地下"生活的全景图。彼得洛维奇和"同貌人"②们所生活的"地下"世界之"地下性"除了与主流社会相对，拥有反抗、斗争的文化意蕴外，也让人联想到与高高在上的天堂相对的地下无底深渊处的地狱。在所有主流文明的神话中，世界总被认为是"天堂－人间－地狱"的三层式结构，且按从上到下的严格秩序排列。地下人的世界从一开始就带有这种阴暗可怖的"地狱基因"，呈现的是末日般的世界图景。哲学狂人奥博尔金在几十年的"地下"生活的折磨下变为须发老长的脏老头，终于在55岁停止了思考和写作，因中风引发脑出血而亡。哲学家死后，其毕生研究成果和手稿随即被丢弃，换来一句"人死了，要烂纸干啥！"的"盖棺定论"式的评价。作家科斯佳·罗戈夫因难以忍受一封封来自编辑部的退稿通知，在家中上吊自尽："一条倔强的汉子，可眼看着被一张张匆匆写出的软纸条弄得活不下去"③。几部未发表的"夜晚的"长篇小说的作者瓦西里·扎鲁布金，也就是"地下人瓦夏"，酗酒成性，"鼻子发紫了，双手因酒精中毒而不断抖动着。"④ 维克·维克奇被汽车撞死在路上，米哈伊尔心脏病突发，猝死。"剩下的最后的俄罗斯文学人，四分五散，孤孤零零，——哪条街上不漂泊，什么小钱不挣！衣囊中的空虚，血液中的文学，妄诞的老人。"⑤

知识分子落入了社会的最底层，像被丢弃的抹布。死亡之后，毕生劳

---

① 〔俄〕弗·马卡宁：《地下人，或当代英雄》，田大畏译，外国文学出版社，2002，第560页。
② 马卡宁在《地下人，或当代英雄》中专门列出"同貌人"一章详细叙述与彼得洛维奇经历相似，却又走向不同人生道路的"阿地"们的人生历程，其可谓地下人生活的"百科全书"。
③ 〔俄〕弗·马卡宁：《地下人，或当代英雄》，田大畏译，外国文学出版社，2002，第620页。
④ 〔俄〕弗·马卡宁：《地下人，或当代英雄》，田大畏译，外国文学出版社，2002，第607页。
⑤ 〔俄〕弗·马卡宁：《地下人，或当代英雄》，田大畏译，外国文学出版社，2002，第607页。

动成果被弃之如草芥。他们在写作，他们需要整个世界，然而谁也不需要他们。因此，"我们很快都会死"的潜意识成为萦绕在知识分子脑海里的末世预言。《地狱的音乐》中历史系毕业的女孩①目睹满城尽是泛着光水洼，"如同创世纪的第一天处处都是泥泞"，"小城沉浸在无边的忧伤之中，简直就像一个人间地狱"。她孤身离开家乡，离开无可救药的母亲，"除了爱情不幸，工作又无着落，口袋里的钱也所剩无几，生活中这并不鲜见：23 岁的年纪便有生命走到尽头之感"②。生命走到尽头的世界感受是知识分子面对宛若人间地狱的现实社会而萌发的启示录心境。

在俄罗斯传统文化中，末世论的"忧郁小调"后面是"欢乐的大调"，终极之后意味着新生，暗含着新王国来临的希望。然而，在新俄罗斯文学中，知识分子身上折射出的末世思想具有湮灭世界的倾向。"欢乐的大调"已经被斩断，成了不可能到来的未来。"生存着的死亡"这种悖论的存在状态尽显"现代知识分子"的无望思绪和世界感受。或者说，在知识分子们看来，这个世界已经走入了"没有尽头的死胡同"，它不得不按照既定的道路走下去，而这条道路还远远看不到尽头，而这种"无尽头感"似乎证明了道路是一条死路。希望的湮灭总有一系列象征性符号，新俄罗斯文学中的"孩童之死"正是一个最为明显的标志。

"怀孕的妇女生子"这一含有明显宗教意蕴的主题在新俄罗斯文学中不断复现。事实上，《启示录》中末日到来之时，"有一个妇人身披日头，脚踏月光，头戴十二星的冠冕。她怀孕了，在生产的艰难中疼痛呼叫"。（启示录 12∶1~2）在《圣经》中，妇人最终诞下将来要用铁杖统辖万国的男孩，并获赐大鹰的双翅，得以飞到旷野，躲避古蛇——撒旦。在《婴儿》（Дитя，1993）、《吉娜的选择》（Выбор Зины，2001）、《诞生》（Рождение，1995）等作品中，都有妇女生子的情节。《诞生》中的年轻夫妇历经磨难迎来了虚弱病态的孩子，在悉心照料呵护下，孩子勉强地活下来了，然而更普遍的是如《婴儿》和《吉娜的选择》中的情形。妇女们生下孩子之后，不得不在旷野手刃亲子。面对无法同时养活所有孩子的现实，母亲选择了牺牲幼儿，保全其余的孩子。"从生存的最高涵义来讲，

---

① 从大学历史系刚刚毕业的女生不得不面临陷入生活窘境的现实，不得不思考未来之路和人生之路，这种探索和思考气质使她成了女性知识分子群体的一员。

② 〔俄〕柳·彼得鲁舍芙斯卡娅：《地狱的音乐》，姚雪莹、姚春丽、张建华等译，《外国文学》2001 年第 1 期。

孩子就是人类的希望……没有他们，生活也就失去了目的。"① 在传统俄罗斯文学中，孩童的形象通常象征着希望、未来与新生。尽管肖洛霍夫的史诗性作品《静静的顿河》充盈深沉的悲剧性，却不曾使人感到走投无路的绝望，原因就在于战争结束后，格里高利抱着儿子的象征性画面。"这是他生活中剩下的一切，是暂时还使他和大地，和整个在太阳照耀下，光辉灿烂的大千世界相联系的一切。"② 孩子俨然是支撑格里高利继续生活的动力，也是他获得新生的希望。事实上，《启示录》中在末世来临之时出生的婴儿正是日后拯救世界的弥赛亚。孩子被无情谋杀也就意味未来和希望被扼杀，被"透支"了。

在新俄罗斯文学中，那些受过高等教育的女人们不得不选择以"救子之名"杀子。这是无情的选择，是无奈的选择，也是必然的抉择，更是艰辛生活背景下的生命悖论。残酷、无知、自私的凶手和无助、可怜、心酸、绝望的母亲两种截然不同的身份在这些女人身上成为一种二律背反。"知识分子－母亲"无奈且不无悲壮的抉择将笼罩着社会的绝望末日情绪进一步深化。生存的无奈逼迫人做出违背人性的抉择，使人异化堕落，降格为一种兽性的存在。

（四）"现代知识分子"眼中的末日图景

民族文化精神与自然地理生态具有同一性是一个自明性的论断，正如岛国往往孕育其人民狭隘、偏激和忧患导致的扩张意识，草原民族则较为粗犷、豪放，山民一般比较剽悍、英勇善战。这种自然生态与民族文化精神的同步异变在新俄罗斯文学中有着显著的表达。或者说，自然生态和社会文化生态的异变是新俄罗斯文学的共同底色。以《野猫精》为例，"大爆炸"过后，自然生态发生了突变，兔子生活在了树上；母鸡所下的蛋不能食用，且养成了迁徙越冬的习性，等等，那么与之相应的人的精神生态必然发生重大变化。浸淫在以死亡为材料编织的文化生态中，看尽"人吃人"和"食子"风景的"现代知识分子"眼中的世界是怎样一幅末世画卷？

从叙事学角度看，《野猫精》和《"百事"一代》都采用"第三人称"

---

① 〔俄〕安娜·陀思妥耶夫斯卡娅：《陀思妥耶夫斯基夫人回忆录》，马占芳等译，北京出版社，1988，第467页。

② 〔苏〕米·肖洛霍夫：《静静的顿河》，金人译，人民文学出版社，2015，第1696页。

叙事为主导的策略，即作家选择一个与文本故事无关的"未知他者"来承担叙事者的角色，热奈特将这种叙事类型称为"异故事"①。在虚构的叙事作品（非历史纪实性的）中，即便作家直接承担叙事者的角色，仍然不能将叙述者（叙述主体）与作者（写作主体）混为一谈，因为"一篇虚构作品的叙述情境当然永远不会和它的写作情境相吻合"②，它们之间存在时间距离。然而在《野猫精》和《"百事"一代》文本中，故事的主体是知识分子贝内迪克特和塔塔尔斯基，区别于作为文学主体的作家和作为虚构叙事者的"未知他者"，因此故事中所有关于世界的体验和感受都是贝内迪克特和塔塔尔斯基的视点。在文本中，叙事者和作者的功能被最大限度地弱化，而贝内迪克特和塔塔尔斯基获得了"我"的自称权利，具有极大的主观能动空间，事实上是一种"准同故事"。"在小说中没有所谓的作者的话语，作者的语调（口吻）。作者的话语有意地被忧郁感伤的主人公（贝内迪克特）、半官方的命令……所取代。"③ 换言之，即作为故事主体在讲述自己的故事。故事中呈现出的关于世界末日的图景也即是作为故事主体的知识分子眼中的世界末日。

"《野猫精》中的世界是阴沉可怖的，极其残酷的，也是混沌模糊的，人们没有过去，没有现在，甚至未来对他们而言也是不真实的。注定的灭亡，毫无出路的结局笼罩着库兹米奇斯克城的居民。"④ 作品讲述的是关于世界末日的故事，展现的是双重末日的画面。"大爆炸"是第一次世界末日，它不仅摧毁了人类的文明，湮没了所有的物质和精神遗产，人自身也产生了不可逆转的变异。大爆炸使社会重返原始、蛮荒的形态。200 年前的第一次世界末日过后，世界并未迎来弥赛亚和预言中的"新天新地"。虽然极少数"往昔的人"在末日后获得了能活几百年的"准永生"⑤ 犒赏，他们以传统文化的传承者和传播者的姿态存在。然而他们终究不是

---

① 〔法〕热拉尔·热奈特：《叙事话语·新叙事话语》，王文融译，中国社会科学出版社，1990，第 172 页。

② 〔法〕热拉尔·热奈特：《叙事话语·新叙事话语》，王文融译，中国社会科学出版社，1990，第 148 页。

③ Наталья Иванова, И птица изрубить на каклеты, *Знамя*, №3, 2001.

④ Пронина А., В. Наследство цивилизации. О. романе Т. Толстой «Кысь», *Русская словесность*, №6, 2002.

⑤ 谁在"大爆炸"发生时不过分在意自己的生死，他就会保持原有的容貌，不会变老，并且能够活三四百岁。

救世主，无力承担救赎世界的重任，爆炸后的世界呈现的仍旧是可怕的
"后末日图景"。经历身体和精神的双重突变之后，人蜕化为"人兽"，一
种既有部分人性，又有部分兽性的特殊种群。他们又分为"大爆炸"之
后出生的"乖孩子"（голубчик）和爆炸之前就存在的蜕化变质者
（перерожденец）。社会也呈现为一种过渡性的"人兽社会"：一方面，社
会仍按照原有的模式运行，分化为统治者、官僚和平民阶层，个体需要
工作、进食、休闲娱乐、恋爱、结婚、生子；另一方面，"人兽"又依靠
老鼠、蛆虫为生，缺乏精神生活和基本认知能力。同时，"大爆炸"后的
费多尔－库兹米奇斯克城是一个封闭的王国，也是一个极权统治国家。
最高统治者费多尔－库兹米奇是剽窃先贤思想、愚弄百姓的欺世盗名之
徒。生命在此失去了应有的厚重成色和亮丽色彩，贬值为"乖孩子们"
在节日里游戏的筹码。节日过后，往往会出现大量的残废和莫名消失的
无用躯体。

　　总卫生员岳父库德亚尔·库德亚雷奇（Кудеяр Кудеярыч）一家不吃
老鼠和蛆虫，过的是"精神生活"，他们用树妖（древяница）和帕乌林
公爵鸟（Княжья Птица – Паулин）做"忘川菜"（каклеты）。树妖"一
会儿伸出一只手，一会儿用关节突出的手指插在腰上"，她与人并无二
致。至于帕乌林公爵鸟则是贝内迪克特的理想，是他"永恒的新娘"
（вечная моя невеста），"永远找不到的爱人"（неразысканная моя
любовь）。事实上，帕乌林公爵鸟是一个"美人"，她的"眼睛占了半边
脸，而嘴巴却跟人的一样，是红的。这公爵夫人鸟美得让她自己都不安
宁：线条分明的雪白羽毛遮掩着她的身子；而尾巴足有七俄尺长，就像
一面编织的网挂在那儿，又好似奇妙的花边。帕乌林鸟不断地转动脑袋，
不断地欣赏自己全身，怎么也看不够；还不断地亲吻自己。任何人都不
会受到这雪白鸟儿的伤害，无论是过去、现在还是将来。"① 在俄罗斯文
化乃至世界文化中，"鸟＝人，人＝鸟"（Человек, как птица, и птица,
как человек）的称名式隐喻是极为常见的语言现象，其多半立足于鸟类
的外形、某些行为，以及鸟鸣与人之间的高度相似性。② 比如：鹦鹉
（попугай）常常指随声附和，学舌者；夜莺（соловей）往往意指有动人

---

① 〔俄〕塔·托尔斯泰娅：《野猫精》，陈训明译，上海译文出版社，2005，第 55 页。
② Тризна Л. В., Человек, как птица, и птица, как человек, *Русская речь*, №1, 2010.

嗓音，善歌之人；雄鹰（орел）则是英雄、勇士、豪杰的化身。① 《野猫精》文本中，总共 8 次出现帕乌林公爵鸟的形象，前 7 次她都以高贵、美丽的形象出现，是与"在背后盯着人的野猫精"相对立的特殊存在。正如俄罗斯评论者所言，野猫精是一个复合童话虚构形象（собирательный образ сказочных мифических существ），它偏爱啃咬人的脖子和嗜血特征与吸血鬼（вампир，或 упырь）类似，它残暴撕裂人的肉体则与"变形人"（оборотень）② 相似。究其实质，"野猫精的形象是一个语言产物，充盈着人的迷信、道听途说和偏见，它更像是人的不学无术、愚昧不化和盲目无知"③。帕乌林公爵鸟是贝内迪克特对未来的美妙期待和希望，对任何人都没有恶意。然而，最后一次贝内迪克特看到了"林间草地被踩得乱七八糟，郁金香被割走了；至于帕乌林公爵鸟早就被人抓走了，被绞碎做成了'忘川菜'。他本人也吃过，也睡过用她雪白的带花纹的羽毛做成的枕头"④。著名俄罗斯评论家伊万诺娃（Н. Иванова）评述《野猫精》时，惊呼人竟然"将帕乌林公爵鸟剁碎做成'忘川菜'"⑤。因为帕乌林公爵鸟不仅外形酷似人，且对人毫无恶意，是善的象征，其被啃噬吞食尽显了一种"人吃人"的现实生存图景，也指向了一种希望与理想的毁灭。

这种极权的"过渡性"社会本身是一种极不稳定的状态，阴谋家造反夺权，创造新的极权王国，也引发了新的世界末日。古文化保护者尼基塔吐出"冲天大火形成滚滚波涛，犹如在春风中呼啸的海洋树，淹没了普希金和民众，淹没了奥莲卡所坐的马车，把热气吹到贝内迪克特的脸上，把火红的翅膀升到呼叫、奔跑的人们的头顶上，就像复仇之鸟哈尔庇厄

① 将英雄誉为雄鹰在俄罗斯文化传统中是最为常见的说法，较为著名的出处是《伊戈尔远征记》，其中多次将伊戈尔等人视为雄鹰。作为源头性的文化文本，《伊戈尔远征记》中的这种用法为俄语中"鸟＝人，人＝鸟"的说法提供了合理支撑。

② Анна Зырянова, Сказочные мотивы в романе Татьяны Толстой «Кысь», *Научно - методический культурно - просветительский журнал ФГБОУ ВПО «Пермский государственный гуманитарно - педагогический университет»*, выпуск №27, 2014г.. "оборотень"一般指神话中拥有变化能力的人、有变形术的人，他们拥有改变形象、改变其他物品的能力，我们将之翻译为"变形人"。

③ Пронина А. В., Наследство цивилизации. О. романе Т. Толстой «Кысь», *Русская словесность*, №6, 2002.

④ 〔俄〕塔·托尔斯泰娅：《野猫精》，陈训明译，上海译文出版社，2005，第 313 页。

⑤ Наталья Иванова, И птица изрубить на каклеты, *Знамя*, №3, 2001.

一样"①。"火浪盘旋成一根根柱子，冲到街上，引爆了存放在那儿的汽油，一口就吞噬了若干间小木屋，像一张红色的弯弓从一幢房子弹到另一幢房子，将板墙和围栏统统化为乌有……直到傍晚，贝内迪克特才把帽子从脸上推开，茫然四顾：平地上还冒着浓烟，但大火已经熄灭了。……远远就能看见其精美雕刻和彩绘装饰的罂粟果式的建筑，如今什么也看不见，什么也没有了。"② 在《启示录》中，火是上帝惩罚背弃信仰之人和撒旦的工具，正是在圣火的灼烧之下，恶魔的灵才显出原型，世间的污秽被涤尽。在俄罗斯文化中，火"被归入净化，消毒，良好有益的力量"③。尼基塔的圣火复现了《启示录》中的世界末日景象，也消灭了这个"石器时代"的罪恶之源，留下被烧得面目不全的普希金像陪伴贝内迪克特一起迎接未来的"新世界"。

《"百事"一代》勾勒的是另一种末日的景象。广告成为全世界人类的共同语言，消除"语言沟通障碍"的人类企图重建"巴比伦塔"（也称作巴别塔，babel 或 вавилон）。"巴比伦塔象征人类过于狂妄或自负，要凭借人的力量到达星星，这是凡人一次过分的、徒劳无功的努力，想要'重建已折断的连接天地的立轴，需要的话不惜违背上帝的意愿'。"④《圣经》中之所以将其称为"babel"，是因为其词根"bll"就是"混乱"。重建巴比伦塔是违背上帝意愿的行为，意味着触怒上帝，也是末日审判的征兆。

事实上，在这个由消费统辖的社会，末世景象已然初现。塔塔尔斯基接受了切·格瓦拉的警告，"基督徒谈论已久的那个世界末日，意识的哇噻化必将导致的那个世界末日……世界的末日就将是电视节目"⑤。当消费意识成为社会体系的主导，成为权威话语，电视成为传达消费理念的工具和载体，世界末日就是一种必然的导向。电视节目表取代书籍的时代到来之时，世界成了金钱和生意相遇之地，人矮化为一种吸纳金钱、排泄金钱，并在此过程中体验消费刺激感的生物。或者说，被物欲裹挟，被消费诱惑的人混淆了电视中广告建构的虚幻世界和现实世界，把虚幻当作真

① 〔俄〕塔·托尔斯泰娅：《野猫精》，陈训明译，上海译文出版社，2005，第 321 页。

② 〔俄〕塔·托尔斯泰娅：《野猫精》，陈训明译，上海译文出版社，2005，第 322 页。

③ Степанов Ю. С., *Константы: Словарь русской культуры*, Москва: Академический проект，2004，с. 296.

④ 〔德〕汉斯·比德曼：《世界文化象征词典》，刘玉红等译，漓江出版社，1999，第 8 页。

⑤ 〔俄〕维·佩列文：《"百事"一代》，刘文飞译，人民文学出版社，2001，第 112 页。

实，把真实视为虚幻。人丧失了主体地位，沦为媒介信息的奴隶和行尸走肉。人的智慧和自由被操控，这是一种另类的奴隶与压迫，是一种新的极权统治。"如果说，在人类历史先前那些阶段上，还可以谈论人对人的压迫，或抽象概念对人的压迫，在同一性时代，这种压迫已经无从谈起，可以为其自由而斗争的那个人，已经从人们的事业中完全消失了。"①

二 "现代知识分子"弥赛亚意识的消逝

(一) 弥赛亚思想与知识分子精神

弥赛亚 (Мессия) 来自希腊语"μεσσιας"，指"基督耶稣，即救世主"②。弥赛亚思想 (Мессианизм)，也即拯救世界的使命感。弥赛亚思想是基督教 (广义上的基督教，包含东正教) 的基本理念，其核心正是一种人本精神。基督教是弥赛亚的，基督就是弥赛亚。俄罗斯民族的弥赛亚意识首先与其东正教信仰密切相关。"俄罗斯从拜占庭接受的东正教不仅是一种宗教信仰，而且是一种世界观。俄罗斯人的先知的预感、神秘主义沉思、启示心境、宗教使命感和弥赛亚精神显然都源于拜占庭的宗教和文化。"③ 东正教进入俄国后，完成了本土化转向，成了俄罗斯的东正教，并衍生出了俄罗斯的弥赛亚意识。俄罗斯的民族意识得以萌发，民族身份自我认同得以表达，也即"神圣罗斯"理念形成。"神圣罗斯"理念的核心指的是，俄罗斯民族是上帝选中的义人之后，也即神选之民，因而也是弥赛亚意识的承载者。这种"选民思想"在国家社会思想史上首次以文化文本在《古史纪年》中呈现，"雅弗的后裔包括：瓦兰人、瑞典人、诺曼人、罗斯人……"④ 涅斯托尔 (Нестор) 将俄罗斯人视作义人诺亚的后裔，彰显出上帝选民的思想。因为《圣经》之《创世纪》言："……唯有诺亚在耶和华眼前蒙恩。诺亚是个义人，在当时的时代是个完全人。诺亚与神同行。"⑤ 既然诺亚是上帝亲自选定的义人，那么作为其后裔的俄罗斯人自然

---

① 〔俄〕维·佩列文：《"百事"一代》，刘文飞译，人民文学出版社，2001，第112页。
② Преображенский А., *Этимологический словарь русского языка*, Москва：Типография Г. Лисснера и Д. Собко, 1910 – 1914, c. 530.
③ 金亚娜：《俄罗斯的种族宗教文化记忆》，《国外社会科学》2003年第5期。
④ 王松亭编译《古史纪年》，商务印书馆，2010，第2页。
⑤ 《旧约全书》，中国基督教协会印，1989。

也是上帝的选民之一。随着罗马帝国的崩塌，俄罗斯成为东正教唯一的传承者，即"莫斯科－第三罗马"学说正式确立。"莫斯科－第三罗马"学说是俄历史发展的一个关键节点："俄罗斯思想从'神圣罗斯'转变为'拯救世界的罗斯'。这种思想完成了螺旋式上升的第一个周期。"① 东罗马帝国的覆灭给予俄罗斯人要充当上帝选民的弥赛亚意识以更加合法的地位。那种渴望承担起上帝选民重任的诉求得以进一步加强。

俄罗斯是一个信仰宗教的民族。不仅作为民族精英的知识分子，而且平民与劳动阶层也形成了探寻绝对（上帝）、追求真理的传统。弥赛亚意识是这种对绝对和真理追寻的必然逻辑结果。"从宗教层面看，纯正的弥赛亚意识是一种牺牲意识，是为世界和世界上各个民族服务的使命意识，是拯救人类脱离恶与困苦的意识。"② 也就是说，纯正弥赛亚意识的实质是牺牲和奉献精神，蕴含为民族和全人类受难的精神和探索未来发展之道的责任。

"弥赛亚意识包含两个核心：谁是弥赛亚——救世主与如何拯救世界。"③ 其本质乃是对"神选之民"身份的确定和对通向终极永恒之路的沉思。弥赛亚意识指向对上帝的"永恒王国"——"千禧年之国"（Millennium kingdom，或 Тысячелетнее царство）和"应许之地"（Land of promise，或 Земля обетованная）的追求，是一种宗教信仰的产物。然而，在长达千年的发展历程中，俄罗斯的"弥赛亚意识"并非仅囿于纯宗教范畴，而是在不同历史文化语境中嬗变为融合宗教、政治、哲学的文化关键词之一。换言之，弥赛亚意识演变为世俗的文化理念，在俄罗斯思想文化中表述为"谁之罪？"与"怎么办？"的终极疑问。"谁之罪？"与"怎么办？"是俄罗斯知识分子探寻国家民族未来之路而发出的世纪天问，它们是弥赛亚意识的现实显影。由此，俄罗斯知识分子与弥赛亚意识之间形成了"联想信息"（коннотация）。

如果说俄罗斯民族是神的选民，那么作为这个民族的精英，知识分子自然地肩负起了选民所应承担的责任。诚如别尔嘉耶夫所言，"俄罗斯知

---

① 郭小丽：《俄罗斯的弥赛亚意识》，人民出版社，2009，第36页。
② 姜磊：《俄罗斯文学中民族思想表象下的"帝国意识"研究》，《中南大学学报（社会科学版）》2015年第3期。
③ 姜磊：《俄罗斯文学中民族思想表象下的"帝国意识"研究》，《中南大学学报（社会科学版）》2015年第3期。

识分子是完全特殊的，只存在于俄罗斯的精神－社会产物"①。知识分子作为俄罗斯社会的一个特殊文化现象，其与西方知识分子存在显著的差异。如果说西方知识分子凸显的是一种个性，以独立的个体向社会发出自己的批判声音，其背后所蕴含的文化密码是一种个性的张扬和个人英雄主义；那么知识分子在俄罗斯则是一个特殊的思想阶层，其划分并非仅仅依据职业、文化水平等自明性标准，而且依据对上述终极问题的思考和对家邦兴衰的责任。或者说，俄罗斯知识分子凸显了该民族独特的"精神集体主义"。"虽然这种集体主义与个人主义相矛盾，但它绝不敌视个人和个性自由概念，相反，这种集体主义被作为自由概念的坚固基础。"② "精神集体主义"与俄罗斯文化的另一个核心文化观念——"聚义性"（соборность）息息相关。"聚义性是一种整体性，内部充盈，各种爱的力量的自由与有机统一"，是"根据许多人对一个绝对目标的共同之爱的同一性和自由的完整融合"③。就思维方式而言，"西方的思维重视范畴的分化和分析，俄罗斯的思维更加注重集聚和讲究整体性"④。可以认为，俄罗斯民族的精神特性是坚持"我"，但也强调突出"我们"，以至于对"他者"产生了额外的观照，也即具有一种普遍性的"大爱"情怀。知识分子作为民族的栋梁和脊柱无疑强化了这种民族性格特征。因此，"在俄国，知识分子、艺术家、思想家在社会生活中占有特殊地位，他们固有一种高度的社会责任感，要以人民的身份为人民讲话"⑤。从社会学层面看，俄罗斯知识分子是自觉表现民族意识、扛起民族使命的特殊存在。他们对国家和民族怀有深沉而纯洁无私的爱。知识分子之心始终充盈着牺牲自我、拯救人民、拯救世界的冲动。简言之，弥赛亚意识是俄罗斯知识分子的精神内核。

综观俄罗斯文学史，知识分子始终是最为闪耀的文学群体肖像，其忧思俄罗斯，乃至人类走向何方的弥赛亚意识是不变的主题。作为杰出的俄罗斯人文知识分子，历代作家们在自己的作品中表达了对国家、民族及人

---

① Бердяев Н., *Русская идея*, Санкт－Петербург：АЗБУКА，2015，с. 32.

② 〔俄〕谢·弗兰克：《俄国知识人与精神偶像》，徐凤林译，学林出版社，1999，"前言"。

③ Платонов. О. А., *Святая Русь. Большая Энциклопедия Русского Народа. Русское Православие. В трех томах. том 3：Р－Я*，М.：Институт русской цивилизации，2009，с. 207.

④ 彭文钊：《俄语语言世界图景的文化释义性研究：理论和方法》，黑龙江大学博士学位论文，2002，第250页。

⑤ 〔俄〕谢·弗兰克：《俄国知识人与精神偶像》，徐凤林译，学林出版社，1999，"前言"。

类未来的强烈忧思,并且当仁不让地背负起引导和拯救国家、民族的重任。从这个意义上说,俄罗斯文学史是一部展示知识分子承受苦难、勇于探索的思想史,更是一代代作家心路历程的真实写照。

随着苏联解体,俄罗斯文化被迫艰难转型,原有价值体系轰然倒塌,西方大众消费观念趁机公然渗透,大肆横行,高加索穆斯林文化悄然"入侵"。在"内忧外患"双重夹击的文化语境下,新俄罗斯文学中的"现代知识分子"忙于解决个体的生存问题,已无力承载"超负荷"的弥赛亚意识。或者说,在那个充斥着尖锐文明冲突的、疯狂的、混乱的,且又弥漫着消费铜臭味的所谓"商业社会",俄罗斯知识分子的弥赛亚意识已然成为"过去的"幻影。

(二) 化为幻影的弥赛亚意识

经济模式和社会体制的激进改革是对原有制度的颠覆,而经济基础的颠覆必然影响"上层建筑"的发展形态。对文化传统的解构和颠覆成了解体后俄罗斯社会的显性现象。就文学而言,解体带来的社会转型是新俄罗斯文学无法回避的内容,《地下人,或当代英雄》《无望的逃离》《"百事"一代》《野猫精》《深夜时分》等作品都或多或少涉及关键历史事件。然而,历史事件也仅仅作为作品叙事的背景,时代主人公——"现代知识分子"的生活历程和精神异变图景才是其核心。在动荡的社会中,知识分子远非时代弄潮儿和社会中坚,他们再也无法匹配"上帝选民"的称号。"现代知识分子"失去了作为弥赛亚意识载体的选民资格,他们对自我的身份定位和认同出现了危机,这种危机又与俄罗斯社会整体文化生态的不可逆异变息息相关。

苏联后期,国家对书刊检查逐步放松,思想开始"解冻",趋于"自由"和"解放"。《日瓦戈医生》(*Доктор Живаго*,1989)、《大师和玛格丽特》(*Мастер и Маргарита*,1969)等带有浓厚宗教气息的文学作品强力回归,拉斯普京的《活着可要记住》(*Живи и помни*,1974)、《告别马焦拉》(*Прощение с матерой*,1976)、《伊万的女儿,伊万的母亲》(*Дочь Ивана, мать Ивана*,2003),艾特玛托夫(Ч. Айтматов)的《死刑台》(*Плаха*,1986)、《一日长于百年》(*И дольше века длится день*,1980)等"乡土文学"代表作同样充盈着强烈的宗教情绪。宗教意识的复苏是20世纪后期俄苏社会不可忽视、不容否认的文化现象。苏联解体和世纪之交如期而至，生存状况急剧恶化，末世情绪弥漫，宗教信仰的"需求"再次膨胀，许多民众将东正教视为最后的"护身符"。瓦尔拉莫夫的《诞生》、马卡宁的《地下人，或当代英雄》、乌利茨卡娅（Л. Улицая）的《我主之民》（Люди нашего Царя）等作品中都有关于民众聚集在教堂祈祷、受洗的情节。然而，对"现代知识分子"而言，教堂是阴森、空荡荡的，"回旋着凄婉的歌声、布道声……那里的一切很陌生，没有想象的那样弥漫着大慈大悲的气氛。里面的人让人害怕，圣像里的圣徒目光呆滞无神，嬷嬷们的目光邪恶诡秘"①。"现代知识分子"并没有成为寻求宗教信仰的急先锋，他们审慎地对待宗教复兴的潮流，对争先恐后、络绎不绝地进入教堂受洗的民众报以冷眼旁观的态度。

《地下人，或当代英雄》中的彼得洛维奇和古力耶夫等人所受的教育决定了他们对宗教始终潜藏怀疑的态度。在他们看来，"无论这人在旷野中受到怎样的煎熬，无论叫他在沙丘上独坐多久，忍受多久的寂寞，他已经说不出有关上帝的话语——已经创造不出宗教"②。这就使他们丧失了成为选民的资格。或者说，"现代知识分子"根本不想，也无力担负这份重任。"古力耶夫工程师未曾是，也不会成为一个信教的人：这类人不去教堂，晚上在家里也不念祷文。他不到四十，头脑十分清楚。他不过谈出了自己'有关上帝的短暂感觉'，扯得远了点儿。在烦闷的时候，可能古力耶夫工程师也乐意去光顾一下郊区的一个什么（最好是贫穷的，脏兮兮的）不起眼儿的小教堂，然而并不愚蠢的古力耶夫却不会好意思和神父交谈。和宗教仪式他绝对不愿意沾边，福音书的文字于他已是一种文学（因为害怕亵渎神明，他平常尽量不说'上帝'这个字眼）。唱诗和常用祷文的词句，以及神香气味本身，令古力耶夫感动，……他对上帝的向往要深切的多，痛苦的多。他这样认为，对于他，上帝不与人们并列。甚至不与教堂并列。上帝——就是天空。"③ 作为曾经的科技知识分子，古力耶夫并不信仰宗教，甚至可以说是无神论者。然而在内心难以平静之时，古力耶夫仍然会产生倾诉和忏悔的冲动，仍然希望借助上帝的力量化解内心的不

① 〔俄〕亚·瓦尔拉莫夫：《诞生》，郑永旺译，载周启超选编《在你的城门里：新俄罗斯中篇小说精选》，昆仑出版社，1999，第342页。
② 〔俄〕弗·马卡宁：《地下人，或当代英雄》，田大畏译，外国文学出版社，2002，第474页。
③ 〔俄〕弗·马卡宁：《地下人，或当代英雄》，田大畏译，外国文学出版社，2002，第29页。

安和抑郁。这种对信仰的渴望是带有"应急性"和"时效性"的心理安慰。《诞生》中的女人在怀孕期间被忧愁困扰,不得不受洗入教,寻求上帝的庇护和保佑。但是,她的信仰并不纯粹、真挚,与其说她受洗是出于对基督信仰的内在渴望,毋宁说是现实绝境逼迫她做出有益的尝试。对即将到来的新生命的无私之爱使她甘愿做任何自我牺牲。这种血脉相亲之爱是维系家庭的基础与关键,也是一个个俄罗斯家庭度过国家"新生阵痛"的精神支柱。

"现代知识分子"民族自我认同与身份定位遭遇前所未有的危机,其已然不是救世的弥赛亚思想承载者。新俄罗斯文学中,高加索势力在俄罗斯社会成为不可忽视的力量。高加索人尊敬阿库洛夫这类人,把灰不溜丢的作家和工程师视为笑料和社会的额外负担,是毫无意义和作用的"多余之人"。崇尚金钱和武力的功利时代,知识分子作为社会中坚的身份被无情消解,自然滑入了社会的最底层,被认为是百无一用的垃圾与社会沉渣。从社会学角度看,"身份认同意味着主体对其身份或角色的合法性的确认,对身份或角色的共识及这种共识对社会关系的影响"[①]。新俄罗斯文学中知识分子的社会地位遭遇滑铁卢已是既定事实,作为"他者"的高加索人的言行则进一步强化了这种事实,以至于知识分子在无奈与妥协中接受了新的社会身份,也即新时代的阿卡基·阿卡基耶维奇(《外套》主人公)式的小人物。在参加被高加索人活活气死的捷捷林的葬礼时,落寞的知识分子意识到了"他们实质上是在参加他们本人的葬礼"[②]。

同时,新俄罗斯文学中的"现代知识分子"又可分为多种亚群体:以《地下人,或当代英雄》中彼得洛维奇和济科夫为代表的"文学的一代",以《地下人,或当代英雄》中的洛维亚尼科夫和《"百事"一代》中的塔塔尔斯基为代表的"生意人和政客一代",也即"百事"一代。两代知识分子之间形成了另一种形式的"父与子"式的冲突和对话,尽显了各自群体的价值观和世界观。20世纪60~70年代,成千上万的"文学一代"穿着时髦的高领毛衣,"谈论着陀思妥耶夫斯基和乔伊斯、《新世界》引发的热门话题",他们是"文学的战士"(солдаты литературы),组成了一支"文学大军"(армия литературы)。对他们而言,"没有文学还算什么俄罗斯!年轻人暂

---

① 张淑华:《身份认同研究综述》,《心理学报》2012年第1期。

② 〔俄〕弗·马卡宁:《地下人,或当代英雄》,田大畏译,外国文学出版社,2002,第153页。

时还缺少经历，所以不可能知道问题之浩大：你们甚至丝毫也想象不出失去了道，没有了道的生活意味着什么"①。而90年代，"生意人的一代走在俄国的同一些大街和小巷里一样……这些生意人走在街上，西装笔挺，打着领带，兜里掖着吱吱叫的手机，可肚子里也在想着自己的隐秘——生意，黑色收入，股市行情和卡脖子的税"②。"父与子"两代人在各自相同的人生阶段从事着完全不同的事业，映射出时代文化语境的变迁。随着西方大众文化的大肆涌入，"阳春白雪"的高雅文学被现实功利的金钱和物质消费欲望所取代。这种"现实主义"和"功利主义"的泛滥必然导向利己主义的个体生存哲学。"大众文化"有两种常见的英语表述：Mass Culture 和 Popular Culture，其区别在于前者具有明显的贬义色彩，凸显媒体与政治、商业的暗中媾和，欺骗大众以牟利；后者指一般民众所钟爱的潮流，更准确地说是"流行文化"。"大众文化"依靠资本运作，其核心和目标是盈利，它的另一副面孔是消费娱乐。"文化不再与如何工作，如何取得成就有关，它关心的是如何花钱，如何享乐。"③它极力迎合中产阶级的生活方式，"大众文化已经变成了中产阶级的文化，反之亦然"。④《"百事"一代》是"献给中产阶级的书"（Памяти среднего класса），"俄罗斯的中产阶级恰好由不再具有民族主义思想，而只考虑怎样弄钱的知识分子构成"⑤。简言之，作为子辈的"百事"一代已然迷失在消费的漩涡里，不可能是这个世界的拯救者。

地下人群体的分化也淋漓尽致地体现了消费思潮泛滥形态下利己主义生存哲学的发展趋向。彼得洛维奇的"同貌人"是原地下人济科夫，他抓住了变革的历史机遇，出版了大量著作，担任领导的职位，组建并领导刊物。这些"识时务者"摇身一变，加入了"政客与生意人"的大军，积极谋取"曾经失去的"利益。有意思的是，走出"地下"的济科夫对彼得洛维奇等仍然在"地下"的作家不无敬佩和畏惧。他极其关心"地下"世界所发生的一切。从本质上说，济科夫对西方和国内民众而言是一个"被迫

① 〔俄〕弗·马卡宁：《地下人，或当代英雄》，田大畏译，外国文学出版社，2002，第569页。
② 〔俄〕弗·马卡宁：《地下人，或当代英雄》，田大畏译，外国文学出版社，2002，第570页。
③ 〔美〕丹尼尔·贝尔：《资本主义文化矛盾》，赵一凡等译，生活·读书·新知三联书店，1989，第118页。
④ Gross David, Lowenthal, Adorno, "Barthes: Three Perspectives on Popular Culture," *Telos*, No. 45, 1980.
⑤ 〔俄〕维·佩列文：《"百事"一代》，刘文飞译，人民文学出版社，2001，第253页。

害的地下天才作家",而对地下人而言却是彻头彻尾的背叛者。换言之,他是一个双重身份的人,这也意味着他没有明确的身份定位。

在个体以自我为中心的利己主义语境中,以"利他"和自我牺牲为核心的弥赛亚意识失去了存在的空间,已然被消解殆尽。彼得洛维奇、塔塔尔斯基、巴士马科夫等"现代知识分子"或许配不上"英雄"的称号,也不是神圣选民之弥赛亚意识的载体和传播者,但他们确实是这个时代的主人公,他们所彰显的是一幅当代人的肖像,"不是某一个人的肖像:这幅肖像是由整整一代人身上充分滋生的种种毛病所构成的"①。"谁之罪?"成了没有答案的世纪天问。

（三）生命难以承受之重

如果说"谁之罪?"彰显出知识分子企图以卓越的自我牺牲精神承担起拯救家邦的重任,其对应的是弥赛亚意识的人选问题;那么"怎么办?"则是对如何拯救的苦苦叩问。俄罗斯知识分子的第一要义并不是"职业",从事"智力劳动"的人也并不总是能够担当起知识分子的称号。俄罗斯院士利哈乔夫认为,当学者囿于书斋,只关注自己的研究领域,那么就已然不是知识分子。"知识分子首先是内在自由之人,他们对于生命、世界有自己的观念,也有独特的道德信条。"② 精神的独立性是知识分子的核心特质,正是这种精神独立性使他们得以摆脱政治的掣肘、社会陈规的歧见,更使他们自动背负起社会责任,以民众的利益和民族大义为先。俄罗斯知识分子有经世之风,也有入世之心,不缺乏改造社会的热情。历史上,不管是十二月党人、民粹派、斯拉夫派还是西欧派都在孜孜不倦地探寻"三套马车将奔向何方"。这种探寻的能效无非与内因和外因两方面相关,即知识分子本身的能力和社会给予其施展抱负的空间。"怎么办?"折射的更多是一种生命难以承受之重。

在解体后的文化格局中,以地下人为代表的知识分子事实上已经成了"被摒弃者",失去了拯救家国和世界的能力。彼得洛维奇作为地下人,尽管没有完全放弃抗争的勇气,然而这种抗争也仅限于"不为五斗米折腰"的个体困斗。在生存压力和强势文化的逼迫下,地下人只能说是一种无奈

---

① Лермонтов М. Ю. , *Полное собрание в 10 томах. Т. 6.* , М. ： « Воскресенье » , 2002, с. 213.

② Лихачев Д. С. , *Раздумья о России* , Издательство： «Logos» , 1999 , с. 617.

妥协的社会产物。因而每每独处之时,彼得洛维奇不由嗟叹与自责。"一种负罪感突然从虚无中向我袭来。常有这样的情形;而且一般是朦胧地与弟弟韦尼亚有联系。我在他面前没有罪责,这是无疑的——但负罪感也是无疑的。……人在白昼已尽,黄昏和夜晚将至的时候,总想放纵一下悲戚的情感。想责备自己,灵魂感到干涸,灵魂感到粗糙。白昼的事件过分琐细凡庸,不足以把灵魂划伤。"① 事实上,弟弟韦尼亚是彼得洛维奇的另一个"同貌人"。与其说面对自己坚持抗争到底的弟弟,彼得洛维奇感到无能为力,不免暗自神伤;毋宁说面对自己可能的另外一种人生道路,彼得洛维奇因自己没有勇气选择这条路而愧疚难当。妥协意味着苟活,抗争意味着"被精神病"。对意欲抗争到底的知识分子,精神病专家没有兴趣看到他们死亡,而"有兴趣看到其在自己的裤子里拉屎"。在精神病专家们看来,本国的知识分子——艺术家"是有趣的人……经历过精神失控。像全体受着时代强烈震撼的知识分子一样"②。经历转型期的可怕"精神失控"是知识分子坚持抗争必然要付出的代价。

以"可乐"等商品为载体的西方文化影响与演变下成长起来的"子辈",即《"百事"一代》中的塔塔尔斯基们被物欲消费所裹挟,陷入暗流涌动的欲望黑洞难以自拔。塔塔尔斯基名义上贵为女神在人间的丈夫,实际上只是一个广告集团和物欲双重控制下的傀儡。一方面,女神在人间可以有多个丈夫,而且她时常更换丈夫,这只是一份工作。因此,要想长期保留这个职位,塔塔尔斯基必须听从广告组织的指令。事实上,女神的丈夫也并不是塔塔尔斯基本人,而是其形象的三维扫描图。换言之,塔塔尔斯基被扁平化为一个虚拟广告形象,且随时可以被取而代之。《野猫精》中的贝内迪克特是社会爆炸后文化生态的被动适应者,然而却被私欲控制和阴谋家蛊惑,沦为残害民众和发动政变的助纣为虐者。尼基塔吐出的圣火烧尽了所有的罪恶,只将烧焦冒烟的普希金雕像和世界留给了他。普希金是一切,是俄罗斯文化。显然,文本的隐含意义是,作为回头浪子,贝内迪克特拥有重建这残缺的俄罗斯文化的可能性。尼基塔与敌同归于尽的战斗拯救了贝内迪克特,给予他重新生活的机会。在未建成的巴比伦塔顶部,从睡梦中醒来的塔塔尔斯基还可以去任何他想去的地方,这就是作家留给他的获拯救

---

① 〔俄〕弗·马卡宁:《地下人,或当代英雄》,田大畏译,外国文学出版社,2002,第180页。
② 〔俄〕弗·马卡宁:《地下人,或当代英雄》,田大畏译,外国文学出版社,2002,第425页。

机会。无论是塔塔尔斯基，还是贝内迪克特，他们都没有能力拯救他人，拯救世界，他们都只是"被拯救者"和代表"并不可靠的"未来。

这是一个"上帝已死"的时代，也是一个无暇顾及选民意识的时代。对生存的渴望和本能压倒了精神的满足和完整。或者说，知识分子们在苦苦思索如何活下去，而不是如何拯救同样苦难缠身的祖国母亲。当彼得洛维奇杀死劫取其钱财的高加索人后，他感到遗憾，但不忏悔。在他看来，历史上有跪地忏悔、乞求宽恕的时代，也有残暴杀戮以求生存的时代，而他所面临的困境与后者更为相近，甚至更加残酷。在不断恶化的社会生态系统中，个体必须保持强悍的攻防态势，才能赢得生存的空间和权利，"莫斯科不相信忏悔者的眼泪"。在一个信仰被抛弃的时代，缺乏信仰的个体也就脱离了必要的威慑和约束，可以肆无忌惮地为所欲为。彼得洛维奇承认，他之所以杀了人而完全没有忏悔的意识，问题就在于没有谁能够追究他。"上帝？……绝对不是。上帝不会追究。我受的不是这种教育。我很晚很迟才知道了他，我承认他很伟大，他的恢宏，我甚至能在我的黑暗时刻对上帝多少有些恐惧，但是……没有真正向他做出交代的意识。我不相信交代。"① 这种质疑上帝存在、以"为所欲为"作为人生信条的知识分子在俄罗斯文学中并非首次出现，陀思妥耶夫斯基在《卡拉马佐夫兄弟》中已经对极端自私、淫虐暴戾的所谓"卡拉马佐夫精神"进行了深入的剖析。诚然，地下人彼得洛维奇在"筒子楼"不停游荡，蹭吃蹭喝，伺机猎艳，消费"筒子楼"女性的身体。他是一个淫棍、杀人犯、看门狗，但也曾悉心照料、保护智障女娜塔，将意外获得的外汇施舍给偶遇的年轻妓女，多次放弃近在咫尺的获得住房的机会。他绝非陀氏笔下的老卡拉马佐夫，亦非无神论者伊万·卡拉马佐夫或集"圣母玛利亚的理想"与"所多玛城的理想"于一身的德米特里·卡拉马佐夫。

"时代的过错"是彼得洛维奇对弟弟厄运的无奈总结。对"现代知识分子"来说，祖国正处于"寒冷的秋季"，他们偶尔会想起上帝，但并非"一步步贴近了信徒，只不过是想（在寒风和饥饿的驱使下）到建在郊区的那些小教堂去取取暖……进教堂暖和身子，暖和平静了的心灵，只是为了度过寒冷的秋季"②。他们本身不足以承担选民和弥赛亚的神圣义务，时

---

① 〔俄〕弗·马卡宁：《地下人，或当代英雄》，田大畏译，外国文学出版社，2002，第211页。
② 〔俄〕弗·马卡宁：《地下人，或当代英雄》，田大畏译，外国文学出版社，2002，第528～529页。

代也没有给予他们可以履行这项义务的活动空间。

事实上，文本之外的知识分子代表——作家们与其主人公不乏相似之处。至少，《野猫精》和《"百事"一代》两部作品并没有指明未来之路该如何走，甚至没有明确塔塔尔斯基和贝内迪克特是确定无疑的重建者。或者说，托尔斯泰娅和佩列文只是在作品中指出主人公所走的是一条歧途。

苏联解体后很长一段时间，俄罗斯民族精神生活（信仰）的真空是显性的事实，也是地方离心倾向增强，即高加索问题爆发的关键诱因之一。因此，普京执政伊始便着手加强中央集权，走上一条"新权威主义"的发展之路，并提出了"爱国主义"和"强国梦"的思想路线。正如"新权威主义"是一条介于个人集权专制和民主之间的并不明朗的道路，"爱国主义"和"强国梦"等思想在凝聚民心、增强民族向心力的同时，也极易演变为极端民族主义情绪。一个显而易见的事实是，以弗拉基米尔·日里诺夫斯基为党首的极端民族主义右翼政党俄罗斯自由民主党（Либерально - демократическая партия России）多年来在俄政坛一直拥有稳定的支持率。此外，米哈伊尔·尤里耶夫创作的饱含民族主义思想的政治科幻作品《第三帝国》（*Третья империя*，2007）在俄风靡一时，不仅受到大众的喜爱，甚至不少学界人物也纷纷为其呐喊。简而言之，以牺牲精神和救赎思想为内核的纯正弥赛亚思想已然式微，蜕变成以排外性为显性标签的民族主义情绪，是一种对现实不满，又无力彻底变革的怒火发泄。

本章小结

本章共分为三个部分，从文明冲突的视角阐释了"现代知识分子"的信仰异变。第一部分说明了文明冲突在俄罗斯社会的显性表现——高加索问题，论述了高加索问题的历史和文化渊源。第二部分阐释了"现代知识分子"眼中的高加索，他们眼中布满在俄罗斯社会已呈燎原之势的"高加索痕迹"，阐明无处不在的"高加索痕迹"是冲突激化而导致的宏观文化语境恶化的后果，是"现代知识分子"宗教思想异变的风向标。第三部分主要论述了俄罗斯"现代知识分子"在这种文化语境中宗教思想的异变，具体为：末世论思想的极大深化，显现为一种湮灭世界的末世情绪；弥赛亚思想的无情消解，"现代知识分子"既不具备肩负拯救家邦的客观条件，也丧失了拯救的主观意愿、信念和态度。

第四章 "现代知识分子"身上栖居的
反乌托邦思想

苏联解体不啻为俄罗斯民族所经历的一场劫难，意味着拯救世界的尝试失败。这种宏观的历史文化语境是乌托邦与反乌托邦思想之间的动态平衡发生倾斜、改变的基础和前提。在文艺领域，乌托邦思想伴随苏联文学的式微而趋于平淡；而反乌托邦思想却与后现代文学一道趁势突起。

以托尔斯泰娅、佩列文、彼得鲁舍芙斯卡娅等作家的作品为代表的新俄罗斯文学存在解构"帝国意识"的显性反乌托邦倾向。这种解构始于叙事策略的转变，作品不再以历史事件、国家道路、民族未来等宏大的命题为叙事中心，而着意叙述个体在复杂多变的世界中的生存体验。世界是人眼中的世界，是其人生历程的一部分。《野猫精》《"百事"一代》等作品的叙事与传统文学的叙事策略存在较为明显的差异。文本中有叙事者话语和人物话语，两者是相互独立的"声部"，又相互高度重合，"我"这一称谓在大部分情况下属于贝内迪克特和塔塔尔斯基。这就造成了人物话语与叙事者话语的重合，而真实作者（托尔斯泰娅、佩列文）话语是完全缺席的。文学文本的"话语是一种描绘手段（形象的物质载体），是对词语之外的现实进行评价性观照透视的一种方式；作为被描述的对象，话语总是属于某个人的或者用来刻画某人性格的话语表述。也就是说，文学能够再现人们的言语活动，而这是它同其他艺术门类最显著的区别。只有在文学中，人才能够以言说来展现自己"①。换言之，在"作者已死"的情况下，文本中人物通过自己的言行，通过自己看到的世界图景，通过自己的个性化世界感受所彰显的思想就是与叙事者高度重合的人物自身的思想，也就是"现代知识分子"们的思想。有学者认为，以托尔斯泰娅为代表的"艺术家既不进行道德训诫，也不点明真理，更没有同自己半是虚构的人物一

---

① 〔俄〕瓦·叶·哈利泽夫：《文学学导论》，周启超等译，北京大学出版社，2006，第127页。

起忧伤不已",他们让笔下的人物"在选择人生道路时有完全、彻底的自由"①。简言之,作品中人物之言行所彰显的是其独立的思想品格。

基于此,可以认为,在《野猫精》《"百事"一代》《深夜时分》等作品中,"现代知识分子"们的言行、他们眼中的世界图景折射出其身上栖居的解构神圣帝国思想、反消费乌托邦思想和反宗教乌托邦思想。

第一节 "现代知识分子"反乌托邦思想探源

一 乌托邦与反乌托邦探源

"反乌托邦"(Anti-Utopia,或 Антиутопия)是一个派生词术语,其生产词是"乌托邦"(утопия)。从构词角度说,"反"(Anti-,或 Анти-)是一个构词前缀,意为"非、对(立)"②,其修饰的是"乌托邦"。"从发生学角度看,乌托邦是源概念,反乌托邦是其副本。"③ 换言之,反乌托邦本质上是乌托邦的另一种形式,因为从它的定义来看它离不开其对立面,反乌托邦只有在与乌托邦的对立中才能被界定。反乌托邦作为乌托邦的对立,以及二律背反的另一个侧面,它与乌托邦互为依托,在角力中寻求平衡。简而言之,研究"反乌托邦"显然不能绕开"乌托邦",只能从"乌托邦"入手。

英国学者克里尚·库玛(Krishan Kumar)认为,"文艺复兴之后西方社会出现的现代乌托邦是惟一的乌托邦"④。库玛不承认所谓的"古典乌托邦"(或者是希腊世界乌托邦)和基督教乌托邦,但也不否认它们对现代乌托邦诞生所产生的重要影响。事实上,在人类漫长的历史中,乌托邦理念并不鲜见,且其萌发的时代远远早于现代意义上的体系化乌托邦理论。乌托邦存在两种不同的发展路径,或者说两种不同的形式,其一为希腊世界的乌托邦理念,其二为犹太基督的宗教乌托邦理念。这两种乌托邦理念

---

① 孙超:《二十世纪八、九十年代俄罗斯中短篇小说研究》,人民文学出版社,2014,第156~157页。

② 陆谷孙主编《英汉大词典》(第二版),上海译文出版社,2007,第74页。

③ 谢江平:《反乌托邦思想的哲学研究》,中国社会科学出版社,2007,第62页。

④ 张隆溪:《乌托邦:观念与实践》,《读书》1998年第12期。详见:Krishan Kumar, *Utopia and Anti-Utopia in Modern Times*,Oxford:Basil Blackwell,1987,p.3。库玛认为真正的乌托邦是现代性的产物,国内学者张隆溪、谢江平等都持相同的观点。

并非现代意义上的乌托邦，只是现代乌托邦的一种"胚芽"，或者说是"前在"形式。

一般认为，古希腊哲学家柏拉图的《理想国》是乌托邦理念的源头性作品。柏拉图不仅创立了唯心主义哲学体系①，还勾勒出一卷"理想国"的蓝图，《理想国》（*The Republic of Plato*）是"人类历史上'一长串乌托邦中的第一个'"（罗伯特·罗素语）。《理想国》是一本政治著作，是一部教育"法典"，也是治国安邦的纲领。然而，柏拉图的城邦是"一座理想家园，但在地上无处可寻，或许在天上建有典范，举凡看到它的人，都想成为那里的居民。至于它现在还是将来存在，都无关紧要"②。柏拉图对理想国的阐释显然立足于其理念论哲学。他认为，神所造之理念床是木匠做出的实体之床的根据，艺术家所画的床是模仿木匠的床而成。这也就是说，人之感受世间变动不居的事物皆是表象，仅仅是作为本体的理念之衍生物。理念超然于一切现象之上，决定一切事物。理念的世界才是本真，而现实中由万物构成的世界只是这一理念的虚假映射。然而，柏拉图的乌托邦理念缺乏时间指向，这种时间的缺位将乌托邦的价值层面的意义消解了。现代乌托邦有其不容否认的价值，将乌托邦学说与空想、荒诞、异想天开等量齐观显然有失公允。众所周知的是，科学之创新、理性之统摄、思想之进步是乌托邦滋生的"土壤"。或者说，科学技术、理性和进步使乌托邦不再停留在理念层面，而拥有了实现的可能。乌托邦因其指向未来，指向更完善社会的目标，且拥有实现之可能，故而具有不可抹杀的推动社会进步的功能。然而，缺乏时间维度的古希腊乌托邦是一种理念乌托邦，而并非现代意义上的真正乌托邦。

乌托邦的另一条发展路径是宗教领域的乌托邦。伊甸园（Eden）是第一个典型的乌托邦，是人的原初天堂。亚当和夏娃因蛇的诱惑，违背神的意志，被逐出伊甸园，人因此而背上原罪。在基督教神学视域下，人的终极使命是回归伊甸园，回归原初的天堂，其间人必然受尽世间苦难，清偿所负之罪恶。或者说，《圣经》中其后出现的"新天新地""人间天国"都携有伊甸园的印记。《启示录》中基督再临人间，拯救世人，人们看到的"天国"有"一道生命水的河，明亮如水晶，从神和羔羊的宝座流出

---

① 英国哲学家怀特海认为，两千多年的西方哲学，只是柏拉图思想的一系列注解而已。
② 王柯平：《〈理想国〉的诗学研究》（修订版），北京大学出版社，2014，"前言"。

来。在河这边与那边有生命树，结十二样果子，每月都结果子，树上的叶子乃为医治万民，以后再没有诅咒"①。基督神学中的乌托邦是一种"被动的"乌托邦，虽然它有明确的未来指向，但其主体并不是人，人只能被动地等待基督弥赛亚救赎。简言之，这种乌托邦与凸显人之主观能动性的现代乌托邦仍然存在明显差异。

"近世乌托邦由其希腊元素和犹太基督元素汇合而成。希腊世界的实体论奠定了乌托邦思想的哲学基础。"② "两种古老的信仰滋育模铸了乌托邦——犹太基督的天国信仰以及希腊神话中人们无须神助，甚至是背叛神意自己建立的理想的，美丽的城邦，深深地进入了欧洲人的意识。"③ "现代乌托邦被启蒙主义的一些核心观念——历史进步论、可完善论和乐观主义所滋养。"④ 他们是乌托邦产生的内在推力，是乌托邦者认为其构筑的体系能够实现的缘由。托马斯·莫尔（Thomas More）的《乌托邦》（*Utopia*，1516）和弗朗西斯·培根（Francis Bacon）的《新大西岛》（*The New Atlantis*，1627）是孕育于文艺复兴和现代性启蒙的代表性时代产物。莫尔创造的"乌托邦"这个概念既有"乌有之乡""不存在的（地方）"的意思，也有"理想的、完美的（地方）"的含义。这就是说，莫尔书中所描绘的地方在当时是不可能存在的，但是时代语境的变化使这种地方在未来某一时刻的出现拥有了无可置疑的可能与希望。莫尔以其同时代人无法企及的敏锐感受和高昂激情沉思现实弊端，展望未来可能。"于是，乌托邦本身就成了他所述社会弊病的唯一可能的解决方案。"⑤

这就是说，乌托邦的萌发也源于对现实社会的不满。或者说，乌托邦彰显的是人对生存状况和境遇超越的渴望，是寻求精神突围的探索。"乌托邦精神与反乌托邦的对立已然成为人类生活中困惑与迷惘的焦点，它象征着这个时代的'痛苦'。正如德国哲学家施太格缪勒所说：'形而上的欲望与怀疑的基本态度之间的对立，是人类精神生活中的一种巨大的分

---

① 《启示录》，中国基督教协会印，第 22 章，第 1~4 节。
② 谢江平：《反乌托邦思想的哲学研究》，中国社会科学出版社，2007，第 15 页。
③ 谢江平：《反乌托邦思想的哲学研究》，中国社会科学出版社，2007，第 33 页。
④ 谢江平：《反乌托邦思想的哲学研究》，中国社会科学出版社，2007，第 34 页。
⑤ 〔英〕昆·斯金纳：《近代政治思想的基础》，奚瑞森等译，商务印书馆，2002，第 398~399 页。

裂.'"① 然而,不可忽略的是,反乌托邦产生的语境同样使社会危机显现,矛盾冲突加剧。反乌托邦指向对未来困境的忧虑,它与乌托邦一样是一种精神突围的探索。因此,乌托邦与反乌托邦之间很难划定明确的界限。乌托邦与反乌托邦恰如磁铁的两极,从表面上看,它们之间互相排斥,却又同根共生。

事实上,对"反乌托邦"这一术语更为准确的理解是"非乌托邦",彰显的是对"乌托邦"的对抗和质疑。从这个意义上说,"反乌托邦"是一个较为宽泛的概念,其包含了"消解乌托邦的存在或者对抗乌托邦"②的意蕴。或者说,反乌托邦囊括了两种表现类型(表征),即反面乌托邦(dystopia)和反乌托邦意识(或文学作品中更为常见的反乌托邦精神)。Dystopia 中的 dys – 表示"坏的,不利的"③,"反面乌托邦"是一种"恶乌托邦"或"敌乌托邦",其指向对具体的乌托邦构想的颠覆。"反面乌托邦"往往将乌托邦构建的基石——理性、科技、进步等——发展到极致,这种极致带来的"完美社会"是以人性、自由等精神内容的丧失为代价的。"反面乌托邦"常以完美开场,以惨烈告终,其目的是论证乌托邦的悖谬和荒诞。反乌托邦思想是对构建乌托邦的思想原则和哲学基础的根本性质疑。④ 显然,反乌托邦思想应该涵盖了作为显性存在的反面乌托邦。基于此,本章研究的对象不仅仅是新俄罗斯文学中"现代知识分子"眼中的反面乌托邦图景,而且是更为宽泛的"现代知识分子"身上栖居的反乌托邦思想。

二 俄罗斯知识分子之乌托邦与反乌托邦传统

从 Utopia 这个词的构成看,"它表达了'美好的愿望而没有现实的根基'的困惑,揭示了'理想'与'现实'这一人类始终将面对的基本矛盾"⑤。这种理想与现实之间落差难平的状态是俄罗斯知识分子的精神之伤。俄罗斯知识分子总是在思考"罗斯——三套马车"(Русь – Тройка)

① 赵扬:《颠覆与重构:论俄罗斯后现代主义文学的反乌托邦性》,黑龙江人民出版社,2009,第 5 页。

② 郑永旺:《反乌托邦小说的根、人和魂——兼论俄罗斯反乌托邦小说》,《俄罗斯文艺》2010 年第 1 期。

③ 陆谷孙主编《英汉大词典》(第二版),上海译文出版社,2007,第 579 页。

④ 谢江平:《反乌托邦思想的哲学研究》,中国社会科学出版社,2007,第 15 页。

⑤ 崔竞生、王岚:《乌托邦》,载赵一凡等主编《西方文论关键词》,外语教学与研究出版社,2006,第 613 页。

走向何方的问题。在他们的意识中，"我"（Я）是居于次席的，"我们"（Мы）拥有无可置疑的优先地位。这个 "我们" 往往可以视为整个家邦。换言之，"国家中心主义" 是知识分子思想、行动的最高准则。"国家至上" 是俄罗斯知识分子身负的沉重十字架。面对并不尽如人意的现实，知识分子会勾勒出一幅幅未来生活的蓝图，提出一套套解决方案。事实上，俄罗斯知识分子从来不缺乏乌托邦激情，他们不仅坚定捍卫 "神圣罗斯"（Святая Русь）之理念，积极传承 "莫斯科 - 第三罗马"（Москва - Третий Рим）学说，不遗余力宣扬 "俄国 - 欧洲救星说"[1]，且饱含实践精神。车尔尼雪夫斯基等平民知识分子就企图构筑完美的俄国 "水晶宫"（Хрустальный или Кристальный дворец 或者 Crystal palace）[2]。陀思妥耶夫斯基一面嘲笑、讥讽平民知识分子构建 "水晶宫" 的幼稚，鞭挞这种可笑的乌托邦，另一面又大肆宣扬 "苦难拯救世界" 和 "美拯救世界" 的言说，将它们上升为另一种宗教乌托邦。

矛盾性是俄罗斯民族性格最为典型的特征之一，这种矛盾性在民族精英——知识分子身上尤为明显。在制造一连串乌托邦的同时，他们又不断对抗、否定乌托邦。以文学为例，反乌托邦思想一直蕴含在文学之中，与各种乌托邦不断角力，形成了动态平衡之势。赫拉斯科夫（М. М. Херасков）于 1787 年发表的《卡德姆与和谐》（Кадм и Гармония）被认为是俄反乌托邦文学的开山之作。其后，奥陀耶夫斯基（В. Ф. Одоевский）的《无名城》（Город без имени，1839）和《最后的自杀》（Последнее самоубийство，1940）、费奥多罗夫（Н. Федоров）的《2217 年之夜》（Вечер в 2217 году，1906）、莫尔斯基（И. Морский）的《未来的无政府主义者》（Анархисты будущего，1907）、奥先多夫斯基（А. Оссендовский）的《未来战斗》（Грядущая борьба，1907）、勃留索夫（В. Я. Брюсов）的《南十字架共和国》（Республика Южного Креста，1904 - 1905）和《地球》（Земля）等一系列作品将反乌托邦思想传承下来。扎米亚金（Е. И. Замятин）的《我们》（Мы，1920），普拉东诺夫（А. П. Платонов）的《切文古尔镇》（Чевенгур，1929）、《基坑》（Котлован，

---

① 托尔斯泰在《战争与和平》中写道："只要有俄国这样以野蛮落后闻名的强国，大公无私地出来领导以谋求欧洲均势为宗旨的联盟，全世界就有数了。"详见〔俄〕托尔斯泰《托尔斯泰文集·5》，刘辽逸译，人民文学出版社，1986，第 18 页。

② Чернышевский Н. Г., *Что делать? Из рассказов о новых людях*, Издание подгоиовили Т. И. Орнатская и С. А. Рейсер, Ленинград: издательство «Наука», 1975, с. 854.

1930)、《初生海》（*Ювенильное море*，1934），布尔加科夫（М. А. Булгаков）的《大师和玛格丽特》（*Мастер и маргарита*，1940）、《不祥的蛋》（*Роковые яйца*，1925）、《狗心》（*Собачье сердце*，1925）等昭示反乌托邦迎来了发展高潮。

在扎米亚金、普拉东诺夫、布尔加科夫的著作中都能看到许多苏联印记，然而仅仅关注其中的政治讽刺色彩，将之视为纯粹的政治讽刺小说是不明智的。事实上，这些作品的本质还是对科学、理性和进步等现代性核心原则的担忧与质疑。科学、理性为王和进步是启蒙现代性的突出特征。启蒙现代性是构建乌托邦的内在动力。自莫尔爵士提出乌托邦这一言说以降，各种乌托邦思想经历了 400 多年的蓬勃发展。换言之，现代性进程与乌托邦的滥觞具有密切的同步性。然而，"在反乌托邦看来，也正是这些力量成为制造现代地狱的罪魁祸首"①。因为反乌托邦并不反对科学、理性和进步，只是将这种"金科玉律"发挥到极致，从而尽显乌托邦构想的荒谬与可怕，表达对未来的忧虑和警示。乌托邦和反乌托邦都是建立在现代科学的发展之上，而科学技术是一个"雅努斯"②。

我们所论述的乌托邦和反乌托邦都有一个预设，即这种乌托邦和反乌托邦都是属于知识分子的。知识分子是时代的先知和预言者，知识分子 - 乌托邦者是由"那些往前看寄希望于将来更完善的人组成"③。知识分子的必然使命是探寻人类走出痛苦困境之路，摸索构筑幸福生活的存在模式。知识分子所呈现的特殊精神气质"同乌托邦一样处于圣俗之际、有无之际、思行之际的内在张力下，两者有着充分的亲和性"④。因此，知识分子与乌托邦有着极其相似的命运。以至于有学者先后提出"乌托邦思想消亡"和"最后的知识分子"的言说。然而，知识分子并没有消亡，因其本身蕴含了显著的矛盾性和内在张力，他们同样与反乌托邦存在密切联系。这种联系首先体现在两者共同的质疑倾向上。以俄知识分子为例，质疑冲动是俄知识分子之独立批判精神的内在必然要求。而独立批判精神是其身

---

① Krishan Kumar, *Utopia and Anti-Utopia in Modern Times*, Oxford: Basil Blackwell, 1987, p. 110.
② 谢江平：《反乌托邦思想的哲学研究》，中国社会科学出版社，2007，第 69 页。
③ 〔美〕乔·奥·赫茨勒：《乌托邦思想史》，张兆麟译，商务印书馆，1990，第 249 页。
④ 甘会斌：《乌托邦、现代性与知识分子》，《华中科技大学学报（社会科学版）》2010 年第 3 期。

份认证的标签。利哈乔夫认为，"俄知识分子气质首先是一种带有欧式教养的思想独立性，这种独立性应该超然于所有限制它的因素，包括政治因素，对人之活动及其良知的蛮横干涉，也包括经济利益和职业升迁意图……"① "一个人从事写作、授课、创造艺术作品，但其活动是按订货、按照任务……，那么，这个人无论如何也不是知识分子，而只是一个雇佣工。"② 知识分子思想独立性是其追求自由的本性内在要求，俄知识分子固有一种"秘密的自由"（тайная свобода）③，对此普希金曾经深刻地表达过，勃洛克也阐释过。

乌托邦是看似完美的理想，但这种完美却是以自由的消逝、人性的泯灭为代价的。反乌托邦有打破乌托邦的"集体主义的虚假幸福"的冲动，凸显个体个性的独立存在，伸张个体精神健全的诉求。正如赫胥黎《美丽新世界》（*Brave New World*，1931）中野人的振聋发聩的呐喊：我"需要衰老、丑陋、阳痿、梅毒、癌症、饥饿、伤病这些丑陋的东西，甚至也希望总是在担心明天有不可预知的事情发生，或者还需要遭受种种难以描述的痛苦折磨"④。个体在所谓"极致乌托邦"中触目惊心的"异变"是反乌托邦作品的共同显性表现。人之异变不仅论证了乌托邦往往会导致"从自由始，以专制终"的悖谬矛盾结局，尽显"战争就是和平，自由就是奴役，无知就是力量"⑤ 口号的荒诞可笑与骇人听闻，凸显张扬个性、包容异质与差异、突破统一秩序的必要性和价值。

自20世纪20～30年代以来，反乌托邦思想在世界文学中迎来了发展高潮。反乌托邦思想的泛滥与现代性后果的反思几乎具有同步性。"乌托邦思想有着深刻的哲学基础，那就是西方传统哲学的实体论思维模式，乌托邦思想就是这种实体论思维模式的产物。实体论思维模式是一种二元对立的思维模式，他坚持本质和现象、真理和谬误、一元和多元之间的二元对立，并认为对立的前项优于后项，前者是本质、中心、本源，后者是衍生、边缘。"⑥ 或者说，"第二部分不过是第一部分的他者，是第一部分的

① Лихачев. Д. С. , *Раздумья о России* , Издательство «Logos» , 1999 , с. 618.
② Лихачев. Д. С. , *Раздумья о России* , Издательство «Logos» , 1999 , с. 616.
③ Лихачев. Д. С. , *Раздумья о России* , Издательство «Logos» , 1999 , с. 616.
④ 〔英〕阿道司·赫胥黎：《美丽新世界》，王波译，重庆出版社，2005，第236页。
⑤ 〔英〕乔治·奥威尔：《一九八四》，孙仲旭译，译林出版社，2002，第7页。
⑥ 谢江平：《反乌托邦思想的哲学研究》，中国社会科学出版社，2007，第71页。

对立的一面，落魄的一面、被压制的一面、被放逐的一面"①。它们之间互为依存，但显然双方并不对称、对等，在它们之间建立一种压制性的等级秩序。现代性的基础是二元对立思维模式，不仅体现为一种内在的复杂矛盾和张力，其本质又是对立双方中的一方优于另一方，彰显出一种中心主义趋向。然而这种启蒙的现代性遭遇了前所未有的危机，其哲学基础经受各种学说的严峻挑战。以德里达的"解构主义"为例，他认为诸如言语/文字、意义/形式等构成西方意识基础的二元对立并不再是前者优于后者，并不存在所谓的"中心"，而是不稳定的、任意的和可逆转的。也就是说，乌托邦赖以立足的哲学基础正遭到质疑和"爆破"，乌托邦失去了生存的空间，其对抗的势力反乌托邦则趁势崛起。

"无论是整个世界还是个人生活都没有出现他们在乌托邦中所努力渴求的景象。反面乌托邦是他们对自己愚蠢幻想的恶意报复，是对高贵而又空幻的乌托邦期望的间接讽刺。"② 反乌托邦则以这种中心主义极致发展后的预料之外的后果来抗议这种中心主义，反乌托邦所体现的正是一种解构思维，其与后现代主义哲学的主张不谋而合。后现代转向最为显著的特征是主体和社会各领域的去中心化。利奥塔认为，这种去中心的表现是"元叙事"丧失了合法性，即"对现代知识、文化以及社会制度的合法化起主要作用的那些关于社会进步的基本理论（关于知识、道德、审美的理论）"③，已然丧失了为现代社会人类的各种实践进行辩护的权利。从这个角度看，我们认为，后现代主义蕴含反乌托邦倾向的论断有其合理性。

三 "现代知识分子"反乌托邦情绪高涨

俄罗斯"现代知识分子"反乌托邦思想的产生与宏观文化生态密切相关。或者说，"现代知识分子"反乌托邦思想激烈涌动有其特定的历史文化语境。苏联解体作为一个始料未及的巨大政治文化事件，割裂了历史的延绵和发展，社会文化和价值体系出现了断裂和真空。西方后现代思想和消费文化趁机"入侵"俄罗斯，文学中出现了颠覆与消解传统的倾向。事

---

① 〔英〕齐格蒙特·鲍曼：《现代性与矛盾性》，邵迎生等译，商务印书馆，2003，第23页。
② Krishan Kumar, *Utopia and Anti-Utopia in Modern Times*, Oxford：Basil Blackwell, 1987, p. 64.
③ 〔美〕史蒂文·赛德曼：《后现代转向：社会理论新视角》，吴世雄等译，辽宁教育出版社，2001，第6页。

实上，"就俄罗斯整个社会文化历史发展全程来看，当社会发生巨大变故时，文化含义建构的体系性和传承性就会遭到破坏，整个文化史的流程中就出现了不同阶段，构成一个'文化范式体系'。"① 苏联解体打破了乌托邦与反乌托邦的平衡，反乌托邦成为一种显性的社会思潮和国家、民族的文化心态。对苏联时期的深刻反思，对改革伤痛和创伤的书写成了解体后新俄罗斯文学的重要主题。这一切正好发生在 20 世纪末，也即第三个"千禧之年"如期而至之时，宗教摆脱了体制的束缚，重新焕发出生命力。在世纪末东正教复兴的文化语境中，文学中的"现代知识分子"并没有像先贤一般转而向上帝和《福音书》求助。生存艰辛、死亡无奈的社会生态将"现代知识分子"本应肩负的弥赛亚拯救俄罗斯的幻想彻底击碎。新俄罗斯文学负有解构经典、颠覆传统的历史使命，这种解构激情和颠覆冲动使其与反乌托邦之间形成天然的联系。换言之，新俄罗斯文学具有反乌托邦的天然属性。

"从广义上讲，任何作品，如果其中流露出对未来世界潜在危险因素的担忧和预测，皆可以称之为具有反乌托邦元素和倾向的作品。"② 国内外学界一般认为《野猫精》《"百事"一代》《深夜时分》等作品充盈着浓郁的反乌托邦情绪。这些作品都以"现代知识分子"的视点观照和叙述世界，呈现的是"现代知识分子"视域中的世界图景。具体而言，"现代知识分子"眼中的祖国——俄罗斯已不再是"神圣罗斯"，所谓的"神圣选民"则蜕变为"精神上的尼安德特人"和消费欲火中苦苦挣扎的"饕餮"。对漂浮在无尽艰难汇集而成的苦海、在没有出路的"生活迷宫"中匍匐前行的"现代知识分子"而言，"苦难拯救世界"和"美拯救世界"的言说只是一种美丽的海市蜃楼。

第二节 "现代知识分子"的解构思想

俄罗斯人对待祖国就像对待至亲一般，怀有一种非理性的热爱。对他们而言，国家具有特别的意义，理应享受至高的礼遇，因为"俄罗斯——也就是神圣的罗斯。或许俄罗斯有罪，但有罪的俄罗斯仍是神圣之国，是

---

① 郭小丽：《俄罗斯的弥赛亚意识》，人民出版社，2009，第 33 页。
② 郑永旺：《反乌托邦小说的根、人和魂——兼论俄罗斯反乌托邦小说》，《俄罗斯文艺》2010 年第 1 期。

为神圣理想而献身的国家"①。这种思想来源于"大地母亲崇拜"和"永恒女性"崇拜②,继而转化为对国家"集体无意识地"崇拜。对国家的挚爱与崇拜不仅使文学不得不肩负起传道教化的使命,也使文学中形成了浓厚的民族主义思想和"国家中心主义"范式。"莫斯科=第三罗马"、"俄罗斯=神圣罗斯"的言说成了一种文化无意识和民族的集体无意识。

"神圣罗斯"(Святая Русь)是俄罗斯文化的核心观念之一,这一文化观念有着丰富的内涵,其内容涵盖了俄罗斯人精神生活的方方面面,确立了种种典范和原则。《神圣罗斯:俄罗斯文化百科全书》认为,"神圣罗斯"包含以下内容:

1. 日常宗教生活和精神完整性规范,即信仰与生活紧密不可分离,信仰充盈于生活,赋予生活意义。

2. 崇善原则,作为真正的基督教生活和神圣性的标准。

3. 禁欲原则,即生活之精神道德诉求高于物质欲求。

4. 君主制国家作为世俗的和精神的权力象征的原则。

5. 聚义性原则,个体融合于教会、君主国家和东正教民族。

6. 爱国主义原则,对祖国之爱恰如对天堂之向往。除对上帝之信仰外,爱国主义是人精神性的最崇高表达。③

"神圣罗斯"理念要求民众恪守善与公平的处世之道,淡化物欲,净化心灵,追求圣洁和完美,以此来获得作为新神之选民的资格。这是"神圣罗斯"之神圣选民。国家则被置于个体之上,对国家之爱高于一切,将其视为践行信仰的表征。这体现为一种无法抗拒、不可推翻的"国家中心主义"思维。

文学作为社会话语的重要组成部分,它与国家利益有着不可分割的联

---

① 〔俄〕尼·别尔嘉耶夫:《自我认知》,汪剑钊译,上海人民出版社,2007,第279页。

② 别尔嘉耶夫认为,与日耳曼民族十足的男子气概相比,俄罗斯是一个有着明显女性气质的国家。俄罗斯民族崇尚圣母、润泽的大地母亲,有"永恒女性"崇拜传统;俄罗斯民族性格最核心处和灵魂中还有一种有别于"永恒女性"的"永恒-村妇性"(вечное бабьё в русской душе)。

③ Платонов О. А., *Святая Русь: Энциклопедический словарь русской цивилизации* т. 3, Москва: Православное издательство «Энциклопедия русской цивилизации», 2000, с. 83.

系。俄罗斯文学始终怀有浓厚的"国家中心主义"思维,即以国家为中心的视角观照人物、社会、思潮。"国家积极地干预社会经济和生活的各个领域的一种方针。"① 国家至上的思想统辖俄社会的方方面面,成了个体难以抹去的文化记忆。不仅生活在俄罗斯国内的作家,乃至被迫背井离乡的侨民作家的作品中也总是回旋着对祖国的惦念和忧思,布宁的作品如此,索尔仁尼琴的作品同样如此。他们"把远方的祖国神圣化,认为它头上环绕着神圣的、伟大苦难的光环,那是未来强大的征兆,往日光辉的回光"②。乌托邦是对未来理想世界的构想,是人期望的完美栖居地,它本身就是一种着眼于整个社会政治的宏大叙事。显然,俄罗斯文学中传承的"国家中心主义"思想在某种程度上与乌托邦激情汇集、糅合,从而凸显出国家话语先于个体生命话语的叙事范式。

文学中的"国家中心主义"由于其先天的政治基因而极易转化为一种帝国意识。帝国的渴望是俄罗斯文明的重要特征,而这种渴望同样充盈于俄罗斯文学之中。"帝国关系的建立需要依靠武力、狡诈和传播疾病等手段,而帝国关系的维持,需要大力仰仗文学文本。"③《古史纪年》将俄罗斯民族视为上帝选中的义人之后,就此获得了"神选之民"的荣耀。《伊戈尔远征记》则进一步将武力征讨视为合理合情的宗教讨伐。《战争与和平》《静静的顿河》《告别马焦拉》《一日长于百年》等作品虽然题材各异,主题相去甚远,却都怀有对祖国、对俄罗斯大地的深沉之爱,而在这深沉之爱背后,野性的伏尔加河流域、广袤的西伯利亚原野,乃至富饶的中亚都被自然而然地视作"俄罗斯帝国"不可分离的有机组成部分。这种帝国意识成了俄罗斯文学褪去五彩斑斓外衣后留下的相似本体。俄罗斯文学中的"国家中心主义"具体表现在:"俄罗斯帝国形象"的建构,"俄罗斯——神圣罗斯"宗教中心和"俄罗斯人——上帝选民"的论证。

"在俄罗斯,文学代替了很多东西。例如:在 70 年的苏联历史中,宗教被压迫禁止,文学代替了信仰……在那些年,文学有着极其巨大的意

---

① Кузнецов С. А., *Большой толковый словарь русского языка*, С. – Петербург: Норинт,2000,с. 1526.

② 郭小丽:《俄罗斯的弥赛亚意识》,人民出版社,2009,第 137 页。

③ 陶家俊:《后殖民》,载赵一凡等主编《西方文论关键词》,外语教学与研究出版社,2006,第 207 页。

义,肩负了沉重的责任。"① 苏联解体后的俄罗斯文学受后现代思潮和西方大众文化的巨大冲击,逐渐失去了文艺阵地中心的地位,即社会文化中的"文学中心主义"(литературоцентризм)被消解。失去中心地位的新俄罗斯文学的确不再是宣传和建构"俄罗斯国家形象"的首要途径,其被赋予的社会-政治功能明显弱化。这种转向本身孕育着对经典文学中"国家中心主义"的"反叛"和拨正。然而,新俄罗斯文学并没有放弃反思过去和展望、忧思未来的话语。

从狭义上说,反乌托邦小说一般就是呈现出鲜明的反面乌托邦或敌乌托邦特征的作品;而广义上的反乌托邦小说则以指向未来、对即将到来之可怕生活的忧思为依据。《野猫精》是一部极具争议性的作品,甚至有评论家戏言,针对托尔斯泰娅这部力作的种种评论已经远远超过了作家作品的体量。然而,国内外学界几乎一致认定,《野猫精》是一部有浓厚反乌托邦色彩的代表性作品。该作品奇特之处在于,其体裁是"童话-小说"(сказка-роман)②,即童话元素与小说元素和谐相融;作品中童话世界与"未来的原始文明"奇妙融合,既彰显出"反乌托邦的神话诗学世界图景"(Антиутопическая мифопоэтическая картина мира)③,又蕴含着对处于改革洪流中的现实文化生态的影射。

一 库兹米奇斯克:倒置的基捷日城

在人们的思想意识中,历史乐观主义往往是一种自明性的经验,即一种现在优于过去、未来好于现在的惯性思维。人总是将解决现在面临困境的希望寄托于未来,历史被天真地视为线性地和机械地进化发展的进程,一如登山跋涉,历时越长,攀登得越高。一般的反乌托邦小说总是将时间设置在遥远的未来,未来本身意味着更高阶的发展状态,因而社会达到了看似"完美的"状况。《我们》《一九八四》《美丽新世界》等都是如此。

---

① Нефть - это кровь войны. Интервью с Владимиром Маканиным, 30 - го. Октября, 2011, http://inosmi.ru/history/20111101/176906479.html.

② 也有评论者将《野猫精》定义为"рассказ-роман",著名俄罗斯文学评论家利波维茨基将《野猫精》视为俄罗斯后现代主义的一种特殊体裁范式,认为它证明了俄罗斯后现代主义文学的发展既有别于西方的后现代主义,也不受苏联现代主义文学的约束。

③ Крыжановская О. Е., *Антиутопическая мифопоэтическая картина мира в романе Татьяны Толстой « Кысь »*, Томбовский государственный технический университет, Томбов, 2005.

然而,《野猫精》中通过贝内迪克特的视角勾勒并传递出的库兹米奇斯克城虽出现在"大爆炸"后 200 年的莫斯科,却是"未来的史前文明"。与一般反乌托邦小说的共同之处在于,它警示历史并非机械的乐观主义,认为未来可能是灾难和厄运,不同之处在于,否定了历史的乐观主义线性进化,表明科学技术这一"雅努斯"① 可能导致历史的倒退和"复辟"。如果说在经典反乌托邦小说中因理性达到极致而导致种种荒谬的现象,那么在《野猫精》中理性则完全消失了。或者说,理性启蒙在更遥远的未来,当下是"重新认知鸡、马为何物和重新发明车轮的时代"。这种理性的缺失与理性的极致在扼杀人之个性方面是殊途同归的。

俄罗斯评论家帕拉莫诺夫认为托尔斯泰娅是"俄罗斯文学经典作家",小说《野猫精》是"俄罗斯生活的百科全书"②,作品展现了俄国历史发展的面貌,"品味《野猫精》之时,您会觉得十分满足,只有经历过这样的历史,才能创作出这样的文本。正如预料的那样,俄罗斯历史在文学中得到了证明"③。但是,这本"俄罗斯生活的百科全书"与别林斯基称《叶甫盖尼·奥涅金》为"俄国生活的百科全书"的含义已然不同。普希金的叙事具有宏大的磅礴气势,《叶甫盖尼·奥涅金》勾勒出的是广阔的俄国社会城乡生活画面,不仅贵族阶级,而且地主与农民阶级的日常生活、俄国广袤国土的城乡四季景色、国家的政治经济形态、艺术文化状况都在作品中得以清晰地展现。首都剧院的歌舞升平,待嫁贵族少女集市的熙攘纷扰,地主家充满欢声笑语的生日宴会,乡村教堂中悲情无奈的女奴婚礼,关于哲学、文学、经济的激烈论辩,以及贵族子弟、马车夫、送奶女工、决斗、占卜等,共同映射出时代生活的鲜明图景。《野猫精》的叙事空间仅限于贝内迪克特目力所及的"大爆炸"后的库兹米奇斯克城,呈现的是新生代知识分子代表贝内迪克特眼中由抓老鼠、抽铁锈、抄书、读书、寻书、领工资、嬉闹过节、结婚生子、阴谋篡权等构成的色彩斑

---

① 雅努斯(Janus)原为古希腊"门神",是前后两副面孔的双面人,泛指矛盾性。此处,科技同样蕴含这种使社会进步和带来灾祸、造成倒退的矛盾性,因此以"雅努斯"比喻科学技术。

② 转引自 Лейдерман Н. Л. , Липовецкий М. Н. , *Современная русская литература*:1950 – 1990 – е годы В 2 т. , М. :Издательский центр "Академия", 2003, с. 472。

③ Крыжановская О. Е. , *Антиутопическая мифопоэтическая картина мира в романе Татьяны Толстой «Кысь»*, Томбовский государственный технический университет, Томбов, 2005.

斓的 "新石器时代社会生活画面"。《野猫精》同样涉及 "大爆炸" 后社会的政治、经济、文化的状况，以及统治阶级、知识分子群体、"往昔的人"、"乖孩子们" 的生存现状。诚然，"生活的百科全书" 的修饰语由 "俄国" 变为 "俄罗斯"，随之而变的是其具体内涵，也暗合了现实社会转型期光怪陆离的生活图景。俄罗斯评论家拉特宁娜（Латынина）认为，爆炸后的库兹米奇斯克只是披上原始童话外衣的苏联 – 后苏联社会。"科学巨擘、人民天才父亲大穆尔扎库兹米奇是一个相当有弹性的形象（образ достаточно эластичный），除了可以看见斯大林的影子之外，还可以读出勃列日涅夫、赫鲁晓夫的形象，总卫生员库德亚尔·库德亚雷奇酷似克格勃头目，'医治' 乖孩子的卫生员与契卡工作人员之间存在极大的相似性。"[1] "乖孩子们" 日复一日地辛勤工作最终只能换得一堆牌子，而领取牌子——工资的过程则是一场磨难。"就算一切正常，拿到了工资，将牌子捏在手里。但这些钱，如同其他人说的那样，是 '烂钱'，'血腥的钱'，或者是 '破钱'，什么也买不到。再多也没有用。你尽管去买吧，就是买不到东西，顶多只够吃一顿饭。"[2] "穆尔扎们的工作态度和职业风范使人联想起当代和苏联时期各个部委，各种执行委员会和地方行政机关的权力滥用现象。"[3] 作品末尾交代的写作时间为 1986 ~ 2000 年，这并非画蛇添足之举。1986 ~ 2000 年是苏联向俄罗斯转向的关键时段，政权也完成了从戈尔巴乔夫到叶利钦的过渡。文本中库兹米奇政权被推翻，总卫生员库德亚尔上台执政的事件与史实也存在显性的重合。从这个意义上说，《野猫精》的确是社会的百科全书，只是百科全书所阐述的生活和呈现的家邦绝不是那个 "神圣罗斯"。如果说基捷日城（град Китеж）是俄罗斯文化中最为流行的传说，是从不可见的全民族的信仰寄托和朝圣之城，是 "神圣选民" 的图腾，那么贝内迪克特所感受到和看到的库兹米奇斯克则是褪去神圣光环，布满丑陋、肮脏和罪孽的倒置基捷日城。

---

① Крыжановская О. Е., *Антиутопическая мифопоэтическая картина мира в романе Татьяны Толстой «Кысь»*, Томбовский государственный технический университет, Томбов, 2005.

② 〔俄〕塔·托尔斯泰娅:《野猫精》，陈训明译，上海译文出版社，2005，第 86 页。

③ Крыжановская О. Е., *Антиутопическая мифопоэтическая картина мира в романе Татьяны Толстой «Кысь»*, Томбовский государственный технический университет, Томбов, 2005.

普希金、托尔斯泰、索尔仁尼琴、拉斯普京等作家文本中孕育着向外拓展的冲动。俄罗斯文学充盈着强烈的民族主义思想，渴望普及俄式思想价值观，而在民族思想表象下蕴含着隐性的"帝国意识"传承脉络。俄罗斯民族思想的核心是"神圣罗斯"理念，而其世俗实践是"帝国意识"。"神圣罗斯"和"帝国意识"是俄罗斯文学中"国家中心主义"的圣俗两面，而圣俗之界限却并不绝对，甚至难以划清。在特定的时代文化语境中，民族主义思想常常转化为"帝国意识"，帝国思想是一般价值观的逻辑结果。俄罗斯文学始终充盈着对帝国的渴望。自《伊戈尔远征记》以降，"帝国意识"始终是俄罗斯文学的传承隐性主题。文学中的"国家中心主义"在苏联时期达到了顶峰，"回顾苏维埃文学的发展历程，必须看到它与国家政权意志之间的紧密联系。苏联政权作为20世纪人类历史上的一个新的政体，从一开始便体现出一种强烈的乌托邦精神"①。乌托邦不再是知识分子的"私人性的"话语，而获得了公开的实践性。"苏维埃文学"的独立性受到限制，其依附于社会政治是一种客观的事实。乌托邦精神与反乌托邦精神在"苏维埃文学"中虽共存同生，却呈现出乌托邦精神占据绝对强势地位的态势，文学中的"苏联帝国形象"达到了空前的虚伪性丰满。苏联解体不仅宣告现实中的"理想之国"寿终正寝，乌托邦精神遭到致命重创，也必然诱导反乌托邦精神高涨。新俄罗斯文学摆脱了政治的桎梏，获得了前所未有的自由和独立性，其本身也充满反思历史、审视当下、展望未来的渴望。

《野猫精》的空间叙事具有封闭性、内向性的特征，局限于库兹米奇斯克城内。库兹米奇斯克城坐落于七个小山丘之上，周围是一望无际的原始森林、神秘莫测的草原，独立王国的居民不仅对城外的车臣人没有征讨意愿，且极其惶恐惧怕，他们时时防备车臣人和野猫精的袭击。库兹米奇斯克已经不似曾经的"神圣罗斯"，褪去了神圣的光环，也丧失了"文化优越性"。在不同文化语境中形成、发展、嬗变而成的"神圣罗斯"的理念被"大爆炸"击碎，"帝国意识"也一同被降解、消散。"大爆炸"使人发生身体和精神双重突变，使其失去文化之根和历史记忆。个体精神世界的格式化和清零是其被奴役的前提，是极权社会得以运转的基础。贝内迪克特所生活的是一个充盈着童话元素的世界，是一个封闭的独立空间，

---

① 董晓：《乌托邦与反乌托邦：苏联文学中的两种精神》，《粤海风》2004年第5期。

也是一个回归原始的极权社会。

在贝内迪克特的眼中,"大爆炸"后的库兹米奇斯克倒退回前启蒙的原始时期,卸去了所有历史负担,成为一个新生的国度。虽然库兹米奇斯克是一个蛮荒未开化的远古世界,身在其中的个体外貌也并非像《我们》《美丽新世界》那般高度相似的"机器",然而库兹米奇斯克无疑是一个极权社会,拥有极权社会的典型要素,只不过这个极权社会所呈现的是"复古"的形态。透过奇幻的社会表象,《野猫精》所彰显的是与《我们》《一九八四》《美丽新世界》同样的一幅人性泯灭、丧失思考与创造能力的恐怖极权世界图景。在经典反乌托邦小说中,人被降格为流水线上产出的商品和干瘪的号码,被剥夺了一切人性化的体验和精神生活。《野猫精》中的"乖孩子们"则是自愿地沉浸在安逸美满的社会中,心甘情愿地接受奴役。他们意欲离开之时,当"小城已经从视野中消失,原野里微风拂面,一切都美妙无比,一切都赏心悦目,可是突然之间,就像人们所说的那样,停下脚步,站在那儿,开始寻思:我这是到哪儿去啊?我干嘛要去那儿啊?我在那儿没见过什么?那儿有什么好处?于是你会可怜起自己来。你会想:身后可是我的家,女主人或许在哭泣,透过手指缝向远方眺望;鸡在院子里跑,屋子里炉火烧得正旺,老鼠窜来窜去,火炕多柔软……心里像被虫子咬了一样,真是难受极了。于是,你吐一口唾沫,转身回去了。你甚至会跑起来"①。事实上,"乖孩子们"是完全自由的,只是他们像宗教大法官口中的"信徒"一样驯顺地交出了这自由,他们甚至还没来得及明白这自由意味着什么。按部就班地"过日子"是"乖孩子们"唯一的也是最满足的存在状态,思考"为什么活着""怎么活"这些问题只会徒增烦恼。对他们而言,改变没有任何意义。"乖孩子们"对自己的生活并无不满,对穆尔扎们要毕恭毕敬,要接受他们的管辖和统治,这是天经地义的真理,正如"老鼠是生活的支柱"一样。他们自愿画地为牢,放弃思考的权利和意愿,思考、提问、质疑往往被视为"异常"之人所为。当贝内迪克特问车臣老头是否见过野猫精,得到的是众人的嘲笑、白眼和死寂的沉默。

"爆炸后"的社会并非由单一阶层构成,小穆尔扎、大穆尔扎、"乖孩子们"和卫生员各司其职,大穆尔扎库兹米奇是王国的最高统治者。这个

---

① 〔俄〕塔·托尔斯泰娅:《野猫精》,陈训明译,上海译文出版社,2005,第4页。

社会与他文本中极权社会的共同特征是，统治者想尽办法企图操控"乖孩子们"的思想。作为知识载体、精神宝库、文化之根的书本则成了一种违禁物，时代发展前进失却了推动力和依靠。人与人之间不以名字和父称称呼，相互之间互称"乖孩子"。"乖孩子们"与《我们》中的 D503、I330、R13 等"号码"，及《一九八四》中实验室生产出的孪生胚胎发育而成的"产品"并无不同。人失去了个性和自由，沦为行尸走肉。在这个极权社会中，"所有的乖孩子，无论是健康的还是有残疾的，都要离开家门到建有监视塔的中心广场上去，每六个人排成一排，唱着歌儿游行，而穆尔扎们会从监视塔上观看乖孩子们，清点他们的人数"①。"交换只能是国家行为，个人是不敢随意抄书的，一经发现，这些冒失鬼便要受到处罚。"② 个体的社会活动只能在有限的自由度内进行。个体的生命、生存权随时会被剥夺。"他对于传染病的恐惧，还不如对那些不该在深夜出现的卫生员。因为他们会抓你去医治，而人们经过医治之后再也回不了家。没有谁回来过。"③ 这是一种"医治的传统，以前书里有放射性物质，谁有书，就医治谁。现在尽管已经过去两百年了，同样如此，就是这种传统，我听说过。"托尔斯泰娅笔下的库兹米奇斯克又恰似一座控制人思想的精神病医院，卫生员是这个"王国"中超越其他社会阶级的独特存在，他们的义务正是"医治"人，扫除任何个体的独立自主的主体意识。

在《野猫精》中，贝内迪克特的世界具有三重性，可分为三个独立的空间，也即现实的库兹米奇斯克城世界，一种原始的、新石器时代，历史与文化处于史前未开化状态；往昔人的"回忆世界"，也即"大爆炸"之前的世界，其与文本外文明高度发达的当代世界具有相似性；贝内迪克特的书中世界——艺术化的世界，也是他渴望的乌托邦理想世界。"乖孩子们"的现实世界和往昔人的"回忆世界"形成了客观上的"文明冲突"。贝内迪克特是文明冲突的聚焦点，现实生活和往昔人的世界在他的内心互相角力。这促使主人公对现实产生了窦疑，激发起探索真相的冲动，最终促使他思考关于现实和未来，关于世界和思想、自由等问题。贝内迪克特从惬意地享受当下生活，逐渐变为对其难以名状的厌烦，从不识普希金为何人到为其刻像立碑。人物从看似"美好"的乌托邦中觉醒，意识到反乌

---

① 〔俄〕塔·托尔斯泰娅：《野猫精》，陈训明译，上海译文出版社，2005，第 109 页。
② 〔俄〕塔·托尔斯泰娅：《野猫精》，陈训明译，上海译文出版社，2005，第 35 页。
③ 〔俄〕塔·托尔斯泰娅：《野猫精》，陈训明译，上海译文出版社，2005，第 43 页。

托邦的恐怖需要一个特殊的触发点，这正是反乌托邦小说的书写范式。《我们》中的I330，《美丽新世界》中的"野人"约翰，《一九八四》中的茱莉娅（Julia）是核心主人公意识独立觉醒，乌托邦幻象破灭的关键。贝内迪克特对当下世界的怀疑来自对"古版书"的迷恋，他在阅读"古版书"的过程中构筑起属于自己的"美丽新世界"："书里有道路、马匹、岛屿、谈话，坐在小雪橇上的小孩，装有彩色玻璃的凉台，头发洁净的美人儿，长着明亮眼睛的鸟儿……"① 当他阅读时，"可以忘却一切，钻进书里去……比如我们现在是冬天，那儿却是夏天。我们是白天，那儿却是晚上"②。这与诺奇克（Robert Nozick）所谓的"元乌托邦"③ 有某种契合性。"元乌托邦"的出现表明贝内迪克特对其生活现状感到不满，想要寻求内心渴望的美好世界，是一种"反乌托邦的乌托邦精神"，其本质是对自身权利的维护，对自身价值的重估，对个性自由的觉醒。

贝内迪克特对现实的清醒认知源于周围人的共同影响。他的亲近朋友"瓦尔瓦拉·卢基尼什娜能背许多诗，并且总想弄明白某个问题……别人不当一回事的，她却很认真"④。正是在瓦尔瓦拉·卢基尼什娜家中，贝内迪克特第一次接触到了违禁品"古版书"，且证实了"古版书"不仅不会传染病毒，还是保存闻所未闻世界的宝库。在瓦尔瓦拉·卢基尼什娜的帮助下，大穆尔扎库兹米奇的谎言被首次揭穿，也起到了引导贝内迪克特产生独立思想的作用。阴谋家岳父利用贝内迪克特嗜书如命的特点，怂恿其杀人，培育其兽性，但得到书的贝内迪克特在阅读时体悟到了"心在剧烈地跳动，生活在飞跃的奇迹：有多少书，你就会体验多少五彩缤纷的生活"⑤。这种异样的体验使其已然不可能满足于原来的生活，并促使他找到记载"该怎样生活"的书，也即开始思考"生活是什么"。

---

① 〔俄〕塔·托尔斯泰娅：《野猫精》，陈训明译，上海译文出版社，2005，第314页。
② 〔俄〕塔·托尔斯泰娅：《野猫精》，陈训明译，上海译文出版社，2005，第181页。
③ 诺奇克在《无政府、国家和乌托邦》一书中提出了"元乌托邦"理论，认为存在傅立叶、欧文、蒲鲁东等所言的各式各样的"乌托邦"，但各种乌托邦构想相互之间本身存在冲突，甚至是矛盾的，它们不可能同时实现。"元乌托邦"理论认为，个体根据自身的情况、自身的权利，拥有个性化的乌托邦。换言之，"元乌托邦"强调的是对个体权利、个性的尊重，凸显和倡导的是一种多元的文化，而这种价值取向本身包含了对极权社会、单一价值维度的反叛。
④ 〔俄〕塔·托尔斯泰娅：《野猫精》，陈训明译，上海译文出版社，2005，第39页。
⑤ 〔俄〕塔·托尔斯泰娅：《野猫精》，陈训明译，上海译文出版社，2005，第182页。

二 关于人之真谛的叩问

乌托邦兴盛是现代性的后果之一。现代性的核心要旨是人之解放，而科学、技术、理性为解放之动力。在关于现代性的各种论述中，人之生存视角的阐释似乎被轻易忽视。或者说，现代性往往以追求人之绝对自由而始，却极易以严酷的极权桎梏而终。作为对这种现象的有意反叛，反乌托邦与乌托邦相伴而生。反乌托邦小说勾勒的是未来可能的世界图景，指涉人即将遭遇之命运。文学中的乌托邦激情和"国家中心主义"思想往往漠视现实生活和个体生存，人失却了文学主体的地位。"在国家政治意识（国家中心主义——引注）的统摄下，天才作家对历史的审视也会丧失深远的洞察力"①，人之为人的标准，人之价值等衡量标准都偏离了应有的轨道，带有浓重的政治色彩。反乌托邦小说则对其进行了拨正，强调"文学是人学"的本性和原则。《野猫精》中的异质书写突破，乃至颠覆了俄罗斯文学中"国家中心主义"思想，完成了对"神圣罗斯"理念的彻底解构，因为事实上整个文明都被彻底颠覆了。这种颠覆的一个重要维度是重新思考人的存在意义，重新构建人的概念，界定人的边界。具体地说，是对俄罗斯人"神圣选民"资格的废除，而其策略则是人本身"异化"的阐释。

反乌托邦小说偏爱"异化"主题，其展示的未来是一种极端异化的世界图景。"异化"（отчуждение）是一个哲学范畴，也是社会学、心理学、法学领域的概念。异化现象古已有之，是伴随人类进化、发展的常见形态。"异化"作为一种体系化的理论是由黑格尔、费尔巴哈、马克思、弗洛姆等思想家逐步完善成形的。异化现象的泛滥与社会的现代化有着密切关系。或者说，显在的异化是现代性的可怕后果之一。简而言之，异化是"在异己力量的作用下，人类整体或个体丧失了自我和本质，丧失了主体性，丧失了精神自由，丧失了个性，人变成了非人，人格趋于分裂"②。从本质上说，异化与非本质性、易变性和他性密切相关。异化是世界的普遍、本真的存在状态，物种进化、文明演进都是异化的量变而引起的质的飞跃。鉴于异化现象的普遍性和无尽性，它蕴含特殊的审美价值，终成为

---

① 董晓：《乌托邦与反乌托邦：苏联文学中的两种精神》，《粤海风》2004 年第 5 期。
② 蒋承勇：《自由·异化·文学——论异化主题在西方文学中的历史嬗变》，《外国文学研究》1994 年第 2 期。

文学的基本主题。以人之异化为例，从某种意义上说，世界文学史是由一部部描写"怪物"的杰作构成的。西方文学中充斥着大量动物、灵魂、野兽、幽灵和超人的变异形象。奥维德（Publius Ovidius Naso）的《变形记》（*Metamorphoseon libri*，公元 1 世纪）、阿普列乌斯（Lucius Apuleius）的《金驴记》（*The Golden Ass*，公元 2 世纪）、艾略特（Thomas Stearns Eliot）的《弗洛斯河上的磨坊》（*The Mill on the Floss*，1860）和《丹尼尔·德龙达》（*Daniel Deronda*，1876）、斯威夫特（Jonathan Swift）的《格列佛游记》（*Gulliver's Travels*，1726）、罗斯（Philip Roth）的《人性污点》（*The Human Stain*，2000）等作品详尽描写了人之劣性、野蛮、愚昧。文学的聚焦点始终是人，文学是人学。变异的主人公在一定程度上成了文学经典作品当仁不让的主角。人性的异变、缺失往往潜藏着对人性珍视的意图和渴望人性回归的诉求。"文学在塑造人类的特征和边界的过程中发挥着至关重要的作用。"① 如何建构人，使人之所以为人，而不是怪物、异形，始终是文学试图探讨的论题。米歇尔·福柯认为："人是一个晚近的创造物"；但他又指出，随之人也是一种"变异"，并且该变异已经"接近它的终点"②。

尤其应当指出的是，当代欧美文学非常关注"异化"的各种变化形态。美国作家丹娜·哈拉维（Donna Harraway）的《赛博人宣言》（*Cyborg Manifesto*，1985），杰佛里·尤金尼德斯（Eugenides）的《中性》（*Middlesex*，2002），以及《异形》系列和《黑客帝国》系列等科幻作品都以异化主题为中心。苏联解体后，社会主义现实主义作为主流强势话语坍塌，新俄罗斯文学寻求不同的发展路径。"然而，俄罗斯文学在世纪之交二十余年的自身追求的艰难行程中，通过自身的蜕变和对世界文学成就的认知与接受，已经从封闭的状态重新融入了世界文学的谱系中。"③ "异化"也是解体后新俄罗斯文学的重要主题。佩列文的《昆虫的生活》、彼得鲁舍芙斯卡娅的《海里泔脚的故事》（Морские помойные рассказы，2001）和托尔斯泰娅的《野猫精》一道构成了新俄罗斯文学"异化"主题的代表性文本。《野猫精》

---

① 〔英〕安德鲁·本尼特、尼古拉·罗伊尔：《关键词：文学、批评与理论导论》，汪正龙、李永新译，广西师范大学出版社，2007，第 218 页。

② 〔英〕安德鲁·本尼特、尼古拉·罗伊尔：《关键词：文学、批评与理论导论》，汪正龙、李永新译，广西师范大学出版社，2007，第 218 页。

③ 张建华：《重新融入世界文学谱系的俄罗斯文学》，《外国文学》2014 年第 2 期。

中建构起了贝内迪克特眼中的变异文化语境，人、物、世界、文化价值观都发生了"基因突变"。传统文化中"神圣选民"的概念被解构了，并重新建构与当前文化相适应的新的"人"。

反乌托邦小说往往采用一种"合成表现主义"的叙事手法，把生活的各个侧面合为一个有机的整体。《我们》等经典反乌托邦小说"把自然科学、特别是数学和艺术'综合'在一起，从而赋予作品以更大的概括性和广泛的哲理性"①。《野猫精》中则体现出遗传生物学、历史学和文学艺术的融合。"大爆炸"后的世界里，物种发生了不可逆转的基因突变。这种突变借助讽刺性书写策略，与梅尼普体存在某种相似。而梅尼普体被认为是反乌托邦文学的重要哲学基础之一。② 梅尼普讽刺是苏格拉底对话解体的产物，与民间文学有着深厚的渊源，其核心是一种粗俗但不失有力的笑谑。"对世界和世界观里崇高的因素，随心所欲地粗鲁地实行低俗化，使他们里外颠倒过来，一反常态——这些有时在这里令人觉得有伤体面，然而这种特殊的笑谑亲昵，却是与尖锐的问题性、乌托邦的幻想结合在一起的。"③ 梅尼普讽刺中体现出"尚有犹豫，尚不深刻的乌托邦因素"，而其笑谑中也孕育着反乌托邦的因子。《野猫精》被认为是与俄罗斯民间文学有着千丝万缕联系的一部作品。其中重要人物的刻画就显现出梅尼普讽刺的意蕴。最高统治者、荣耀的库兹米奇是万寿无疆的大穆尔扎，他的头衔是书记、院士、英雄、航海家、木工、诗人、发明家。他自视为一切技术和日产生活的革新者，自居为科学发现之先驱和文艺杰作的缔造者，拙劣地模仿从奥林匹斯山盗取火种带到人间的文化英雄普罗米修斯。在贝内迪克特心里，库兹米奇是最伟大、最完美的人，甚至就是"创世主"和"上帝"。终于在办公小木屋，贝内迪克特见到了库兹米奇，他"的个头并不比猫咪大，顶多只是齐贝内迪克特的膝盖。只是猫咪的小手纤细，小脚粉红；而费多尔－库兹米奇的小手则像炉门一样，并且在颤抖，不住地颤抖"④。这是一个从"加冕"到"脱冕"的过程，它不仅使贝内迪克特

---

① 〔俄〕叶·扎米亚京：《我们在那遥远的地方》，刁绍华、张冰、毛海燕译，北方文艺出版社，2002，"前言"。

② 详见郑永旺《反乌托邦小说的根、人和魂——兼论俄罗斯反乌托邦小说》，《俄罗斯文艺》2010年第1期。

③ 〔苏〕米·巴赫金：《巴赫金全集》（第三卷 小说理论），白春仁、晓河译，河北教育出版社，1998，第529页。

④ 〔俄〕塔·托尔斯泰娅：《野猫精》，陈训明译，上海译文出版社，2005，第61页。

感到"恐惧与欢乐交织，头脑发热……有一只手在胸中抓挠堵塞，让他喘不过气来，周围的一切变得极其异常"，且初次体验到这个美妙王国虚假的一面。因为大穆尔扎看起来更像"低端的文化英雄"（"низкий"вариант культурного героя）①，是原始民族民间故事、神话中以各种伪装出现的恶作剧精灵（трикстер，或 trickster）。此外，库兹米奇还有一个与其身份地位完全相反的可笑姓氏——卡布卢科夫（Каблуков），意为"鞋后跟"。

"爆炸后"出生的"乖孩子"则成为一种介于人和动物之间的特殊种群，被降格为自然和兽性的存在。这种兽性（Зооморфоность）的显性表现是其姓名的改变。《野猫精》中人物互称"乖孩子"，他们的姓名都是类似 Иван Говядин（伊万·牛肉）、Шакал Демьяныч（豺狼·杰米杨内奇）、Клоп Ефимыч（臭虫·叶菲梅奇）等的人兽组合。"文学是人学"（高尔基语）是一个已经被认证且接受的公共命题。文学的核心论题是"何为人"，而这个论题在文本中的显现往往却是"何为非人"。文学试图限定人之边界，其手段是呈现一幅幅"非人"的画卷，即通过人之异变来反衬人性、人文、人道。《野猫精》中，各类人一出场就已经发生了异变，文本中充斥着非人的语言，失去人性的话语，这些话语彰显的是人性的沦落。"人为何物"和"人该如何生活"是贝内迪克特自始至终在思考和探求的真相。

根据权威词典的界定，"人（человек）：是能够思考，能用语言交流，能在社会劳动过程中制造并使用工具的生命存在"②。生活在库兹米奇斯克的"乖孩子们"只会听从统治者大穆尔扎的命令，放弃了思考的权利，没有思考的意识和愿望。"乖孩子们"的语言发生了异变，他们无法和"往昔的人"正常交流，谁也不明白谁，即贝内迪克特所谓的"往昔的人听不懂我们的话，我们也听不懂他们的话"③。"乖孩子们"凭借本能存活，捕捉老鼠与蛆。遗传学和生物进化理论认为，直立行走是人类物种进化过程中的标志性特征，是区别于其他灵长类动物的里程碑式节点。托尔斯泰娅

---

① Шафранская Э. Ф., Роман Т. Толстой "Кысь" глазами учителя и ученика：Мифологическая концепция романа，*Русская словесность*，№ 1，2002.

② Кузнецов С. А.，*Большой толковый словарь русского языка*，С. - Петербург：Норинт，2000，с. 1470.

③〔俄〕塔·托尔斯泰娅：《野猫精》，陈训明译，上海译文出版社，2005，第23页。

笔下的人则部分地失去了直立行走这一外显性的特征，而沦落为四脚着地的动物，也即"蜕化变质者"（перерожденец）。贝内迪克特起初认为，"人"应当是有明显身体变异，摒弃思考、快乐无忧地生活，区别于"往昔的人"的种群。然而，随着与岳父总卫生员一家的亲近，自身精神逐渐堕落蜕变，他对之前的论断产生了怀疑，因而更加急不可耐地寻找"记载生活的金书"。

"大爆炸"这一湮灭、颠覆性的事件是人之身体变异的直接缘由，而人之内涵重新构建的另一个维度——精神异变——则是极权奴隶统治的结果。"大爆炸"和社会重组使人完成了从身体的异化到精神的异化的过程。人（乖孩子和蜕化变质者）已经嬗变为丑陋的存在物，而相对于其外表的丑陋，其内心的腐败、精神的堕落更为彻底。贝内迪克特是新文化生态中的知识分子，酷爱读书，珍惜书本，却始终不得其解，对"关切、同情、慷慨、自由、互帮互助、尊重他人、牺牲自我"等核心文化概念依然不懂。这些"文化概念是文化主体经验感悟和现实印象的知性转化与意识结晶，渗透着人的生命态度、观念取向、利害趋避等丰富的价值内容"①。以贝内迪克特为代表的"现代知识分子"对一般文化概念认知空白，对其价值漠视表明整个民族价值观念的沦陷和世界观的崩塌。"文化概念背后隐含人的社会化与意识化进程，即文化概念'人化'的演变过程，该过程包含深刻而多维的概念价值性。"② 然而，这一过程在贝内迪克特们的世界里已然消失，或者说，已经变为一种强制性的单向灌输，即以大穆尔扎的命令形式发布。这种极权统治的结果是，贝内迪克特"这一类人，实际上乃至整个人类"都成为"缺乏理智、头脑空空、成天幻想、误入歧途"③ 的存在。尼基塔称贝内迪克特为"精神上的尼安德特人，意志消沉的克罗马农人"（духовный неандерталец，депрессивный кроманьон）④。尼安德特人是和人类共同进化的"智人"种群之一，在他们与人类共同存在的 30 万年时间里，人类在不断进化，而尼安德特人却退化了，并最终灭绝。"精神上的尼安德特人"这一称谓不仅证实了"大爆

① 彭玉海：《论文化概念的价值性》，《外语学刊》2015 年第 6 期。
② 彭玉海：《论文化概念的价值性》，《外语学刊》2015 年第 6 期。
③ 〔俄〕塔·托尔斯泰娅：《野猫精》，陈训明译，上海译文出版社，2005，第 99 页。
④ 〔俄〕塔·托尔斯泰娅：《野猫精》，陈训明译，上海译文出版社，2005，第 140 页。

炸"后人之精神退化，也是"疾病不是在书里，而是在脑袋里"① 言说的完美注脚。

第三节　"现代知识分子"的反消费乌托邦意识

一般认为，"消费社会"（consumer society）指的是买卖交易等经济活动起最重要作用的社会。消费社会是由波德里亚系统地继承并深化列斐伏尔、居伊·德波和罗兰·巴特等的学说而提出的话语体系。波德里亚认为，消费社会是一种商品高度丰盛、以消费为主导的新社会秩序。在他看来，"消费社会不再产生神话，因为它便是它自身的神话"② 。波德里亚将消费视作一个神话，是当代社会关于自身的一种言说，是其自我表达的方式。"消费社会不再产生神话"和"消费本身就是神话"的言说立足于这样一个前提：预设的物质丰盛事实上并不存在（并不如设想的充裕），而人们对其存在却是确信无疑，只有这样这个消费神话才会产生其效果。同时，波德里亚提出，在消费社会中，商品除了传统意义上的使用价值和交换价值外，还有独特的"符号价值"（例如风格、威信、豪华、权力等的表现和标识），而这种符号价值已然成了消费社会中商品和消费的最重要组成部分。

消费社会的论说本身就包含了浓厚的乌托邦因子。"消费社会唯一的客观存在，就是消费思想（观念）的存在，正是这种反思的和论说的生动形式，无限地和不断地在日常话语和知识分子话语中复现，构成了整个社会公共话语（常识）的强大力量。"③ 知识分子无疑是消费话语的引领者和传播者，同时也是其最顽强的质疑者和反对者。知识分子们恍然觉悟，"作为新的部落神话，消费已成为当今社会的风尚。它正在摧毁人类的基础，即自古希腊以来欧洲思想在神话之源与逻各斯世界之间所维系的平衡"④ 。正如波德里亚提出消费社会的言说，并不是对其热情讴歌、大加赞赏，而是意识到了人所面临的危险，并深表忧虑。如果说在中世纪时期，上帝和魔鬼是社会达到平衡的两大支点，那么当今社会是通过平衡消费和

---

① 〔俄〕塔·托尔斯泰娅：《野猫精》，陈训明译，上海译文出版社，2005，第 185 页。
② 〔法〕让·波德里亚等：《消费社会》，刘成富、全志钢译，南京大学出版社，2000，第 226 页。
③ 〔法〕让·波德里亚等：《消费社会》，刘成富、全志钢译，南京大学出版社，2000，第 227 页。
④ 〔法〕让·波德里亚等：《消费社会》，刘成富、全志钢译，南京大学出版社，2000，"前言"。

对消费的揭示这两者的关系来维系的。从这个意义上来说,"砸烂这个如果算不上猥亵的,但算得上物品丰盛的、并由大众传媒尤其是电视竭力支撑着的恶魔般的世界,这个时时威胁着我们每一位的世界"① 是知识分子反思、自省、辨析后的共同心声。这种带有显性反乌托邦色彩的思想更能引起俄罗斯"现代知识分子"的共鸣,因为媒介鼓噪的商品丰盛、琳琅满目与物质短缺的生活现实是一种刻骨铭心的别样生存体验。或者说,社会全面转型和媒介技术革命的重合使这一特殊时期问世的新俄罗斯文学中包含了明显的反消费乌托邦情绪。

一般认为,《"百事"一代》讲述的是一名当代俄罗斯知识分子弃文从商,投身广告界,成为广告业巨头,并在幻觉中被选为伊什塔尔女神的人间丈夫的奇幻故事。然而,除了文本的情节外,作品也彰显出在改革洪流裹挟下的知识分子如何妥协、适应、抗争和浪子回头式自我救赎的心路历程。事实上,作为一部在"革命性的变革时期"问世的作品,其当代现实意义往往被学界忽略。也就是说,作品勾勒出的这个由消费统辖,以金钱和广告支撑,以电视为传播媒介的虚假"景观社会"的全景图及其背后蕴含的对人类未来社会发展之忧思的反乌托邦思想并未得到足够重视。有俄罗斯学者认为,《"百事"一代》中这个资讯为王的世界是一个名副其实的极权社会,是另辟蹊径的"苏联乌托邦海市蜃楼的讽刺"(сатира на миражи советской утопии)②。

苏联解体后,新生的俄罗斯完成了由计划经济向市场经济的转型,消费模式由商品的定量供应的计划体制转向以需求为主导的市场体制。俄罗斯社会被强行推入了消费时代。然而正是经济体制的颠覆性急剧变革,导致俄国内生产力严重下降,国力大幅萎缩。俄罗斯经济走向了与改革预期相反的发展道路,成了世界经济史上的"奇迹","经济越来越糟糕,与此同时,商业却在发展,在加强,并步入了国际舞台"③。也就是说,《"百事"一代》中的"俄罗斯式的消费社会"并非如传统意义上那样根植于充裕的物质基础,而是建立在以金钱和广告为介质的"景观"之上。或者说,经历解体阵痛,物资相对匮乏的俄罗斯正处于"准消费时代"。然

---

① 〔俄〕塔·托尔斯泰娅:《野猫精》,陈训明译,上海译文出版社,2005,"前言"。

② Жаринова О. В., *Поэтико – философский аспект произведений Виктора Пелевина «Омон Ра» и «Generation "П"»*, Тамбовский государственный технический университет, Тамбов, 2004.

③ 〔俄〕维·佩列文:《"百事"一代》,刘文飞译,人民文学出版社,2001,第122页。

而大众媒体却将现实进行了完美包装,制造出可以随心所欲消费的"景观世界",营造出"消费乌托邦"的"美丽新世界"。这种"美丽新世界"在欧美文艺中同样有迹可循,甚至颇为常见。最为著名的则是根据安德鲁·尼克尔原创剧本而拍摄的电影《杜鲁门秀》[①]。杜鲁门(Truman)从出生到30岁一直生活在真人秀节目总导演克里斯托弗(Christof)为其设定的乌托邦世界中。在克里斯托弗看来,"外面的世界比起我(克里斯托弗——引注)为你(杜鲁门——引注)创造的这个世界并没有更多的真理——那儿同样是谎言和欺骗,但是在这个世界中,你什么都不用怕"[②]。影视技术的发展,电视机的普及,这些已经足以将人的一生变为一场狂欢秀。或者说,《"百事"一代》中的众人身上也都有杜鲁门的影子,因为所有个体都生活在被电视包围的世界里。以塔塔尔斯基为代表的"现代知识分子"不仅徜徉在这电视广告构砌的"虚假现实"(виртуальная реальность)[③]里,也正用自己的天赋完善、修饰这个"虚假现实"。

电视作为信息传播的工具,"导致了人的生活和感受的'心理共振',从而成为一种新的'强制机构',电视是假肢,是毒品,电视和广告一起,构成了人类生活的同一性,构成了一个虚拟的、不真实的世界"[④]。电视广告构筑的完美无瑕的"虚拟现实"就是一个"景观社会"。通过信息的重复、强制灌输,在景观中真实世界与乌托邦幻象之间的边界逐渐被模糊,"真实的世界被优于这一世界的影像的精选品所取代,同时这些影像又成功地使自己被认为是卓越超群的现实之缩影"[⑤]。《"百事"一代》对"景观世界"过于完美的展现,人被淹没在消费信息的汪洋之中,丧失了独立思考和感知世界的能力,揭示出对消费时代的预判、警示与忧虑,尽显其反乌托邦特性。

---

① 安德鲁·尼克尔的剧本原名为"The Truman Show",国内译为《楚门的世界》、《杜鲁门的节目》、《天生王牌秀》或《真人活剧》等。
② 〔美〕安德鲁·尼克尔:《真人活剧》,汪伟译,《世界电影》2001年第1期。
③ Шульга К. В., *Поэтико-философские аспекты воплощения «виртуальной реальности» в романе «Generation "П"» Виктор Пелевина*, Тамбовский государственный технический университет, Тамбов, 2005.
④ 〔俄〕维·佩列文:《"百事"一代》,刘文飞译,人民文学出版社,2001,"前言"。
⑤ 〔法〕居伊·德波:《景观社会》,王昭风译,南京大学出版社,2006,第13页。

一 真相不过是虚假的一个瞬间：俄式"景观社会"

曾几何时，"百事"一代们"躺在盛夏的海边，久久地望着天高云淡的蓝色地平线，喝着被晒得暖暖的、在新罗西斯克城灌装入瓶的'百事可乐'，同时幻想着，彼岸那遥远的禁忌世界能步入他们的生活"①。与其说百事可乐是一种清凉解渴的饮品，毋宁说它是一种西式的生活方式和西方文化的商标。俄罗斯的"百事"一代们从中品出的是大洋"彼岸世界"的自由味道。百事可乐俨然被升格为西方文化的符号，其电视广告片是这个世界的名片之一。两只喝着不同品牌可乐的猴子拥有完全不同的生活，喝普通可乐的猴子只能堆积木，用棍棒完成最基本的指令；喝百事可乐的猴子却开着吉普车，搂着人类的姑娘。"吉普车上的猴子成了'百事'一代的最终象征。"② 这则广告隐含以下几层意蕴。

其一，猴子喝不同品牌的可乐，拥有不同的能力与性格气质，有完全异样的境遇。在不同品牌可乐成分差异微乎其微的前提下，可乐的品牌是其价值差异所在。也就是说，商品的价值衡量标准不再以使用价值为首要因素，其所带的符码价值已然篡权上位，符码价值代表着不同个体之间的显性差异——地位差异、身份差异和声望差异。沃尔沃汽车卖的是安全，化妆品卖的是美丽，西服卖的是稳重得体。主体的个性被抹杀，衍生出由商品界定的各种类型的群体，也即特定的消费人群。电视广告所推销的对象不是商品本身，商品的品质也无足轻重，其所推销的是成为该产品消费者能够获得的相应的气质与性格。正如法国哲学家列斐伏尔所说，"这个时代已经被消费所控制，消费者已经将自己的情感投射到符号/物品上，自我认同成了符号认同，结果成了消费意识形态的认同"③。换言之，居伊·德波所谓的"景观世界"在《"百事"一代》中得到了清晰的展现。在"百事"一代们所处的社会，"商品消费的幻想已被普遍接受。真正的消费者变成了幻想的消费者。商品是这一物质化的幻想，景观是它的普遍表达"④。佩列文坦言，《"百事"一代》"所描写的不是社会的转型，而是智

① 〔俄〕维·佩列文：《"百事"一代》，刘文飞译，人民文学出版社，2001，"前言"。
② 〔俄〕维·佩列文：《"百事"一代》，刘文飞译，人民文学出版社，2001，"前言"。
③ 蒋道超：《消费社会》，《外国文学》2005 年第 4 期。
④ 〔法〕居伊·德波：《景观社会》，王昭风译，南京大学出版社，2006，第 16 页。

慧的转型"①。换言之，作家更为关注的是暗潮涌动的社会变革洪流下的文化转型，其聚焦点和考察对象是知识分子生存境遇。因为智慧的载体正是以文本的主人公、高尔基文学院毕业生为代表的俄罗斯"现代知识分子"，他们将躁动不安的天赋从"为永恒而付出的劳作（文学创作——引注）"②中带到了"黑色公关——广告"领域，成为"黑色公关能手"。他们用自己的智慧给自己及当代人设计出一个俄式"景观社会"。

其二，因为消费了百事可乐，猴子可以"瞬间完成进化"，表现出人的能力特征。事实上，可乐并不是有着神奇效果的仙药。那么也就意味着，猴子消费，抑或人消费并无不同，无关紧要。在消费中人是可以被任意取代的。人作为消费主体的地位被彻底解构，消费本身具有了本体性倾向。随着大众传媒的崛起和信息爆炸时代的逼近，人被物欲诱惑，被铺天盖地的广告裹挟，人的言行举止和情绪波动都被消费所掌控。广告携带海量的信息，它们深刻地改变了大众会话模式，消费生活成为一种特殊的思想话语体系。消费主导了新的生活方式，带来一系列新的关系和观点。对这一切，人们只能被迫顺从。人无时无刻不浸淫在媒体生产的"消费环境"中，其欲望被无形调动，日益膨胀。人已然失去了主动性，成了商品和欲望的傀儡。这正是一种有别于传统反面乌托邦小说中所呈现的暴力极权统治的新型"软极权"统治。

事实上，在《"百事"一代》中，人这一种群被矮化，降格为一种最原始的、"虚拟的极其简单的寄生型有机体"——饕餮（ротожопа，该词由рот"嘴"和жопа"屁股"构成）。饕餮所有的活动有三种类型：口腔哇噻冲动（оральный вау–импульс）、肛门哇噻冲动（анальный вау–импульс）、置换哇噻冲动（вытесняющий вау–импульс）。所谓的"哇噻冲动"（вау–импульс）③由感叹词"wow"的音译（вау）与"импульс"（刺激、冲动）组合而成，意即一种感官刺激行为，即人类蜕化为只会吞噬金钱、体验消费快感的低等生物。一切公众话语都被无声无息地消解，消费成了唯一的文化精神。政治、教育、宗教、体育、新闻都不约而同地与消费建立联系，其结果是人成了消费至死的物种。最终，"百事"一代们萌发了"世界就是生意和金钱的相遇之处"的伦理价

① 〔俄〕维·佩列文：《"百事"一代》，刘文飞译，人民文学出版社，2001，"前言"。
② 〔俄〕维·佩列文：《"百事"一代》，刘文飞译，人民文学出版社，2001，第5页。
③ Виктор Пелевин, *Generation "П"*, Москва：Вагриус, 2004, с. 120.

值观。

饕餮处在和软体动物相似的进化阶段，然而作为饕餮的细胞的个体都是"具有无限可能性和天赋自由权的人"①。媒体作为饕餮进化出的神经系统，以电视作为基础，控制各个单体的活动。电视是摄影技术与电报技术的综合运用，是视觉和听觉的完美组合。"在电视上，话语是通过视觉形象进行的，也就是说，电视上会话的表现形式是形象而不是语言。"② 成千上万的图片快速切换形成动感的画面，从而给人制造出十足的视觉享受与快感，然而这种娱乐性的体验效果必然以放弃内涵和思想为前提。电视广告的传播形式已经突破人之正常接收、感知比率阈值，扼杀了人谨慎思考的空间和可能。电视节目的本质是诱导消费和保证娱乐，其与严肃的思考存在天然的、不可调和的冲突。"人类的交际形式和文化质量有着必然联系"③，交际形式取决于媒介。如果说文化是语言的产物，那"每一种媒介都会对它进行再创造——从绘画到象形符号，从字母到电视。和语言一样，每一种媒介都为思考、表达思想和抒发感情的方式提供了新的定义，从而创造出独特的话语符号"④。从历史实证主义角度看，人类历史上有三次关键媒介的引入导致社会文化发生颠覆性剧变：5世纪前后，人类完成从口头文化到字母书写文化的过渡，字母的引入完全改变了文化的认知习惯、社会关系、社会概念、历史和宗教。人类的历史从原始野性进入思想启蒙时代。16世纪前后，印刷机的出现使欧洲发生了巨变。活字印刷机进入人类文化堪称真正的文化革命。人类从感性、神秘进入理性为王的时代。20世纪50～60年代，电视机发明标志着电子技术革命时代的到来，人类进入信息爆炸的消费时代。麦克卢汉提出的"媒介即信息"的著名论断即建立在此基础之上。电视是一种技术，而技术因为加入人的因素而不再是中性的，它会带来社会的变迁。作为当今最有影响力的媒介，电视无疑改变了人类对世界的认知。

尼尔·波兹曼认为，新媒介会促使人类的思维方式发生转变。因此，

---

① 〔俄〕维·佩列文：《"百事"一代》，刘文飞译，人民文学出版社，2001，第103页。
② 〔美〕尼·波兹曼：《娱乐至死·童年的消逝》，章艳、吴燕莛译，广西师范大学出版社，2009，第8页。
③ 〔美〕尼·波兹曼：《娱乐至死·童年的消逝》，章艳、吴燕莛译，广西师范大学出版社，2009，第10页。
④ 〔美〕尼·波兹曼：《娱乐至死·童年的消逝》，章艳、吴燕莛译，广西师范大学出版社，2009，第11页。

"任何认识论都是某个媒介发展阶段的认识论"①。新媒介会对世界进行重新编码，形成以其为主导的新型"符号环境"。"'符号环境'中的变化和自然环境中的变化一样。开始都是缓慢地积累，然后突然达到了物理学家所说的临界点。"② 在他看来，电视的普及意味着这种临界点已经到来，电子媒介决定性地、不可逆转地改变了符号环境的性质。"电视是我们文化中存在的、了解文化的最主要方式。于是——这是关键之处——电视表现的世界便成了这个世界应该如何存在的模型。"③ 消费不仅在电视上成为所有话语的象征，在电视下这种象征仍然统治着一切。

通过不断重复，电视所营造的世界使人觉得理所当然，人丧失了原有的陌生感和怀疑，适应并接受了这种"虚拟现实"。人在电视内外形成了二重性，这种二重性与《一九八四》中时刻处于监视下的个体所萌发的双重思想（doublethink）有异曲同工之意：在内心既相信 2 + 2 = 4，也相信"党"所说的 2 + 2 = 5，以至于后来不自觉地质疑 2 + 2 = 4 的合法性。被媒介信息诱惑裹挟下的人，也即 Homo Zapiens④（人属物，非理性人）无法否认其接触到的物质世界，也深信现实就是电视中所展现的世界。媒介，究其实质，是一种单向度的、强制性的信息传递手段，它隔绝了人与其交流的可能性。电视广告将世界进行了颠覆性的重新阐释，构建起似乎完美的"景观社会"，个体唯一的选择就是接受与顺从，成了"资讯的奴隶"（слуга информации）。只有人切断电视电源，才能从"消费乌托邦"的阴影中获得片刻清醒。也就是说，"在这一真正颠倒的世界，真相不过是虚假的一个瞬间"⑤。

《"百事"一代》中的另一个主题是政治与广告，也即政治广告。塔塔尔斯基通过"养蜂业研究所"（Институт пчеловодства）的初步考核，得以从商业广告领域进入政治广告领域。在随莫尔科文参观政治广告拍摄场

---

① 〔美〕尼·波兹曼：《娱乐至死·童年的消逝》，章艳、吴燕莛译，广西师范大学出版社，2009，第 23 页。
② 〔美〕尼·波兹曼：《娱乐至死·童年的消逝》，章艳、吴燕莛译，广西师范大学出版社，2009，第 25 页。
③ 〔美〕尼·波兹曼：《娱乐至死·童年的消逝》，章艳、吴燕莛译，广西师范大学出版社，2009，第 81 页。
④ Homo Zapiens 是作家创造的一个新词组。事实上，它是对 Homo Sapiens（理性人）的戏仿。因此，也可以解读为"非理性人"。
⑤ 〔法〕居伊·德波：《景观社会》，王昭风译，南京大学出版社，2006，第 4 页。

所、了解其制作流程之后，塔塔尔斯基感到某种朦胧的不安，政治广告"脚本作者为所有人写作，但是谁为这些脚本负责？我们（创作人——引注）哪儿来的题目，又如何确定民族政治明天的走向"① 等疑问油然而生。莫尔科文的回答使其明白，政治广告也是高级创作人的杰作，其选题则是从当下政治局势出发对未来的臆测。也就是说，在这个"景观社会"里，政治只不过是媒体资讯的附属品，是电视节目的一种类型。任何政治人物的活动、任何轰动的政治事件都发生在电视中，却被认为是真实事件。对具体操作者，也即政治广告的制作者而言，"大家都依靠什么？"和"大家为什么这么做？"等问题是绝对禁区。"在一天的奔忙中解决所有具体问题，不停留于抽象时间"是维持这种"虚拟现实"中"幸福生活"的关键。"当意识到要整个儿地思考这个（抽象——引注）问题，马上掐自己，或是用某种扎自己……逐渐地，在这个思想的周围就会形成一层厚茧一样的东西，你也就不成问题地绕开它。也就是说，你能感觉到它的存在，却永远不会去想它。"② 这是一种代替暴力统治、强制思想禁锢的自我精神催眠，也是抑制独立思考意识的有效内在手段。

二　金钱的力量："消费乌托邦"的运行动力

在传统意义上，反乌托邦小说总是会展现出一个看似完美的极权社会。暴力、僵化的制度、血腥充盈其中，人被剥夺自由和扼杀人性，这是传统典型极权社会的特征及其运行模式。扎米亚金的《我们》和奥威尔的《一九八四》正是反极权乌托邦的典型代表作。然而新极权主义并不需要"倚仗大棒和死刑执行队、人为饥荒、大规模监禁和流放来统治……一个真正有效率的极权国家应该由大权在握的政治大亨和他们的经理人大军控制所有奴隶"③。在传统的极权社会中，来自外部的压迫和奴役是维持社会统治的基本方式，有类似"老大哥"掌控的"真理部"来管控、监视人们，保证社会"正常运行"；"在一个科技发达的时代里，造成精神毁灭的敌人更可能是一个满面笑容的人，'老大哥'并没有成心监视着我们，而是我们自己心甘情愿一直注视着他，根本就不需要什么看守人、大门或'真理部'"。人们失去自由、成功和历史并不是"老大哥"之过，人民蜕

---

① 〔俄〕维·佩列文：《"百事"一代》，刘文飞译，人民文学出版社，2001，第213页。
② 〔俄〕维·佩列文：《"百事"一代》，刘文飞译，人民文学出版社，2001，第214页。
③ Aldous Huxley, *Brave New World*, New York：Bantam Books, 1996, foreword, xii.

化为被动的受众，逐渐爱上压迫，崇拜那些使他们丧失思考能力的工业技术。一切公共事务形同杂耍，那么这个民族就会发现自己危在旦夕，最终难逃文化灭亡的命运。《"百事"一代》的"景观社会"中，"消费乌托邦"并不依赖传统的暴力和泯灭人性的荒谬制度来维持社会运转，其掌控方式是通过大量资金的流动形成立体全方位的消费影像空间，借助广告的单向度信息传递功能向社会个体灌输消费观念，强化心理暗示，重构社会伦理价值观。

电视广告是这个"景观社会"巨大身躯的肌体。语言形式虽然没有完全从商业广告中消失，但是已经沦为煽动观者感情的、甜腻腻的口号。图像是广告的核心元素，"图像广告使感染力成为消费者选择商品的依据，而不再是时间的检验。理性和广告早已背道而驰"①。广告商们已经不再考虑目标顾客群体理性选择的需求。广告嬗变成了一种心理学和美学的畸形结合体，理性思维在此已无用武之地，不得不转战其他领域。从这个意义上说，"广告所推销的从来不是物品，而是普通的人类幸福。……一个人去逛商店，并不是去购物，而是去寻求这种幸福"②。消费者并不是因为需要某种商品而生发消费行为，而是为了体验广告中所暗示的消费愉悦感。不同层次的商品消费这一行为本身就已然给不同个体的社会地位确定了边界。换言之，如德波所言："景观不是影像的聚积，而是以影像为中介的人们之间的社会关系。"③ 在"景观社会"中，通过消费而获得的幸福感具有极强的"抗药性"，只有通过不断增强的物欲刺激，才能唤醒个体内心的认同。"以前，获得一双旅游鞋所带来的幸福，是无法衡量的。如今，如果想获得如此规模的幸福，至少得购买一辆吉普车，要不就是一栋楼……幸福的通货膨胀，需要为同等规模的幸福付出更多的钱。"④ 佩列文的"百事"一代呈现的正是"符号胜过实物、副本胜过原本、表象胜过现实、现象胜过本质"的时代图景。法国哲学家德波所言的"景观社会"成为现实。需要指出的是，"景观不能被理解为一种由大众传播技术制造的

---

① 〔美〕尼·波兹曼：《娱乐至死·童年的消逝》，章艳、吴燕莛译，广西师范大学出版社，2009，第110页。
② 〔俄〕维·佩列文：《"百事"一代》，刘文飞译，人民文学出版社，2001，第157页。
③ 〔法〕居伊·德波：《景观社会》，王昭风译，南京大学出版社，2006，第3页。
④ 〔俄〕维·佩列文：《"百事"一代》，刘文飞译，人民文学出版社，2001，第84页。

视觉欺骗，事实上，它是已经物化了的世界观"①。因此，"景观社会"中消费为王和人之拜金思想存在密切联系。

金钱是"消费乌托邦"这一庞大身躯的血液。"有些人将'黑色公关'（black PR）理解为通过大众传媒发起的一场进攻。……广告如同在寒冷的俄罗斯大地上进行的其他各种人类活动一样，也被死死地与黑钱的流通捆在一起。"② 创作人从潜在的顾客那里榨取最大的经济利益，然后制作出最愚蠢的"文化垃圾"。俄式广告不是为了出售商品，不是为了使广告订购人获得有钱有势的自我感觉，而是为了展示其"可以抓起一百万美元，扔进垃圾桶"的愚蠢。"广告做得越差，效果就越好。观众就会产生这样一种感觉，认为订购人和制作人都是十足的蠢货。"观众的这种感觉却给广告订购人增加了额外的信用额度，因为订购人虽蠢，却很有钱。这种信用额度可以帮助广告订购人在任何地方得到信贷。这个过程就会成为一个"永动的"循环，只不过资本流动的规模日渐增大。

虚拟商业广告成为支撑社会的中流砥柱，空间和时间是等待出售的商品。《"百事"一代》中，"电视存在的一个主要原因，就是其广告功能，这一功能是与金钱的运动联系在一起的"③。当代知识分子们正忙于"完全非物质的买卖，在买卖播出时间和广告空间，时间本身不能被播出，就像空间不能成为广告的一样。物理学家爱因斯坦第一个通过第四维将空间和时间结合了起来"，在广告界，金钱成为连接时间和空间的景观世界"第四维"，从而使"黄金时间的一分钟播出，其价值相当于核心杂志上的两个彩页"④。景观社会中，个体对事物和现象的"理解会出现一种独特的二进制现象——任何一种现象都会成为口腔——肛门矢量的线性组合。每一个意念都有一个精确的金钱表达……这个非商业化的类型具有多大的商业价值。由此而来的，便是人人都熟悉的一种感觉：一切都依赖于金钱。"⑤ 金钱成为社会的价值标尺和个体的社会活动指南。"百事"一代们"对与金钱的吞入或释放无关的一切，实际都抱有深刻的怀疑"⑥。

---

① 〔法〕居伊·德波：《景观社会》，王昭风译，南京大学出版社，2006，第3页。
② 〔俄〕维·佩列文：《"百事"一代》，刘文飞译，人民文学出版社，2001，第123页。
③ 〔俄〕维·佩列文：《"百事"一代》，刘文飞译，人民文学出版社，2001，第99页。
④ 〔俄〕维·佩列文：《"百事"一代》，刘文飞译，人民文学出版社，2001，第122页。
⑤ 〔俄〕维·佩列文：《"百事"一代》，刘文飞译，人民文学出版社，2001，第111页。
⑥ 〔俄〕维·佩列文：《"百事"一代》，刘文飞译，人民文学出版社，2001，第107页。

《"百事"一代》中，社会并没有分化出各个阶层，类似于《我们》《美丽新世界》中的统治者——"老大哥"消失了，"无形的手——景观"统治着整个社会，社会事实上处于"无主状态"。"景观的工作就是利用各种各样专门化的媒介，看的视觉就自然被提高到以前曾是触觉享有的特别卓越的地位。"① 视觉的盛宴遮蔽了世界的本相，虚幻的影像成了现实，现实被认为是虚幻的存在。人成为景观制造出的影像及其背后暗藏的物欲的奴隶，且人自愿做奴隶。或者说，人自认为"他是在消费，可实际上，是消费之火在将他焚烧，同时给予他微薄的欢乐"。消费过程"不是消费什么东西，而是消费什么人"②。"我是谁"这一问题的答案就变成了"我是开着某辆车的人，是住着某房间的人，是穿着某件衣的人"③。个体自我身份认同借助的是消费的商品，立足的是金钱。

三 完全别样的世界：消费神话后的骇人世界图景

"神话是一种深深扎根于我们无意识中的思维方式，这也是电视的方式。"④ 作为一种独特的媒介，电视指导着人类认知事物的方式，而它的这种介入立足于改变人的思维方式，从而构筑起"新世界"。在《"百事"一代》的"景观社会"中，商品的使用价值不断下降，退居次要地位，让渡给其在景观语境中衍生出的符号价值。在商品的物质性地位受到挑战，被逐渐蚕食的同时，观念和意象成为消费的核心。由此，"消费成了一种特殊的话语，成了一种神话。消费社会唯一真正的存在，就是消费观念的存在"⑤，商品抽象为符号，而"符号由于脱离了与外在所指世界的关系而成为抽象，不同的符号之间也可以根据一定的规则而对等和互换。语言系统也就这样通过对等、互换等规则建立起一定的结构，这些规则和结构规定着每个符号的意义，从而使交流成为可能"⑥。在《"百事"一代》中，商品成为一种显性的符号，而广告则使商品按照消费的规则整合，从而形成了特殊的消费语言系统。这种消费语言系统规避了传统语言之间的交流

---

① 〔法〕居伊·德波：《景观社会》，王昭风译，南京大学出版社，2006，第6页。
② 〔俄〕维·佩列文：《"百事"一代》，刘文飞译，人民文学出版社，2001，第147页.
③ 〔俄〕维·佩列文：《"百事"一代》，刘文飞译，人民文学出版社，2001，第105页。
④ 〔美〕尼·波兹曼：《娱乐至死·童年的消逝》，章艳、吴燕莛译，广西师范大学出版社，2009，第71页。
⑤ 蒋道超：《消费社会》，《外国文学》2005年第4期。
⑥ 蒋道超：《消费社会》，《外国文学》2005年第4期。

壁垒和障碍，成为一种新的"世界语"。或者说，消费话语消除了政治地理上的、民族文化间的清晰界限，解构了地区、民族的概念，将全人类纳入了同一个信息网络，进而使统一全人类的话语成为可能。拥有新"世界语"的人类企图再次构建巴比伦塔，重塑消费时代的神话。从词汇语义学角度看，"巴比伦"这个词在古语中本来就意为"变乱"，"巴比伦塔"是一座永远不可能建城的高塔。换言之，重建巴比伦塔的企图最终必将以失败告终，而这不仅意味着末世的来临，也预示着"消费乌托邦"终将幻灭。

随着文化的表现形式从民间口头语言演变为书面文字，再由印刷品转变为电视图像，关于世界本真的认识也在不断改变。或者说，人眼中的世界是人通过自身发明的媒介同自己进行对话的产物。人类认识到，自己眼中的世界并不是它本来的面目，而是"它在语言中的表现形式。我们的语言即媒介，我们的媒介即隐喻，我们的隐喻创造了我们的文化的内容"①。电视无疑是一种重要的新媒介，它不仅会改变话语的结构，也会改变人类眼中关于世界的认知。"地球村"的概念就是伴随光电通信和无线网络技术的崛起而应运而生的。同样，《"百事"一代》中，人生活在由电视广告编织的虚拟"消费乌托邦"中，一切显得祥和有序，美满幸福。然而，毒品作为一个意外因素和特殊介质嵌入了塔塔尔斯基的世界②，他吸食毒品之后，脱离了原来的世界，看到了被认为是虚幻的真实。"景观社会"的反乌托邦图景由此得以清晰展现。事实上，"百事"一代们正生活在消费之火不断灼烧的"地狱"。这消费之火则由电视机通过种种广告生发出来。电视机成为地狱的等价物，或者说，"迦太基矿（Карфагенская шахта）③ = 托菲特（тофет）④ = 深坑 = 格耶那（геенна）⑤ = 地狱 = 电视机"成了塔塔尔斯基偶然悟得的真理。

---

① 〔美〕尼·波兹曼：《娱乐至死·童年的消逝》，章艳、吴燕莛译，广西师范大学出版社，2009，第15页。

② 塔塔尔斯基不仅吸食"白粉"，还热衷于其他各种致幻剂：蛤蟆菇、巴比伦邮票等。

③ Карфаген是古代腓尼基的城邦国，位于古代北非，也即现今突尼斯境内，而所谓的迦太基深坑与托菲特同义。

④ Тофет是举行祭祀之地，将孩子烧死以祭祀莫洛赫和巴力。在犹太教和基督教中，Тофет紧邻Геенна，因而也是地狱的象征。

⑤ Геенна也即"地狱"，在《新约》的《马太福音》《马可福音》《路加福音》《雅各书》《启示录》中均有出现。

塔塔尔斯基等"百事一代"们作为当代知识分子，是民族完成救赎的希望。主人公从随波逐流、顺从适应到疑窦丛生、回归本真的心路历程尽显其反消费乌托邦思想。塔塔尔斯基从文学创作领域转入"黑色攻关"领域，从消费乌托邦中的单细胞饕餮到消费乌托邦的设计师和制造者，最终登上巴比伦塔，成为女神的人间丈夫和广告大亨，缔造广告王国，编制景观社会的全景图。然而，在这个由消费构筑的异样极权世界中，占据《我们》《一九八四》中的统治者地位的绝对不是塔塔尔斯基，而是那只看不见，却又无处不在的手——消费和娱乐的欲望。塔塔尔斯基是广告业大亨和女神的人间丈夫，然而女神的人间丈夫是要定期更换的。这就加速了他从这一黑暗的领域觉醒。事实上，他的觉醒意识萌发的时间比这更早。在为"金雀巢"咖啡创作广告之时，塔塔尔斯基接触到了"吸引"这个概念。"吸引"不仅是一个于工作任务有利的概念，"它还迫使塔塔尔斯基去深入思考，他要吸引什么人，吸引他们去干什么，还有更为重要的一点，这就是，谁在吸引他，吸引他去做什么"①。对工作目的形而上的思考使塔塔尔斯基开始审视"他和埃狄克为其他人制作了虚假生活的全景图"，逐渐认识到自己"以及这极其繁重的广告生意的其他参与者，都步入了虚假视觉信息圈，并试图改变它，好让他人的灵魂与金钱道别……他的意识中旋转着的，只是一些记忆模糊的形象和广告中的印记，他自己已经很久不再转播这些广告印记了，因为他已经不相信它们了"②。觉醒为救赎留下了希望，他终究没有使自己在这个黑暗的领域沉溺过久。他最终怀疑、厌倦这个虚假的"消费乌托邦"，并试图完成自我救赎。

如果说《野猫精》中贝内迪克特眼中的反乌托邦世界图景与扎米亚金和奥威尔在作品中呈现的貌似不同，却又殊途同归，也即极权统治者通过控制信息的自由流动来掌控民众的思想意识，最佳选择都是禁书，一劳永逸地规避民众独立思考能力的萌发；那么《"百事"一代》中塔塔尔斯基的反乌托邦世界感受与赫胥黎式的"温柔的毁灭"更具相似性。历史的消失不再需要借助残酷的暴力手段，"表面温和的现代技术通过向民众提供一种政治形象、瞬间快乐和安慰疗法，能够同样有效地让历史销声匿迹，

---

① 〔俄〕维·佩列文：《"百事"一代》，刘文飞译，人民文学出版社，2001，第57页。
② 〔俄〕维·佩列文：《"百事"一代》，刘文飞译，人民文学出版社，2001，第62页。

也许还更恒久，并且不会遭到任何反对"①。电视不是简单的禁书方式，不仅仅是取代书籍，而且改变了人的认知方式，它使信息变得没有内容、没有历史、没有语境，也就是说，信息被包装成娱乐。这种信息的不断重复使人被迫适应，以至于人不经意间用"笑"和消费代替了思考，他们不知道何为痛苦，也不知道为何发笑，为何消费以及何时何地丧失了思考能力。当人被铺天盖地的信息所裹挟，通过禁书来控制信息流动显然失去了意义，只是这汪洋如海的信息不仅淹没了真理，更构筑起看似妙不可言的虚假景观，并使人感觉找到了真理。人被"温柔的甜蜜"慢慢吞噬，却丧失了反抗的意识、手段和信念。他们甚至忘了祈祷，因为道已不存，上帝早已黯然离开。

第四节 "现代知识分子"反宗教乌托邦激情

乌托邦作为一种完善的政治理论体系，是现代性的产物，其历史并不久远，然而乌托邦思想产生的时代却悠远得多。一般认为，《圣经》是乌托邦思想的源头性文本。《圣经》所建构的信仰体系从一开始就带有乌托邦的基因。基督倡导的大仁、大爱、至善与乌托邦思想具有高度的契合性。同时，《圣经》本身也包含了"一整套关于人类昔日乐园和未来天国的乌托邦思想，其中包括《创世纪》中上帝的乐园、先知书中的人间天国、福音书中耶稣的天国和启示经卷的'新天新地'"②。需要强调的是，乌托邦思想和反乌托邦思想的表达形式往往是文学作品，以小说为主。小说中的宗教乌托邦思想与《圣经》有着难以分割的内在传承。"从奥古斯丁的《上帝城》到 19 世纪的乌托邦文学，几乎都或多或少地附着着《圣经》乌托邦思想的色彩。"③

俄罗斯民族是一个信奉宗教的民族，其宗教信仰对民族思想中的乌托邦情绪产生了根深蒂固的影响。"千禧年""神圣罗斯""弥赛亚意识"等诸多文化概念都与乌托邦思想有着千丝万缕的联系，宗教信仰与乌托邦思想的深度融合是俄罗斯文化的一个突出现象，也即存在一种宗教乌托邦思

---

① 〔美〕尼·波兹曼：《娱乐至死·童年的消逝》，章艳、吴燕莛译，广西师范大学出版社，2009，第 118 页。

② 赵宁：《乌托邦文学与〈圣经〉》，《外国文学评论》2001 年第 2 期。

③ 赵宁：《乌托邦文学与〈圣经〉》，《外国文学评论》2001 年第 2 期。

想传统。这种宗教乌托邦已然渗透入俄罗斯人的心灵，成了其世界观和思维方式的显著影响因素。"俄罗斯人的乌托邦式世界观拥有令人惊奇的能力，它立足于诸如弥赛亚意识等俄罗斯人固有的，坚实的文化观念。"著名学者格鲁博科夫（М. М. Голубков）认为："弥赛亚意识的自然结果就是乌托邦思想，重构（万物）存在的救世主般的万能思想不可能不是乌托邦的。"① 究其实质，俄罗斯宗教乌托邦是一种非理性、疯狂信仰的产物，是对苦难和绝对之美的信仰的结果，即在俄罗斯文化中传承着"苦难拯救世界"和"美拯救世界"的言说。这种拯救欲即是一种使命感，其内核便是弥赛亚意识，而弥赛亚意识不可或缺的承载者正是俄罗斯知识分子。如前所述，新俄罗斯文学中"现代知识分子"在商业消费的洪流与文明冲突的夹缝中已经失去了承载弥赛亚意识的能力、客观文化语境和主观意愿。弥赛亚意识被降解意味着一种信仰缺失和精神危机。也就是说，宗教乌托邦失去了赖以存在的基础，其破灭并引发反宗教乌托邦思想是一种必然趋向。需要强调的是，乌托邦思想和反乌托邦思想的表达形式往往是文学作品，以小说为主。新俄罗斯文学中"现代知识分子"的反宗教乌托邦体现为一系列当代小说作品对"苦难拯救世界"和"美拯救世界"这两个公共命题的解构。

一 对"苦难拯救世界"的颠覆

"苦难拯救世界"这个命题之所以能够成立并得以传承是基于苦难与宗教之间的特殊关系。有学者认为，苦难虽不是宗教产生的唯一因素，却是最重要、最根本的诱因。"宗教是被压迫生灵的叹息，是无情世界的情感。"② 各种原始宗教形态发轫于人对自然的敬畏，这种敬畏源于自然给人带来的天灾。换言之，天灾是以崇拜自然万物和奇异现象为基础的多神教信仰得以产生和延绵的关键因素。"神学宗教的产生则与社会苦难有着更多的联系。"③ 佛教的兴盛是古印度种族歧视与压迫的结果，以姓氏定贵贱的社会制度是下层民众苦难的本源，而释迦牟尼的佛教学说正是化解这种

---

① Голубков М. М., *Русская литература 20 в.： После раскола： Учебное пособие для вузов*，М.： Аспект Пресс，2002，с. 17.

② 《马克思恩格斯选集》（第 1 卷），人民出版社，2012，第 2 页。

③ 成穷：《人生苦难与宗教——以基督教和佛教为例所作的一个初步考察》，《宗教学研究》2000 年第 2 期。

社会苦难的一种尝试。人的一生充满了各种苦难，而宗教不仅是这些苦难所开出的"希望之花"，也是摆脱这些困苦的精神突围之道。不仅佛教如此，基督教同样发源于文明冲突（亚洲、非洲、欧洲三大板块交界处）的角力场和困难充盈的"永恒牢笼"，也即现巴勒斯坦。而基督教指向克服一切困难，进入"永恒天国"，"盼望通过上帝的干预，摆脱异教徒的统治，获得伟大的拯救，盼望随着独立的重建，出现一个正义、和平的繁荣昌盛的黄金时代"①。简而言之，"宗教的产生及其传播与人生苦难确有某种关联：社会愈黑暗，宗教愈光明；苦难愈深重，神祇愈慈蔼"②。

"苦难拯救世界"这个命题的另一层含义则是宗教如何审视苦难，如何对待苦难。俄罗斯人信奉东正教，东正教是基督教的重要分支。基督教正视苦难存在并加以克服的最著名例子当属《约伯记》。约伯成了上帝与撒旦打赌、检验人对神信仰的无辜牺牲品，他不得不忍受家财丧尽、子女暴毙、毒疮附身的厄难。对施加其身的种种苦难，约伯像接受神之恩赐一样，全部接受，且不为他人的劝说所动，始终对上帝怀有虔诚的信仰，最终得到神的加倍赐福。至此，苦难已经不仅仅是艰难困苦，而且成了检验信仰的试金石。

"苦难拯救世界"思想在《圣经》中的另一处独特诠释是"道成肉身"。圣父使圣子降临尘世，拯救人于水深火热之中。"要拯救人，神须以人的面目显示，道须成肉身"，方可"献上一次永远的赎罪祭"，清偿人所背负的罪孽，并使神与人再立新约。基督意欲复归上帝，就必然要历经由死而生的劫难。耶稣怀着忧戚，又从容不迫地面对世间的终极苦难，并如约复活归来。这是基督信仰合法性的基石，因为这种信仰完全克服了死亡的恐惧，也战胜了死亡本身。《圣经》中有言：在世上你们有苦难，不要厌恶苦难，倒要喜欢，因为你们是和基督一同受苦。苦难从此成为一种神圣的义务和对坚守信仰者的犒赏。苦难上升为另类的美学，也成为通往信仰和完成救赎的必由之路。

俄罗斯文学潜藏着诸多《圣经》密码，携带着明显的《圣经》基因。"苦难拯救世界"是俄罗斯文学试图证明并力图宣扬的一个公共命题。在

---

① 〔英〕穆尔：《基督教简史》，郭舜平、郑德超、项星耀、林纪焘译，商务印书馆，1981，第 3 页。
② 成穷：《人生苦难与宗教——以基督教和佛教为例所作的一个初步考察》，《宗教学研究》2000 年第 2 期。

《叶甫盖尼·奥涅金》、《罪与罚》（*Преступление и наказание*，1866）、《活尸》（*Живой труп*，1852）、《复活》（*Воскресенье*，1995）等作品中，人物（尤其是女性人物）都身负沉重的苦难。其中，托尔斯泰的"道德自我完善"与"不以暴力抗恶"是"苦难拯救世界"之宗教乌托邦的关键言说。托尔斯泰呼吁人们将一切苦难视作考验，顺从命运的安排，放弃积极的抗争，努力完善个人的道德，从而使真正的精神复活。托尔斯泰终其一生都是确定无疑的朝圣者和正教信仰的捍卫者。他的"道德自我完善"显然是建立在对上帝信仰的基础之上的。作家之所以被教会革除教籍，乃是因为他心中的上帝、真正的信仰与教会的全然不一致。而"在陀思妥耶夫斯基的艺术世界里，人若想摆脱苦难的宿命，就该学《白痴》中的梅什金公爵的样子，以圣愚的面貌降临到这个罪恶的世界"①。在《罪与罚》《卡拉马佐夫兄弟》《群魔》等一系列作品中，陀思妥耶夫斯基一直在质疑上帝是否存在，在找寻上帝存在的证据，这种找寻中却包含着对上帝的"隐秘的"渴望。他让那个肮脏不堪又圣洁无比的索尼娅领取了"黄色执照"。这"黄色执照"不全然是为了解决生活物资来源，更是为了清偿包括拉斯科尔尼科夫在内的世人所犯下的种种罪行，为了求得上帝的宽恕。无独有偶，屠格涅夫在《活尸》中塑造的露克莉亚所彰显的思想与之有着异曲同工之意。在俄罗斯文化中，苦难并未被单纯视为厄运和不幸，而是"人进入上帝之国的天梯"②。"苦难拯救世界"在俄罗斯传统文化中有着深厚的思想基础，并成了俄罗斯文学的重要母题之一，然而这个极富乌托邦激情的言说在文化语境急剧革新的全新文化生态中遭遇到了彻底颠覆。

俄罗斯独立之初的颠覆性改革并未达到预期效果，反而迅速激化了社会矛盾，"休克疗法"使经济进入急剧下滑的通道，各类生存物资价格飙升，人们的生活状况急速恶化。生存物资无法得到充足供应，人们在生死边缘徘徊。"谁也没有想到，几个月后一切都变了。存款分文不值了：存折上整整八千卢布的钱不要说买汽车——连一辆三个轱辘的自行车都买不了。退休金只够买面包。"③陷入赤贫是新俄罗斯文学中"现代知识分子"的生活常态。就这种赤贫状态的突然性、毁灭性和持续性而言，"现代知识分子"们似乎又一次经历"约伯受试"。

---

① 郑永旺：《从"美拯救世界"看陀思妥耶夫斯基的苦难美学》，《哲学动态》2013 年第 9 期。
② 郑永旺：《从"美拯救世界"看陀思妥耶夫斯基的苦难美学》，《哲学动态》2013 年第 9 期。
③ 〔俄〕尤·波利亚科夫：《无望的逃离》，张建华译，人民文学出版社，2002，第 300 页。

苦难和创伤书写成了新俄罗斯文学的绝对主题。《深夜时分》中年过半百而未被承认的女作家安娜·安德里昂诺芙娜不得不以微不足道的稿费来负担整个家庭的开支。在这个父亲缺席的"现代偶合家庭"里,"为了半块黑面包和一盘明太鱼汤",家庭成员之间就会发生"世界大战"。安娜的女婿以婚姻为筹码、以爱情为幌子入住安娜"火柴盒式的"居室,只是为了捞取伙食油水,并企图在莫斯科落户。儿子安德列参与团伙群殴,替人背了黑锅,锒铛入狱。出狱后,被妻子无情抛弃,为了获得生活物资,他直接威胁、辱骂母亲。生存的欲望和本能击穿了人的道德、良心,粉碎了亲情、爱情。或者说,彼得鲁舍芙斯卡娅的"创作意识把对精细生活实质那种无休止的心颤感受,同那种企图将所有社会公认理想的对生活和人的观念体系整个地从头到脚地颠倒过来的反抗式心理完美地结合起来。"①在外孙季马入睡的寂静的深夜时分,被生活折磨得焦头烂额的安娜伏案疾书,记录下生活中的种种艰辛,思索着、整理着杂乱无章的思绪。她并没有想起那个万能的上帝,没有像托尔斯泰和陀思妥耶夫斯基笔下的人物那样试图从《福音书》中找寻精神的突围之道。太初有道,道与神同在,道就是神。这道太初与神同在。当这个"太初"变为没有尽头、没有出路的日常琐碎,人失去了指望神的指引走出生活"迷宫"的希望。或者说,"人不管受多少苦难,道已经不会在他心中迸发"②。

"地下人"彼得洛维奇从文学院高才生沦为筒子楼的看守,继而被送进了精神病院。他的才华被压抑,亲人被分离,无家无业。天才画家弟弟韦尼亚更是失去了行动和思想的自由,人生被白白断送。那些转入"地下"多年的战友们,也就是如今"剩下的这些最后的俄罗斯文学人,四分五散,孤孤零零——哪条街上不漂泊,什么小钱不挣!衣囊中的空虚,血液中的文学,妄诞的老人"③。"文学的一代"在岁月的蹉跎中变成了"乞丐的一代"。"新多余人"巴士马科夫经历了跌宕起伏的生活,先是被免去区委干部的职务,进入科研所;"金牛星座"研究所解散后,他不得不替中亚人(格鲁吉亚人)看守车库,后又被中亚人开除而失去工作,成了真正的"被摒弃者";最后在银行找到了一份聊以度日的工作。巴士马科夫暗自琢磨:"一个受过高等教育,有着副博士学位,领导着一个实验室的

---

① 孙超:《二十世纪八、九十年代俄罗斯中短篇小说研究》,人民文学出版社,2014,第6页。
② 〔俄〕弗·马卡宁:《地下人,或当代英雄》,田大畏译,外国文学出版社,2002,第475页。
③ 〔俄〕弗·马卡宁:《地下人,或当代英雄》,田大畏译,外国文学出版社,2002,第607页。

人，怎么会落得一无所有呢！"① 然而，一无所有确实是大多数知识分子的真实人生状况。事实上，"举国上下的老百姓一觉醒来都成了乞丐，需要考虑的是怎么活下去"②。在"20世纪90年代中期时世艰难，连怎样埋葬死者的问题都尖锐得让人难以置信"③。

"约伯式的苦难考验"引发了知识分子悲观的末世情绪，却未能激起他们通过忍受苦难、信仰上帝来获得救赎的希望。巴士马科夫儿时受过洗，还拥有教名，偶尔阅读《圣经》。他将上帝取人的肋骨造出其妻子解读为绝妙的外科手术，将《圣经》中记载的"神圣的人类历史故事"视为教科书中的苏维埃历史，因而这本画面显得单调阴郁的《圣经》对他而言是无聊的。"奥列格·特鲁多维奇（巴士马科夫——引注）已经不再演练画十字了，也不再对自己许诺要在最近去教堂，像人们通常所说的，入教做礼拜了，而是以一种宽容大度和略带讽刺的目光望着那些匆匆来去做晨祷的人们……不，上帝不会受甜言蜜语的诱惑，也不会受金色圆顶下黑暗的蒙蔽，上帝——就在莫斯科寒冷的清晨中，就在刚刚流出的刺鼻的汗水气味中，但那汗水可以用清凉凉的含漂白粉的水去冲洗。"④ 他不指望上帝的拯救，认为"人都是天真与轻信的。如果今天耶稣降临俗世，他便没有必要再拯救麻风病人和复活死去的人。只要会修汽车和电视机足矣……"⑤ 巴士马科夫对耶稣拥有神奇能力、制造神迹的不无戏谑的解读体现出他对基督信仰的嘲讽。在理性统治人类思维方式的时代，科学已经或正在剥去神迹的神秘外衣，而信仰也不得不让位于功利主义。巴士马科夫的言行恰恰印证了《卡拉马佐夫兄弟》中宗教大法官的反基督言说，即"人只要一旦舍弃了奇迹，也就立刻舍弃了上帝，因为与其说人在寻找上帝，不如说人在寻找奇迹"⑥。同样，彼得洛维奇承认上帝的伟大，甚至对其不无畏惧，然而却自认上帝也没有权力审判他，惩罚他。他走进乡村教堂只是因为无处安身，进来暖和暖和身子，避一避俄罗斯寒冷的秋天，绝不是为了祈祷。在他看来，"无论使人在旷野中受到怎样的煎熬，无论叫他在沙丘

① 〔俄〕尤·波利亚科夫：《无望的逃离》，张建华译，人民文学出版社，2002，第383页。
② 〔俄〕尤·波利亚科夫：《无望的逃离》，张建华译，人民文学出版社，2002，第301页。
③ 〔俄〕柳·彼得鲁舍芙斯卡娅：《幸福的晚年》，段京华译，《外国文学》1997年第5期。
④ 〔俄〕尤·波利亚科夫：《无望的逃离》，张建华译，人民文学出版社，2002，第464页。
⑤ 〔俄〕尤·波利亚科夫：《无望的逃离》，张建华译，人民文学出版社，2002，第403页。
⑥ 〔俄〕费·陀思妥耶夫斯基：《卡拉马佐夫兄弟》，臧仲伦译，译林出版社，2002，第356页。

上独坐多久，忍受多久的寂寞，他已经说不出有关上帝的话语——已经创造不出宗教"①。

遭遇时代震荡所带来的磨难，新俄罗斯文学中的"现代知识分子"没有求助于上帝，没有期望以忍受苦难来获得拯救。如前一章中所论述的，他们也没有能力成为拯救世界的"弥赛亚"，他们和大多数俄罗斯人一样开始了酗酒生活。在《地下人，或当代英雄》中的筒子楼里，每天都举办"丰盛"的宴席，由地下文学家、地下画家、工程师组成的"探险队"在筒子楼的各个楼层徘徊，寻找免费喝酒的机会。"小人物"捷捷林因突发心脏病去世，他的葬礼变成了一场和高加索人和解的盛大狂欢。正式的悼亡宴结束后，它"自然而然地化整为零，重组为几个小型酒会并且逐渐分散——分散到不同住宅，不同楼层"②。在彼得洛维奇看来，"关心和烈酒是未被承认的天才过去和将来永远向社会索取的东西"③。因此，阿杰利·谢苗诺芙娜"为大夫们掺和着'纯酒精'和水。举行着把水变成伏特加的宗教仪式，像急切拯救世人的弥赛亚一样，她用三指画十字庇佑着圣液"④。对"现代知识分子"来说，相对于那虚无缥缈的拯救，这个简陋的仪式勾兑出的伏特加才是拯救之道。

二 对"美拯救世界"的解构

陀思妥耶夫斯基在《白痴》中提出的"美拯救世界"（Красота спасёт мир）之言说是俄罗斯文学中宗教乌托邦的另一个表达方式，也是俄罗斯哲学思想和文学一直企图阐释的公共论题。在俄罗斯东正教的观念中，"美（Красота）是自然、人、其他物和形象的内在固有的完美和谐。美彰显出了世界的神圣本质。美与上帝紧密联系，美始于上帝。"⑤ 因此，地上之美并不是自己形成的，而是出自上帝之手，是其意志产物（Афиногор）。

从文化学角度看，美作为一个基本的文化观念，如果说其在世界观 —

---

① 〔俄〕弗·马卡宁：《地下人，或当代英雄》，田大畏译，外国文学出版社，2002，第474页。
② 〔俄〕弗·马卡宁：《地下人，或当代英雄》，田大畏译，外国文学出版社，2002，第155页。
③ 〔俄〕弗·马卡宁：《地下人，或当代英雄》，田大畏译，外国文学出版社，2002，第330页。
④ 〔俄〕弗·马卡宁：《地下人，或当代英雄》，田大畏译，外国文学出版社，2002，第435页。
⑤ Платонов О. А., *Святая Русь. Энциклопедический словарь русской цивилизации*, Москва：Православное издательство «Энциклопедия русской цивилизации», 2000, с. 122.

认知层面，也即概念范畴内与上帝相联系，那么其在文化美学层面，也即形象范畴内与人物形象（尤其是女性形象）所彰显出的品格密切相关。俄罗斯女人不仅外表娇美，且勤劳勇敢，饱含智慧。她们有英国女士的智慧与礼仪，却没有英式学究的古板气质；她们有法国女郎的品位与浪漫，却没有沦为虚荣与奢侈的奴隶；她们有德国主妇的严谨与认真，却不甘在厨房炉灶消磨时光；她们有意大利母亲的爱子柔情，却不会将母爱降格至冲动与溺爱。"她们还有斯拉夫人所特有的娇媚娉婷，温柔贤淑。"① 就俄罗斯文学传统而言，美与女性之间建立了强烈的文化语义联系，文学作品中的女性形象往往是美的载体与化身。这与俄罗斯文化的"永恒女性"崇拜传统密切相关。

"女性崇拜"是俄罗斯文化的重要母题。多神教时代的自然崇拜、大地母亲崇拜与神话女神崇拜在不同历史文化语境中传承与嬗变，逐渐成了俄罗斯民族信仰的底色和民族无意识。"罗斯受洗"，东正教成为国教后，"人们把对索菲亚和对圣母以及对大地母亲的崇拜逐渐联系起来……并最终在俄罗斯的哲学和文学中逐渐汇聚形成了'永恒女性'的理念，形成了俄罗斯对'永恒女性'崇拜的文化传统"②。作为思想、文化和传统的载体，俄罗斯文学中存在由唯美的"永恒女性"文学肖像构成的画廊。甚至可以说，"永恒女性"崇拜是俄罗斯文学发展的显性线索之一。

女性是美之承载者。在文艺视阈下，女性被誉为"永恒女性"予以褒扬。"美拯救世界"与"女性救赎情结"在俄罗斯文化中具有等值性。因此，经典文学作品中的女性主人公往往拥有非凡的美貌，又背负沉重的苦难十字架，同时担负起拯救民族家邦的重任。然而，"俄罗斯文化对女性的评价呈现出双重性和矛盾性。女性常与润泽的大地母亲、圣母和母性情怀联系在一起，被视为'家园守护神'，女性又被视为罪恶的源头，撒旦的工具"③。

同样，俄罗斯文学中知识分子们除了不遗余力地建构"女性之美拯救世界"之公共命题之外，还存在与之截然相反的声部，即俄罗斯文学中"女性之美贻祸世界"。正如陀思妥耶夫斯基既提出了"美拯救世界"的论

---

① Шубарт В., *Европа и душа Востока*, Изд.：Русская идея，2000，c.184.
② 金亚娜：《期盼索菲亚：俄罗斯文学中的"永恒女性"崇拜哲学与文化探源》，人民文学出版社，2009，第 2 页。
③ 姜磊：《屠格涅夫笔下的负面女性性格类型研究》，《外语教学》2016 年第 1 期。

说，又认为，"美不仅是危险的，也是神秘的东西"①。因此，在俄罗斯文学传统中存在《姆岑斯克县的麦克白夫人》（Леди Макбет Мценского уезда，1864）中的卡捷琳娜·伊兹梅洛娃、《白痴》（Идиот，1868）中的纳斯塔西娅、《初恋》（Первая любовь，1860）中的季娜伊达、《贵族之家》（Дворянское гнездо，1859）中的瓦尔瓦拉、《春潮》（Вешние воды，1840）中的玛利亚·尼古拉耶芙娜、《木木》（Муму，1852）中的女地主、《静静的顿河》（Тихий Дон，1925 – 1940）中的阿克西尼娅等这类负面女性性格群像。俄罗斯知识分子对女性之美的这种解构趋向在新俄罗斯文学中则进一步强化，或者说，新俄罗斯文学中的女性－知识分子对自身之美进行了解构。

由于社会剧烈震荡，文化生态发生了不可逆转的变化。新文化生态下的新俄罗斯文学中以女性－知识分子为代表的形象同样发生了颠覆性的异变。彼得鲁舍芙斯卡娅的"小说被称为女人生命'痛苦与病象的百科'"②。迫于生计，作家笔下的"俄罗斯美女们"不得不走上街头，以肉体买卖换取苟活的食物。这支"站街女军团"由女大学生、女科技工作者，乃至女教师构成。"女性－现代知识分子"这个兼具女性特征与知识分子精神的群体褪去了神圣的光环，回归现实，甚至沦落到不得不卖身求生的境遇。在彼得鲁舍芙斯卡娅笔下死亡为底色、充盈着湮没世界绝望情绪的"黑幕生活"中，男性往往习惯性缺席，女性成了可怕生活的主角和苦难的承受者。也就是说，这是一种"'讲述女性'的叙事策略，作家注重女性当下的现实生存状况，重在文学对女人生命经验的再现，在对人性细部的体察中讲述女人所经历的外在与内心磨难"③，聚焦当下女性生存空间折射出社会的裂变图景。

彼得鲁舍芙斯卡娅笔下集知识分子、女性、妓女三个身份于一身的人物形象与陀思妥耶夫斯基的"妓女主题"存在传承关系。陀思妥耶夫斯基笔下那个集圣洁与罪孽于一身的索尼娅，为了背负家庭重担，领取了"黄

① Платонов О. А. , Святая Русь. Энциклопедический словарь русской цивилизации，Москва：Православное издательство «Энциклопедия русской цивилизации»，2000，c. 123.

② 张建华：《"异样的"女人生存形态与"异质的"女性叙事——论彼特鲁舍芙斯卡娅的"女性小说"》，《俄罗斯文艺》2014 年第 4 期。

③ 张建华：《当代俄罗斯的女性主义运动与文学的女性叙事》，《解放军外国语学院学报》2014 年第 3 期。

色执照"。她从事最卑微、低贱、肮脏的皮肉买卖,却有一颗最虔诚、真诚、圣洁的心灵。她的肉体饱受摧残,她的灵魂却浸润在信仰的长河之中。彼得鲁舍芙斯卡娅承袭了传统的"妓女主题",深度呈现了女性-知识分子生存空间被挤压殆尽后的悲剧。《克塞尼的女儿》中,妓女-母亲靠出卖肉体将女儿养育成人,而女儿却再次"继承了母亲的事业"。妓女-母女没有索尼娅般的坚定信仰,但也是善良的人,她们一视同仁地对待所有的客人。只是她们的美貌不能救赎任何人,只是安身立命的唯一资源。然而,可悲的是,母女之间的这种传承似乎构成了一个封闭的恶性内循环,看不到任何出路的人生悲剧还将不断上演。"永恒女性"似乎变成了宿命般的"永恒妓女"。

新文学中的知识女性与陀氏笔下的索尼娅之间的本质区别在于,她们出卖身体的唯一目的就是活下去,全然没有为他人承受苦难的主观意愿。《克塞尼的女儿》中的母女被迫为妓是为了生存,《俄罗斯美女》中的美女伊琳娜·塔拉卡诺娃同样如此。与其说"俄罗斯美女"将幸福的希望寄托在不断更换的一个个男性伴侣身上,毋宁说她将其寄托于自己的肉体之美。伊琳娜·塔拉卡诺娃"除了美貌,一无所有"[1]。可悲的是,这个时代,在这里没有"学会珍视美丽"[2]。事实上,作为美之直观呈现的女性身体在新的文化生态中被物化为一种朴素的、平淡的生活必需品。换言之,在新文学中"现代知识分子"视域下,女性的身体被物化为廉价的日常消费品。政治体制的骤变导致了经济形态的转向,"在消费社会中,人的身体和性成了最具有符号价值作用的符码,代表着人们的审美趣味,代表着人们欲望的对象,代表着人们的崇拜和消费对象"[3]。换言之,人的身体,尤其是女性的身体成了消费品和某种仪式的客体。以彼得洛维奇为代表的"地下人"不仅嗜酒,也贪恋女色。彼得洛维奇的情人遍布筒子楼,不仅有家庭主妇,守寡妇女,"原来的人物"——民主派,也有精神病院的女护士。"新多余人"巴士马科夫同样迷恋女性,其3次出逃的触发点都是女人,他想逃离现在生活的藩篱,且须带着心爱的情人一起私奔。关于性,彼得洛维奇认为,"就其本身而言,我过去和现在并不认为性有什么

---

① 〔俄〕维克多·叶罗菲耶夫:《俄罗斯美女》,刘文飞译,译林出版社,2005,第163页。
② 〔俄〕维克多·叶罗菲耶夫:《俄罗斯美女》,刘文飞译,译林出版社,2005,第163页。
③ 蒋道超:《消费社会》,《外国文学》2005年第4期。

价值，可爱的小玩意儿"①。巴士马科夫的好友斯拉宾逊认为，"用金钱去买女人如同采摘蒲公英一样毫无意义"，因为"这样的女人俯拾即是……"②他最终发出反问："难道研究生就不能当妓女了吗？"③ 这一诘问宣告了女性知识分子群体的集体沦落。

反乌托邦文学"天然地和人类所面临的终极问题相关"④。终极问题的实质是人之存在的问题，即人为何存在，如何存在。"作为研究存在的亚小说文类，乌托邦小说及反乌托邦小说能为我们走近存在，走近人自身的生存境遇"⑤ 提供独特的视角。可以说，反乌托邦小说是研究存在的艺术样式。当代反乌托邦小说往往"表现后工业社会里弥漫于人们精神世界中的'缠绵的心病、令人失望的满足、富裕的不舒服'，表明在这个'群体社会'里，人们失去了自身的价值，忘记了自己从何处来，往何处去；人的存在、人的价值、人的尊严、人生的目的和意义都不见了"⑥。或者说，虚无主义地对待历史、文化乃至自身存在是一种逻辑的必然结果。

本章小结

本章共分为四节。第一节主要论述了乌托邦思想和反乌托邦思想之间的关系，以及它们的起源；反乌托邦思想与知识分子精神之间的文化关联；"现代知识分子"反乌托邦思想泛滥的时代文化语境。第二节主要以《野猫精》为个案阐释"现代知识分子"身上栖居的反国家乌托邦思想，即对"神圣罗斯"和"俄罗斯帝国"的解构。第三节以《"百事"一代》为例论述被资讯和信息"围困"的"现代知识分子"萌发的对消费时代的预判、警示与忧虑。第四节重点阐释了乌托邦与宗教精神之间的关系，也即俄罗斯文化中的"苦难拯救世界"和"美拯救世界"的独特命题。在新俄罗斯文学中，这两个命题都失去了成立的基础，它们被彻底颠覆和解构了。

---

① 〔俄〕弗·马卡宁：《地下人，或当代英雄》，田大畏译，外国文学出版社，2002，第518页。
② 〔俄〕尤·波利亚科夫：《无望的逃离》，张建华译，人民文学出版社，2002，第53页。
③ 〔俄〕尤·波利亚科夫：《无望的逃离》，张建华译，人民文学出版社，2002，第423页。
④ 郑永旺：《反乌托邦小说的根、人和魂——兼论俄罗斯反乌托邦小说》，《俄罗斯文艺》2010年第1期。
⑤ 姚建斌：《乌托邦小说：作为研究存在的艺术》，《北京师范大学学报（社会科学版）》2003年第2期。
⑥ 赖干坚：《"异化"与现代派小说》，《外国文学评论》1994年第1期。

第五章 "现代知识分子"传承的虚无主义思想

第一节 社会转型与虚无主义思想泛滥

从词源学角度看,虚无主义(Нигилизм)来自拉丁语 nihi,在中世纪(12 世纪)的神学文献中就已出现,原意指"异端,邪说"。19 世纪下半叶,"虚无主义"作为哲学术语进入西方哲学领域,经叔本华(А. Шопенгауэр)、尼采(Ф. Ницше)、施本格勒(О. Шпенглер)等哲学家的丰富完善,成为一种重要的哲学思想。"虚无主义"现意为"对已有的社会规则,价值观,权威的全面否定"①。

有学者认为,著名俄国哲学家恰达耶夫将"虚无主义"这一用语引入俄国,出处为 1799 年弗·雅克比的作品中出现的德语形式的"nihilismus"和让·保罗、让·德·灭特拉的著作中出现的法文形式的"nihilisme"②。也有学者认为,"虚无主义者"这一用语"首次出现在纳杰日金发表于 1829 年《欧洲公报》上的《一群虚无主义者》(Сонмище нигилистов,1829)一文中"③。然而,这个语境中的"虚无主义者"和我们现在所说的"虚无主义"并非一致,而与"空虚""不学无术,无知"等意义较为接近。据格里高利耶夫(А. Григорьев)回忆:"'虚无主义者'一词并没有包含当下屠格涅夫赋予其的意义。被称为'虚无主义者'的仅仅是那些

---

① Кузнецов С. А. , *Большой толковый словарь русского языка*, С. – Петербург: Норинт,2000, c. 649.

② Фасмер М. , *Этимологический словарь русского языка В 4 т. Т. 3 (Муза – Сят)*, Пер. с нем. И доп. О. Н. Трубачева. 2 – е изд. , стер. М. : Прогресс, 1987, c. 73.

③ 李新梅:《俄罗斯后现代主义文学中的文化思潮》,中国社会科学出版社,2012,第 26 页。

一无所知之人，他们在艺术和生活中毫无建树。"① 19 世纪 30～40 年代，波列伏依（Н. А. Полевой），舍维廖夫（С. П. Шевырев）和其他作家、政论家在不同语境中都使用过"虚无主义"（нигилизм）一词。该词在不同的语境中有着不一样的感情色彩，有正面的，也有负面的。巴库宁（М. А. Бакунин）、斯捷潘尼扬 – 克拉夫钦斯基（С. М. Степняк – Кравчинский）、克罗波特金（П. А. Кропоткин）等赋予了"虚无主义"这一术语以积极意义。1858 年，喀山大学哲学教授贝尔维（В. Берви）在《心理比较视域下的生命开端和终结》（Психологический сравнительный взгляд на начало и конец жизни, 1858）中将"虚无主义者"界定为，否定一切真实存在之人，而"虚无主义"被视为怀疑论和怀疑主义（скептицизм）的同义语。19 世纪后半叶，卡特科夫（М. Н. Катков）和屠格涅夫在著作中使用"虚无主义者"一词，且"虚无主义者"（нигилист）一词被用来命名 60 年代的极端平民知识分子流派代表，"虚无主义"（нигилизм）也获得了特定的含义，特指平民知识分子"宣传革命，否定社会的（种族不平等和奴隶制），宗教的（东正教传统），文化的（官方的小市民习气）以及改革前后的其他官方社会基础，其他公认的审美观"的主张。②

"虚无主义无疑是一种典型的俄罗斯文化现象，它发轫于东正教精神土壤上，俄罗斯虚无主义中充斥着强烈的东正教禁欲苦修的体验。东正教，尤其是俄罗斯东正教，没有自身为文化辩护的（功能），东正教对待人在世间所创造的一切之态度中蕴含着虚无主义因素。"③ 因此，俄罗斯知识分子的虚无主义有着全然不同于西方虚无主义的文化特色。

在俄罗斯的文化视阈下，虚无主义首先是以一种带有积极意蕴的思潮为俄罗斯人所接受的，它与知识分子探索国家民族未来之路的活动相联系。对社会现实的强烈不满是虚无主义思想发轫的土壤。俄罗斯知识分子虚无主义思想与西方虚无主义的区别表现在崇拜理性，狂热地迷恋"知识"，秉持绝对的唯物主义史观，否定一切社会陈规。事实上，19 世纪 60

---

① Григорьев А. Мои литературные и нравственные скитальчества, *Григорьев Аполлон. Воспоминания*, М. : Наука, 1988，с. 60 – 61.

② Аверинцев С. С. ，Апресян Р. Г. ，Бычкови В. В. др. ，*Новая философская энциклопедия В 4 т. Т. 3 （А – Д）*，Москва：Мысль，2010，с. 85.

③ Бердяев Н，*Русская идея*，Санкт – Петербург：АЗБУКА，2015，с. 152.

年代，俄罗斯社会怀有虚无主义思想的是最进步的人物，也即平民知识分子。屠格涅夫曾经把赫尔岑、别林斯基、巴库宁、杜勃罗留波夫、斯波什涅夫等著名的革命民主主义者都称为"真正的否定者"①，赫尔岑在《再论巴扎罗夫》（1868）、《复格·维卢博夫先生》（1869）等文章中多次重申："他和车尔尼雪夫斯基是俄国虚无主义的鼻祖，他这代人留给平民知识分子的就是虚无主义。"② 事实上，赫尔岑将虚无主义视为科学和怀疑论的结合，是一种新的信仰。在他看来，虚无主义只是否定失去时代意义的旧思想，从而创造新的事物，生发新的思想。

俄罗斯知识分子的虚无主义思想否定一切绝对价值，却又矛盾地将为"大多数人"谋求利益视为最高的道德目标，呈现出"虚无主义的功利主义"（нигилистический утилитаризм）③ 特征。这就是"俄罗斯虚无主义崇拜实践（культ «дела»），崇尚服务和牺牲（культ «служения»），这种服务和牺牲不是为了国家，而是为了人民"④。这与知识分子自身群体特性密切相关。服务"大多数人"，追求"大多数人"的幸福是俄罗斯传统知识分子的信仰与最高的、最重要的义务，即"人最崇高的、甚至是唯一的使命就是为民众谋利益"，因此"对于任何妨碍，或是无助于这一使命完成的事物都应该持禁欲主义式的仇视态度。"⑤。知识分子对客观价值的决绝否定导致了其对民众主观利益的神圣化，因为生活中所有客观、内在意义的消逝使得唯一的幸福变为物质满足，即保证"大多数人"（民众）需求之满足。

俄罗斯知识分子为"大多数人"服务的世界观要求个体付出自我牺牲，要求个体无条件地使自己的利益服务于社会公共事业，以人民的立场为人民讲话。他们对自己则极为苛刻，甚至怀着一种禁欲主义生活信条。知识分子"对于世间的纷繁和纵欲，对于物质的、精神的奢靡、对于财富和奢华的生活、对于任何雄厚的实力和超强的生产能力强大的实力和生产

---

① 〔苏〕鲍戈斯洛夫斯基：《屠格涅夫传》，冀刚等译，上海译文出版社，1983，第324页。

② 〔苏〕弗·普罗科菲耶夫：《赫尔岑传》，张根成、张瑞璇译，商务印书馆，1992，第442页。

③ Казакова Н.（сост.）. *Вехи Интеллигенция в России Сборник статей 1909 – 1910*（*Звонница Антология русской публицистики*），Москва：Молодая гвардия，1991，с. 164.

④ Ширинянц А. А.，*Нигилизм или консерватизм?*（*Русская интеллигенция в истории политики и мысли*），М.：Издательство Московского университета，2011，с. 351.

⑤ Казакова Н.（сост.）. *Вехи Интеллигенция в России Сборник статей 1909 – 1910*（*Звонница Антология русской публицистики*），Москва：Молодая гвардия，1991，с. 162.

能力都切齿腐心"①。

俄罗斯知识分子与严格、准确意义上的文化概念格格不入，在某些情形下，他们甚至敌视这一概念。在他们看来，让欧洲人欢欣鼓舞的文化是立足于对客观价值的信仰之上的，这个文化可被直接视为社会历史生活中实现了的客观价值的总和。从这个意义上说，对俄罗斯知识分子而言，这种文化是一种毫无裨益的、在道德上不被允许的贵族习尚。他们不可能珍惜这种文化，因为他们对那些客观价值（其总和构成的文化）从根本上不予承认。反对这种文化的斗争是典型的俄罗斯知识分子所具有的一种精神特征。② 因此，俄罗斯知识分子的虚无主义表现出强烈的反文化倾向。

虚无主义也是俄罗斯文学的重要文化思潮。虚无主义在俄流行，并成为一种社会思潮则得益于屠格涅夫 1863 年发表的《父与子》。在俄罗斯文学中，《父与子》中的巴扎罗夫是第一个虚无主义者形象，他承载着的是推翻现存的旧世界、蔑视传统、与一切传统割裂的信念。陀思妥耶夫斯基以《地下室手记》《群魔》《罪与罚》等作品与屠格涅夫《父与子》及车尔尼雪夫斯基《怎么办?》进行论战。陀氏塑造了从思想者到行动者，或者从"多余人"到"超人"的虚无主义者成长图谱。如果说屠格涅夫和车尔尼雪夫斯基笔下的虚无主义者反对一切旧制度，虚无地对待一切，其思想中蕴含着对推翻一切之后的新世界的期待，带有无意识的乌托邦色彩；那么陀氏笔下的虚无主义者则将思想发展到极致，进而用行动验证这种思想，最后导致思想的全面破产，体现的是一种反乌托邦情绪。从"地下人"的"穴居哲学"到拉斯科尔尼科夫的"超人学说"正是演绎了虚无主义从孕育到实践的变化历程。

19～20 世纪之交的俄国文艺"白银时代"是"虚无主义"思潮复兴的典型时期。弗洛连斯基写道，社会弥漫着"毫无目的的否定，无所遮拦，直截了当并不加任何批评。冬天来临了……一切都沉浸在灰暗的、僵死而没有任何色彩的荒漠之中——一种绝对的虚无主义的荒漠"③。然而，

---

① Казакова Н. （сост.）. *Вехи Интеллигенция в России Сборник статей 1909 - 1910* (*Звонница Антология русской публицистики*), Москва: Молодая гвардия, 1991, c. 173.

② Казакова Н. （сост.）. *Вехи Интеллигенция в России Сборник статей 1909 - 1910* (*Звонница Антология русской публицистики*), Москва: Молодая гвардия, 1991, c. 164.

③ 李新梅:《俄罗斯后现代主义文学中的文化思潮》，中国社会科学出版社，2012，第 35 页。具体详见 Заманская В., *Экзистенциальная традиция в русской литературе 20 века: диалоги на границах столетий*, Москва: Флинта - Наука, 2002, c. 6。

这种虚无主义事实上并没有那么绝对。弗兰克认为，在与"不久以前的传统诀别之后，知识分子可能坚持和发扬更为持久、深刻的传统；同时在找寻时代精神开拓者的过程中，以新的形式复兴曾是永恒的、具有绝对价值的事物"①。简而言之，此时知识分子的虚无主义并非那么彻底，而是包含"从毫无意义的、反文化的虚无主义道德说教转向创造性的、具有文化重建意义的宗教人道主义"②的内在渴望。

然而，苏联解体作为一个巨大的文化事件蕴含着对原有的文化的颠覆和消解，因此其本身就充盈着虚无主义气息。实际上，虚无主义思想在苏联解体过程中起着非常特殊的作用，是导致苏联解体的重要诱因之一。1985 年，"年轻的"戈尔巴乔夫开启了大刀阔斧的改革，在政治、经济、文化、外交等领域注入了"新思维"。在政治层面，戈氏否定了勃列日涅夫的执政理念，驳斥了勃氏的"发达社会主义起点"理论，其"公开化""自由化"思想在执行中被过度夸大，处于失控状态，以至于产生了否定社会主义道路的历史虚无主义思想。苏联后期，"所有的职业演说家都是从痛斥苏联的过去开始，而以赞扬西方结束"③。也即表现出较为强烈的历史虚无主义倾向。在经济领域，戈氏追求打破原有计划经济体制，向西方市场经济靠拢，呈现出新经济思维。这种新经济思维在具体执行中出现了较大的偏差，完全没有达到预期效果，经济处于"空转"状态。经济状况的持续恶化直接导致苏联的国家基础被动摇，从而最终难逃解体的命运。

苏联解体后，俄罗斯启动了大规模的颠覆性改革，这种改革是建立在完全否定原有发展模式的基础之上的，因此带有强烈的虚无主义情绪。对那些生活方式一成不变、思维僵硬固化的人而言，苏联解体而引发的文化生态剧变无异于一次强烈的心灵震荡。"习以为常的思维模式和似乎固若金汤的社会秩序的土崩瓦解催生了广泛的社会不协调感、破碎感、混乱和无序感。"④ 自然而然地，知识分子们将一切不幸归罪于刚崩塌不久的体制

① Казакова Н.（сост.）. *Вехи Интеллигенция в России Сборник статей 1909 – 1910.*（*Звонница Антология русской публицистики*），Москва：Молодая гвардия，1991，с. 184.

② Казакова Н.（сост.）. *Вехи Интеллигенция в России Сборник статей 1909 – 1910.*（*Звонница Антология русской публицистики*），Москва：Молодая гвардия，1991，с. 184.

③ 〔俄〕В. А. 利西奇金、Л. А. 谢列平：《第三次世界大战——信息心理战》，徐昌翰等译，社会科学文献出版社，2003，第 264 页。

④ 〔美〕道格拉斯·凯尔纳、斯蒂文·贝斯特：《后现代理论：批判性的质疑》，张志斌译，中央编译出版社，2011，"前言"。

及其文化范式,而这种情绪化的冲动往往不自觉地扩大了"打击面",导致了对传统文化的负面评价。简言之,"虚无主义已经掌控了一切,由和平的否定走向了屠杀"①。

在新俄罗斯文学中,宏大叙事走向没落,在"现代知识分子"的视域下,"苏联帝国"形象及其文化范式不再是神圣的,它们是被戏谑、讥讽、消解的对象;这种消解的倾向同时也对准了俄罗斯传统文化和文学,强化了一种文化虚无主义思想;而这种历史虚无主义和文化虚无主义无疑斩断了"现代知识分子"的历史和文化之根,凸显其"漂浮性"和"无根性",导致了从虚空中来、到虚空中去的精神境遇,甚至个体存在的意义也被消解了。

需要再次强调的是,本章涉及的《野猫精》《地下人,或当代英雄》《夏伯阳与虚空》《深夜时分》《"百事"一代》等作品主要以主人公——"现代知识分子"们的视点观照世界,辅以其他人物的视点。作者(文本创作者)的声音在作品中是缺席的(虽然存在假托的叙事者,但其话语比重不大),人物具有极大的话语"自由"。各个独立的人物之间可以展开对话,"现代知识分子"自身内部也有独特的"内心对话"②。事实上,这种作品中存在独立且不相容的"声音"是巴赫金"复调"理论的基础和前提。巴赫金认为,"陀思妥耶夫斯基创造的不是无声的奴隶,而是自由的人"。或者说,"陀思妥耶夫斯基小说中的人物是具有独立意识的主体,具有主体意识的个性,是独立自主而有自己声音的活生生的人"③。可以认为,这种主体意识独立性同样存在于上述作品中的"现代知识分子"身上。主体意识的独立性趋向于人物的独立存在(话语、言行自由,一定程度上不受作家控制,甚至是与作家"平等的"),而独立存在的人物有其独立的思想。基于此,上述作品中,以"现代知识分子"视点所呈现出的世界图景、行为、话语等彰显的是他们身上存在的思想品格。

第二节　"现代知识分子"的历史虚无主义

对俄罗斯人而言,苏联解体无疑是 20 世纪最为深重的地缘政治灾难,

---

① Золотусский Игорь, Наши нигилисты, *Литературная газета*, № 24, 1992.
② 主要是指主人公们的内心活动,人物内心构成一种特殊的对话形式。
③ 周启超:《复调》,《外国文学》2002 年第 4 期。

也是无法抹去的民族创伤。这种创伤的影响可以描述为三类："心理身份的瓦解；日常生活中弥漫的威胁感；以及受辱和缺乏安全感。"① 新俄罗斯文学将苏联解体置于广阔的历史背景和伦理空间中进行阐释和解读，形成了独特的"创伤叙事"。"文学始终用艺术的方式追寻与审视历史进程，进而表达思想，其中美学和政治的中心常常又是语言跟世界的关系。"② 苏联后期及其解体初期的历史是新俄罗斯文学反复叙述的对象，重新建构国家形象是文学对历史伤痛的回望。然而，新俄罗斯文学的基本叙事场域以"批判"为主，淹没了其他叙事维度和其他"声部"。或者说，对苏联后期历史的批判之音远远大于哀悼之声。新俄罗斯文学中的国家形象是转型期"现代知识分子"眼中的俄罗斯社会，而文学中的这一形象与历史范畴的苏俄形象存在显著的差异，它映射的正是新文学中"现代知识分子"们的虚无历史观。也即一种非理性的社会思潮和思想倾向，其特征主要为："一是否定历史的价值，尤其对本国的历史缺乏应有的敬意，一味抹杀，以为一无是处；二是借口历史认知存在相对性，随意歪曲历史真相，抹杀历史认知中既有的真理性，陷入相对主义"③。

从历史维度看，勃列日涅夫执政时期是指从 1964 年开始到 1982 年为止的长达 18 年的"停滞"阶段。历史学界认为，勃列日涅夫时期是苏联发展过程中的关键期，是苏联由盛到衰的拐点。"新经济体制"未能突破原有体制束缚，仅仅是纠正赫鲁晓夫经济政策的明显误区，经历前期提高管理效率改革带来的稳定增长后，经济增速逐步减慢，中后期趋于回归斯大林模式；大力加强军备建设，致使资源过度集中于军工领域，造成国民经济结构畸形，民生凋敝；酗酒、离婚等社会问题日益凸显。然而不可否认的是，20 世纪 60~80 年代是斯大林模式最为成熟的时期，同时也是苏联在综合国力、国际地位与影响、军事实力、社会发展水平、政治与社会稳定达到鼎盛的时期。勃列日涅夫时期，美苏争霸的冷战格局进入最激烈阶段。苏联作为与美国在政治、军事等方面形成战略制衡的世界超级霸主是不容否认的史实。

新俄罗斯文学对苏联形象的建构和苏联文化范式的评价是以批判性叙事为主的。在批判性的叙事场域，叙事视角意味着新俄罗斯文学对苏

---

① 但汉松：《"9·11"小说的两种叙事维度：以〈堕落的人〉和〈转吧，这伟大的世界〉为例》，《当代外国文学》2011 年第 2 期。
② 杨金才：《关于后 9·11 文学研究的几点思考》，《外国文学动态》2013 年第 3 期。
③ 郑师渠：《当下历史虚无主义之我见》，《历史研究》2015 年第 3 期。

联解体本身和苏联后期（勃列日涅夫和戈尔巴乔夫时期）的历史进行了
选择性阐释，摒弃了苏联的成就和积极面，凸显社会的阴暗面，塑造出
带有浓厚历史虚无主义色彩的苏联帝国形象。在"现代知识分子"看
来，苏联是披着超级大国外衣的"侏儒"，是"古拉格"和"第一病
室"，乃至通过巧妙的艺术手段使苏联成为"从未发生过的昨天"。苏联
形象的漫画式呈现彰显出"现代知识分子"身上栖居的历史虚无主义
思想。

一 超级霸主外衣下的"侏儒"

《地下人，或当代英雄》前半部分展现了知识分子眼中的勃列日涅夫
时期苏联社会生活的全景图，以"地下人"的视点对重大历史事件进行了
观照，对社会发展进程进行了书写。然而，文学作品对历史的书写（人物
视域中的历史）与史实之间存在差异，这种异质化书写折射出的正是人物
对待历史的态度。在《地下人，或当代英雄》中，苏联社会的阴暗面被有
意放大，制度弊端所带来的后果得到"特殊观照"。如果说《地下人，或
当代英雄》尽显了苏联后期至改革初期社会生活的全景图，那么这全景图
所描摹出的国家形象是漫画式的，是超级霸主外衣下的"侏儒"。

购买商品的各类长队是新俄罗斯文学中苏联后期生活的显性标志，也
是"现代知识分子"对苏联生活最深刻的记忆。在勃列日涅夫时代，彼得
洛维奇能"清清楚楚地看到那个一步步挪动的队伍——不算太长也不算太
慢的买砂糖的队伍。在莫斯科这差不多是由一些六神无主寄人篱下的老人
排成的最后的购物队伍了，（可惜没有'寄坟篱下'这个词儿——快进坟
墓的人们排成的队伍）"①。食物和住房是新俄罗斯文学中苏联生活最重要
的元素。食物匮乏、住房紧张、道德沦落、制度压迫等元素共同构成了文
学中苏联的肖像。《深夜时分》《地下人，或当代英雄》《无望的逃离》等
作品都凸显出食物与住房问题，物质"饥饿感"成了一种特殊的叙事。作
为国家脊梁的知识分子们囿于沉闷琐碎的日常生活，他们无暇他顾，活下
去成了首要的乃至是唯一的目的。生存的艰辛、死亡的无奈预示着知识分
子陷入了存在的绝境，难以找到希望与出路。这种琐碎的日常叙事代替了
传统的宏大叙事，通过对个体（或知识分子群体）生存体验的叙述折射出

---

① 〔俄〕弗·马卡宁：《地下人，或当代英雄》，田大畏译，外国文学出版社，2002，第78页。

国家的社会现实，在文学中勾勒出处于"停滞"不前状态下的苏联"濒死"图景。

个体生存受到威胁导致了社会规则逐步失效，道德底线被无情击穿。在彼得洛维奇看来，"维拉·库尔涅耶娃丢了孩子，这件事好久以前发生，有点儿可怕，但完全是生活中常有的故事"①。丢失的孩子被人贩子作为赚钱的工具、维持生计的营生。"孩子在生人手里很快就会死。对他们（人贩子——引注）算得了什么——过三四个礼拜，埋掉就是了，孩子就这么在世上活一遭。"② 为了生存抛却道德重负，挣脱法律束缚，人异化为兽性的存在。地铁里充斥着各类广告，"避孕秘方，麻醉堕胎，提供各类服务……"③ 各种死亡与草菅人命一起拼贴出了人间炼狱图景。

在知识分子的视域下，社会政治文化是一切罪恶生活的罪魁祸首。知识分子更是最先和最直接的受害者。不论是"地下人"，还是"新多余人"，他们的沉沦都与社会政治文化之间存在因果关系。知识飞速贬值，生活陷入困境。知识分子在苏联－后苏联拥有几乎相同的人生轨迹。"彼得洛维奇的履历表：锅炉工，然后是雇佣的守夜人（科研所，与伊里奇搭伴），然后是仓库（空着一头的）——现在终于是这座筒子楼……"④ ——看守。因为一桩私运鱼子酱的误会，《无望的逃离》中的巴士马科夫失去了荣耀优越的苏联干部身份，不得不仰仗岳父的帮助进入科研所工作。缺乏效益和经费来源的科研所解体后，他又被迫下海经商，经商失败后最终沦为停车场的看门人。《地下人，或当代英雄》中的驻外工程师库尔涅耶夫在一夜之间被剥夺了辛劳一生的成果。"就像常有的那样，不让他干保密性工作了，工程师变得两手空空，实质上是成果被盗窃……他的专利，既没给他名，也没给他钱。"⑤ 新时期文学中被虚无主义意识所裹挟的"现代知识分子"所见的尽是纵容官僚集团肆意压迫、蹂躏民众（包括知识分子）的社会图景，他们眼中的这个社会已经病入膏肓，无药可救，也是他们的人生噩梦。这种虚无主义意识在精神生活的苦闷成因方面得到了进一步宣泄和夸大。

---

① 〔俄〕弗·马卡宁：《地下人，或当代英雄》，田大畏译，外国文学出版社，2002，第6页。
② 〔俄〕弗·马卡宁：《地下人，或当代英雄》，田大畏译，外国文学出版社，2002，第6页。
③ 〔俄〕弗·马卡宁：《地下人，或当代英雄》，田大畏译，外国文学出版社，2002，第68页。
④ 〔俄〕弗·马卡宁：《地下人，或当代英雄》，田大畏译，外国文学出版社，2002，第125页。
⑤ 〔俄〕弗·马卡宁：《地下人，或当代英雄》，田大畏译，外国文学出版社，2002，第11页。

二 精神文化生活的梦魇

物质生活的困苦尚不足以压垮所谓的"文学一代",而精神的桎梏却突破了大多数坚守者的心理防线。"勃列日涅夫时代无法解释的愚钝的形而上学之不可穿透性,其秘密在于此——行贿是不管用的!钱是不管用的,礼品是不管用的,才华是不管用的,甚至'永恒的通货'——女性诗人的美貌也是不管用的……全都毫无价值。屁事不顶。"① 文学审查成了知识分子们的一生梦魇,他们不安分的天才火花在抑郁中慢慢熄灭。对这些不被承认的"天才",给予他们应得的认可,赋予其作品面向读者的机会比金钱资助和生活扶持的意义大得多。"地下人"们将一切文本制成火柴盒一半大小的"微缩胶卷胶囊",企图通过移民者的帮助将作品"偷渡"出国。然而,希望总是随着飞机的离去而和它一起掉进黑色的窟窿。

这种文化审查对知识分子而言无疑是"另类的审判",决定了"地下人"的剩余人生,给他们准备了三条人生之路:(1)死亡;(2)精神病院;(3)纵欲压抑的"无期监禁"。因为渴望发表唯一的长篇小说,"那时,踏平了文学杂志社门槛的人都知道"科斯佳·罗戈夫。然而,编辑部的退稿通知使他在精神上受着极度的折磨:一条倔强的汉子,可眼看着被一张张匆匆写出的软纸条弄得活不下,最终在亲人面前上吊自尽。退稿信之于罗戈夫而言无异于死刑判决书,它们消磨了他对生活的信念,耗尽了他所有的才华,最终导向崩溃和疯狂。

性、伏特加是支撑知识分子生活的两根支柱。"三角关系就像仨人喝一瓶伏特加一样自然。"② 彼得洛维奇、巴士马科夫等几乎所有知识分子都陷入了毫无节制的纵欲漩涡之中。在俄罗斯文化视域下,酒(一般指伏特加,Водка)不仅仅是一种酒精与水混合的酒精饮料。伏特加本身就是一个核心文化"商标",承载着独特的文化意蕴。伏特加与面包一样,是俄罗斯人难以割舍的生存必需品,是俄罗斯人的"生活形象",乃至是"一种职业"③,也是"俄罗斯人的粮食"。"伏特加是一种烈性酒精饮料,或者说,人们需要它,饮用它是为了获得酒醉的愉悦。"因此,伏特加与纵

---

① 〔俄〕弗·马卡宁:《地下人,或当代英雄》,田大畏译,外国文学出版社,2002,第522页。
② 〔俄〕弗·马卡宁:《地下人,或当代英雄》,田大畏译,外国文学出版社,2002,第40页。
③ 温玉霞:《醉酒、疯癫的"圣愚"——论小说〈从莫斯科到彼图什基〉主人公形象的内涵》,《解放军外国语学院学报》2012年第4期。

饮狂欢（Водка – Пьянство）有着紧密的文化联系。① 新俄罗斯文学中的苏联是体制极度高压的文化空间，伏特加是知识分子们借以体验短暂自由的载体，是对极权社会的一种隐性反抗。"俄罗斯知识分子因无力减轻人民的负担，无力使人民摆脱贫穷、无知和苦难而喝酒，他们酗酒是因为个人和整个民族的悲剧。"②

伏特加使他们得以暂时摆脱生活的烦恼，逃离无望的"生活死胡同"，性爱则发泄无处安放的激情。性是人的本能与正常心理需求，其本身是一种客观的存在。然而，新俄罗斯文学中"现代知识分子"对性的渴求已然成了一种精神之熵。彼得洛维奇的性伴不仅有"原来的人物"，暂时失势的"民主派"，筒子楼的寡妇，他人之妻（包括有固定同居对象的女性），精神病院的护士，还有妓女；巴士马科夫、斯拉宾逊、"骑士"捷达等都混迹在不同女人之间，不停地更换对象。从"性解放"到"性放纵"的界限已然被知识分子们轻易跨越，滥情纵欲突破了家庭与道德的规约，呈现出社会整体道德的沦落。由"地下作家""地下画家""评论家"等知识分子组成的浩大队伍在筒子楼里四处游荡，寻找令人陶醉的伏特加和女人。在新俄罗斯文学中，这种筒子楼遍布苏联大地。或者说，苏联就是这"堕落的筒子楼"。

三 "国家＝精神病院"的言说

"被精神病"是苏俄社会转型期"现代知识分子"的人生归途之一。《地下人，或当代英雄》中，"发作着震颤性谵妄症的阿利克·济尔费利被送进了精神病院"；彼得洛维奇的"同貌人"、抗争到底的天才画家韦尼亚则在"第一病室"度过了漫长和屈辱的一生；《夏伯阳与虚空》中的彼得·虚空是19世纪初彼得堡先锋诗人与19世纪末莫斯科精神病院病人"双重人格"的融合，"精神病人"虚空有着清醒的心智，敏锐的观察、理解能力和深厚的哲学素养；《深夜时分》中的女诗人安娜·安德里昂诺芙娜与精神病医生杰扎·阿勃拉莫芙娜交谈时得出了惊人的结论："精神失常的人在医院的范围之外，要比在医院里多得多，医院里这些病人基

---

① Степанов Ю. С., *Константы*: *Словарь русской культуры*, Москва: Академический проект，2004，с. 317 – 318.

② 温玉霞：《醉酒、疯癫的"圣愚"——论小说〈从莫斯科到彼图什基〉主人公形象的内涵》，《解放军外国语学院学报》2012年第4期。

本上是正常人，他们只是有所欠缺，至于欠缺什么，她没有说。"① 遭受精神折磨与桎梏是转型期知识分子的共同经历，乃至是其知识分子身份的佐证。"第一病室"主任医师及其助手在"医治"彼得洛维奇时，说道：

> ——……现在和我们在一起的也是一个有趣的人，而且也是一个我国的知识分子：作家！
>
> ——这说明他也经历过精神失控。像全体受着时代强烈震撼的知识分子一样。但这是他自己想要失控吗？……怎么？经历转型期的可怕的精神失控——也曾经是我国知识分子的目的吗？
>
> ——一个严肃的问题。也许这里有一种哲学：也许精神失控——这是一种奖赏同时也是我们为追求任何目的而必须付出的代价，是吗？……还有一个对我国知识分子本身的更严肃的问题——当他们指向目的时，是否预感到精神失控？……②

"精神失控"是知识分子群体的"心理共振"，是其转型期坚守立场与风骨的必然代价。究其实质，这种"精神失控"的根源是知识分子群体对自由的诉求与社会制度压迫之间难以调和的矛盾。也就是说，"精神病院"是"现代知识分子"们的人生归宿。

精神病不同于一般的生理疾病，其与人的精神情绪密切相关，而情绪往往受外界因素影响而变化莫测。在科学技术并不完善的时代，对精神病的界定客观上存在难度。精神病的这种特性使其与社会政治斗争发生了关联，沦为别有用心者的手腕和工具。事实上，"精神病学从它在19世纪初刚开始发展的时候起，就不局限于在精神病院内发挥医学功能，而是普及和延展到社会的各个角落……从一开始起，精神病学的目标就是要发挥维持社会秩序的功能"③。换言之，"精神病学有两个截然不同的功能：一方面是精神病学的医疗功能，另一方面则是警察的严厉的压制功能——在某

---

① Петрушевская Л., *Время ночь*, http://tululu.ru/b77704.
② 〔俄〕弗·马卡宁：《地下人，或当代英雄》，田大畏译，外国文学出版社，2002，第425页。
③ 〔法〕米歇尔·福柯：《权力的眼睛——福柯访谈录》，严锋译，上海人民出版社，1997，第55页。

一特定的时刻、在我们所谈论的体系中走到了一起"①。存在两种精神病，病理学意义上的精神病和"被精神病"，是不争的事实，而后者往往是文学偏爱的主题，因其作为一种社会文化现象所折射的正是其立足之文化的种种"病症"。

事实上，"被精神病"是俄罗斯文化与文学的公共命题和独特社会现象。精神病院在俄罗斯文化视域下有着特殊的意义。由于恰达耶夫对俄国无情而又严厉的谴责，以及其对俄国历史命运的评价上的阴暗的怀疑主义情绪，他被公开宣布为"疯子"。"医生每天都来查看他的病情，他处于被软禁中，每天只有权出门散步一次……过了一年半以后，所有的迫害措施才被取消。"②"恰达耶夫事件"开启了俄罗斯文化中"被精神病"现象的先河。恰达耶夫被宣判为"疯子"和"精神异常者"只因其哲理学说与主流文化南辕北辙，以至于不仅保守派恼羞成怒、如临大敌，自由派同样深感震惊。因此，个体对体制和强势文化的挑战是"被精神病"的根源所在。医治"疯子"的药方无非是"不得写作任何东西"③。

在俄罗斯文学中，"被精神病"同样是一种特殊的传统主题，"疯子"是另类的英雄。格里鲍耶陀夫在《聪明误》中塑造了恰茨基这一"疯子形象"。学界认为，恰茨基的原型正是著名俄国哲学家恰达耶夫。恰茨基被认定为"疯子"的原因是他的智慧，"其'疯源'乃是'学问'与'聪明'"，都是"因为读书读过了头"④。格里鲍耶陀夫在概括自己剧本的题旨时写道："在我这个喜剧中有二十五个傻瓜对一个思想健全的人，这个人和社会格格不入……谁也不愿意理解这个人，谁也不愿意饶恕这个人，为什么他竟然要高出别人一头……"⑤ 其后，契诃夫《第六病室》中的"疯子"格罗莫夫，以及"被精神病"的医生拉京、布尔加科夫《大师和

① 〔法〕米歇尔·福柯：《权力的眼睛——福柯访谈录》，严锋译，上海人民出版社，1997，第 55 页。

② 〔俄〕瓦·津科夫斯基：《俄国哲学史（上卷）》，张冰译，人民文学出版社，2013，第 153 页。

③ 〔俄〕瓦·津科夫斯基：《俄国哲学史（上卷）》，张冰译，人民文学出版社，2013，第 153 页。

④ 《冯维辛　格里鲍耶陀夫　果戈理　苏霍沃－柯贝林戏剧选》，侯焕闳等译，人民文学出版社，1997，"前言"。

⑤ 《冯维辛　格里鲍耶陀夫　果戈理　苏霍沃－柯贝林戏剧选》，侯焕闳等译，人民文学出版社，1997，"前言"。

玛格丽特》中的大师、马卡宁《地下人，或当代英雄》中的彼得洛维奇、佩列文《夏伯阳与虚空》中的彼得·虚空等形象共同构成了俄罗斯文学中"疯子–哲学家"的文学肖像画廊。

医院出现初期，其主要职能并非接收、医治病患，而是一种带有社会保障的福利机构，给流浪汉、赤贫之人、老弱之人提供住所。人们往往在自己家里接受医生的诊疗。也就是说，"疾病是私人的事，享受着一定程度的自由，病人不用被隔离在特殊的区域，也不用接受医疗系统的监控"①。在福柯看来，政治意识形态要求和医学技术要求的自发而深层重合促使现代医疗体系的诞生。"病人成为临床医学考察的对象，成了携带着权力–知识编码的医学凝视的观看对象。"这种"被凝视感"使监视和诊治之间拥有了共同的元素。"凝视（Gaze）是携带权力运作或者欲望纠结的观看方法。它通常是视觉中心的产物。"② 观察者被赋予"观察"的权力，通过"观察"明确观察者的主体地位，被观察者自然成了"观察"客体。被观察者无疑会感受到观察者犀利的目光所携带的权力重压，由此造成观察客体自我判断、定位随之而变化。病人与医者之间的"被凝视"和"凝视"关系与现代监狱系统看守与犯人之间的关系存在高度一致。或者说，从权力弥散角度（观看方式渗透）看，医院与监狱有着深层的"共同文化要素"，也即"政治–惩罚–医学"构成了一种特殊的"文化语义场"③。因此，国家机器常常"利用精神病院来发挥两个作用：首先，治疗最激烈、最恼人的病例，同时，把监禁的地方改造成某种医院的模样，提供某种抚慰人心的保证和科学的形象"④。随着现代性的不断增强，监狱与医院之间的界限的确变得越来越模糊。尤其在政治领域，监狱与医院有时候发挥着同样的社会功能。事实上，从历史角度看，苏俄社会的集中营发挥了上述医院的作用。福柯认为，"俄国人有那么广大的西伯利亚处女地，完全可以在那里建立巨大的营地，然后把那些人安置在这处于医学和惩罚

---

① 陈榕：《凝视》，载赵一凡等主编《西方文论关键词》，外语教学与研究出版社，2006，第355 页。
② 陈榕：《凝视》，载赵一凡等主编《西方文论关键词》，外语教学与研究出版社，2006，第349 页。
③ 〔法〕米歇尔·福柯：《权力的眼睛——福柯访谈录》，严锋译，上海人民出版社，1997，第57 页。
④ 〔法〕米歇尔·福柯：《权力的眼睛——福柯访谈录》，严锋译，上海人民出版社，1997，第55 页。

的边缘的领地"①。精神病院，或者"古拉格"都是医学与惩罚的边缘领地。

精神病院的病房是俄罗斯文学中的独特形象。契诃夫的"第六病室""正面对着医院，背面朝着田野，中间由一道安着钉子的灰色院墙隔开。这些尖端朝上的钉子、院墙、小屋本身都带着阴郁的、罪孽深重的特殊模样，那是只有我们的（俄国的——引注）医院和监狱的房屋才会有的"②。契诃夫笔下的"第六病室"就外在布局而言与一般的监狱无异，正是医院禁锢了俄国的"新生思想"。在俄罗斯文学视域下，监狱与精神病院首次画上了等号，建立起了特殊的文化语义联想。布尔加科夫的《大师和玛格丽特》是传承文学中精神病院形象的另一部关键性作品。由于发表了关于彼拉多和耶稣故事的小说，大师遭到了骇人听闻的攻击和恶意中伤，他不得不抛弃了一切，为了寻求心灵的安宁而躲进了精神病院，他"不能从这里溜走，倒不是因为楼高，而是因为无处可去"③。在他看来，精神病院"非常非常不错，在这儿无须自己订什么宏伟计划"，也摆脱了来自社会的谩骂与攻讦。当社会已经没有知识分子的容身之处，为了寻得内心的安宁和平静，自我禁锢的精神病院和"抽屉文学"有着殊途同归的意义④。

"精神病院"也是新俄罗斯文学的鲜明标记和"现代知识分子"的人生归宿。《夏伯阳与虚空》中的彼得·虚空从 20 世纪 20 年代回到 90 年代时，身处精神病院，却自然而然地产生了置身于牢房的感觉。"我（彼得——引注）的牢房看起来很奇特——高高的靠近天花板的地方，是一扇装有栏杆的气窗，把我唤醒的阳光就是从那儿射进来的。牢房的墙、门、地板和天花板都包着一层又厚又软的材料，这样，那种大仲马式的浪漫自杀行为就不可能发生了。"⑤ 精神病院与牢房之间"天然相似性"的文化传承与时代语境密切相关。苏联解体"是俄罗斯民族几百年来付出沉重代价的现代化

---

① 〔法〕米歇尔·福柯：《权力的眼睛——福柯访谈录》，严锋译，上海人民出版社，1997，第55页。

② 〔俄〕安·契诃夫：《契诃夫小说全集》第 8 卷，汝龙译，上海译文出版社，2000，第292 页。

③ 〔苏〕米·布尔加科夫：《大师和玛格丽特》，钱诚译，人民文学出版社，2004，第160 页。

④ 学界一般认为布尔加科夫的《大师和玛格丽特》具有自传性质，而文中的这一点往往被视为间接依据。

⑤ 〔俄〕维·佩列文：《"百事"一代》，刘文飞译，人民文学出版社，2001，第38页。

进程再次发生深刻转向。犹如一座辛勤建造大半个世纪的巍峨大厦突然倒塌，它带来的不仅仅是物质上的损失，更重要的是建造者的信心、信念遭到沉重打击……"① 重大的社会转型伴生强烈的心灵震荡，而首当其冲的正是"文化的先知"——知识分子。如何妥善安置这些思维异常活跃，生活一贫如洗的知识分子②是当权者不得不考虑的迫切问题。借助"精神异常"之名，将"不安分之人"禁锢在"精神病院－监狱"无疑是一种上佳选择。

在彼得洛维奇的眼中，"精神病院就是一个独立的小国家"③。或者说，苏联后期和解体初期的社会就是精神病院。精神病院割裂了"病人"与社会之间的连接通道，成了一个有着完善运行规则和制度的独立空间。其中的规章建制则与幽禁、迫害、惩罚等行为密切相关。马卡宁的"疯人院"不仅遗传了契诃夫"第六病室"的文化基因，也携带着索尔仁尼琴"古拉格"的文化记忆。在彼得洛维奇看来，"医生们也在值班，意味着也在看守。连夜间也戒备森严。医院门口夜里那盏灯光的含义，远远超过大门的照明和汽车入口的标志（这就是在警察局、监狱门口值夜的灯光）"④。"精神病院＝苏联"的言说成立的条件是：医治＝审判；病院＝国家监禁。在伊万·叶梅利亚诺维奇的医院，对病人的治疗所要达到的效果就是"以强制方法使成年人的智力陷入童年状态"⑤。他将一批又一批"不是傻瓜"的"了不起的聪明人翻了个里朝外"⑥。面对羸弱的"地下"老头子——彼得洛维奇，伊万说出当年"医治"韦尼亚的实情时自己也用了"治疯"这两个字。伊万和他的病人们之间构成了"凝视"主客体关系。"治疗"也就是审视病人的心理图景。当医生"治疗"一群在医学意义上没有"疾病"的"病人"时，医生之于"病人"的凝视权被过度使用。"疯人院

---

① 安启念：《俄罗斯向何处去：苏联解体后的俄罗斯哲学》，中国人民大学出版社，2003，"前言"。

② 据说，俄罗斯学界公认的科学院哲学研究所最有才华的当代哲学家 B. M. 梅茹耶夫在 20 世纪 90 年代，为了生活，要同时在 5 所大学兼职。加里宁格勒大学哲学系的一位年轻助教，已经获得哲学和自然科学两个副博士学位，每月工资（90 年代）只有 20 美元。详见安启念《俄罗斯向何处去：苏联解体后的俄罗斯哲学》，中国人民大学出版社，2003，"前言"。

③ 〔俄〕弗·马卡宁：《地下人，或当代英雄》，田大畏译，外国文学出版社，2002，第410页。

④ 〔俄〕弗·马卡宁：《地下人，或当代英雄》，田大畏译，外国文学出版社，2002，第410页。

⑤ 〔俄〕弗·马卡宁：《地下人，或当代英雄》，田大畏译，外国文学出版社，2002，第129页。

⑥ 〔俄〕弗·马卡宁：《地下人，或当代英雄》，田大畏译，外国文学出版社，2002，第459页。

内，医生已具有主导地位，因为他把疯人院变成一个医疗空间……医务人员在疯人院中享有权威，不是因为他是一个科学家，而是因为他是一个聪明人。"① 因此，在"精神病院"里，不需要具有专业医学知识的真正的医生。"斯列兹涅夫斯基被裁了。他能看见病人，是一个真正的医生"，而在这里正因为是"真正的医生所以才不叫人喜欢"②。伊万及其助手霍林的特长是"撕裂"病人们，这种"精神撕裂"无异于"强制凝视"与暴力干预，也即对"疯子们"进行心理攻势和严厉审判。伊万·叶梅利亚诺维奇是权威和杰出专家，因为他"过去和将来都是为掌权者探隐追踪的人。像一个渣滓沉淀箱。一杆检验忠诚度的粗陋标尺——一个负责嗅出我们的'我'的功能性的角色"③。

护理员的粗暴"料理"行为与刑讯"逼供"形成了对应关系。"精神病院"中的"护理员干的看着只是动拳头的活儿，但劲儿可得掂量，可得动脑子——他就一不留神打死了一个精神病人"④。这种"刑讯逼供"过程中的意外死亡是一种意料之中的"正常现象"。和监狱一样，精神病院有执行死刑的独特手法。"按疯人院的说法，枪毙并不是注射冬眠灵和柏飞丁的普通混合剂，而是所谓的磺胺嘧啶十字架。"⑤ 看似文雅的精神折磨取代了粗暴的枪毙，因为"正在时兴使用医生这种知识分子型的人员，而注射器正在很方便地代替着我们过去那种声音太近似的（响动太大的）后脑勺上的一枪和伐木"⑥。

国家是一种强制性（镇压）机器，是一个阶级统治其他阶级的工具。权力争夺一直是国家理论的重心。⑦ 强制性与统治是国家的本质特征，它们与作为国家机器部件的监狱、精神病院有着天然的联系。在《地下人，或当代英雄》中，韦尼亚所在的精神病院恰如一台疯狂运转的"国家机器"。或者说，精神病院就是"国家"，至少是国家的缩影。韦尼亚进入精

---

① 〔法〕米歇尔·福柯：《疯癫与文明》，刘北成、杨远婴译，生活·读书·新知三联书店，2012，第253页。
② 〔俄〕弗·马卡宁：《地下人，或当代英雄》，田大畏译，外国文学出版社，2002，第423页。
③ 〔俄〕弗·马卡宁：《地下人，或当代英雄》，田大畏译，外国文学出版社，2002，第459页。
④ 〔俄〕弗·马卡宁：《地下人，或当代英雄》，田大畏译，外国文学出版社，2002，第417页。
⑤ 在患者的背部上下各注射一支磺胺嘧啶，这种疗法令患者极为痛苦。详见〔俄〕维·佩列文《夏伯阳与虚空》，郑体武译，上海译文出版社，2004，第50页。
⑥ 〔俄〕弗·马卡宁：《地下人，或当代英雄》，田大畏译，外国文学出版社，2002，第108页。
⑦ 孟登迎：《意识形态国家机器》，《外国文学》2004年第1期。

神病院的瞬间，"忽然意识到他来到了一个轮廓整齐的完美世界：来到了病房和垂直交叉的医院走廊的形而上境界。一瞬间韦尼亚发生了怀疑——这就是整个世界吗？"① 这种精神病院与世界（国家）之间的等价建构并非臆断，而是立足于高度体制化带来的强迫性和被统治感。作为精神病王国的统治者，伊万和助手霍林像"大贵族们在自己的领地里——在自己单独的办公室里"②，不需要对任何事情觉得难为情，可以尽情享受"撕裂病人"的快感。

伊万的病院分为普通病房和"第一病室"，"住第一病室的人，都是这样那样涉嫌或已经判有刑事罪的"③。这个关押各类重点嫌疑人的"第一病室"是"国中之国"（Государство в государстве）④，其发挥着特殊审讯室的作用。"病区所有病房，除了第一病室之外，都有一个共同的走廊。第一病室和谁都不接触。"⑤ "第一病室"是病人通向监狱的"绿色通道"，只要进入"第一病室"，也就意味着高强度的审讯后的坦白与监禁生活的起点。

"不到两个月的期间，精神病院对我（彼得洛维奇——引注）已经失去了活生生的兴趣，名单里还有我，脑子里还记得，但已经忘记得差不多了。我又成了纸页上的病人。"⑥ "纸页上的病人"无疑让人想起果戈理《死魂灵》中那些留在"纸页上的农奴"，又和静默地躺着文件夹里的种种悬案相似。彼得洛维奇的精神病与疾病毫不相干，他分明是一个侥幸逃过了刑讯逼供的"嫌疑人"。他"成了一个普通的纸页上的病人，这类病人迟早都会消失——从档案的一页移动到另一页，从一张纸移到另一张纸，移着移着就……没有了"⑦。

四　消失在虚空中的国家

俄罗斯总统普京曾直言："谁若对苏联解体不感到惋惜，那是没有心

---

① 〔俄〕弗·马卡宁：《地下人，或当代英雄》，田大畏译，外国文学出版社，2002，第32页。
② 〔俄〕弗·马卡宁：《地下人，或当代英雄》，田大畏译，外国文学出版社，2002，第421页。
③ 〔俄〕弗·马卡宁：《地下人，或当代英雄》，田大畏译，外国文学出版社，2002，第452页。
④ Кузнецов С. А., *Большой толковый словарь русского языка*, С. – Петербург：Норинт，2000，с. 223.
⑤ 〔俄〕弗·马卡宁：《地下人，或当代英雄》，田大畏译，外国文学出版社，2002，第452页。
⑥ 〔俄〕弗·马卡宁：《地下人，或当代英雄》，田大畏译，外国文学出版社，2002，第494页。
⑦ 〔俄〕弗·马卡宁：《地下人，或当代英雄》，田大畏译，外国文学出版社，2002，第496页。

肝,谁若是想要回到过去,那是没有头脑。"① 这包含了对苏联较为客观的评价,苏联不仅给俄罗斯人带来过荣光,也给他们带来了灾难。苏联是俄罗斯历史远非美好,却不可或缺、浓墨重彩的篇章。它曾是左右世界格局的超级霸主,也布满了骇人听闻的"古拉格"。

然而,在新俄罗斯文学中,除了选择性地凸显苏联文化范式的种种弊端,将"现代知识分子"眼中的苏联刻画为"先天不足和缺陷严重"的"侏儒"外,完全抹杀"现代知识分子"关于苏联的记忆是历史虚无主义的另一种书写策略。《夏伯阳与虚空》拥有与《大师和玛格丽特》相似的双层结构,文本的故事情节发生在 20 世纪初的彼得堡和 20 世纪末的莫斯科两个时空中。准确地说,是发生在 1920 年前后的夏伯阳红军师与 1990 年前后的莫斯科第 17 模范精神病院,两者之间的时间间隔正是苏联时期。文本总共有 10 个章节,两个时空各占 5 个章节。彼得·虚空在一个时空中是颓废派诗人,在另一个时空中是喜欢写诗,阅读了大量哲学图书,惯于形而上地思考问题的"精神病人"和自认为"伟大哲学家的唯一继承者"②。他在两个时空中来回穿梭,又能将它们无缝对接,而关于这两个时空中间的历史间隔却没有留下任何痕迹。换言之,在彼得的眼中,苏联是从来不曾存在,不管是可能的将来(对 1920 年时空而言),还是已逝的过去(对 1990 年时空而言)。彼得思想中苏联及其相关史实的缺席使 20 世纪 20 年代与 90 年代完成了"移植"和"嫁接"。这就构筑出另一种历史发展模式,而它是以否定苏联历史为前提的,本质上是一种历史虚无主义。

这种以"失忆"来抹杀历史的虚无主义思想在《野猫精》中同样表现明显。《野猫精》中贝内迪克特等所有"大爆炸"之后出生的人,历史记忆被清零,这种"清零"不仅使其趋向于历史虚无主义,更滋生出否定传统文化的倾向,即文化虚无主义的思想。

第三节 "现代知识分子"的文化虚无主义

苏联解体导致了俄罗斯民族的精神浩劫,劫后的"重建"不仅在经

---

① Путин В. В., *Кто не жалеет о распаде СССР, у того нет сердца*, https://aif.ru/politics/world/251189.

② 〔俄〕维·佩列文:《夏伯阳与虚空》,郑体武译,上海译文出版社,2004,第130页。

济、政治、军事等实体层面，也在精神、文化等思想层面进行。解体作为一个重大的文化事件割裂了解体前后的文化发展传承轨迹。苏联社会主义现实主义审美范式被彻底弃绝，转而构建多元自由的民主化审美体系。换言之，怀疑、否定苏联的文化传统是解体之必然后果之一，而这种怀疑与否定文化传统是孕育虚无主义的肥沃"土壤"。由于西方大众文化和后现代主义思潮的强势"进驻"，对苏联文化的否定和颠覆被扩展到了传统经典文化领域，形成了显性的文化虚无主义思潮。文化虚无主义也就是虚无地对待传统文化，是对文化传统的决然颠覆、肆意嘲弄与刻意戏谑。

在新俄罗斯文学中，不仅普希金、果戈理、陀思妥耶夫斯基等大师的形象，而且《钢铁是怎样炼成的》《夏伯阳》等红色经典，乃至《当代英雄》《罪与罚》《第六病室》等经典名著都成了"现代知识分子"任意戏谑、嘲讽的对象。虚无地对待传统文化是新文学中"现代知识分子"的思想特征之一。

一 普希金：我们的一切？

亚历山大·谢尔盖耶维奇·普希金是俄文学史上最伟大的作家。他被视为"俄罗斯文学的亚历山大一世""俄罗斯诗歌的太阳"。"普希金是一种独特的俄罗斯现象，或许还是俄罗斯精神独一无二之现象：在俄罗斯精神发展、完善历程中，这种人或许只有再过两百年才会出现。俄罗斯天性、俄罗斯心灵、俄罗斯的语言、俄罗斯的性格在他身上表现的如此明洁，如此纯美，就如同光学玻璃凸面上映射的秀丽自然景色一般。"[1] 普希金是俄罗斯民族文化的符号和代言人，正如论及英伦文化必然会想到莎士比亚，提到西班牙文学首先闪现的便是塞万提斯，谈及意大利文学则会想起但丁，说到德国文学就会浮现出歌德的身影。文学作为一种特殊的文化样式包含着民族的思想和理念。伟大的文学作品是促进思想传播和交流的重要纽带。"普希金在俄罗斯民族意识中占有独一无二的位置，与其说是

---

① Гоголь Н. В. , *Полное собрание сочинений и писем в 17 – ти тоах. т. 3*, Юношеские опыты Первоначальные редакции, Москва – Киев: Издательство Московской Патриархии, 2009, с. 274.

他作为诗人的伟大，毋宁说是普希金神话处于俄罗斯民族认同的中心位置。"① 对俄罗斯而言，普希金也许不仅是"文化现象"，或是一种"普希金文化模式"（相对于"果戈理文化模式"而言），更是一种"文化崇拜"，或是"文化的神话"。"在俄罗斯还没有一位诗人能够拥有像普希金这般令人羡慕的人生际遇。没有谁像他那样迅速声名远播。无论恰当与否，所有人都认为有必要引述他的话语，而有时往往会曲解其长诗中某些精彩的篇章。"② 普希金不仅是"我们的一切"，还是"一切开端的开端"（高尔基语，Начало всех начал），是俄罗斯文化中"造神"的杰作。

　　普希金并不是俄罗斯思想（русская идея）的唯一表达者，但是只有在他那里，俄罗斯思想才表现得最为全面和清晰了然，消融了俄罗斯文化中的尖锐二元对立，尽显和谐与平衡之美。普希金之后的几乎所有作家都尊其为导师，不惜一切捍卫"普希金继承者"的荣誉。然而，他们都只是沿着普希金开辟的众多小道中的一条前行探索，只是他伟大天才的"部分继承者"。"普希金给俄罗斯文学带来了一幅世界的神秘图景和一种和谐，这是后继的无数俄罗斯作家包括托尔斯泰和陀思妥耶夫斯基在内都无法达到的……托尔斯泰选择了肉体之路，而陀思妥耶夫斯基选择了精神之路。"③

　　文学批评家们则通过从不同角度阐释普希金寻求自身批评理论的合法性，斯拉夫派（根基派）如此，西方派（自由派）同样如此。诚如别林斯基所言："对普希金越是深入思考，便能越深刻地领会他同俄罗斯文学的历史和现在之间的生动关系，并确信研究普希金也就是研究整个俄罗斯文学。"④ 在此之前，著名评论家格里高利耶夫（Григорьев А. А.）已然喊出了："普希金是我们的一切"（Пушкин – наше всё）⑤ 之振聋发聩的言说。普希金是我们一切心灵的、特殊的，在和其他外部世界冲突后仍然纯洁保

---

① 林精华：《普希金阐释史：构建俄罗斯民族认同的中心》，《中国图书评论》2009 年第 11 期。

② Гоголь Н. В.，*Полное собрание сочинений и писем в 17 – ти тоах. т. 3*，Юношеские опыты Первоначальные редакции，Москва – Киев：Издательство Московской Патриархии，2009，с. 275.

③ 刘锟：《普希金：一个孤独的文化符码——从梅列日科夫斯基的观点出发》，《俄罗斯文艺》2010 年第 2 期。

④ 林精华：《普希金阐释史：构建俄罗斯民族认同的中心》，《中国图书评论》2009 年第 11 期。

⑤ Григорьев А. А.，*Искусство и нравственность*，М.：Изд. Современник，1986，с. 78.

存下来的东西的代表。①

经历了苏联解体的文化转型，作为民族文化象征的普希金是以何种形态在当代存在？新俄罗斯文学中"现代知识分子"视域中的普希金形象无疑将折射出他们对传统文化的观照态度。普希金形象是托尔斯泰娅著名长篇小说《野猫精》的重要意象，在文本中被视为俄罗斯文化的符号。作为一个文化符号，其由能指和所指两个层面构成。能指也即普希金的形象，包括画像和雕塑。在《野猫精》中，贝内迪克特用一截木头雕刻而成的普希金像即为该文化符号的能指。作为一个复合符号，普希金的所指本该是俄罗斯的传统文化、艺术、思想和历史。事实上，"乖孩子们"眼中的普希金与其本该承载的所指相去甚远，发生了"变异"。文化符号可以发生变化，符号在不同语境中所指含义的异变折射出的正是文化的异变。

《野猫精》中的古文化保护者"尼基塔总是在念叨普希金。他珍惜普希金，并且吩咐贝内迪克特也珍惜，以此表示敬意"②。在他看来，"普希金是我们的一切，既是星空，也是胸中的法则"③。尼基塔要求贝内迪克特帮助他"把（普希金的）神像竖立在十字路口"④，以示对肆意破坏文化者的挑战和抗议。然而，"大爆炸"之后出生的"乖孩子们"根本不知道普希金，对他们来说，普希金的价值只是晾晒衣服时支撑线绳的树桩，是无聊时写下流话的木头，他远远比不上作为"硬通货"的老鼠。作为文化符号的普希金在往昔人的视域中和在"乖孩子"的视域中是存在显著差异的。或者说，普希金在两种不同的文化语境中发生了信息的丢失和变化。

经历剧变之后，普希金作为俄罗斯民族文化的符号和代言人，发生了不可逆转的"异变"。这种异变首先表现在普希金的形象——能指层面，也即普希金的雕像上。受尼基塔的委托，贝内迪克特用一截原木头雕刻伟大诗人的纪念像，他"刻出鬈发，将后脑勺去掉，使这个天才站在那儿更显得拱肩缩背，似乎一辈子都那么忧伤，手指和眼睛也现出来了。他给一

---

① 季明举：《"普希金是我们的一切"——"有机批评"视野中的普希金》，《安徽大学学报（哲学社会科学版）》2011 年第 4 期。
② 〔俄〕塔·托尔斯泰娅：《野猫精》，陈训明译，上海译文出版社，2005，第159页。
③ 〔俄〕塔·托尔斯泰娅：《野猫精》，陈训明译，上海译文出版社，2005，第161页。
④ 〔俄〕塔·托尔斯泰娅：《野猫精》，陈训明译，上海译文出版社，2005，第159页。

只手一下子刻了六个指头"①。贝内迪克特所雕刻的"普希金没有脚,没有给他刻脚。只有上半身,直到腰部,而下面像个佛塔,十分光滑"②。"俄罗斯诗歌的太阳"变为"一个真正的白痴,六个指头的天使",这是"对社会趣味的一记耳光"③,也是普希金在这个时代存在的外显形式。换言之,在"现代知识分子"的意识中,普希金并不是一种具体实在的存在,不能展现丰富的内涵与思想,只是一个来自"据说"的抽象"干瘪"的记号,是一座供"乖孩子们"消遣且并不被认可、不受供奉的"神像"。贝内迪克特只能根据尼基塔的"高深"讲述,凭借自己的理解来重新"塑造"普希金。在他看来,乖孩子们"是什么样子,你(普希金)就是什么样子,不可能是别的样子!……你(普希金)是我们的一切,我们也是你的一切,再没有别的人!不存在别的人"④。

普希金也丢失了所指意义,嬗变为一个空洞的文化符号,其根源在于诗人所承载的俄罗斯文化传统,以及俄罗斯思想在"大爆炸"后已经被彻底摧毁了。以至于"普希金是什么人?"⑤成了萦绕在"蜕化一代"中知识分子代表贝内迪克特心头的不解难题。"世界在变,与世界一同改变的还有人。不只我们的观点和我们自己在变化,变化的还有普希金。"⑥著名的普希金研究专家洛特曼对"不同时代的普希金"有着独特而深刻的见解。"不同时代的普希金"之所以差异巨大,不仅是由于不同的时代文化语境,更是由于其阐释者的变化。换言之,对普希金的阐释是窥见各个时代知识分子文化观的一面镜子。普希金的文化内涵流失恰恰折射出"现代知识分子"与文化传统的巨大裂痕,对普希金,他们弃之如草芥的做法则尽显了对传统文化的反叛,其实质无疑是一种文化虚无主义思想。

当生活遇到挫折时,贝内迪克特向普希金的雕像倾诉,寻求解脱之道。恍然间,他明白正是自己用一根哑巴木头雕琢出"歪着头、弯着手臂、焦急地倾听心里话"的普希金。否则,"普希金"仅仅只"是一截没

---

① 〔俄〕塔·托尔斯泰娅:《野猫精》,陈训明译,上海译文出版社,2005,第175页。
② 〔俄〕塔·托尔斯泰娅:《野猫精》,陈训明译,上海译文出版社,2005,第176页。
③ 〔俄〕塔·托尔斯泰娅:《野猫精》,陈训明译,上海译文出版社,2005,第176页。
④ 〔俄〕塔·托尔斯泰娅:《野猫精》,陈训明译,上海译文出版社,2005,第266页。
⑤ 〔俄〕塔·托尔斯泰娅:《野猫精》,陈训明译,上海译文出版社,2005,第132页。
⑥ 赵红:《作为普希金研究家的洛特曼》,《西安外国语大学学报》2007年第15卷第1期,第42页;也可见 Лотман Ю. М., Пушкин притягивает нас, как сама жизнь, *русская газета*, 1993.1 ноября。

有眼睛的木头，一根微不足道的柱子，森林里的无名树木；只会在春风里
喧器，在秋凉时掉果，在寒冬里哀鸣……"① 通过阅读，贝内迪克特知道
"安宁和自由"，也记得"普希金也是这么写的"②。然而，他所认为的
"普希金式的安宁与自由"是"修一圈围墙来防避野猫精……在围墙内想
到哪儿去都行，可以享受自由。还要防止民众伤害普希金，不让他们在他
身上晾衣服。要用石头凿成链子，固定在柱子上，从四面把他围起来。头
顶上方要安一块挡板，免得荡妇鸟在他头上拉屎。还要专门派若干奴仆在
角落里日夜巡逻。在筑路差役中增加一项：清除民众小路上的杂草。冬天
要把小路打扫干净，夏天可以栽一些风铃草之类的花草"③。这也是贝内迪
克特对"普希金是我们的一切"这一源远流长之箴言的新解读。

　　普希金在《纪念碑》中写道，那"给自己建立的"纪念碑"将自己坚
定不屈的头颅高高扬起，高过亚历山大的石柱"④。诗人对自己所取得的成
就无比自豪，自认无愧于民族灵魂和"诗歌之王"的桂冠。然而，在贝内
迪克特看来，普希金的纪念碑要高过亚历山大的石柱，就要"把普希金推
上船，推到最上面的一层，让他手里拿着书，让他高过亚历山大石柱，高
出许多"⑤。贝内迪克特只是听说过"普希金写了许多诗"。他将普希金的
名诗《纪念碑》——"我为自己建立了一座非人工的纪念碑/通向它的小
径/熙来攘往/青草不长"⑥——解读为"民众所走过的小路不会长草；但
若没有人去践踏，就会长起草来"⑦。贝内迪克特对普希金诗歌的幼稚、拙
劣的解读消解了其作为"诗歌之王"的荣光和民族之魂的傲气。诗人的天
才之作被视为寻常普通辞藻的庸俗堆砌。这无疑宣告，在这个时代，"普
希金已经死了"。

　　当尼基塔口吐熊熊圣火之时，不仅象征罪恶的总卫生员及其追随者们
被圣洁之火涤尽，普希金像也被烧得面目全非。普希金雕像"站在被烧焦

① 〔俄〕塔·托尔斯泰娅：《野猫精》，陈训明译，上海译文出版社，2005，第266页。
② 〔俄〕塔·托尔斯泰娅：《野猫精》，陈训明译，上海译文出版社，2005，第306页。
③ 〔俄〕塔·托尔斯泰娅：《野猫精》，陈训明译，上海译文出版社，2005，第306页。
④ Пушкин А. С., *Полное собрание сочинений В 17 т. Т. 3，кн. 1*，М.：Воскресенье，1995，с. 424.
⑤ 〔俄〕塔·托尔斯泰娅：《野猫精》，陈训明译，上海译文出版社，2005，第306页。
⑥ Пушкин А. С., *Полное собрание сочинений В 17 т. Т. 3，кн. 1*，М.：Воскресенье，1995，с. 424.
⑦ 〔俄〕塔·托尔斯泰娅：《野猫精》，陈训明译，上海译文出版社，2005，第159页。

的林间旷地上，只是变成了一截黑黢黢的木炭，还在冒烟……贝内迪克特吃力地走到诗人的残骸跟前，仰望他被大火熏黑并烧得模糊的面貌。他的络腮胡和脸被烧成一个大饼。肘弯处积起一小撮白灰，里面还不时冒出火星；而六个手指都断掉了"①。滑稽可笑的"六指普希金"随大火消逝了，但毕竟留下了残缺的圆木，留给了贝内迪克特重新雕琢"普希金"的机会，也就是给予了他重新学习传统文化、追溯文化之根的机会。

二 众声喧哗中的经典落寞

社会剧变给新俄罗斯文学的生存创造了截然不同的历史文化语境。"单声部"的社会主义现实主义文学转向"多声部"的民主化新俄罗斯文学。后现代主义成了新俄罗斯文学中的显性思潮。解构文化传统与经典，以戏谑、诙谐的方式对其进行"时代化"重写是新俄罗斯文学的典型叙事策略。有评论家认为，"一部文学作品不再是原创，而是许多其他文体的混合，因此传统意义上的作者不复存在了。作家不再进行原创造，他只是重组和回收前文本的材料"②，也即"作者之死"（罗兰·巴特语）。换言之，文本中的人物地位得到了空前的凸显，成为与作家相对平等的众多"声部"之一，其获得了某种程度上的"独立性"。这与巴赫金的"复调"有着异曲同工之妙。巴赫金"复调"理论的出发点是批驳将某些长篇小说简单粗暴地视为作家思想的传声筒，或是社会现实的机械复现的文学批评方法。这种研究方式显然不足以全面解析新时期的众多"糅合式"和"拼贴式"作品，小说中充斥着各种外文学文本（extra-literary texts）。这些外文学文本，即对经典作品的刻意模仿，是以作品中人物的口吻说出来的，体现的是人物对种种"源文本"的个性化解读。同时，从叙事学角度看，"作者缺席"是新俄罗斯文学的共性特征。文本的叙述"视点"往往与其中某一主人公的视角重合，文本中所呈现的世界是主人公眼中的世界。或者说，人物是"感知者"，是文本众多"声音"中最突出、具有主导性的"声音"，事件或情节彰显的是他的态度与思想，作家和叙述者不参与"故事"，完全隐匿其后，不发表任何观点。

《地下人，或当代英雄》被认为是一部典型的"后现实主义"或"超

---

① 〔俄〕塔·托尔斯泰娅：《野猫精》，陈训明译，上海译文出版社，2005，第322页。
② 陈永国：《互文性》，《外国文学》2006年第1期。

现实主义"巨著,其与典型的现实主义作品之间的显著差异正是带有后现代特征的"互文性"作为文本构建的重要策略。有评论家认为,《地下人,或当代英雄》"是一部为批评家、学者和诠注者写的小说。分析它,把它分解成各个部分,用放大镜仔细查看每个部分会感到很有意思"①。作品充盈着浓郁的"历史文化意蕴",好似对各种俄罗斯经典文本所做的注释。《处女地 第一批应招者》与屠格涅夫的名著《处女地》,《杜蕾乔夫等人》与高尔基的《耶格尔·布雷乔夫等人》,《狗的谐谑曲》与布尔加科夫的《狗心》,《同貌人》与陀思妥耶夫斯基的《同貌人》,《维涅季克特·彼得洛维奇的一天》与索尔仁尼琴的中篇《伊万·杰尼索维奇的一天》之间,形成了"互文关系",作品的题目《地下人,或当代英雄》更是陀思妥耶夫斯基的《地下室手记》与莱蒙托夫的《当代英雄》的"拼贴"。从标题看,马卡宁各章的题目显然受到了经典作品的"扩散性影响"。然而,《地下人,或当代英雄》中各文本所表达的内容与其前文本之间存在重大差异,甚至是全然不同的主题。这种通过"戏仿"而生成的文本在客观上完成了对经典文本的颠覆。现文本与其前文本之间的关系,"是一种爱恨交织的俄狄浦斯情结"②。换言之,现文本必然是对其前文本进行"刻意误读",扼杀前文本的"生命力",消解其在"潜在读者群"中业已形成的影响力,从而在其基础上完成位移与重构,确定自己的合法地位。事实上,所谓互文并不是一种"新鲜"的叙事策略。任何新作品的生成都是建立在对前文本的模仿与颠覆基础之上,也即在前文本的影响之下产生。或者说,这种互文性非但不可避免,乃至是一种创作中的集体无意识行为。然而,哈桑认为,"互文性是后现代主义的一个显性标识,后现代主义与互文性在当今语境中可视为同义词"③。这是因为后现代主义文学文本对互文性的偏爱,其中往往集中大量使用互文性策略,而这种策略带有明确的叙事目的,是一种有意为之的互文性。这种互文性策略与文本构建手段本身包含着对传统文化、经典的颠覆和故意曲解,是一种文化的虚无主义思想。

最典型的例子莫过于《夏伯阳与虚空》对瓦西里兄弟的电影《夏伯阳》(据《夏伯阳与虚空》中图尔库七世交代,该文本主要依据电影改写

---

① 〔俄〕弗·马卡宁:《地下人,或当代英雄》,田大畏译,外国文学出版社,2002,第9页。

② 陈永国:《互文性》,《外国文学》2006年第1期。

③ 郑永旺:《游戏·禅宗·后现代:佩列文后现代主义诗学研究》,人民文学出版社,2006,第60页。

而成）与富尔曼诺夫小说《夏伯阳》的"戏仿"。富氏小说中和据此改编的电影中的夏伯阳是苏联红军的著名将领，缺乏深厚的文化素养，有着顽劣的流氓匪气，却拥有敏锐而杰出的军事天才。富氏小说和瓦氏兄弟电影《夏伯阳》讲述了主人公在政委富尔曼诺夫的指导与帮助下，逐步提高政治觉悟，最后在白军的追击下，不幸溺亡的故事。然而，佩列文的《夏伯阳与虚空》将人物进行了"倒置"。在彼得看来，夏伯阳是一位拥有深厚佛学（禅宗思想），善于诡辩，思维极其活跃的神秘主义者。作为夏伯阳的政委，彼得非但不能指导其提高思想觉悟，反而多次聆听夏伯阳的"教导"。富尔曼诺夫的《夏伯阳》是一部根据真人真事创作的传记式作品，历史上的瓦西里·夏伯阳是领导二十五师击退了由高尔察克和邓尼金等人率领的白军的围剿、被民众爱戴和称颂的传奇英雄。《夏伯阳与虚空》中的夏伯阳是一个"反英雄"（Anti-hero）[1]。所谓的"反英雄"只是与"英雄"这一概念相对而言的概念，并不是"反派"或"反面人物"。"英雄"与"超人"、"伟人"之间有着天然的语义联想，往往"献身于高尚的事业，具有高贵的血统、强烈的感情、坚定的意志、执着的追求、非凡的能力……是人类的信心、力量和道德的化身，集中体现了人类的共同理想"[2]。"反英雄"是走向"英雄"反面的形象，是对"英雄"的解构和消解，降解"英雄"在人们心中的崇高与伟大，使之走下神坛，回归平凡。夏伯阳从历史与文化中的奇幻英雄变为彼得·虚空眼中的"神秘主义者－反英雄"不仅是人物形象的嬗变，也是对历史和文化的否定，是一种虚无主义思想的彰显。

《夏伯阳与虚空》的真正作者佩列文完全隐匿，而"全面彻底解放佛教阵线主席乌尔汗·江博恩·图尔库七世"成了文本的作者，文本的叙事采用彼得的视角，其中呈现的种种现象皆为彼得的思想图景。当彼得置身于19世纪初的俄国之时，勃留索夫、阿·托尔斯泰、富尔曼诺夫、夏伯阳、索洛古勃、捷尔任斯基、科托夫斯基、梅列日科夫斯基、勃洛克、纳博科夫、布宁等历史人物共同构成了其所见的（所想的）一幅光怪陆离的生活图景。"托尔斯泰伯爵穿着紧身运动衣，大幅摆动着手臂，沿着冰面向远方滑去；他的动作缓慢而凝重，但他的速度却很快，快得跟在他身后

---

① 郑永旺：《游戏·禅宗·后现代：佩列文后现代主义诗学研究》，人民文学出版社，2006，第129页。

② 王岚：《反英雄》，《外国文学》2005年第4期。

无声地吠叫着的三头犬怎么也追不上他。"① 在彼得的视域下，大诗人涅克拉索夫是沉湎于鸡奸的败类，诗人马雅可夫斯基是确定无疑的颓废派、"一嗅出新政权明显的地狱气味，就急忙赶过去为之效劳"的投机分子；"骨瘦如柴的勃留索夫""脖子上缠一条像是用来遮掩牙齿印的灰色围巾"，看起来仪表堂堂，实则下流不堪。而阿列克赛·托尔斯泰体态臃肿，肥肥腻腻。文化名流们被置于哈哈镜下，呈现一幅令人忍俊不禁的漫画式讽刺画。

当彼得置身于 19 世纪初的莫斯科"音乐鼻烟盒文学酒吧"时，那里上演了一出改编自陀思妥耶夫斯基《罪与罚》的小型悲剧《拉斯科尔尼科夫和马尔美拉多夫》。《罪与罚》中的情节被任意改写、戏谑，人物化身为小丑，甚至马尔美拉多夫变成了一个女人。当他"摘掉面具，与面具连在一起的长衫也同时从他身上掉落下来，暴露出一个戴着胸罩、穿着花边裤子的女人，头上的银灰色假发拖着一条老鼠尾巴似的小辫子"②。此外，关于勃洛克的名诗《十二个》的结尾，彼得"不太懂结尾处的象征意味，为什么走在赤卫队员前面的是耶稣呢"？他质疑"难道勃洛克还想把革命钉在十字架上不成"？勃洛克最终不得不"修改了结尾，现在是一个水兵走在赤卫队员前面了……而耶稣却走在后面！他无影无踪，走在后面，背负着自己歪斜的十字架，穿过暴风雪！"耶稣非但没有走在红军的前面，而且"是向另一个方向"③ 前进。基督走在十二名赤卫队员的前面这一结尾的出现正是诗人对时代氛围的"最清醒"的展示，尽管诗人自己"也不喜欢《十二个》的结尾……但越细看，越清晰地看出来基督"，因此诗人多次重申，"基督走在他们前面，这一点是毫无疑问的"④。这一结果与勃洛克创作诗作的文化语境，及作家的思想状态具有逻辑上的因果关系。

新俄罗斯小说（以《野猫精》《夏伯阳与虚空》《地下人，或当代英雄》《"百事"一代》等为例）中的时间感和历史感已然逐渐消逝了。时间并不是文本叙事、情节安排的依据，主人公的意识取代了这一位置，意识的流动是情节推动的重要依据。在人物的意识中，所有事件的时间被最

① 〔俄〕维·佩列文：《夏伯阳与虚空》，郑体武译，上海译文出版社，2004，第 3 页。
② 〔俄〕维·佩列文：《夏伯阳与虚空》，郑体武译，上海译文出版社，2004，第 28 页。
③ 〔俄〕维·佩列文：《夏伯阳与虚空》，郑体武译，上海译文出版社，2004，第 32 页。
④ 〔俄〕符·维·阿格诺索夫主编《20 世纪俄罗斯文学》，凌建侯等译，中国人民大学出版社，2001，第 65 页。

大限度地模糊化,趋向于共时性,这种共时性本身就是以割裂历史为前提的。换言之,上述新俄罗斯文学作品中"现代知识分子"们在文本中"是浮萍式的飘来飘去的人,在历史的断裂感支配下,他们面对彻底的虚无"①。

第四节 "现代知识分子"的存在虚无主义

"虚无主义是一种非常深刻的世界观和学说,其怀疑不仅指向历史、文化、道德、民族等意识形态和现实制度,而且指向宇宙和生命意义,具有浓郁的形而上色彩。"② 虚无与存在看似是一组对立的概念,实则是构筑在非理性基础上的双生子。可以说,研究虚无的问题也就是研究存在的问题。虚无主义思想"使世界特别是人类生存没有意义,没有目标,没有可以理解的真相和本质价值"③。虚无主义的本质是宣告理性思维的破产,阐释人在世界中所面临的生存困境。存在虚无主义提出了对人之存在状态、存在方式、存在价值的哲思与诘问。

苏联解体带来了难以名状的心灵震荡。"传统的生活逻辑、哲学体系和意识形态观念被彻底颠覆,怀疑主义开始盛行,任何意识形态体系都无法解决新的时代疑虑。"④ 新俄罗斯文学中的"现代知识分子"身上映射出巨大的虚无"向心力",在吞噬传统文化价值的同时,对知识分子自身的存在也产生了究诘。"从虚空传向虚空的无意义的喊声"⑤ 响彻俄罗斯人的心间。

一 失意与抗争的纠结

《地下人,或当代英雄》中的彼得洛维奇是一名"不合时宜"的"曾经的天才作家",是替有钱人看家护院以谋生的看守,是"酒不离口,色不离身"的恶棍,是冷酷凶残的杀人犯,也是坚守个性自由的时代守望者与"当代英雄"。人生的失意、沉沦与知识分子的抗争精神纠结于一体,从而迫使其

---

① 赖干坚:《"异化"与现代派小说》,《外国文学评论》1994 年第 1 期。
② 黄发有:《虚无主义与当代中国文学》,《文艺争鸣》2006 年第 4 期。
③ 于沛:《后现代主义历史观和历史虚无主义》,《历史研究》2015 年第 3 期。
④ 张建华:《论后苏联文化及文学的转型》,《解放军外国语学院学报》2008 年第 1 期。
⑤ 〔俄〕弗·马卡宁:《地下人,或当代英雄》,田大畏译,外国文学出版社,2002,第 524 页。

对人之存在进行透视与哲思。

作为坚守的地下人,彼得洛维奇是时代英雄,面对"走出"地下的"叛变者"们拥有道德优势,他"想踩踩、踢踢他们的名字,想瞄准那些成了人物的人们的尊容,扔一团凡俗的污泥,露露他们的本相:他们为了名气、荣耀、温饱的生活而脱离了地下"①。尽管彼得洛维奇——地下人——沉迷于酒精,追求肉体的快感,但他仍是与前辈拉斯科尔尼科夫一样的"高尚之人"。恶棍,杀人犯的肮脏、恶毒与时代英雄,个性自由守卫者的高风亮节在他们身上令人惊奇地融为一体,他与"前辈"一样是带有"恶魔气质的人"。拉斯科尔尼科夫看到马尔美拉多夫一家的不幸遭遇深感震惊,将仅有的25个卢布倾囊相赠。彼得洛维奇同样在得到100美元的"巨款"后,爽快地把25美元赠予在车站偶然相遇的妓女,他也竭力保护智障女纳塔,使其免遭不怀好意者的玷污。

拉斯科尔尼科夫为了验证"平凡人(普通的人)"与"超人(特殊的人)"在社会生态系统中"生物链"的位置与相互关系而杀人。他认为,"平凡人"应该俯首帖耳地生活,不能逾越法律和规则,如拿破仑般的"超人"可以任意屠戮"平凡人",不仅不会遭受惩罚,反而能够流芳千古。换言之,他杀人绝不仅仅是为了拿到步入社会生活的"第一桶金",也为了验证自己是否为"不平凡之人",这是对民族的和人类的几千年中培育的理性思维定式和庸俗价值取向的反叛。拉斯科尔尼科夫是一个"不幸的虚无主义者,一个饱尝了人间苦难的虚无主义者"②。他的犯罪理论是:"谁聪明,强硬,谁就是他们的统治者。谁胆大妄为,谁就被认为是对的。谁对许多事情报以蔑视的态度,谁就是立法者。谁比所有人更胆大妄为,谁就比所有人更正确"③。这种理论得出的结论就是,强人可以为所欲为,可以虚无地蔑视一切规则、道德、信仰。

彼得洛维奇在曾经遗落在情人家的上衣口袋里掏出了《群魔》,他将之视为"一个作家留给另一个作家的遗嘱"④。他把陀思妥耶夫斯基亲切地

---

① 〔俄〕弗·马卡宁:《地下人,或当代英雄》,田大畏译,外国文学出版社,2002,第320页。
② 朱建刚:《从"地下室人"到"群魔"——陀思妥耶夫斯基与俄国虚无主义》,《外国文学研究》2008年第5期。
③ 陈燊主编《费·陀思妥耶夫斯基全集》(第8卷 罪与罚)(下),袁亚楠译,河北教育出版社,2010,第404页。
④ 〔俄〕弗·马卡宁:《地下人,或当代英雄》,田大畏译,外国文学出版社,2002,第531页。

唤作"费·米",认为他是不可或缺的,陀氏关于杀人的论述是"古典,准则"①。彼得洛维奇遭到高加索人的抢劫,他主动交出了财物,却难以忍受尊严与人格受到侮辱,将其残忍杀害。第二次,彼得洛维奇怀疑克格勃线人丘比索夫故意接近自己,偷录关于"地下人"的证据,因而将他诱至僻静的郊外居民楼顶层并将其杀害。彼得洛维奇杀死高加索人和克格勃线人不是为了谋取物质利益,金钱和名气对这个"老阿地"而言没有任何意义,杀人只是为了维护作为人的生存尊严、个性的自由。"阿地除了荣誉一无所有",他不能忍受多年在打字机前工作而落得"线人""暗探"的名声。这是彼得洛维奇杀人的直接动机,而其内在深层原因则是对人之存在的虚无解读。事实上,彼得洛维奇"继承"并发展了拉斯科尔尼科夫的"杀人理论"。他认为,"不可杀人的戒条中没有任何高度道德的内涵,就连一般道德的内涵也没有。此事,即杀人,不是个人的(你的,我的)司职——杀人过去和现在纯属他们的司职。他们(国家,政权,克格勃)可以成百万地消灭人。……帝王的事由帝王办,锁匠的事由锁匠办,答案即在于此。你未能也未敢杀人,他们却能够而且一贯杀人。他们考虑的是需要或不需要,而杀人对于你甚至不是罪孽,不是罪孽的事。"② 在彼得洛维奇看来,"人有彼类与此类"之分,作为犹太教/基督教(广义的基督教,包括东正教)核心教义——"不可杀人"没有道德意义,甚至没有一般意义。杀人不仅是允许的,而且是一种职责,是帝王和强人、强力机关的职责,他们历来可以根据需要成百万地"合法"杀人。因此,杀人不是罪孽,仅仅是游手好闲,多管闲事——杀人"仅仅不是你这狗崽子该办的事。"或者说,"不可杀人——并非诫命,而是禁忌"③。"一个人杀了人之后,他不是受着杀人行为本身的支配,而是受着他读过的和在银幕上看过的有关杀人的一切的支配。一个杀了人的人很在乎虚拟的现实。他被拖入了一场对话,是被预先和有意地拖入的。他的感觉是受着支配的。"④ 可以说,陀思妥耶夫斯基的那部长篇小说,对"杀人犯——彼得洛维奇"来说依然活着。但它已经是作为一种思想,作为一种表达有力的艺术抽象而活着了。"因杀人而自我毁灭"与"不可杀人"是从陀思妥耶夫斯基那里吹

---

① 〔俄〕弗·马卡宁:《地下人,或当代英雄》,田大畏译,外国文学出版社,2002,第219页。
② 〔俄〕弗·马卡宁:《地下人,或当代英雄》,田大畏译,外国文学出版社,2002,第219页。
③ 〔俄〕弗·马卡宁:《地下人,或当代英雄》,田大畏译,外国文学出版社,2002,第219页。
④ 〔俄〕弗·马卡宁:《地下人,或当代英雄》,田大畏译,外国文学出版社,2002,第199页。

来的道德微风，几乎已经成了一种绝对的思想。因此，"不可杀人"成了一种书页上的训诫，一种空洞的言说。

拉斯科尔尼科夫杀死了放高利贷的老太婆，因为那是社会的害人"虱子"，杀了这只喝他人之血的"虱子"能够挽救数十人的性命。杀死偶然闯入的丽萨维塔（老太婆的妹妹）则是本能的"自卫"，是没有选择的选择，却是罪孽。在"人类苦难化身"——索尼娅面前，拉斯科尔尼科夫不仅跪下亲吻，最终还在她的感召下主动投案自首，在西伯利亚流放地手捧《圣经》，为曾经的杀人罪孽真心忏悔。彼得洛维奇在杀人之后"反省"道，"高加索人，这归根结底是可以理解，可以原谅的，不管怎么说，刀子我们几乎是同时掏出来的。小绿地长椅上的瞬间了断当真可以认为是一种摆平的办法，是我们当今的一种决斗的方式。（可以与积雪的林边空地上的开枪决斗等量齐观。）但是这个克格勃，良心坚持说是我的罪过——是我杀了这个倒霉的家伙！说这里可没有任何雪地上的决斗和文艺复兴式的做派。抬手就杀，丢下尸体不管，那可是人哪。"① 然而，这个"咚咚"，这个克格勃线人是靠攫取他人的秘密、靠着告密生活的，是一只"咬人的虱子"。因此，"咚咚同志"失踪之后并未引起任何察觉、任何损失，只是等到尸体臭气熏天时才被发现。对警察而言，这也不过是又发现的一具尸体而已，没有证件，十分省事儿。作为最高价值的生命被视为草芥，"意味着最高价值自行贬黜"（尼采语）。

与前辈拉斯科尔尼科夫不同，接连两次杀人之后，彼得洛维奇徒有上述感叹，并没有忏悔的意愿和动力。他"看着自己杀人的手（它杀了人）——良心的谴责何其微弱。忏悔的愿望脉动的何其无力！疼痛吗？……是的，疼痛，我感觉得到。但这疼痛不是为了被杀者，而是为了自己，为了自己的结局（我有朝一日必将这样或那样碰上的那个正向我靠近的逗号）。疼痛是为了我的情节。是为了我的'我'……"② 在他看来，"人们在忏悔中不仅是寻找安慰——这里还有一种潜藏的保护意义（十足实用主义的）。这就是人们要忏悔的缘故。这是为了免得在两次以后又陷进第三次，第五次。总有一次会在哪里留下痕迹……可你忏悔了，那就好像打了个句号。一切正确，一切明智"③。彼得洛维奇拒绝忏悔。对他来

---

① 〔俄〕弗·马卡宁：《地下人，或当代英雄》，田大畏译，外国文学出版社，2002，第351页。
② 〔俄〕弗·马卡宁：《地下人，或当代英雄》，田大畏译，外国文学出版社，2002，第382页。
③ 〔俄〕弗·马卡宁：《地下人，或当代英雄》，田大畏译，外国文学出版社，2002，第383页。

说，上帝是伟大的、值得畏惧与崇敬的，但那不是"他的上帝"，不是他所受的教育。或者说，芸芸众生的上帝没有权力审判他。此外，在他看来，历史上"有瞄准脑门的时代，有跪在十字路口忏悔的时代。……与其说（现在）是处在第二个时代，不如说是处在第一个时代"①。拉斯科尔尼科夫以幸灾乐祸的姿态诘问索尼娅，"如果上帝不存在呢？"尽显其对"绝对价值"、真理的怀疑；彼得洛维奇并不怀疑上帝的存在，但坚信上帝不能"审判"他，对他来说，这种上帝的不在场意味着一个不受约束的世界，也就是"上帝已经死了"（尼采语），至少是"上帝已经黯然离开"的世界。

对犯罪的惩罚很少能叫犯罪者感到恐惧……因为他本人（在精神上）就需要惩罚。② 杀人之后，压迫着彼得洛维奇灵魂的"与其说是良心，不如说是心事的未能吐露。我今日的不幸不在良心的谴责（总的说是十分微弱的）——不幸在于避而不谈。在于我面前没有一张纸，没有哪怕一个听者"③。一个人一旦被同类的鲜血染红了双手，并与自己的良心妥协，那么对社会来说，他就将永远成为一个可怕、危险的现象。"一个犯下血腥罪行的人，要么会发疯，要么就会继续在死亡中寻找心灵上的安宁；如果这两种情况都没有出现，那么由他带给他人的那种血腥死亡，就会在道德上杀死自己。"④

在彼得洛维奇那儿，忏悔罪孽的戏码——拉斯科尔尼科夫寻求索尼娅的帮助，渴望被倾听的故事，"连简易的版本也没有出现"。向在车站偶遇的妓女祖露心中的秘密与困苦，"是不可能的，不可思议的，这就等于两人在被窝里唱起了苏维埃歌曲，宇航员进行曲"⑤。在这里，忏悔是一种可笑的举止，尤其是向一个"她自己也不知道是谁"的人忏悔。彼得洛维奇最终进入精神病院是一种逻辑的必然，也是他叩问"我是谁？"与"我在哪？"的必然路径。"灵魂问题归根结底是个自我定位问题，在时空的坐标系上，'我在哪里'的发问是每个人根本的哲学冲动，回避不代表不思考，

---

① 〔俄〕弗·马卡宁：《地下人，或当代英雄》，田大畏译，外国文学出版社，2002，第221页。
② 陈燊主编《费·陀思妥耶夫斯基全集》（第8卷　罪与罚）（下），袁亚楠译，河北教育出版社，2010，第529页。
③ 〔俄〕弗·马卡宁：《地下人，或当代英雄》，田大畏译，外国文学出版社，2002，第388页。
④ 陈燊主编《费·陀思妥耶夫斯基全集》（第8卷　罪与罚）（下），袁亚楠译，河北教育出版社，2010，第529页。
⑤ 〔俄〕弗·马卡宁：《地下人，或当代英雄》，田大畏译，外国文学出版社，2002，第226页。

只是找不到答案而已"①。

彼得洛维奇"在'退化'这个词里听到的也仅是人生的虚幻：人不知怎么地生到人世，然后又离开人世。入场和退场。仅此而已。诞生和退回"②。人生被简化为一场梦中旅行，出发和回归是同一个地方，过程则消逝了。因此，生活对彼得洛维奇而言是"从虚空传向虚空的无意义的喊声"③。这种人生如戏亦如梦在《夏伯阳与虚空》中则体现为"从虚无到虚空"，也即在虚无中苦苦找寻合理的存在。

二 一个俄罗斯人的"梦蝶"

国内外文学评论界认为，《夏伯阳与虚空》是一部充盈着浓厚神秘佛教气息的作品，确切地说，被认为是一部禅宗小说。④ 事实上，有学者认为，"Пустота（虚空）这个姓氏在文本中完成了'假有'和'缘起'的两项隐喻，但文本也表现了对现实存在的绝对否定，流露出一种'恶趣空'的倾向，就是世俗之人常说的万事皆空，即把佛教的空理解为纯粹虚无主义，这种'恶趣空'在《夏伯阳与虚空》中以'世界仅仅是我的印象'和'世界是幻想'的命题加以表现"⑤。产生上述关于世界之认知言说的原因是彼得·虚空认为自己同时在1920年前后的国内战争时期的夏伯阳骑兵师内与1990年前后的俄罗斯一家精神病院两个时空生活。前一个时空有阿·托尔斯泰、勃留索夫、高尔基、肃反委员会、国内战争等历史史实，后一个时期则有精神病院、美国CNN电台、好莱坞巨星阿诺德·施瓦辛格等"现实碎片"。主人公彼得·虚空无法确认这两个世界到底哪一个是真实的存在，哪一个为梦境。换言之，在彼得的认知思维中，存在两个

---

① 徐岱、李娟：《自我之舞——20世纪青春叙事的一种解读》，《浙江大学学报》（人文社会科学版）2008年第3期。

② 〔俄〕弗·马卡宁：《地下人，或当代英雄》，田大畏译，外国文学出版社，2002，第382页。

③ 〔俄〕弗·马卡宁：《地下人，或当代英雄》，田大畏译，外国文学出版社，2002，第524页。

④ 相关论述请参见 Эпштей М., *Постмодернизм в россии. Литература и теори*, М.：Изд. Р. Элинина, 2000; Генис А., *Иван Петрович умер*, с. 232; Лейдерман Н. Л., Липовецкий М. Н., *Современная русская литература：1950 – 1990 – е годы* В 2 т., М.：Издательский центр "Академия", 2003, 或郑永旺《游戏·禅宗·后现代：佩列文后现代主义诗学研究》，人民文学出版社，2006；温玉霞《解构与重构：俄罗斯后现代小说的文化对抗策略》，中国社会科学出版社，2010。

⑤ 郑永旺：《游戏·禅宗·后现代：佩列文后现代主义诗学研究》，人民文学出版社，2006，第239页。

独立发展的空间，两个相异共存的"现实"世界，而令他迷惑的梦境是连接两个世界的特殊通道。事实上，佩列文秉持的是一种特殊的梦境观念，他认为，"梦是很有趣的状态。对我而言，梦与现实之间没有界限。我们所谓的现实事实上仅仅是一种具有特定持续性和连贯性的梦。您从早上 8 点到晚上 11 点都置身于这个梦中。当您死去之时，梦境与现实之间的差异将不复存在。"① 对于自认为活着的彼得，梦境与现实之间存在差别是自明性的问题。那么，究竟"什么是真实？"这是彼得自然而然发出的疑问。对此，夏伯阳以"俄罗斯版的庄周梦蝶"作为回复：

> 我（夏伯阳——引注）认识中国的一名共产党员，名叫庄杰。他经常做同一个梦，梦见自己是一只在草丛中飞来飞去的蝴蝶。每次他醒来的时候，他都弄不清楚，到底是蝴蝶梦见自己在从事革命工作呢，还是这个地下工作者梦见自己在花丛中飞舞。就这样，这位庄杰在内蒙古因怠工而被捕，审讯时，他说自己实际上就是梦见这一切的那只蝴蝶。②

夏伯阳口中的寓言故事的原文本是《庄子·齐物论》：

> 昔者庄周梦为蝴蝶，栩栩然蝴蝶也，自喻适志与，不知周也。俄然觉，则蘧蘧然周也。不知周之梦为蝴蝶与？蝴蝶之梦为周与？周与蝴蝶则必有分矣。此之谓物化。③

首先，在《夏伯阳与虚空》文本的戏谑性改写中，庄子从圣贤被"贬黜"为"共产党员庄杰"，且梦蝶的庄杰因怠工被捕，经受种种审问。这种身份的解构暗含对传统文化的嘲讽和蔑视，折射出文化虚无主义思想。

其次，"庄周梦蝶"原文本可以被分析为四个叙述层面：两个叙事，一个抒情，一个议论。

---

① *Россия – это лишь злая пародия. Беседа с писателем Виктором Пелевиным о терроре в Москве, виртуальной политике и российских мифах*, http：//pelevinlive. ru/14.
② 〔俄〕维·佩列文：《夏伯阳与虚空》，郑体武译，上海译文出版社，第 252 页。
③ 孙海通译注《庄子》，中华书局，2007，第 51 页。

叙事一：庄子梦见自己是蝴蝶。

叙事二：蝴蝶梦见自己是庄子。

抒情：不知究竟是谁梦见谁？

议论：人与蝴蝶的区别与转化。①

叙事一以庄子的视点为中心（梦见自己变成蝴蝶），叙事二以蝴蝶的视点为中心（疑惑自己是蝴蝶，还是庄周），庄子所在的世界和蝴蝶所在的世界都是"真实存在的"，在文本中拥有平等的地位。因此，难以区分到底哪个为真实的世界。然而，庄周与蝴蝶无疑是不同的存在，文本的意旨是物与人互化合一的思想，即"世间万事万物，包括人在内，都是齐一的，'天地与我并存，而万物与我为一'"②。

在《夏伯阳与虚空》文本中，以蝴蝶为叙述视点的叙事二和对于"庄周梦蝶"之主旨"物我同化"议论被删除。这种书写策略造成了原文本中"庄周的世界"与"蝴蝶的世界"之间存在的等同性被打破，两个世界"孰为真，孰为梦"的"不可确定性"遭到破坏。也就是说，夏伯阳的转述中，人的世界被预置为"真实的"。他以此来回答彼得"什么是真实？"的提问，包含诱导他将"国内战争时空"作为真实世界的企图。事实上，在文本中彼得和庄子一样分不清两个世界中哪一个为真实的，因而作为彼得堡诗人的彼得·虚空所处的"国内战争时空"和作为精神病院病人的彼得·虚空所处的"苏联解体后时空"具有同样的地位。两个"世界存在不确定性"是彼得所演绎的"俄罗斯人的梦蝶"故事的前提，也是这种不确定性引发他产生与庄子类似的本体论层面的窦疑，即不断追问"我是谁？""我在哪儿？"，这种追问本身就包含对个体存在的怀疑，对"世界和真实为何"的形而上思考。

三 "我是谁？"的窦疑

"我是谁？"是萦绕在彼得脑际、挥之不去的问题。置身于 20 年代的彼得几乎已经确认自己是彼得堡的诗人，杀了肃反委员会的法涅尔内伊，在"音乐鼻烟盒文学酒吧"与勃留索夫、阿·托尔斯泰交谈，观看小型悲剧

---

① 周荣胜：《博尔赫斯的"庄周梦蝶"——一个西方人的"中国梦"分析》，《比较文学与世界文学》2015 年第 7 期。

② 孙海通译注《庄子》，中华书局，2007，第 20 页。

《拉斯科尔尼科夫和马尔美拉多夫》。然而，彼得带着 20 年代的"生活记忆"回到了 90 年代的莫斯科精神病院，"眼中的世界"与"记忆中的世界"之间的巨大差异使其感到震惊与无所适从，他本能地开始思考"我是谁？"他询问同室病友：

    ——我到底姓什么呢？
    ——您姓虚空（或译，普斯托塔），您的神经错乱，与您否认自己人格的存在有关。您用另外一个完全是臆想出来的人格取代了自己的人格。①

彼得由此获知自己身上的"伪人格"生活在 1918 年或者 1919 年，它已经发展到了十分完整的地步，几乎完全取代并压倒了真人格，他在 90 年代的心理主动性受到了伪人格的严密监控。这个在病友和医生看来完全是彼得个人臆造的人格，也即 20 年代的彼得——诗人兼政委，对 90 年代的彼得来说并不是虚假和臆造，因为在他思维中存在真切的意念和"生活记忆"。只是这种记忆和认知并不是完整的（片段的、断裂的），从而导致他在两个不同时空中产生了认知的位移和误差。对彼得而言，两个时空都有令他信服的实存依据（都有疼痛的切身体会），而他也"并不是对客观世界的真实性怀疑"。这两个世界真实得让他无法质疑，而作为一个人，他显然明白不可能有两种存在状态，正如庄子不可能既是庄子，又是蝴蝶，这就导致了他"对自己的存在怀疑。"② 对自我存在的怀疑又反过来致使他一再追问"我是谁？"

回到 20 年代的夏伯阳骑兵师中，彼得与夏伯阳讨论自己是谁：

    ——你把什么称作"我"？
    ——显然是自己。
    ——能否告诉我，自己是谁？
    ——彼得·虚空。
    ——这是你的名字，而使用这个名字的人是谁呢？

---

① 〔俄〕维·佩列文：《夏伯阳与虚空》，郑体武译，上海译文出版社，第 113 页。
② 郑永旺：《游戏·禅宗·后现代：佩列文后现代主义诗学研究》，人民文学出版社，2006，第 206 页。

——可以说，我是一个心理个性。是诸多习惯、经验……还有知识、趣味的总和。

——这是谁的习惯，彼得卡？

——我的。

——可你刚刚才说过，你就是诸多习惯的总和。既然这些习惯是你的，那么就是说，这是诸多习惯总和的习惯？……习惯又会有什么习惯呢？①

夏伯阳步步紧逼的追问，终于迫使彼得承认自己是"一个心理个性"，得出自己是"诸多习惯总和的习惯"这样的谬论，习惯显然不可能有习惯。夏伯阳的目的并不在此，而是引导彼得思考关于自身存在的问题，使其接受存在即是虚空的思想。

"'庄周梦蝶'最重要的含义不是人生如梦的感叹，而是本体论上的疑问：对僵硬现实的质疑、对其他世界的感知、对时间的存在与否质疑等形而上学激情。"② 俄罗斯版的"庄周梦蝶"故事同样折射出这种对现实的恍惚、幻化。彼得发现，"眼前发生的事情是那么不真实，以致它的不真实已经无法察觉；类似的情景经常在梦里……混乱不堪的恶梦变成一种日复一日的陋习"③。梦境与现实之间的界限被模糊了，或者对彼得而言，根本不存在梦境与现实的差别，两个空间都似梦境，又都似现实。当彼得身处20年代时"脑袋疼得要命"，在精神病院则有4CC药物的强烈刺激，两个空间的"现实感受"对其而言都逼真无疑，这种共存的真实感使其产生对现实的恍惚，而恍惚的感受就转移到对自身存在的质疑。这种怀疑最终上升为对人生的形而上思考，即"人有点像这列火车。他同样注定要在身后永远拖着一串来自过去、阴森可怖、不知从哪里继承来的车厢。而竟把种种希望、见解和恐惧偶然纠结在一起发出的毫无意义的隆隆声叫做自己的生活。没有任何办法摆脱这一命运"④。显然，生而为人的意义被消解，人的一生被视为虚无的存在。最终，这种虚无的存在完成螺旋式上升，成为

---

① 〔俄〕维·佩列文：《夏伯阳与虚空》，郑体武译，上海译文出版社，2004，第 174 页。

② 周荣胜：《博尔赫斯的"庄周梦蝶"——一个西方人的"中国梦"分析》，《比较文学与世界文学》2015 年第 7 期。

③ 〔俄〕维·佩列文：《夏伯阳与虚空》，郑体武译，上海译文出版社，2004，第 102 页。

④ 〔俄〕维·佩列文：《夏伯阳与虚空》，郑体武译，上海译文出版社，2004，第 107 页。

其生而为人的行动指南——"一个人越狡猾，越无耻，他就活得越轻松"①。这种狡猾鬼、无耻者成了物种进化的"强者"的思想，与《罪与罚》中的斯维德里盖洛夫的人生观，以及拉斯科尔尼科夫的"杀人学说"具有血脉关系，是一种对人之存在的虚无应对。

四 "我在哪?"的困惑

彼得对个体存在虚无的另一个疑问正是"我在哪?"也就是说，在彼得所陷入的状态中，"人的生存是不确定的，人所处的空间和时间同样是不确定的"②。当肃反委员会的法涅尔内伊问道："你这是从哪儿来，到哪儿去?"彼得回答："从彼得堡来，至于说到哪里去——连我自己还想知道呢。"③ 他对来自彼得堡，身处以特维尔街心花园为标志的莫斯科并没有产生疑问，只是不知道自己脚下的路将通往何方。然而，在经历莫斯科精神病院的"时空旅行"之后，再次回到 20 年代的彼得"企图搞清楚，我（彼得——引注）到底在什么地方，这个二十六年来我每天早晨都会鬼使神差地置身其中的奇怪世界发生了什么事情"④。巴尔博林、热尔布诺夫和彼得都出现在两个不同的时空，且扮演着不同的角色。巴尔博林与热尔布诺夫只是作为相同的身体存在，没有"双重时空的记忆"，而彼得在两个时空中都保留了关于"前时空"的记忆。记忆的保留使他感到困惑，进而萌发对所在空间（世界）的疑虑，最终指向对"何为真实"的苦思。

游走在两个时空的彼得"无法理解什么实际上是真实的。是现在四轮马车呢，还是那个镶着瓷砖、每天晚上都有穿白大褂的魔鬼来折磨我的地狱?"⑤ 彼得不得不接受夏伯阳关于"人－意识－脑袋－肩膀－房间－房子－俄罗斯－地球－宇宙－意识－人"之所谓"存在循环"的诡辩。按照夏伯阳的这种诡辩，彼得悟出了"他们哪儿都不在……他们也无处可在"，而正是自己的存在才为精神病院和国内战争这两个世界存在提供了可能性和

---

① 〔俄〕维·佩列文：《夏伯阳与虚空》，郑体武译，上海译文出版社，2004，第 48 页。
② 郑永旺：《游戏·禅宗·后现代：佩列文后现代主义诗学研究》，人民文学出版社，2006，第 212 页。
③ 〔俄〕维·佩列文：《夏伯阳与虚空》，郑体武译，上海译文出版社，2004，第 3 页。
④ 〔俄〕维·佩列文：《夏伯阳与虚空》，郑体武译，上海译文出版社，2004，第 80 页。
⑤ 〔俄〕维·佩列文：《夏伯阳与虚空》，郑体武译，上海译文出版社，2004，第 251 页。

唯一方式。"只是因为我（彼得——引注）存在，他们才存在。"① 也就是，"不管我（彼得——引注）走到哪里，其实都只是在同一空间里活动，这个空间就是我自己"②。因此，世界仅仅是我的印象和幻想，那么关于世界的真实性的怀疑转化成了关于"我"真实性的疑虑，对"我在哪儿"的探究变成了"我之存在"的形而上思考。这种思考的结论与施蒂纳的名言——"对我来说，没有任何东西高出于我；'我'是万物的主宰和尺度"——拥有某种契合性。彼得的答案可能的逻辑发展结果是，任何东西"在思维以外是不存在的，除了被感知外没有别的存在；当我们不在思想的时候，一切物体都不存在。"③ 这是一个完全唯心主义的论断，它否认客观世界的存在，无疑是纯粹的虚无主义。

彼得的思想并没有如上述那样彻底，而是生发出相对更为高明的见解，一种介于纯粹虚无主义与佛教之"空性"之间的思想。文本中所折射的"对空的把握虽然存在严重的误读，但就世界存在于'中间地带'而言，他使空的境界处在'非有亦非无'的情境之中，这不失为表现'妙有'的方式方法，只是这种方法已经背离了禅宗思想，或者说是另一种缘起之说"④。一般认为，"空"是佛教的核心范畴，佛教中也形成了一套独特复杂的空性理论，与"空"紧密联系的是理想归宿、修持方法等内容。"就'空'论的思想主流而言，既非实有主义，也非虚无主义，而是一种不能简单地以有或者无论之的价值哲学理论。"⑤《夏伯阳与虚空》中彼得体悟到，"自己的脑子里完全没有思维时，这本身已经是思维，是对没有思维的思维。结果是，真正没有思维是不可能的，因为这无法界定。或者可以说，没有思维意味着虚无状态"⑥。显然，彼得的思想与《金刚般若波罗蜜经》的无所得精神、清除一切万法、得法而无法可得、说法而无法可说的精髓有一定的相似性。"空"与佛教之核心思想"超脱"（解脱）相关，即教化众生放弃贪执，求得解脱。从这个角度说，彼得并没有理解

---

① 〔俄〕维·佩列文：《夏伯阳与虚空》，郑体武译，上海译文出版社，2004，第 269 页。
② 〔俄〕维·佩列文：《夏伯阳与虚空》，郑体武译，上海译文出版社，2004，第 344 页。
③ 〔阿〕豪·博尔赫斯：《博尔赫斯全集·散文卷（上）》，王永年、徐鹤林等译，浙江文艺出版社，1999，第 493 页。
④ 郑永旺：《游戏·禅宗·后现代：佩列文后现代主义诗学研究》，人民文学出版社，2006，第 241 页。
⑤ 方立夫：《佛教"空"义解析》，《中国人民大学学报》2003 年第 6 期。
⑥ 〔俄〕维·佩列文：《夏伯阳与虚空》，郑体武译，上海译文出版社，2004，第 126 页。

"空"之真谛，他离开精神病院后，还是去寻找曾经的音乐鼻烟盒文学酒吧，没有真正顿悟，没放弃"人最大的执着'我执'，即认为自己是实有，一切以自我为中心，从而引发种种贪著之心"，[1] 最后只能坐上夏伯阳的那辆坦克，驶向虚无中的"内蒙古"。

本章小结

本章首先论述了虚无主义思想的起源，其与知识分子之间的关系，苏联解体后的新文化生态与"现代知识分子"虚无主义思想产生的内在逻辑必然性。第二节阐释了"现代知识分子"身上蕴含的因政治、文化急剧颠覆而产生的否定历史的倾向，也即历史虚无主义。第三节论述了"现代知识分子"否定历史的情绪进一步蔓延至传统文化领域，对普希金、A. 托尔斯泰等一系列文化名人和经典名著的讽刺、戏谑，尽显其文化虚无主义思想。第四节主要论述了在新文化生态中，"现代知识分子"对"我是谁?""我在哪?"等问题进行了形而上的思考，彰显他们对自身存在的彷徨、疑惑，体现为一种从虚无到虚空的存在虚无主义。

---

① 曹晓虎：《佛教空观的理论发展——从原始宗教"空"观到中观般若学空观》，《宗教学研究》2004 年第 2 期。

第六章 "现代知识分子"体现的后现代思维

第一节 文化断裂与后现代思想盛行

社会的剧烈变革与文化的被迫转型存在显性的因果关系。20世纪初，"十月革命"使俄罗斯民族开启前所未有的历史新征程，而俄罗斯文艺的"白银时代"亦由此中断，其成了"拦腰折断的辉煌"。20世纪末，苏联解体使社会不得不艰难转型，与之相伴的是文化再次面临着"断崖式裂变"。也即"苏联解体使在此之前的一切价值和评判标准瞬间就老去了"①，缘起于西方的后现代思潮和大众消费文化思潮却趁势而上，呈现鼎盛发展之势。对这种俄罗斯文化断裂现象，《"百事"一代》中的塔塔尔斯基有着精妙的看法："俄罗斯总是因文化和文明之间的断裂而臭名昭著。如今已不再有文化，也不再有文明。唯一留存的，便是那裂口"②。这种言说中包含着典型的后现代思维，即世界、文化、文明等宏大话语都已被切割为碎片，并进行重新"组装""拼凑"。因而，"现代知识分子"们以其"独特的感受来拥抱这个复数的世界（миры）和破碎的世界（фрагментарный мир）"③。

一般认为，20世纪90年代，也即苏联解体初期是俄罗斯后现代主义发展之高潮。那么，到底什么是后现代主义呢？这是一个难以回答的问题。后现代主义至今仍无清晰明确的统一定义，它更贴近于思想理论界对社会变化的一种批判性、内省式的阐释，一种在彷徨中寻求出路的实验。

---

① 侯玮红：《当代俄罗斯小说研究》，中国社会科学出版社，2013，第212页。
② 〔俄〕维·佩列文：《"百事"一代》，刘文飞译，人民文学出版社，2001，第76页。
③ 郑永旺：《游戏·禅宗·后现代：佩列文后现代主义诗学研究》，人民文学出版社，2006，第145页。

利奥塔、哈贝马斯、詹姆逊、罗蒂、哈桑等一众后现代哲学家提出各自的观点，却莫衷一是，始终处于不停的论战之中。后现代本身抵制这类僵硬的定义，拒绝"将之表述为一套体系化的解释理论的企图"，它对"元叙事""元语言"提出质疑。后现代主义"本身尚在转化、流变、发展之中，它既不是一个流派，也没有固定的风格，对于后现代美学特征的整体性把握，只能从后现代性（Post-modenity），即作为一种阐释代码对图像和文本进行相对有效的解读"①。安德鲁·本内特用"不确定性"（Undecidability）、"新启蒙"（A new enlightenment）、"播撒"（Dissemination）、"小叙事与大叙事"（Little and grand narratives）、"仿真"（Simulation）、"不可表现"（The unpresentable）、"无深度感"（Depthlessness）、"拼贴"（Pastiche）和"去中心"（Decentring）等一组关键词来概括后现代主义艺术形式的一些最主要特征。事实上，这些特征是浸淫社会中的"现代知识分子"因生存困境与焦虑忧思而引发的消解任何绝对、权威、崇高的解构思想、游戏人生的态度和生命悖论意识的艺术化呈现，是人之主体忧虑在文学、电影、绘画、雕塑等艺术范式中的反映。

第二节　"现代知识分子"后现代思想的文学显影

一　文字的行动：一种解构的激情

在伊哈布·哈桑看来，"去中心"是后现代的核心标志。他提出，"后现代可以由一个前缀为'去'（de -）和'次'（di -）的词来概括：解构、去中心化、播撒、分散、转移、差异、不连续、去神秘化、去合法性、消失"。② 后现代强调的是一种对经典的、公认的意义的消解。"后现代主义的核心精神是蔑视一切权威主义的元语言，而企图在社会和文化领域中彻底铲除'词语暴政'"。③ 换言之，解构主义（Deconstructionism）是

①　〔法〕让－弗朗索瓦·利奥塔：《后现代状况：关于知识的报告》，岛子译，湖南美术出版社，1996，第216页。

②　Hassan Ihab, *Beyond postmodernism? Theory, Sense, and Pragmatism in Making Sense: The Role of the Reader in Contemporary American Fiction*, ed. by Gerard Hoffmann, Munchen: Wilhelm Fink, 1989, p. 309.

③　〔法〕让－弗朗索瓦·利奥塔：《后现代状况：关于知识的报告》，岛子译，湖南美术出版社，1996，第231页。

后现代思潮的内核之一，它企图消解所有的确定性，倡导流动性、模糊性。曾经人们无比尊崇的金科玉律、真理、常识都是其意欲消解的对象。这种消解思维的首要目标还是"反逻各斯中心主义"（anti-logocentrism）。或者说，"后现代主义的核心概念之一是解构逻各斯中心主义的传统"①。因为"逻各斯问题十分要紧，它不仅涉及西方思想和语言的起源，还从根本上影响着现代西方人与当下存在的关系"②。甚至可以说，整个西方的现代文化与哲学都建立在逻各斯这个"根基"之上。逻各斯从话语，也即呈现想要展现的东西的手段，逐渐变为"逻辑""判断"，乃至"真理"。在逻各斯中心主义的理论中，言语和真理（箴言）之间存在最直接的通道，言语包含且自然而然地传递了言说者的即时思考。因此，"逻各斯中心主义"主张口头表达优于书面文字，语音胜于文字，因为口头表达体现了"说话者在场"，能够清晰地对任何模糊意义做出解释。

自古希腊以降，形而上学逐渐占据西方哲学的中心，统辖思想的发展，是西方文化、哲学思想发展的宏大背景，也是"哲学之树的树根"（笛卡尔语）。形而上学偏爱对事物进行溯源，强调的是一种"显性的在场"，进而通过"在场"确认意识存在之意义，其思考的是作为"存在者的存在者"（海德格尔语）。对这种"在场"的青睐导致了言语超越文字，居中心地位。言语彰显了"在场"，是思想与意识的复现，文字则沦为言语的复制品。换言之，"西方形而上学设定了言语和文字的等级秩序，前者为生命，后者为死亡"③。在德里达看来，所谓"逻各斯中心主义"正是将"说"置于"写"之上，强调言语（语音、声音）的本源性，以一种"在场"为中心的思维观照世界。然而，德里达发现，"说"并不能完全代表"想"，言语断然不可能取代"思想"。也就是说，言语与思想之间总是且必然存在细微的"误差"。因此，"逻各斯中心主义"显得十分可疑。

尼采首先对"逻各斯中心主义"思想展开了激烈的批判。尼采质疑古希腊人对语言的逻辑中心化。"他认为语言是根植于人们的感知和经验的，语言不像古希腊人指出的那样是两分的，而是全景透视（perspectival）、以

---

① 〔法〕让－弗朗索瓦·利奥塔：《后现代状况：关于知识的报告》，岛子译，湖南美术出版社，1996，第218页。
② 王泉、朱岩岩：《解构主义》，《外国文学》2004年第3期。
③ 胡继华：《延异》，《外国文学》2004年第4期。

一种提喻的方式运作的。"① 海德格尔则对逻各斯进行了词源学探究。他发现，逻各斯这个词的本义是"话语"，"logos 这个词的含义的历史，特别是后世哲学的形形色色随心所欲的阐释，不断遮蔽着'话语'的本真含义。……logos 被'翻译'为，也就是说，一向被解释为：理性、判断、概念、定义、根据、关系"②。换言之，后世哲学家对柏拉图与亚里士多德的"逻各斯"进行了"误读"，"逻各斯"从"呈现真理让人来看的一种确定样式"嬗变为真理本身。逻各斯从表达真理的"介质""口头话语"转变成了判断、理性和真理。对"逻各斯中心主义"的批判一直延续到后现代主义有关语言游戏的讨论之中。利奥塔反对结构化的宏大叙事，因为后者控制着意义的生产，并要求整个社会保持意见一致。为了能够从"逻各斯中心主义"带来的、表现为宏大叙事的无休止的语言游戏中抽身而出，利奥塔指出，"我们必须用意见分歧（dissensus）或歧异（le diffdrdend）制造出一个断裂点"③。

德里达发明了"延异"（differance）这一新的言说，以期质疑，乃至颠覆"逻各斯中心主义"，并将"形而上学大厦"进行整体"爆破"，也即用 differance（延异）中的"a"取代 difference（差异）中的"e"。这种"沉默的替代"在以托尔斯泰娅的《野猫精》为代表的部分当代俄罗斯文学文本中成了一种显性的文学现象。贝内迪克特的"大爆炸"后出生的父亲与"往昔的人"——母亲争吵：

> Матушка ему:
>
> —Ты меня пальцем тронуть не смеешь! У меня ОНЕВЕРСТЕЦКОЕ *А*БРАЗ*А*ВАНИЕ!
>
> А он:
>
> —А я вот тя сейчас отшелушу: "*а*браз*а*вание"! Я тя собью с пахвей! Дала сыну собачье имя, на всю слободу ославила! ④

---

① 〔美〕维克多·泰勒、温奎斯特编《后现代百科全书》，章燕、李自修等译，吉林人民出版社，2007，第 289 页。

② 〔德〕马丁·海德格尔：《存在与时间》，陈嘉映、王庆节译，生活·读书·新知三联书店，1987，第 38 页。

③ 〔美〕维克多·泰勒、温奎斯特编《后现代百科全书》，章燕、李自修等译，吉林人民出版社，2007，第 289 页。

④ Толстая Т., *Кысь*, Москва: Издательство АСТ, 2015, с. 17.

　　老妈对他说：你胆敢动我一根手指头！我受过代（大）学教油（育）！

　　而他说：我现在要剥你的皮：教油！我真糊涂！你给儿子取了个狗的名字，在整个街区败坏我的名声！

　　Образование 中的"*о*"悄然变成了 *a*бразавание 中的"*a*"，从语音的角度看，俄语中的 образование 和 абразавание 并没有任何区别，人无法根据"听"语音来辨别它们之间的差异。换言之，"a"悄然地潜入了 образование，它不仅瓦解了语音的优先地位，剥夺其凌驾于文字之上的"特权"，且突出了文字的"本源性"和优势地位。显然，образование 和 абразавание 之间由于书写而形成的视觉差异十分明显，是无法忽略与回避的。一个字母的更替催生了一个全新的符码，这个符码无法借助语音，只能借助文字得以展现，它从根本上肢解了"逻各斯中心主义"，而看似威严雄壮的形而上学大厦也在顷刻间彻底崩塌。

　　Образование 原指"教育、文化程度、学历"等，абразавание 不是俄语中固有的词，不是一种语法变化现象，也没有任何明确的语义，没有所指。或者说，它的确定语义被一再地"延迟"下去，需要更多的词来做出解释，从而使其向四处"播撒"，消解了原有的中心。这是一个全新的符号。索绪尔提出的符号概念包含能指与所指两个方面，就如一片树叶的两面，也即事物的形式与内容。这种"符号的任意性"孕育了"反逻各斯中心主义"思想。究其实质，能指这一概念属于逻各斯的派生物。所谓的"逻各斯中心主义"不过是言语中心主义的另一种表达。逻各斯中心主义"主张言语与存在绝对贴近，言语与存在的意义绝对贴近，言语与意义的理想性绝对贴近"①。也就是说，言语是心境的符号，文字是言语的符号（亚里士多德语）。文字被贬黜为"所指的所指"。由于对言语和思想的崇尚，存在者在现实中的存在成了一种必然。逻各斯中心主义凸显的是，理性主义以二元对立思想来界定现实世界：在场与缺席、主体与客体、男人与女人、能指与所指、存在与虚无等。

　　当 a 作为一个"密探"潜入 абразавание 之中时，对逻各斯中心主义的内部爆破已然势在必行，且取得了成功。Абразавание 与德里达的 differance 一样，它是一种超越语音和文字二元对立的超然存在，它没有明

---

　　① 〔法〕雅克·德里达：《论文字学》，汪堂家译，上海译文出版社，2005，第15页。

确的属性，无法通过语音来识别，只能被书写，却又与传统的书写规则不相符。这种独特的存在本身就是对"逻各斯中心主义"关于二元对立思想的解构，是一种"文字的行动"。Абразавание 的特殊存在也消解了理性与感性之间的界限，呈现出一种"不确定性"。Абразавание 既非指向理性的秩序，也非感性的情感，它是一种"中间状态"，是介于恍惚与真实之间的特殊形态，恰如后现代语境下人的存在。事实上，"贝内迪克特"就是这种特殊存在的最佳例证。Бенедикт（贝内迪克特）是来自拉丁语的一个外来名字，词源为 benedictus，指幸福美满（благословенный）。① 然而，在"大爆炸"后的世界里，Бенедикт 并不意指幸福，而是一条狗的名字，是父亲被"乖孩子们"耻笑的原因。贝内迪克特外貌俊美，英姿勃发，却长了一条尾巴，人性与兽性在其身上共存。他是"大爆炸"后世界的一个突出印记，而世界本身也"感染了病毒"，成了一个既非人类的，也非动物的特殊生存空间。这种对德里达"延异"思想的继承尽显与逻辑决裂的决心、冲破规则藩篱的意志、消解崇高与固化思维的冲动。这是"一种漫游或游戏体验：在延异的踪迹中有某种漫游的话，这漫游不再遵循哲学的逻辑线索，也不遵循一种对称与内在的反向经验逻辑线索。"②

此外，在《野猫精》的文本中，还有"а"变为"о"，以及"э"与"и"，"д"与"т"互换的诸多例子。

...Вот матушка на холм придет, сядет на камушек, плачет – заливается, горючими слезами умывается, то подруженек своих вспомянет, красных девушек, то МОГОЗИНЫ эти ей представятся. А все улицы, говорит, былиОСФАЛЬТОМ. ③

……老妈登上山丘，坐在石头上，痛哭流涕，以泪洗面。一会儿回忆起自己当年的女友，那些美丽的少女，一会儿想起那些商店，所有道路都是沥青铺过的

Эх – х – х, размечтаешься другой раз! ...Да вышло по –

① Петровский Н. А. , *Словарь русских личных имен*, Москва：Издательство «Советская энциклопедия», 1966, с. 63.
② 胡继华：《延异》，《外国文学》2004 年第 4 期。
③ Толстая Т. , *Кысь*, Москва：Издательство АСТ, 2015, с. 18.

матушкиному. Уперлась:

три, говорит, поколения ЭНТЕЛЕГЕНЦЫИ в роду было, не допущу прерывать ТРОДИЦЫЮ. Эх – х – х, матушка!!![①]

啊……你再次陷入幻想了！……老妈的愿望实现了。她强调：一个有三代知习（识）分几（子）的家庭，不允许破坏传通（统）

А то раз зашел Бенедикт к старику, а тот сидит и ложицей желтый клей

ест, вот как на клелях, на стволах ихних, натеки бывают.

– Вы что это, Никита Иваныч?

– МЕТ ем.

– Какой МЕТ?

– А вот что пчелы собирают.

– Да вы в уме ли?!

– А ты попробуй. А то жрете мышей да червей, а потом удивляетесь, что столько мутантов развелось.[②]

有一天贝内迪克特到老头儿家去，后者正坐在那儿用汤匙吃黄色的树胶。无论是械云杉，还是其他树干上，都会渗出这种液体。

——“您这是干什么，尼基塔·伊万内奇？”

——“吃米（蜜）。”

——“什么米（蜜）？”

——“就是蜜蜂采集的东西。”

——“你精神正常吗？”

——“你试试看。不像你们那样吃老鼠又吃蛆，随后又为发生那么多突变而惊诧不已。”

Магазин 与 могозин、асфальт 和 осфальт、интеллигенция 和 энтеlеzенуыи、мед 和 мет 之间的互换绝非一般意义上的纯粹文字游戏，它们折射出的是“大爆炸”后知识分子与“往昔的人——知识分子”之间的

---

① Толстая Т., *Кысь*, Москва：Издательство АСТ, 2015, с. 23.

② Толстая Т., *Кысь*, Москва：Издательство АСТ, 2015, с. 41.

文化断裂。对文明、理性社会的解构从最基础的概念"蜂蜜""沥青",到形而上的"自由""良心""知识分子"全方位延宕开去。在贝内迪克特的意识中,已然不存在 мед(蜜),而 мет 是"蜜蜂的屎",对他来说"чуткость, сострадание, великодушие, честность, справедливость, душевная зоркость."等一系列崇高的概念、权威的言说与"蜜蜂的屎"并无二致。

Могозин、осфальт、энтелегенцыи、мет 等首先散播在文本中,构成了文本的解构"先锋"。虽然中文版译者根据语境将这些词译出,而事实上这些词是无法被"翻译"的,因其本身缺乏确定的语义,体现了一种意义归宿的"缺席"。或许,用其他的词或表达对其作出解释是一种可行的方案,然而这种解释本身又会导致更大范围的散播。这种解释将会形成一种流动的语义链条,汇集成一个不受控制的符号游戏。文字间的这种微不足道的差异经过一次次的解释延展到本体论、存在意义、形而上学等范畴,传统文化、思想包含的反叛因子由此被点醒,"引领人们走出历史迷宫,追寻他者,走向自身界限之外,去探寻形而上学的未来"①。

《野猫精》结尾处尼基塔·伊万内奇临终嘱咐贝内迪克特:"学好字母表!字母表!反复读一百遍!不记得字母表就不会读书!"②(Азбуку учи! Азбуку! Сто раз повторял! Без азбуки не прочтешь!)在俄语中,азбука 意指:(1)字母表;(2)带有字母的识字课本;(3)入门知识,基本道理。托尔斯泰娅的这本著作以字母作为各章的标题,全书构成一个完整的古俄语字母表,独具匠心。正如学者们所言,作家一再强调字母表的重要性,将字母表上升为文字、书籍、文化传统,乃至文明的传承纽带;同时,азбука 含有的"入门知识""基本道理"又意味着,尼基塔期望贝内迪克特能够懂得如何做一个真正的人。然而,在尼基塔行刑前,看客们与尼基塔的对话是触发其强调 азбука 重要性的语境:

> —Пинзинчику плеснуть, - заговорили в толпе, - пинзинчику надоть...
> —БЕНзинчику,

---

① 胡继华:《延异》,《外国文学》2004 年第 4 期。
② 〔俄〕塔·托尔斯泰娅:《野猫精》,陈训明译,上海译文出版社,2005,第 321 页。

—закричал с верхотуры рассерженный Никита Иваныч,

—сколько раз повторять, учить: БЕН, БЕН, БЕНзин!!! Олухи! ①

"得浇本津奇卡。"人群中有人说。"得用本津奇卡……"

"本津（石油），"尼基塔·伊凡内奇在木桩上面怒吼，"我不知道重复过多少次，教过多少次：本、本、本津（石油）!!! 一群笨蛋!"

Пинзинчику 与 БЕНзинчику（бензин，汽油）之间的差异表明，在这毁灭后残存的"石器时代"，言语表达思想总是引起歧义，强调 азбука 的重要性首先是强调字母的无可替代性，强调文字对言语无可置疑的超越。"描画物体适合于野蛮民族；使用字句式的符号适合于原始民族；使用字母适合于文明民族。"② 凸显 азбука 重要性还在于它是文明复兴的起点与希望。学好了字母表，人才能够摆脱原始蛮荒状态，使文明重新崛起。

有学者认为，кысь（野猫精）兼有 Русь（罗斯）、рысь（猞猁）、кис（对猫的亲切称呼）、брысь（对猫狗的厌恶吼叫）的词义，因为故事发生在未开化的"原始时期"，类似于"古罗斯"的生存环境，кысь 又被臆想为一种会发出震慑人心的猫叫声、类似野猫的妖怪。在俄语中，кысь 一词并不存在，因而它没有明确的所指。在文本中，кысь 既是一个始终"缺席"的角色，在贝内迪克特等知识分子的意识中又是贯穿始终的"在场者"。这种始终缺席又似乎始终在场的状态铸就了不可确定的"中间语态"（middle voice），是一种疯狂的体验和不可决断的悬置。换言之，与其说野猫精是一种凶恶的野性恶魔，毋宁说这是一种内心的恐惧，是一种精神的梦魇。正如尼基塔·伊万内奇所言："没有任何野猫精，只有人的无知。"③

二 智慧的游戏：俄罗斯版《西游记》

《野猫精》中"а""о"等字母"潜入"某些单词，践行了德里达的"延异"学说，最终验证了"逻各斯中心主义"的悖谬，即"中心并不存在，中心也不能以在场者的形式去被思考，中心并无自然的场所，中心并

---

① Толстая Т., *Кысь*, Москва：Издательство АСТ, 2015, с.346.
② 〔法〕雅克·德里达：《论文字学》，汪堂家译，上海译文出版社，2005，第3页。
③ 〔俄〕塔·托尔斯泰娅：《野猫精》，陈训明译，上海译文出版社，2005，第24页。

非一个固定的地点，而是一种功能、一种非场所，而且在这个非场所中符号替换无止境地相互游戏着。……先验所指的缺席无限地伸向意谓的场域和游戏"①。事实上，在"去中心"进程中，"文字的行动"创造出所指缺失的语言，为了言说这种"不存在的所指"而不得不延伸向更广阔的空间，这个过程本身构成了一个游戏，体现出一种典型的后现代思维。

也因此可以说，后现代文本中的语言"异变"，除了德里达的解构意义之外，也诠释了另一个后现代思维特征——游戏性。语言的拆解、杂糅和超文本引用使原有的语义发生了"基因突变"，这种突变与后现代思维所强调的异质性与多元化形成了内在紧密联系。后现代主义以"一种后形而上的理性精神：游戏性（Playful）、追问的、前概念的、美学还原主义的、批判的、非体系化的以及宗教神秘的"② 作为理性的替代物。

游戏性最显著的载体依然是语言。事实上，语言的游戏说并非后现代的特有言说，哲学家维特根斯坦早已明确提出"语言游戏"的概念，并从语义学层面对其展开深入的研究。他认为，语言中的单词是对客体的命名，语句就是这些名称的组合。"语言的意义在于用法，语言经由语言游戏或日常的语用获得其意义。语言游戏与生活形式是紧密相关联的。"③ "'语言游戏'一词的用意在于突出下列事实，即语言的述说乃是一种活动，或者是一种生活形式的一个部分。"④ 因此，"想象一种语言就意味着想象一种生活形式"⑤。作为后现代思潮的倡导者，利奥塔继承并发展了维特根斯坦的"语言游戏"说，他从语用范畴对代表现代性的"绝对真理"的元叙事价值提出质疑。他的立场建立在"'异质标准'上，主张以维特根斯坦的语言游戏规则来建立多元理论话语的'语用学'"⑥。

佩列文将《"百事"一代》视为俄罗斯版的《西游记》。⑦ 虽然他认为，从情节上看，《"百事"一代》和《西游记》两个文本所展现的故事

---

① 〔法〕雅克·德里达：《书写与差异》（上、下册），张宁译，生活·读书·新知三联书店，2001，第505页。

② 〔法〕让-弗朗索瓦·利奥塔：《后现代状况：关于知识的报告》，岛子译，湖南美术出版社，1996，第217页。

③ 冯俊：《后现代游戏说的基本特征》，《中国人民大学学报》2009年第2期。

④ 〔英〕路德维希·维特根斯坦：《哲学研究》，李步楼译，商务印书馆，2000，第17页。

⑤ 〔英〕路德维希·维特根斯坦：《哲学研究》，李步楼译，商务印书馆，2000，第13页。

⑥ 〔法〕让-弗朗索瓦·利奥塔：《后现代状况：关于知识的报告》，岛子译，湖南美术出版社，1996，第215页。

⑦ 详见佩列文给中文版《"百事"一代》所写的"致中国读者"。

几乎是相反的,且人物所处的语境亦没有丝毫可比性,但主人公塔塔尔斯基的确和孙悟空一样经历了一次旅行,只不过这个"俄罗斯版的旅行的一个主要特征,就是它的虚拟性。这旅行只在电视观众的大脑中进行"①。塔塔尔斯基的职业轨迹是从文学院毕业生、苏联民族语言翻译者,到高加索人售货亭伙计,最终进入广告产业,乃至成为该产业的巨头。塔塔尔斯基所走的道路是,从一个文本的制造者,转变为世界的"设计者"(дизайнер)。换言之,他成了这个闪烁着别样风景的世界的游戏者,这种游戏正是商业广告和政治广告。佩列文说,《"百事"一代》的主题,是人的智慧,以及作用于这一智慧的手段,也就是说,这是关于后现代知识的状况和关于智慧的游戏。此时,语言与科技融为一体,转化为一种资讯的能量,这种资讯具有爆炸性和饱和性冲击力。人不得不参与语言和科技构筑的资讯游戏,被其裹挟,成为消极的受众。现代商业广告将艺术语言变成机器语言,从而禁锢了艺术语言所特有的灵动性和生命气息。语言沦落为达成商品交易的工具。在科技思维的统辖下,诗意与广告、艺术创造与文字复制被同等看待。语言游戏与现代科技的"联姻"催生出商业广告这一"时代之子",世界成了满溢资讯的游乐场。知识分子既是游戏生产者、游戏者,同时也是游戏的看客。"俄罗斯的中产阶级恰好是由不再具有民族主义思想、而只考虑怎样弄钱的知识分子所构成。"②

作为广告业大军中的一员,塔塔尔斯基善于运用语言,而语言在他的创作中成为一种游戏人生的工具。他为"雪碧"饮料撰写了一则广告:

ПУСТЬ НЕТУ НИ КОЛА И НИ ДВОРА.

СПРАЙТ. НЕ – КОЛА ДЛЯ НИКОЛЫ③

就让我们一贫如洗

雪碧。尼古拉喝的非可乐

在俄语中,"НИ КОЛА,НИ ДВОРА У КОГО"是一个固定用语,其中"КОЛ"指"古代耕地的一种计量单位",这个固定用语意为"一贫如

---

① 〔俄〕维·佩列文:《"百事"一代》,刘文飞译,人民文学出版社,2001,第2页。

② 〔俄〕维·佩列文:《"百事"一代》,刘文飞译,人民文学出版社,2001,第253页。

③ Пелевин В.,*Generation "П"*,Москва:Вагриус,2004,с.40.

洗，无立锥之地"。 "НИ КОЛА И НИ ДВОРА" 与 "НЕ－КОЛА ДЛЯ НИКОЛЫ" 构成了语音上的谐音与韵律，它也暗含着对所处社会文化语境的嘲讽和戏谑，也是一种自嘲，因为塔塔尔斯基正是那个无立锥之地中的"流浪者"。类似的游戏还有 "ПАР КОСТЕЙ НЕ ЛАМЕНТ"[①] （尸骨的热气，不会抱怨）。他将 ПАРЛАМЕНТ （议会）一词拆解为 "ПАР" 和 "ЛАМЕНТ"，将议会与冒热气的尸骨联系在一起，暗指对政治局势的不满。

凭借糖果和雪碧广告的策划，塔塔尔斯基正式步入了世界"设计者"的行列。他的文学积淀成了广告脚本撰写的灵感来源，为议会牌香烟和达维多夫香烟最终找到的正是格里鲍耶陀夫 （А. С. Грибоедов） 《聪明误》（Горе от ума，1824） 中的名句：

И ДЫМ ОТЕЧЕСТВА НАМ СЛАДОК И ПРИЯТЕН.

ПАРЛАМЕНТ[②]

祖国的烟雾使我们感到甜蜜和愉快

议会牌香烟

ВО МНОГОЙ МУДРОСТИ МНОГО ПЕЧАЛИ，

И УМНОЖАЮЩИЙ ПОЗНАНИЯ УМНОЖАЕТ СКОРБЬ.

Davidoff Lights[③]

许多智慧里有许多忧愁，

增多了知识也就增多了悲伤

塔塔尔斯基"为其他人制作了虚假的生活全景图……他以及这极其繁重的广告生意的其他参加人，都步入了这一视觉信息圈，并试图改变它，好让他人的灵魂与金钱道别。目的很简单，将这些金钱中的很小一部分挣到手"[④]。广告不仅是塔塔尔斯基找到的谋生手段，也是压抑的时代语境中不安分的天才得以释放和施展的"窗口"。"当智慧没有用处的时候，做一个聪明人是极其可怕的"（索福克勒斯语），恰茨基们、罗亭们已经证明了

---

① Пелевин В.，*Generation "П"*，Москва：Вагриус，2004，с. 41.

② Пелевин В.，*Generation "П"*，Москва：Вагриус，2004，с. 64.

③ Пелевин В.，*Generation "П"*，Москва：Вагриус，2004，с. 67.

④ Пелевин В.，*Generation "П"*，Москва：Вагриус，2004，с. 62.

这一点。对塔塔尔斯基而言，广告创作是不得不出卖智慧的痛苦，但是他从这痛苦中寻觅到了快乐，不仅如愿获得了高额的物质回馈，更悟出了所谓的"生活真谛"——游戏人生。

佩列文笔下的人物往往在梦境中游历，在不同时空间穿越，享受着"双重生活"所带来的"思绪飞踹"。《夏伯阳与虚空》中彼得（普斯托塔）"那永远无法醒来的恶梦完成了对现实与虚拟、生与死、清醒与梦境的中间地带的塑形工程"①。这种模糊现实与梦境的特殊空间是后现代游戏的最佳孕育地。塔塔尔斯基总是在尝试借助不同的"钥匙"来进入"另一种生活"，食用"蛤蟆菇"的目的在此，海洛因和"巴比伦邮票"的功用亦然。因为他可以借此体验别人不可见的世界，并在其中尽情嬉戏，同时攫取广告创作的灵感，体验灵感爆棚的愉悦。

"语言游戏"的深化显然使其不再囿于纯粹的语言哲学范畴，而绵延至一切严肃的活动。游戏思维消解了理性与原有的范式，重新制定后现代的游戏规则。庄严的政治自然也在被游戏的行列之内，政治游戏化是后现代主义思维的典型征兆。塔塔尔斯基从哈宁那儿离职，接受老同学莫尔科文提供的工作，进入了"养蜂业研究所"。这是一个特殊的影视文化产业机构。他们不仅从事广告业，而且制作一切媒体节目。叶利钦、久加诺夫、列别德、别列佐夫斯基、议会议员和车臣武装头目都是他们的"客户"。他们拥有的100/400服务器和"西孔利绘图仪"，"可以对多达一百名的主要政治家和四百名的次要政治家进行计算"。电视上播出的节目都是出自该机构的"产品"。当看到小卖部里的"电视上出现杜马讲台，讲台上站着一个面色忧郁的演讲者，他似乎刚刚从民间残暴的漩涡里钻出来。塔塔尔斯基发现，这位代表的确不是活人，他的身体完全不动，只有嘴唇在动，还有偶尔一动的眼皮"②。寻找相似的替身或蜡像，借用3D扫描技术，政治人物的"云体"被拍出并保存，这些云体图能够用于相应的电视节目之中。"究其实质而言，每个政治家就是一个电视节目"③。如果节目中的政治家"突然中风了，那就再想出一个新玩笑"④，换一个人物即

---

① 郑永旺：《游戏·禅宗·后现代：佩列文后现代主义诗学研究》，人民文学出版社，2006，第147页。
② 〔俄〕维·佩列文：《"百事"一代》，刘文飞译，人民文学出版社，2001，第201页。
③ 〔俄〕维·佩列文：《"百事"一代》，刘文飞译，人民文学出版社，2001，第203页。
④ 〔俄〕维·佩列文：《"百事"一代》，刘文飞译，人民文学出版社，2001，第203页。

可。在这种语境中，"最主要的宣传形象（имидж）的制造者是政客
（политик）。当您参与选举投票时，与其说您将自己的选票投给某个人，
不如说是投给了某档电视宣传片。"① 政治成了一种现代技术手段下的"小
众游戏"，民众在不知不觉中沦为一出出游戏的看客。"人和物被贬黜为一
种机能角色（经济动物），只要新的生产力能满足不断增长的物欲，带来
当下利益，其他人文价值取向则被抛弃，快乐原则同化了现实原则，因而
也就掏空了人文精神中的批判内容，人的主题（实现自我）也就变成虚假
需求的牺牲品。"② 正如佩列文宣称的，《"百事"一代》的主题是政治的
和商业的广告，这是一个关于政治的游戏。

塔塔尔斯基与莫尔科文就电视里报道的政治人物活动的真伪进行探
讨，莫尔科文不无得意地宣称，所有关于这些"领袖"活动的报道都是
"养蜂业研究所"的"产品"。塔塔尔斯基惊讶地问道：

——"这么说，是他们所有的人？"

——"无一例外。"

——"好吧，别急，"（塔塔尔斯基犹豫地说）"每天有那么多人
能见到他们。"

——"在哪儿看到？"

——"在电视里……啊，是啊……也就是说……但是，总有些人
是每天和他们见面的呀。"

——"你见过这些人吗？"

——"当然。"

——"在哪儿？"

（塔塔尔斯基思考了起来）

——"在电视里，他说。"

政治成为一种游戏、一种借助传媒科技的"景观集合"。塔塔尔斯基
不禁感叹，"这可是一个大骗局啊"。莫尔科文则并不为作为这种游戏的制

---

① *Россия – это лишь злая пародия. Беседа с писателем Виктором Пелевиным о терроре в
Москве, виртуальной политике и российских мифах*, http：//pelevinlive. ru/14.

② 〔法〕让－弗朗索瓦·利奥塔：《后现代状况：关于知识的报告》，岛子译，湖南美术出版
社，1996，第 222 页。

作者、骗局的策划和执行者而感到羞愧。事实上,"我们(广告媒体人)骗,他们(政治家)的巴掌拍得更响"①。

三 无望的逃离:生命存在之悖论

悖论(Парадокс,Paradox)源于希腊语 paradoxos,意指从"公认的,传统的理念推出意料之外的结论和判断"②。悖论首先是作为哲学命题为人所熟知的,最古老且最著名的悖论当是"蛋生鸡,还是鸡生蛋"的悖论和"说谎者悖论"。罗伊·索伦森(Roy Sorensen)在《悖论简史:哲学和心灵的迷宫》中认为,"悖论是某种特殊的谜语,最古老的哲学问题是从神话演化而来的,这些哲学问题显露了它们所有之产生的文字游戏的痕迹"③。换言之,悖论被他视为"哲学的原子"。洛奇的"一切语言以外的经验却必须用语言来表述"的言说揭示了文学的悖论属性。"文学既有现实的一面,又具有反现实的一面,这种互相矛盾的等值因素并存于统一体内的范式,就是悖论。"④ 因此,在文艺研究范畴内,悖论的认知意义从启蒙时代以来便发挥着不可替代的作用。然而,悖论作为一种诗学研究范式也即"悖论诗学"被正式提出则是帕斯考的《艺术悖论》面世之后的事情了。悖论诗学与后现代主义存在内在紧密联系。悖论包含着对经典、权威观念挑战的意蕴,反对非此即彼的二元对立范式,而这正与后现代主义的解构冲动高度契合。换言之,悖论是解构的制胜法宝,在"现有观念中发现悖论、揭示悖论,以达到解构的目的"⑤ 是解构主义的目标指向。在后现代语境下,悖论不仅是一种文学理论范式和文本解读方法,也是文本构建策略和人物的思维范式。

(一) 无望的逃离

巴士马科夫在一上午的时间中"重温"了二十余年的婚后生活,其间他有三次预谋与情人私奔,不幸均告失败。他厌恶了与妻子一成不变、毫

---

① 〔俄〕维·佩列文:《"百事"一代》,刘文飞译,人民文学出版社,2001,第 203 页。

② Николюкин А. Н., *Литературная энциклопедия терминов и понятий*, Москва:НПК «Интелвак»,2001,c. 717.

③ 〔英〕罗伊·索伦森:《悖论简史:哲学和心灵的迷宫》,贾红雨译,北京大学出版社,2007,第 2 页。

④ 廖昌胤:《西方文论关键词:悖论》,《外国文学》2010 年第 5 期。

⑤ 廖昌胤:《西方文论关键词:悖论》,《外国文学》2010 年第 5 期。

无激情的生活，意欲逃离平淡与琐碎，而这种想法使他更加温柔、和蔼地对待妻子，甚至引发多愁善感的怜悯，"这怜悯心又不知不觉地转化成了一种柔情"①。因为对妻子和家庭的隐秘背叛促使其更加珍惜妻子的情感，更加留恋稳定的婚姻生活。他时刻在准备万无一失的逃离计划，却"从未想过让家庭就此解体"②。

"Замыслил Я побег"字面翻译应为"我打算逃跑"，巴士马科夫、斯拉宾逊、"骑士"捷达是这个时代的知识分子，他们正在经历最艰难的改革与转型洪流，身不由己地被裹挟其中，恰如"一种一只脚被夹在两条铁轨之间的感觉，一趟可怕的变革列车披着万道霞光，呼啸着向他疾驰而来，而他却动弹不得——一绺绺头发已经预感到火车携来的热风并开始飘动起来"③。想要逃离，难以逃离，不得不面对"早已注定的未来"。从情节表层看，巴士马科夫意欲逃离平淡如水的婚姻生活，而以此为中心延宕开来的是一幅知识分子们在改革洪流中找寻存在意义、探寻生命出路、摸索未来之路的社会生活图景。巴士马科夫是一个时代屈从者，他以"多余人"特有的精神胜利法自我麻痹，任由改革之流摔打；骑士捷达则鼓起最后的勇气逆流而上，以大无畏的乌托邦精神欲与滚滚而来的历史车轮决战；斯拉宾逊则选择了逃离故土，远离既亲切又罪恶的祖国，在大洋彼岸漂泊。从本质上说，他们都在逃离，都在寻找"迷宫"的出口，然而都是无果而终，是一种"无望的逃离"，因为这个"生活迷宫"从来就不曾有过出口。巴士马科夫想要避开情人、妻子共处一室的局面之时，想翻过栏杆躲进邻居家而被绳子绊倒，在摔下去的最后时刻抓住装满土的箱子边缘，悬挂在半空。这种"生命的悬置"正是知识分子们存在的真实复现，他们无力改变现状，不能发声求救，在生与死的边缘徘徊。这是逃离的结果，也是之后 N 次逃离的起点。

（二）生命存在悖论

Кысь 是贯穿《野猫精》全文的意象，文本的情节发展线索正是贝内迪克特步步堕落，沦为"кысь"，泯灭良心，加害亲友，在圣火涤荡后走向"新生"。"生活在北方密林中"，时刻在背后盯着人的 кысь 是贝内迪克

---

① 〔俄〕尤·波利亚科夫：《无望的逃离》，张建华译，人民文学出版社，2002，第 9 页。
② 〔俄〕尤·波利亚科夫：《无望的逃离》，张建华译，人民文学出版社，2002，第 73 页。
③ 〔俄〕尤·波利亚科夫：《无望的逃离》，张建华译，人民文学出版社，2002，第 601 页。

特内心恐惧的源头，因此他尽己所能逃避 кысь。政变成功后，他首先想到的是"修一圈围墙来防避野猫精，要修得很高很高，使她无法跨越"①。成为库德亚尔·库德亚罗维奇的女婿后，贝内迪克特被其改造为发动政变的关键棋子和得力助手，也逐渐蜕变为一心逃避的 кысь。漫天飞雪、狂风大作的恶劣天气使贝内迪克特失去理智时，岳父将杀人钩子塞进他的手中，他用这个钩子刺中一个个"乖孩子"的脖子，夺下他们的藏书。当贝内迪克特在惊恐中怒斥岳父一家是野猫精之时，库德亚尔平静地回答道："你才是野猫精""……用不着害怕，都是自己人"。

岳父"艺术就要灭亡了——保护艺术"的口号是贝内迪克特逐步成为野猫精的"催化剂"。为了搜寻古版书，贝内迪克特夺去了众多"乖孩子"的性命，沦为兽性的存在和杀人工具。为了使"艺术不被可怕的力量摧毁"，贝内迪克特又陷入了"若想保全艺术，就得告别普希金"②，将尼基塔绑在普希金像上烧死的两难困局中。然而，"普希金是我们的一切"，是艺术魅力永恒的标志，尼基塔是传统文化的守护者。为了逃避野猫精而逐渐蜕变为野猫精，为了艺术不被毁灭而必须毁灭艺术，这是以贝内迪克特为代表的知识分子所面临的存在悖论。这种精神折磨随着贝内迪克特的不断堕落愈益严重，然而彼得鲁舍芙斯卡娅笔下的女性－知识分子面临更为惨烈的生存窘境。

彼得鲁舍芙斯卡娅笔下的女性－知识分子被囿于苏式筒子楼，客厅、厨房、卧室、走廊是她们生存的所有空间。然而，这个狭小的空间中容纳的是没有尽头的"生活迷宫"，为了生存，家庭里所发生的一切令人唏嘘，其残酷性不亚于血肉横飞的战场。评论家们认为，"厄运即将来临之压抑感浸透了彼氏的作品。"③ 因为想要被爱，女孩们不惜一切地扑向男人，而温情过后往往被无情抛弃，这又加剧了她们被爱的渴望。最终，甜蜜之爱的土壤上结出了仇恨的果实。《姑娘屋》（Дом девушек，1995）中朝气蓬勃的年轻女孩因渴望品尝爱情滋味而变成《深夜时分》中与有妇之夫厮混而不得不抚养私生子的阿廖娜；阿廖娜们将带着一群不知父亲是谁的私生

---

① 〔俄〕塔·托尔斯泰娅：《野猫精》，陈训明译，上海译文出版社，2005，第305页。
② 〔俄〕塔·托尔斯泰娅：《野猫精》，陈训明译，上海译文出版社，2005，第318页。
③ Helena Goscilo, "Paradigm Lost? Contemporary Women's Fiction," *Women Writers in Russian Literature*, edited by Toby W. Clyman and Diana Greene, Westport, CT and London: Greenwood Press, 1994, p. 220.

子继续渴求男人的爱，沦为《新哈姆雷特》（Гамлет. Нулевое действие，2005）中的列奥卡吉雅般的"爱情奴隶"；当"爱情奴隶们"失去青春，丧失对爱情最后的希望，她们终将变成《深夜时分》中的安娜·安德里昂诺芙娜那样对男人恨之入骨、个性坚硬，甚至铁石心肠的"怪物"。在她们身上，母性的温情被藏匿在内心的最深处，父性的权威和控制欲占据主导地位。本应温存美妙的爱情并没有让女性－知识分子们的心灵浸润在甜蜜、安宁之中，没有带来精神的慰藉和归属，却往往留下"爱情的结晶"——孩子，而这无疑使本已艰难的生活雪上加霜。.

　　以"爱孩子"的名义"杀子"成了彼得鲁舍芙斯卡娅笔下女性的另一个生存悖论。杀子是"没有选择的选择……过去没有选择，现在依然没有选择"[①]。《婴童》中的母亲、《吉娜的选择》中的吉娜、《自己人的圈子》中的"我"都陷入了绝境。面对无法同时养活所有孩子的现实，她们只能选择牺牲幼儿，保全其余孩子。"杀子"这一极具象征意蕴的情节可以追溯的源头是古希腊神话"美狄亚杀子"。美狄亚杀死亲生儿子以此惩罚背叛爱情的伊阿宋，彰显的是女性对"父系社会""父权"的不满与抗争，表现了女性之平等、独立等意识的萌发。无独有偶，彼得鲁舍芙斯卡娅笔下的女性杀死的都是男孩、男婴，而儿子本来就携带父亲血脉之延续和繁衍的意义。那么，"杀子"的隐含文化意义则是对孩子之父的无情"阉割"，断绝了血脉和精神的传承，这是一种对父权的变相反抗。然而，彼氏作品中的父亲永远是羸弱的，甚至自始至终是缺席的，因此"杀子"对"缺席的父亲"而言并没有美狄亚之于伊阿宋的惩罚之效果。事实上，"杀子"的女性－知识分子反而因此而"阉割"了自己的母爱。生而为母的底线、生而为人的底线都因此被击穿了，她们从此背上沉重的罪恶十字架，又不得不为了抚养剩下的孩子而苟延残喘于世。

　　如果说杀婴是一种相对极端现象，那么将孩子扼杀在"生命之初"——堕胎，则成为一种常态。彼得鲁舍芙斯卡娅笔下的女主人公大多是单身母亲，她们竭力迎合男人，只为拥有形式上的家庭，而现实生活带来的是无尽的失望。肉欲享受往往需要付出沉重的代价。片刻的爱情滋润往往会带来一个个"不合时宜"的新生命，亲生父亲缺席的"现代偶合家庭"根本无力抚养"多余的新生命"，将孩子消灭在"萌芽"状态是一种

---

①　Людмила Петрушевская，*Реквиемы*，http：//tululu. ru/b73568/.

"公开的潜规则"。时时隐现在彼得鲁舍芙斯卡娅作品中的堕胎问题昭示了生命难以承受之重。

或许，对所有人而言，活着抑或死亡是真真切切的"俄罗斯生活的斯芬克斯之谜"（赫尔岑语）。

本章小结

本章首先阐释了文化断裂与"现代知识分子"后现代思想盛行之间的关系。第二节论述了"现代知识分子"语言中包含的反逻各斯中心主义的解构思想。第三节论述了"现代知识分子"身上映射的游戏性，《"百事"一代》中的塔塔尔斯基从事的是广告业，更是一种智慧的游戏，演绎的是俄罗斯版的《西游记》。第四节阐述了"现代知识分子"的悖论思维，他们陷入了无望逃离的死胡同，在"生活的迷宫"中，他们不得不以恶毒之恨来表达亲子之爱，以杀子之名来保全爱子之命。

结　语

自古以来，"哲学家和学者们就用'形象'这一术语来指称文学以及其他具有形象性的艺术门类借以实现自己使命的方式（手段）"①。随着"作者之死"（the death of the author）言说的提出，作者形象的权威受到挑战，乃至颠覆。当然，"这个悖论性的观念并不是指一个特定的作者经验的或真实的死亡，而是指作者在文本中是缺席的"②。客观地说，作品中的各类形象，尤其是人物形象获得了空前的自主性，他们与作者之间的关系也变得更加微妙，更加复杂。

一般认为，存在 3 种不同类别的形象，也就是科学直观形象、陈述事实（报告已经发生的事实情况）的形象和艺术形象。③"艺术形象之塑造需要有想象的积极参与（这也是艺术形象的独特之处）……艺术家的想象就不仅是其创作的心理动因，也是于作品中在场的某种客观现实。作品中不乏虚构的（或者说，至少是推测出来的）物象，并不与现实完全吻合的物象。"④ 换言之，将文学作品中的形象与现实中的形象画上等号有极大风险，甚至有可能得出南辕北辙的结论。比如根据陀思妥耶夫斯基作品中的各种人物判断俄国人都是精神失常的病患而悍然发动战争，这已经被证明是一个十足的错误。

文本中的形象是作家创造的形象，它们的诞生必然包含着某种现实意义。巴特也曾提出过"零度创作"的理论，他重新定义了写作，或者说他从写作的角度重新思考了文学史。巴特认为："语言结构在文学之内，而风格则几乎在文学之外：形象、叙述方式、词汇都是从作家的身体和经历

---

① 〔俄〕瓦·叶·哈利泽夫：《文学学导论》，周启超等译，北京大学出版社，2006，第 118 页。
② 〔英〕安德鲁·本尼特、尼古拉·罗伊尔：《关键词：文学、批评与理论导论》，汪正龙、李永新译，广西师范大学出版社，2007，第 21 页。
③ Поспелов Г. Н. , Эстетическое и художественное, М. , 1965, с. 259 – 267.
④ 〔俄〕瓦·叶·哈利泽夫：《文学学导论》，周启超等译，北京大学出版社，2006，第 119 页。

中产生的，并逐渐成为其艺术规律机制的组成部分。"① 语言结构映射的是一种社会文化历史的制约，风格则是一种作家个体化的表征。那么，写作就成了夹在社会历史文化和个体生命体验之间的第三个维度。所谓"零度创作"，并不是虚无和虚空，而是在两者之间找到平衡、中性之点。事实上，这种绝对的中性平衡只是一种"语言的乌托邦"，作家不可能做到不偏不倚。小说中各类人物的语言，"小偷的黑话、农民的土话、德国的俚语、看门人的语言……被压缩在一种特殊语言不透明之中，而且正是在这个层次上，实际上人物的全部历史情境被组合和排列起来：职业、阶级、成就、传承以及生物学特点等。"② 换言之，作家勾勒人物必然建立在对人物的全方位考量和对其所处社会语境的深刻认识的基础上。人物形象的意义最终必然回归到反映社会历史文化上。亚里士多德在《诗学》中指出："历史学家记述已经发生的事，而诗人则描述可能发生的事。"③ 急遽改革时期在"光怪陆离"的俄罗斯，"作家创作的似乎更像是脚本"，也就是谱写即将上演的生活剧本，尝试可能的道路。

"现在的俄罗斯文学总体上分为两大阵营。一大阵营是从事严肃文学的作家，他们关注时代，关注国家，关注严肃的人。另一大阵营创作只是为了畅销。"④ 严肃文学与畅销文学之间并不存在清晰可辨的绝对界限，根据不同的划分标准，完全可能得出不同的分类结果。然而，本书涉及的所有作家无疑都已被公认为严肃文学的代表。他们在作品中所创造的从"新多余人""沉沦者""地下人"到"守望者"构成一幅"现代知识分子"的成长图谱，也是一条由"探路者"文学肖像构成的画廊。在俄罗斯文化中，"真理"有两种表述形式——истина 和 правда，前者侧重认识论层面的意义，着重指"符合客观实际，是客观现实在人意识中的反映"⑤，后者除包含上述意义外，还有"公平、正义、立足于公正的秩序"等意义。可以说，这是一个俄罗斯特有的词，与此相应的是"探寻真理"（правдоискательство）和"真理探寻者"（правдоискатель）的独特文化

① 〔法〕罗兰·巴尔特：《写作的零度》，李幼蒸译，中国人民大学出版社，2008，第 7 页。
② 〔法〕罗兰·巴尔特：《写作的零度》，李幼蒸译，中国人民大学出版社，2008，第 50 页。
③ 〔古希腊〕亚里士多德：《诗学》，陈中梅译，商务印书馆，1996，第 81 页。
④ 李新梅：《当代俄罗斯知识分子访谈录（三）》，《俄罗斯文艺》2014 年第 2 期。
⑤ Кузнецов С. А., *Большой толковый словарь русского языка*, С. - Петербург：Норинт，2000，с. 403.

现象。"探寻真理"包含着某种公共性，是"为大多数人谋取福利"的一种行动，它本质上就是俄罗斯知识分子的使命和精神诉求。然而，新文学中的"现代知识分子"应该已经算不上"真理探寻者"，因为在这个幻想与现实难辨、远古与现代杂糅、"地上"与"地下"并行、逃离与坚守皆无望的文化生态中，"真理是什么？""真理是否存在？"本身是"现代知识分子"的疑问。对巴士马科夫来说，真理就是"escape"；贝内迪克特认为真理是"记载生活的金书"；在塔塔尔斯基眼中，真理是"世界的第四维——金钱"；而彼得洛维奇认为是"我的我——个性与自由"；彼得·虚空认为"世界是幻象——虚空"。真理已经丧失了公共性，变成了一种极为私人化的东西，那么它也就不再是真理。"现代知识分子"们各自走向了不同的人生道路，而这一条条道路也是"罗斯——三套马车"的可能之路，因此，可以说他们是"探路者"，探寻的自然是三套马车开向何方之路。

苏联解体和俄罗斯的改革、"休克疗法"失败后的"戏剧性"调整都是关于发展道路的选择。苏联解体和"休克疗法"是摆脱"东方式极权"，走所谓完全西化之路，而西方的虚与委蛇、违背援助承诺使俄罗斯与之渐行渐远，倾向于选择强硬对抗之路。这种选择在《夏伯阳与虚空》中体现为："俄罗斯一直企图走上这条路，一直想要与西方实现那不幸的、炼金术式的联姻（алхимический брак）"[①]。这条与西方"炼金术式的联姻"在《"百事"一代》中得到进一步发展，其勾勒出一幅更为清晰的具象图景，而这条路最终导向了"巴比伦塔倒塌式"的骇人听闻的悲剧。在《野猫精》中，贝内迪克特的探索是一种寄希望于完全清淤后的彻底重建，一种"否定之否定"的救赎，而救赎的希望是那个被烧的残缺不全的可笑的普希金像——传统文化。佩列文和托尔斯泰娅并没有给主人公明确地"指出一条正确的通往未来的道路，只是指出这是一条歧路"[②]，也就是"罗斯——三套马车"犹如"黄色箭头"一般，在迷雾重重之中沿着一条没有尽头、没有目的地的道路向前奔驰。塔塔尔斯基和贝内迪克特们只是做出了一种尝试，证明了与西方"炼金术式的联姻"和"彻底废弃后的重建"都不是一种成功的选择。至于彼得洛维奇的坚守"地下"和巴士马科夫的

---

① 〔俄〕维·佩列文：《夏伯阳与虚空》，郑体武译，上海译文出版社，2004，第47页。

② Пронина А. В., Наследство цивилизации. О романе Т. Толстой "Кысь", *Русская словесность*, №6, 2002.

"无望逃离"本质上是一种妥协后的折中与悬置，是一种退无可退、进亦无可进的困境。正如巴士马科夫常常恍惚觉得自己像是双腿夹在火车铁轨之间，不能动弹，等待风驰电掣的列车疾驰而来的人。

"语言艺术作品更多地是在记录在刻画物质世界的主观反映，而非直接可见的物象本身。"① 世界始终是人物眼中的世界，人物的主观思想波动是世界给予其的"反作用力"的体现。因解体而加剧的俄罗斯与高加索冲突是文明冲突的具体显现，其核心是宗教话语权的交锋。面对来势汹汹、无处不在的"高加索痕迹"，"现代知识分子"萌发的是一种湮灭世界的末日情绪，而他们自身的"被摒弃"现状已然决定他们无法承担任何拯救之责，弥赛亚意识成了一种昔日的荣光和今日的幻影。

反乌托邦是沉浮在变革漩涡中"现代知识分子"最显著的世界感受。苏联解体宣告拯救世界的方案失效，也即"神圣罗斯"和"神圣帝国"嬗变为处于"前文明时期"的孤城、一座倒置的"圣城"——基捷日城。因为信仰、良心、爱等一切精神范畴的内容都没有被启蒙，人是与"神圣选民"不沾边，乃至对立的"人兽"。苏联解体后，俄罗斯走向与西方"炼金术式的联姻"，广告资讯和信息的能量刺激着"现代知识分子"的神经，而最终他们萌发了对所谓的"俄式消费景观"的预判、忧虑。在俄罗斯文化中，罹受苦难往往与神圣相联系，苦难是一种神圣的义务，是通向圣殿的天梯。然而，当苦难如期落到每个人的头上，成了一种"课税般的义务"，而救赎更像是荒唐一梦，那么搅碎这个乌托邦迷梦是一种必然的带有报复情绪的自我惩罚。

丘特切夫说，用理智无法理解俄罗斯，对她只能信仰。然而，当这种集体无意识的信仰在政治、文化急遽颠覆的进程中被抹杀，留下的也许只有对一切的否定。苏联历史是当代作家叙事中无法回避的内容，既有像尤里·朱可夫（Юрий Жуков）、阿列克谢·瓦尔拉莫夫这样对苏联给予正面评价的作家，也有维克多·叶罗菲耶夫、柳德米拉·彼得鲁舍芙斯卡娅那样对其给予较多负面评价的作家。就整体而言，批判的反思远胜忧郁的同情和怀念。因此，新文学中的"现代知识分子"有着显性的否定历史的历史虚无主义倾向；这种否定历史的情绪形成社会思潮，掺杂了额外的仇视、不满、憎恨，以致进一步蔓延至传统文化领域，对普希金、陀思妥耶

---

① 〔俄〕瓦·叶·哈利泽夫：《文学学导论》，周启超等译，北京大学出版社，2006，第126页。

夫斯基、勃洛克等文化名人及其经典名著的讽刺、戏谑，尽显其文化虚无主义意识。生活变为一种"从虚空传向虚空的无意义的喊声"，生而为人之存在意义也陷入了虚无。

新的文化生态是原有文化的断崖式发展及外来文化的剧烈冲击共同催生的产物，具体地说是产生了一种后现代倾向的社会形态：社会经济制度根本性转变，全新的知识形态，电视和媒体技术掌控着大量资源。浸淫其中的"现代知识分子"萌发了典型的后现代思维。他们的语言包含着"反逻各斯中心主义"的解构思想；他们的行为映射出一种游戏性，以游戏、荒诞来对抗权威和经典，不妥协地开发各种歧异差见；在无望逃离的"生活迷宫"中，他们不得不以恶毒之恨来表达炽热之爱，以杀子之名来保全爱子之命。

"现代知识分子"思想谱系

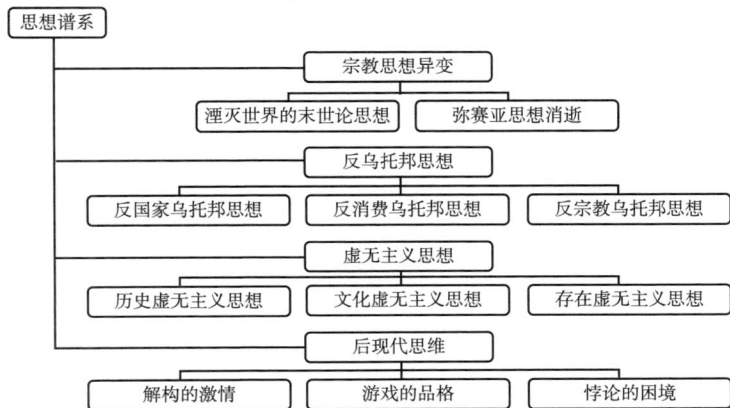

```
思想谱系
├─ 宗教思想异变
│   ├─ 湮灭世界的末世论思想
│   └─ 弥赛亚思想消逝
├─ 反乌托邦思想
│   ├─ 反国家乌托邦思想
│   ├─ 反消费乌托邦思想
│   └─ 反宗教乌托邦思想
├─ 虚无主义思想
│   ├─ 历史虚无主义思想
│   ├─ 文化虚无主义思想
│   └─ 存在虚无主义思想
└─ 后现代思维
    ├─ 解构的激情
    ├─ 游戏的品格
    └─ 悖论的困境
```

参考文献

一　外文文献

［1］ Аверинцев С. С. ， Апресян Р. Г. ， Бычкови В. В. др. ， *Новая философская энциклопедия В 4 т. Т. 3 （А－Д）*， Москва： Мысль， 2010.

［2］ Бердяев Н， *Русская идея*， Санкт－Петербург： АЗБУКА， 2015.

［3］ Бибиков М. В. ， *Византийские источники по истории древней Руси и Кавказа （Византийская библиотека）*， СПБ. ： Алетейя， 2001.

［4］ Боборыкин П. Д. ， Подгнившие «Вехи»， *В защиту интеллигенции*， М. ， 1909.

［5］ Варшавский В. ， «Чевенгур» и «Новый Град»， *Новый Журнал*， 1976， №122.

［6］ Гоголь Н. В. ， *Полное собрание сочинений и писем в 17－ти тоах. т. 3*， Юношеские опыты Первоначальные редакции， Москва － Киев： Издательство Московской Патриархии， 2009.

［7］ Голубков М. М. ， *Русская литература 20 в. ： После раскола： Учебное пособие для вузов*， М. ： Аспект Пресс， 2002.

［8］ Григорьев А. Мои литературные и нравственные скитальчества， *Григорьев Аполлон. Воспоминания*， М. ： Наука， 1988.

［9］ Григорьев А. А. ， *Искусство и нравственность*， Изд. Современник， М. ， 1986.

［10］ Гудков Л、 Дубин Б. ， *Интеллигенция. Заметки о литературно－ политических иллюзиях*， Издательство： Изд－во Ивана Лимбаха， 2009.

［11］ Достоевский Ф. М. ， *Полное собрание сочинений в тридцати томах*， Ленинград： издательство «наука» ленинградское отделение， 1973.

［12］ Ерофеев В. , Поминки по советской литературе, *Литературная газета*, 4 июля, 1990.

［13］ Жаринова О. В. , *Поэтико － философский аспект произведений Виктора Пелевина «Омон Ра» и «Generation "П"»*, Тамбовский государственный технический университет, Тамбов, 2004.

［14］ Зырянова А. , Сказочные мотивы в романе Татьяны Толстой «Кысь», *Научно － методический культурно － просветительский журнал ФГБОУ ВПО «Пермский государственный гуманитарно － педагогический университет»*, выпуск №27, 2014.

［15］ Иванов － Разумник, *История русской общественной мысли － индивидуализм и мещанство в русской литературе и жизни 19 в.* , С － Петербург. Изд. , Дополненное, 1911.

［16］ Иванова Н. , Намеренные несчастливцы? —о прозе новой волны, *Дружба народов*, № 7, 1989.

［17］ Иванова Н. , И птица изрубить на каклеты, *Знамя*, №3, 2001.

［18］ Ишимбаева Г. Г. , "Чапаев и пустота": постмодернистские игры Виктора Пелевина, *Вопрос литературы*, №6, 2001.

［19］ Заманская В. , *Экзистенциальная традиция в русской литературе 20 века: диалоги на границиах столетий*, Москва: Флинта － Наука, 2002.

［20］ Замятин Д. Н. , *Культура и пространство: Моделирование географических образов*, М. : Знак, 2006.

［21］ Зеньковский В. , *История русской философии*, М. : Академический Проект, Раритет, 2001.

［22］ Золотусский Игорь, Наши нигилисты, *Литературная газета*, № 24, 1992.

［23］ Казакова Н. （сост. ）. *Вехи. Интеллигенция в России. Сборник статей. 1909 － 1910 （Звонница. Антология русской публицистики）*, Москва: Молодая гвардия, 1991.

［24］ Кондаков И. В. , *Культурология. История культуры России*, М. : ИКФ Омега － ЛЖ, 2003.

［25］ Константин Фрумкин, Пелевин: от мистики к социологии,

Свободная мысль，№ 9，2009.

［26］Крыжановская О. Е.，*Антиутопическая мифопоэтическая картина мира в романе Татьяны Толстой « Кысь »*，Томбовский государственный технический университет，Томбов，2005.

［27］Кузнецов С. А.，*Большой толковый словарь русского языка*，С. - Петербург：Норинт，2000.

［28］Лейдерман Н. Л. и Липовецкий М. Н.，*Современная русская литература：1950 - 1990 - е годы В 2 т.*，М.：Издательский центр "Академия"，2003.

［29］Лермонтов М. Ю.，*Полное собрание в 10 томах. Т. 6.*，М.：«Воскресенье»，2002.

［30］Липовецкий М.，*Русский постмодернизм：Очерки исторической поэтики*，Екатеринбург：Урал. гос. пед. ун - т，1997.

［31］Липовецкий М.，Свободы черная работа：об артистической прозе нового поколения，*Вопросы литературы*，№ 7，1989.

［32］Лихачев Д. С.，*Раздумья о России*，Издательство：«Logos»，1999.

［33］Лотман Ю. М.，Пушкин притягивает нас，как сама жизнь，*русская газета*，1 ноября，1993.

［34］Маканин В.，*Андеграунд，или герой нашего времени*，Москва：Вагриус，1999.

［35］Мететов В. С.，О проблеме дефиниций：от понятия « интеллигенция » к « прединтеллигенции » (Постановка вопроса) Интеллигенция，провинция，отечество：проблемы истории，культуры，политики，*Тезисы докладов межгосударственной научно - теоретической конференции*，Иваново，24 - 25 сентября，1996.

［36］*Нефть - это кровь войны. Интервью с Владимиром Маканиным*，30 - го. Октября，2011，http：//inosmi. ru/history/20111101/176906479. html.

［37］Николюкин А. Н.，*Литературная энциклопедия：терминов и понятий*，Москва：НПК «Интелвак»，2001.

［38］Новоселова Е.，Зеркало для антигероя，*Российская газета*，октябрь，2011.

［39］Овсянико - Куликовский Д. Н.，*История русской интеллигенции. Итоги*

русской художественной литературы 19 века，М. : Издательство
Саблина，1908.

［40］Пелевин В. , *Generation "П"*，Москва: Вагриус，2004，с. 120.

［41］Пелевин В. , *Желания – они как крысы*，http：//pelevinlive. ru/19.

［42］Петровс кий Н. А. , *Словарь русских личных имен*，Москва:
Издательство «Советская энциклопедия»，1966.

［43］Петрушевская Л. , *Время ночь*，http：//tululu. ru/b77704/.

［44］Петрушевская Л. , *Реквиемы*，Изд. : Вагриус，2001.

［45］Платонов О. А. , *Святая Русь. Энциклопедический словарь русской
цивилизации*，Москва: Православное издательство «Энциклопедия
русской цивилизации»，2000.

［46］Покровский Н. , *Прощай, интеллигенция!*，*Независимая газета*，
10 апр，1997.

［47］Поспелов Г. Н. , *Эстетическое и художественное*，М. , 1965.

［48］Пре ображенский А. , *Этимологический словарь русского языка*，
Москва: Типография Г. Лисснера и Д. Собко，1910 – 1914.

［49］Прон ина А. , В. Наследство цивилизации. О романе Т. Толстой
«Кысь»，*Русская словесность*，№6，2002.

［50］Прусакова И. , Погружение во тьму, Нева，№ 8，1995.

［51］Путин В. , *Кто не жалеет о распаде СССР, у того нет сердца*，
https：//aif. ru/politics/world/251189.

［52］Пушкин А. С. , Полное собрание сочнений. В 17 т. Т. 3，кн. 1，
М. : Воскресенье，1995.

［53］*Россия – это лишь злая пародия. Беседа с писателем Виктором
Пелевиным о терроре в Москве，виртуальной политике и российских
мифах*，http：//pelevinlive. ru/14.

［54］Рябинин Ю. В. , Русская трагедия，*Литературная Россия*，№37，
15 – го сентября，2000.

［55］Скоропанова И. С. , *Русская постмодернистская литература:
Учеб. пособие. 3 – е изд. , изд. , и доп.*，М. : Флинта: Наука，2001.

［56］Славникова О. , Людмила Петрушевская играет в куклы，*Урал*，
№5 – 6，1996.

［57］ Степанов Ю. С. , *Константы： Словарь русской культуры* , Москва： Академический проект，2004.

［58］ Тимофеева О. , В предчувствии я сильнее других, *Новая газета* , декабрь，2008.

［59］ Толстая Т. Кысь ［М］. Москва：Издательство АСТ，2015.

［60］ Толстая Т. , *С моей родословной начинать писать было стремно* , https：//snob. ru/selected/entry/94953？ v = 1452685141.

［61］ Тризна Л. В. , Человек, как птица, и птица, как человек, *Русская речь* , №1，2010.

［62］ Фасмер М. , *Этимологический словарь русского языка В 4 т. Т. 3 (Муза – Сят)* , Пер. с нем. И доп. О. Н. Трубачева. 2 – е изд. , стер. М. : Прогресс，1987.

［63］ Хоружий С. С. , Век после "Вех" или две – три России спустя, *Литературная газета* , март – апрель，2009.

［64］ Чаадаев П. Я. , *Полное Собрание Сочинений и Избранные Письма Т. 2.* , М. : Наука，1991.

［65］ Чернышевский Н. Г. , *Что делать? Из рассказов о новых людях* , Издание подгоиовили Т. И. Орнатская и С. А. Рейсер. Ленинград： издательство «Наука»，1975.

［66］ Чупринин С. , Другая проза, *Литературная газета* , 8 февраля，1989.

［67］ Шафранская Э. Ф. , Роман Т. Толстой "Кысь" глазами учителя и ученика: Мифологическая концепция романа, *Русская словесность* , № 1，2002.

［68］ Шилина К. О. , *Поэтика романа В. Маканина "Андеграунд, или Герой нашего времени"： Проблема героя* , Тюменский государст венный университет，Тюмень，2005.

［69］ Ширинянц А. А. , *Нигилизм или консерватизм? (Русская интеллигенция в истории политики и мысли)* , М. : Издательство Московского университета，2011.

［70］ Шмидт С. О. , *Русское подвижничество* , Сост. Т. Б. Князевская, М. : Наука，1996.

[71] Шубарт В. , *Европа и душа Востока*, Изд. : Русская идея, 2000.

[72] Шульга К. В. , *Поэтико － философские аспекты воплощения «виртуальной реальности» в романе «Generation " П "» Виктор Пелевина*, Тамбовский государственный технический университет, Тамбов, 2005.

[73] Aldous Huxley, *Brave New World*, New York: Bantam Books, 1996.

[74] Gross David, Lowenthal, Adorno, Barthes: Three Perspectives on Popular Culture, *Telos*, №. 45, 1980.

[75] Hassan Ihab, *Beyond postmodernism? Theory, sense, and pragmatism in making sense: The role of the readeri n contemporary American fiction*, ed. Gerard Hoffmann, Munchen: Wilhelm Fink, 1989.

[76] Helena Goscilo, Paradigm Lost? Contemporary Women`s Fiction, *Women Writers in Russian Literature*, edited by Toby W. Clyman and Diana Greene, Westport, CT and London: Greenwood Press, 1994.

[77] Hornby A. S. , *Oxford Advanced Learners Dictionary（seventh edition）*, Trans. Wang Yuzhang and Zhao Cuilian, Beijing: The Commercial Press, 2005.

[78] Liddell H. G. , R. Scott, H. S. Jones, *A Greek-English Lexicon*, Oxford: Clarendon press, 9－th ed. , 1985.

[79] Jean-Francois Lyotard, *The Inhuman*, Stanford University Press, 1991.

[80] Krishan Kumar, *Utopia and Anti-Utopia in Modern Times*, Oxford: Basil Blackwell, 1987.

[81] Steve Giles（ed. ）, *Theorizing Modernism*, London: Routldge, 1993.

[82] William Morris, editor, The American Heritage dictionary, Boston: Houghton Mifflin, 1982.

[83] Zygmunt Bauman, *Modernity and Ambivalence*, Cambridge: Polity, 1991.

二　中文文献

[84] 〔英〕阿道司·赫胥黎:《美丽新世界》,王波译,重庆出版社,2005。

[85] 〔美〕爱伦·丘:《俄罗斯历史地图解说——一千一百年俄国疆界的变动》,郭圣铭译,商务印书馆,1995。

［86］〔美〕爱德华·萨义德：《东方学》，王宇根译，生活·读书·新知三联书店，1999。

［87］〔俄〕安·契诃夫：《契诃夫小说全集》第 8 卷，汝龙译，上海译文出版社，2000。

［88］〔英〕安德鲁·本尼特、尼古拉·罗伊尔：《关键词：文学、批评与理论导论》，汪正龙、李永新译，广西师范大学出版社，2007。

［89］安启念：《俄罗斯向何处去：苏联解体后的俄罗斯哲学》，中国人民大学出版社，2003。

［90］〔俄〕安娜·陀思妥耶夫斯卡娅：《陀思妥耶夫斯基夫人回忆录》，马占芳等译，北京出版社，1988。

［91］〔苏〕鲍·列·帕斯捷尔纳克：《日瓦戈医生》，蓝英年、张秉衡译，人民文学出版社，2006。

［92］〔俄〕鲍戈斯洛夫斯基：《屠格涅夫传》，冀刚等译，上海译文出版社，1983。

［93］〔英〕查尔斯·狄更斯：《双城记》，石永礼、赵文娟译，人民文学出版社，2004。

［94］陈燊主编《费·陀思妥耶夫斯基全集》（第 8 卷　罪与罚）（下），袁亚楠译，河北教育出版社，2010。

［95］陈榕：《凝视》，赵一凡等主编《西方文论关键词》，外语教学与研究出版社，2006。

［96］陈永国：《互文性》，《外国文学》2006 年第 1 期。

［97］崔竞生、王岚：《乌托邦》，载赵一凡等主编《西方文论关键词》，外语教学与研究出版社，2006。

［98］〔美〕道格拉斯·凯尔纳、斯蒂文·贝斯特：《后现代理论：批判性的质疑》，张志斌译，中央编译出版社，2011。

［99］〔美〕丹尼尔·贝尔：《资本主义文化矛盾》，赵一凡等译，生活·读书·新知三联书店，1989。

［100］〔俄〕费·陀思妥耶夫斯基：《卡拉马佐夫兄弟》，臧仲伦译，译林出版社，2002。

［101］〔俄〕费·陀思妥耶夫斯基：《双重人格：地下室手记》，臧仲伦译，译林出版社，2004。

［102］《冯维辛　格里鲍耶陀夫　果戈理　苏霍沃－柯贝林戏剧选》，侯焕

闵等译，人民文学出版社，1997。

[103] 〔俄〕符·阿格诺索夫主编《20世纪俄罗斯文学》，凌建侯等译，中国人民大学出版社，2001。

[104] 〔俄〕В. А. 利西奇金、Л. А. 谢列平：《第三次世界大战——信息心理战》，徐昌翰等译，社会科学文献出版社，2003。

[105] 〔俄〕弗·马卡宁：《地下人，或当代英雄》，田大畏译，外国文学出版社，2002。

[106] 甘会斌：《乌托邦、现代性与知识分子》，《华中科技大学学报（社会科学版）》2010年第3期。

[107] 郭小丽：《俄罗斯的弥赛亚意识》，人民出版社，2009。

[108] 〔阿〕豪·博尔赫斯：《博尔赫斯全集·散文卷（上）》，王永年、徐鹤林等译，浙江文艺出版社，1999。

[109] 〔苏〕赫克：《俄国革命前后的宗教》，高骅，杨缤译，学林出版社，1999。

[110] 〔德〕汉斯·比德曼：《世界文化象征词典》，刘玉红等译，漓江出版社，1999。

[111] 侯玮红：《当代俄罗斯小说研究》，中国社会科学出版社，2013。

[112] 黄发有：《虚无主义与当代中国文学》，《文艺争鸣》2006年第4期。

[113] 金亚娜：《期盼索菲亚：俄罗斯文学中的"永恒女性"崇拜哲学与文化探源》，人民文学出版社，2009。

[114]《旧约全书》，中国基督教协会，1989。

[115] 〔法〕居伊·德波：《景观社会》，王昭风译，南京大学出版社，2006。

[116] 〔英〕昆·斯金纳：《近代政治思想的基础》，奚瑞森等译，商务印书馆，2002。

[117] 李小桃：《俄罗斯知识分子问题研究》，黑龙江人民出版社，2009。

[118] 李新梅：《俄罗斯后现代主义文学中的文化思潮》，中国社会科学出版社，2012。

[119] 〔俄〕列夫·托尔斯泰：《托尔斯泰文集·5》，刘辽逸译，人民文学出版社，1986。

[120] 刘锟：《普希金：一个孤独的文化符码——从梅列日科夫斯基的观点出发》，《俄罗斯文艺》2010年第2期。

[121] 陆谷孙主编《英汉大词典》（第二版），上海译文出版社，2007。

［122］〔英〕路德维希·维特根斯坦：《哲学研究》，李步楼译，商务印书馆，2000。

［123］〔英〕罗伊·索伦森：《悖论简史：哲学和心灵的迷宫》，贾红雨译，北京大学出版社，2007。

［124］〔法〕罗兰·巴尔特：《写作的零度》，李幼蒸译，中国人民大学出版社，2008。

［125］《马克思恩格斯选集》（第1卷），人民出版社，2012。

［126］〔德〕马丁·海德格尔：《存在与时间》，陈嘉映、王庆节译，生活·读书·新知三联书店，1987。

［127］〔俄〕米·莱蒙托夫：《莱蒙托夫全集》（第一卷 抒情诗），顾蕴璞译，河北教育出版社，1996。

［128］〔法〕米歇尔·福柯：《权力的眼睛——福柯访谈录》，严锋译，上海人民出版社，1997。

［129］〔法〕米歇尔·福柯：《疯癫与文明》，刘北成、杨元婴译，生活·读书·新知三联书店，2012。

［130］〔苏〕米·巴赫金：《巴赫金全集》（第三卷 小说理论），白春仁、晓河译，河北教育出版社，1998。

［131］〔俄〕米·布尔加科夫：《大师和玛格丽特》，钱诚译，人民文学出版社，2004。

［132］〔苏〕米·肖洛霍夫：《静静的顿河》，金人译，人民文学出版社，2015。

［133］〔美〕穆尔：《基督教简史》，商务印书馆，1981。

［134］〔美〕尼·波兹曼：《娱乐至死·童年的消逝》，章艳、吴燕莛译，广西师范大学出版社，2009。

［135］〔苏〕尼·亚·杜勃罗留波夫：《杜勃罗留波夫文学论文选》，辛未艾译，上海译文出版社，1984。

［136］〔俄〕尼·别尔嘉耶夫：《自我认知》，汪剑钊译，上海人民出版社，2007。

［137］〔俄〕帕·弗洛罗夫斯基：《俄罗斯宗教哲学之路》，吴安迪译，上海人民出版社，2006。

［138］彭玉海：《文化概念的价值性》，《外语学刊》2015年第6期。

［139］彭文钊：《俄语语言世界图景的文化释义性研究：理论和方法》，黑

龙江大学博士学位论文，2002。

[140]〔苏〕普罗科菲耶夫：《赫尔岑传》，张根成、张瑞璇译，商务印书馆，1992。

[141]〔英〕齐格蒙特·鲍曼：《现代性与矛盾性》，邵迎生等译，商务印书馆，2003。

[142]〔美〕乔·奥·赫茨勒：《乌托邦思想史》，张兆麟译，商务印书馆，1990。

[143]〔英〕乔治·奥威尔：《一九八四；上来透口气》，孙仲旭译，译林出版社，2002。

[144]〔法〕让－弗朗索瓦·利奥塔：《后现代状况：关于知识的报告》，岛子译，湖南美术出版社，1996。

[145]〔法〕热拉尔·热奈特：《叙事话语·新叙事话语》，王文融译，中国社会科学出版社，1990。

[146]任光宣：《俄罗斯文化十五讲》，北京大学出版社，2007。

[147]〔美〕塞·亨廷顿：《文明的冲突与世界秩序的重建》，周琪等译，新华出版社，2010。

[148]〔美〕史蒂文·赛德曼：《后现代转向：社会理论新视角》，吴世雄等译，辽宁教育出版社，2001。

[149]孙超：《二十世纪八、九十年代俄罗斯中短篇小说研究》，人民文学出版社，2014。

[150]陶家俊：《后殖民》，载赵一凡等主编《西方文论关键词》，外语教学与研究出版社，2006。

[151]〔俄〕塔·托尔斯泰娅：《野猫精》，陈训明译，上海译文出版社，2005。

[152]〔俄〕瓦·津科夫斯基：《俄国哲学史（上卷）》，张冰译，人民文学出版社，2013。

[153]〔俄〕瓦·奥·克柳切夫斯基：《俄国史教程》，刘祖熙、李建等译，商务印书馆，2009。

[154]〔俄〕瓦·叶·哈利泽夫：《文学学导论》，周启超等译，北京大学出版社，2006。

[155]汪建钊编选《别尔嘉耶夫集》，上海远东出版社，1999。

[156]王柯平：《〈理想国〉的诗学研究》（修订版），北京大学出版社，

2014。

[157]　王松亭编译《古史纪年》，商务印书馆，2010。

[158]　王同忆：《英汉辞海（上）》，国防工业出版社，1987。

[159]　王岳川、尚水编《后现代主义与文化美学》，北京大学出版社，1992。

[160]　〔美〕维克多·泰勒、温奎斯特编《后现代主义百科全书》，章艳、李自修等译，吉林人民出版社，2007。

[161]　〔俄〕维·佩列文：《"百事"一代》，刘文飞译，人民文学出版社，2001。

[162]　温玉霞：《解构与重构：俄罗斯后现代小说的文化对抗策略》，中国社会科学出版社，2010。

[163]　吴泽霖：《俄罗斯后现代主义文学与俄罗斯文化传统》，《外国文学评论》2003 年第 4 期。

[164]　〔俄〕谢·弗兰克：《俄国知识人与精神偶像》，徐凤林译，学林出版社，1999。

[165]　谢江平：《反乌托邦思想的哲学研究》，中国社会科学出版社，2007。

[166]　〔古希腊〕亚里士多德：《诗学》，陈中梅译，商务印书馆，1996。

[167]　〔俄〕亚·普希金：《高加索的俘虏》，查良铮译，新文艺出版社，1958。

[168]　〔俄〕亚·瓦尔拉莫夫：《诞生》，郑永旺译，载周启超选编《在你的城门里：新俄罗斯中篇小说精选》，昆仑出版社，1999。

[169]　〔法〕雅克·德里达：《论文字学》，汪堂家译，上海译文出版社，2005。

[170]　〔法〕雅克·德里达：《书写与差异》（上、下册），张宁译，生活·读书·新知三联书店，2001。

[171]　〔俄〕叶·扎米亚京：《我们在那遥远的地方》，刁绍华、张冰、毛海燕译，北方文艺出版社，2000。

[172]　〔俄〕伊·谢·屠格涅夫：《屠格涅夫全集（3）》，磊然译，河北教育出版社，2000。

[173]　〔俄〕伊·谢·屠格涅夫：《屠格涅夫全集（2）》，徐振亚译，河北教育出版社，2000。

[174]　〔俄〕尤·科兹洛夫：《夜猎》，郑永旺译，昆仑出版社，1998。

[175]　〔俄〕尤·波利亚科夫：《无望的逃离》，张建华译，人民文学出版

社，2002。

[176] 张建华：《俄国知识分子思想史导论》，商务印书馆，2008。

[177] 赵扬：《颠覆与重构：论俄罗斯后现代主义文学的反乌托邦性》，黑龙江人民出版社，2009。

[178] 张晓东：《苦闷的园丁——"现代性"体验与俄罗斯文学中的知识分子形象》，人民文学出版社，2009。

[179] 郑永旺：《游戏·禅宗·后现代：佩列文后现代主义诗学研究》，人民文学出版社，2006。

[180]〔美〕安德鲁·尼克尔：《真人活剧》，汪伟译，《世界电影》2001年第1期。

[181] 成穷：《人生苦难与宗教——以基督教和佛教为例所作的一个初步考察》，《宗教学研究》2000年第2期。

[182] 但汉松：《"9·11"小说的两种叙事维度：——以〈堕落的人〉和〈转吧，这伟大的世界〉为例》，《当代外国文学》2011年第2期。

[183] 董晓：《乌托邦与反乌托邦：苏联文学中的两种精神》，《粤海风》2004年第5期。

[184] 冯俊：《后现代游戏说的基本特征》，《中国人民大学学报》2009年第2期。

[185] 胡继华：《延异》，《外国文学》2004年第4期。

[186] 季明举：《普希金是我们的一切——有机批评视野中的普希金》，《安徽大学学报（哲学社会科学版）》2011年第4期。

[187] 蒋道超：《消费社会》，《外国文学》2005年第4期。

[188] 蒋承勇：《自由·异化·文学——论异化主题在西方文学中的历史嬗变》，《外国文学研究》1994年第2期。

[189] 姜磊：《高加索的俘虏》，《俄罗斯文艺》2014年第4期。

[190] 姜磊：《俄罗斯文学中民族思想表象下的"帝国意识研究"》，《中南大学学报（社会科学版）》2015年第3期。

[191] 姜磊：《屠格涅夫笔下的负面女性性格类型研究》，《外语教学》2016年第1期。

[192] 金亚娜：《俄罗斯的种族宗教文化记忆》，《国外社会科学》2003年第5期。

[193] 赖干坚：《"异化"与现代派小说》，《外国文学评论》1994年第1期。

［194］李新梅：《当代俄罗斯知识分子访谈录（三）》，《俄罗斯文艺》2014 年第 2 期。

［195］廖昌胤：《西方文论关键词：悖论》，《外国文学》2010 年第 5 期。

［196］林精华：《末世论与复活——后苏联文学与东正教》，《南开大学学报（哲学社会科学版）》2011 年第 1 期。

［197］林精华：《普希金阐释史：构建俄罗斯民族认同的中心》，《中国图书评论》2009 年第 11 期。

［198］〔俄〕柳·彼得鲁舍芙斯卡娅：《地狱的音乐》，姚雪莹、姚春丽、张建华等译，《外国文学》2001 年第 1 期。

［199］〔俄〕柳·彼得鲁舍芙斯卡娅：《幸福的晚年》，段京华译，《外国文学》1997 年第 5 期。

［200］刘锟：《东正教精神与俄罗斯文学》，人民文学出版社，2009。

［201］刘显忠：《赫鲁晓夫在民族关系领域的"解冻"及其效果——关于给被强迁民族平反及扩大民族共和国权力的评析》，《世界民族》2014 年第 5 期。

［202］孟登迎：《意识形态国家机器》，《外国文学》2004 年第 1 期。

［203］王岚：《反英雄》，《外国文学》2005 年第 4 期。

［204］王泉、朱岩岩：《解构主义》，《外国文学》2004 年第 3 期。

［205］温玉霞：《醉酒、疯癫的"圣愚"——论小说〈从莫斯科到彼图什基〉主人公形象的内涵》，《解放军外国语学院学报》2012 年第 4 期。

［206］谢周：《从"多余"到"虚空"——俄罗斯知识分子形象流变略述》，《俄罗斯文艺》2008 年第 3 期。

［207］徐岱、李娟：《自我之舞——20 世纪青春叙事的一种解读》，《浙江大学学报（人文社会科学版）》2008 年第 3 期。

［208］徐英平：《俄汉语"上、下"空间隐喻对称性考证》，《外语研究》2006 年第 1 期。

［209］杨金才：《关于后 9·11 文学研究的几点思考》，《外国文学动态》2013 年第 3 期。

［210］〔英〕扬·孔茨尔：《〈自由的幽灵——高加索地区的历史〉一书评介》，郑曙村、禚明亮译，《国外社会科学》2011 年第 4 期。

［211］姚建斌：《乌托邦小说：作为研究存在的艺术》，《北京师范大学学报（社会科学版）》2003 年第 2 期。

[212] 于沛：《后现代主义历史观和历史虚无主义》，《历史研究》2015 年第 3 期。

[213] 张建华：《论后苏联文化及文学的转型》，《解放军外国语学院学报》2008 年第 1 期。

[214] 张建华：《重新融入世界文学谱系的俄罗斯文学》，《外国文学》2014 年第 2 期。

[215] 张建华：《"异样的"女人生存形态与"异质的"女性叙事——论彼特鲁舍芙斯卡娅的"女性小说"》，《俄罗斯文艺》2014 年第 4 期。

[216] 张隆溪：《乌托邦：观念与实践》，《读书》1998 年第 12 期。

[217] 赵红：《作为普希金研究家的洛特曼》，《西安外国语大学学报》2007 年第 1 期。

[218] 赵宁：《乌托邦文学与〈圣经〉》，《外国文学评论》2001 年第 2 期。

[219] 赵一凡：《现代性》，《外国文学》2003 年第 2 期。

[220] 张淑华：《身份认同研究综述》，《心理学报》2012 年第 1 期。

[221] 郑师渠：《当下历史虚无主义之我见》，《历史研究》2015 年第3 期。

[222] 郑永旺：《作为巨大未思之物的俄罗斯后现代主义文学》，《求是学刊》2013 年第 6 期。

[223] 郑永旺：《文明的对撞：俄罗斯文学中的高加索主题》，《俄罗斯文艺》2014 年第 4 期。

[224] 郑永旺：《反乌托邦小说的根、人和魂——兼论俄罗斯反乌托邦小说》，《俄罗斯文艺》2010 年第 1 期。

[225] 郑永旺：《从"美拯救世界"看陀思妥耶夫斯基的苦难美学》，《哲学动态》2013 年第 9 期。

[226] 郑永旺：《论俄罗斯文学的思想维度与文化使命》，《东北亚外语研究》2015 年第 1 期。

[227] 朱建刚：《从"地下室人"到"群魔"——陀思妥耶夫斯基与俄国虚无主义》，《外国文学研究》2008 年第 5 期。

[228] 周启超：《"新俄罗斯文学"的基本表征初探——从中篇小说艺术谈起》，《黄河科技大学学报》2002 年第 1 期。

[229] 周启超：《复调》，《外国文学》2002 年第 4 期。

[230] 周荣胜：《博尔赫斯的"庄周梦蝶"——一个西方人的"中国梦"分析》，《比较文学与世界文学》2015 年第 7 期。

致　谢

　　本书是在我的博士论文基础上修改而成的。"指缝很宽，时间很瘦，它悄悄从指缝间溜走了。"不经意间，在黑龙江大学攻读博士学位的时光已经过去近 4 年了。读博的时光紧张而充实：忙课业、忙工作、忙论文，现在回想起来仍然滋味十足。在写作和修改本书的过程中，很多师友给予了莫大的帮助。首先，我要感谢导师郑永旺教授，是他一步步地引领我深入奇妙无比的俄罗斯文学殿堂。学高为师，身正为范。郑老师为人谦和，学识渊博，思维敏捷，视野开阔。每每与郑老师探讨、交谈，我都会得到意外的惊喜和收获。在书稿设计、写作和修改过程中，郑老师给予了细致的指导，大到谋篇布局，小到标点、格式都凝聚着老师的心血。郑老师治学极其严谨，对学生的要求甚是"严苛"，这使得我下笔时不得不谨小慎微、字斟句酌，以期尽己之所能充分地将问题阐释清楚。

　　我要感谢金亚娜老师、荣洁老师、刘锟老师、白文昌老师、孙超老师，他们在我博士论文开题、中期检查、答辩过程中提出了宝贵意见和建议。同时，他们深入浅出的课堂解析使我收获良多，兢兢业业的为师之道使我感动，他们是后来者引以为傲的榜样和前行的引导者。感谢东北师范大学俄语系的老师们。在那里，我开始学习第一个俄语字母，开始接触并系统地学习俄罗斯文学和俄罗斯文化领域的知识。感谢我的硕士导师刘玉宝教授。在他的建议下，我开始研读新时期俄罗斯文学，并顺利完成以彼得鲁舍芙斯卡娅创作为核心的硕士论文。7 年的本科和硕士学习使我从对俄语一无所知到坚定攻读博士学位的信念，并最终选择从事俄语和俄罗斯文学教学、研究工作。感谢社会科学文献出版社的编辑在本书的出版过程中付出的辛劳。还要感谢浙江大学外语学院，尤其是俄语语言文化研究所的同事们，她们在我走上工作岗位后，在教学、科研和生活中都给予我很大的帮助，使我能够顺利地进入教师的工作角色，较好地完成各项工作。

　　此外，我要特别感谢师母李爱华老师。一直以来，师母在生活上给我的关爱和鼓励使我感受到别样的温暖。感谢我的同门师姐、师妹和师弟，尤其是董红晶师妹在俄学习期间帮忙收集大量宝贵的研究资料。

　　诚然，写作本书的时候，我还是一个普通博士生，而修改本书的过程中，我组建了家庭，迎来了女儿芒果。她给我带来很多快乐和动力。在此，特别感谢我的爱人于思阳老师，她一如既往地支持我的工作；感谢家里的四位老人，他们在我访学期间尽心尽力地照顾孩子，照顾家庭，消除了我们的后顾之忧。家人们给了我最大限度的包容和自由，使我能够"任性地"在俄罗斯文学和文化中畅游。他们永远是我最坚实的后盾和温馨的港湾。

2020 年 2 月 10 日

俄罗斯莫斯科国立普希金俄语学院

图书在版编目（CIP）数据

新俄罗斯文学中"现代知识分子"思想谱系研究 /
姜磊著. -- 北京：社会科学文献出版社，2020.4
　ISBN 978 - 7 - 5201 - 6189 - 3

　Ⅰ.①新…　Ⅱ.①姜…　Ⅲ.①俄罗斯文学 - 文学研究
Ⅳ.①I512.06

　中国版本图书馆 CIP 数据核字（2020）第 026406 号

新俄罗斯文学中"现代知识分子"思想谱系研究

著　　者／姜　磊

出 版 人／谢寿光
责任编辑／王小艳

出　　　版／社会科学文献出版社·当代世界出版分社（010）59367004
　　　　　　地址：北京市北三环中路甲 29 号院华龙大厦　邮编：100029
　　　　　　网址：www. ssap. com. cn
发　　　行／市场营销中心（010）59367081　59367083
印　　　装／三河市东方印刷有限公司

规　　　格／开　本：787mm × 1092mm　1/16
　　　　　　印　张：15　字　数：252 千字
版　　　次／2020 年 4 月第 1 版　2020 年 4 月第 1 次印刷
书　　　号／ISBN 978 - 7 - 5201 - 6189 - 3
定　　　价／89.00 元

本书如有印装质量问题，请与读者服务中心（010 - 59367028）联系